# ମାଆଙ୍କ ବୈକୁଣ୍ଠପୁର

(ଗଳ୍ପ ସଂକଳନ)

# ମାଆଙ୍କ ବୈକୁଣ୍ଠପୁର

## ଡ. ବିନୋଦିନୀ ପାତ୍ର

ବ୍ଲାକ୍ ଇଗଲ୍ ବୁକ୍ସ

ଭୁବନେଶ୍ୱର, ଓଡ଼ିଶା

**BLACK EAGLE BOOKS**
Dublin, USA

ମାଆଙ୍କ ବୈକୁଣ୍ଠପୁର / ଡ. ବିନୋଦିନୀ ପାତ୍ର

ବ୍ଲାକ୍ ଇଗଲ୍ ବୁକ୍ସ : ଭୁବନେଶ୍ୱର, ଓଡ଼ିଶା • ଡବ୍ଲିନ୍, ଯୁକ୍ତରାଷ୍ଟ୍ର ଆମେରିକା

BLACK EAGLE BOOKS

USA address:
7464 Wisdom Lane
Dublin, OH 43016

India address:
E/312, Trident Galaxy, Kalinga Nagar,
Bhubaneswar-751003, Odisha, India

E-mail: info@blackeaglebooks.org
Website: www.blackeaglebooks.org

First International Edition Published by
BLACK EAGLE BOOKS, 2023

**MAANKA BAIKUNTHAPURA**

by **Dr. Binodini Patra**
**Cell: 9937198935**

Copyright © **Dr. Binodini Patra**

Cover & Interior Design: Ezy's Publication

ISBN- 978-1-64560-356-6 (Paperback)

Printed in the United States of America

ମୋର ଅଗଣିତ ପ୍ରିୟ ପାଠକଙ୍କ କର କମଳରେ
ପୁସ୍ତକଟିକୁ ଅର୍ପଣ କରୁଛି ।

ଏହି ଗଳ୍ପ ସଂକଳନର ପୃଷ୍ଠଭୂମିରେ ଥିବା ସମସ୍ତ ପତ୍ରିକା ସମ୍ପାଦକ, ପାଠକ, ଶୁଭେଚ୍ଛୁ, ସମୀକ୍ଷକ ତଥା 'ବ୍ଲାକ୍ ଈଗଲ୍ ବୁକ୍ସ'ର ନିର୍ଦ୍ଦେଶକ ଶ୍ରୀଯୁକ୍ତ ସତ୍ୟ ପଟ୍ଟନାୟକଙ୍କୁ ମୁଁ ଏହି ଅବସରରେ କୃତଜ୍ଞତା ଜ୍ଞାପନ କରୁଛି ।

**- ଡ. ବିନୋଦିନୀ ପାତ୍ର**

# ବିନୋଦିନୀଙ୍କ ଗଳ୍ପ ବିନୋଦ ଏକ ଆପେକ୍ଷିକ ବିଚାର

ଓଡ଼ିଆ କଥା ସାହିତ୍ୟର ଗଳ୍ପ ବିଭବଟି ସାହିତ୍ୟର ଅନ୍ୟାନ୍ୟ ବିଭବ ତୁଳନାରେ ଅଧିକ ମନ୍ମୟ ଓ ବିନୋଦ ପ୍ରବଣ। କାରଣ ସ୍ୱରୂପ ଏହାର କାହାଣୀରେ ଥାଏ ବିସ୍ମୟତା ଓ ଚରିତ୍ରରେ ଥାଏ ଚମତ୍କାରିତା। କେବଳ ଘଟଣାର ଘନଘଟା ନୁହେଁ, ଜୀବନର ସଂଗ୍ରାମ, ସମ୍ଭୋଗ ଓ ଚେତନାର ବିଚିତ୍ର ବିଭୁତି।

Matthew Arnold ସେଥିପାଇଁ ଏକ ଦୃଷ୍ଟାନ୍ତ ଦେଇ କହିଛନ୍ତି : "single thought, single emotion, single action or a series of actions is called forth by single situation."

ବୋଧହୁଏ ରବୀନ୍ଦ୍ରନାଥ ଠାକୁରଙ୍କ 'ବର୍ଷା ଯାପନ' କବିତାରେ ସୂଚିତ କଥାର ବୈଚିତ୍ର୍ୟ ପ୍ରତି ଏହା ଅନୁରୂପ ସାଦୃଶ୍ୟ ବାଚୀ।

'ଛୋଟ ପ୍ରାନ, ଛୋଟ କଥା,
ଶେଷ ହୟ ନା ହଇଲୋ ଶେଷ'

ଆଜିର ଗଳ୍ପ ଜୀବନର ଖଣ୍ଡିତାଂଶକୁ ନେଇ ଯେଉଁ ଦୃଶ୍ୟପଟଟିଏ ଟୋଳି ଧରିଛି, ତାହା ସୀମିତ ଭୂଗୋଳର ନୁହେଁ, ସୀମିତ ସମ୍ପ୍ରଦାୟର ନୁହେଁ କି ସୀମିତ ସମୟର ନୁହେଁ.. ଏକ ଆନ୍ତର୍ଜାତିକ ବେଦନା ବୋଧର, ଅନ୍ଧ ଅହଂକାରର ଓ ଉତ୍ତରିତ ଜୀବନ ଶୈଳୀରେ ଭୋଗ ସର୍ବସ୍ୱ, ଦେହ ସର୍ବସ୍ୱ ବିଷୟାମୋଦି ପତଙ୍ଗପ୍ରାଣ ଅସହାୟ ମଣିଷର ସ୍ଥିତି ସର୍ବସ୍ୱତାର ଚିତ୍ର ଆଙ୍କିଛି।

ବିନୋଦିନୀଙ୍କ ଗଳ୍ପ ଜଗତ ଆଜିର ବ୍ୟକ୍ତି ସର୍ବସ୍ୱ ଚେତନା ଆଧାରିତ ନିଃସଙ୍ଗ ଜୀବନର ଅନ୍ତଃ ଆର୍ତ୍ତନାଦ।

ଅବଶ୍ୟ ଗଳ୍ପ ଅପେକ୍ଷା ବିନୋଦିନୀଙ୍କ କବିତା ଜଗତ ଅଧିକ ଢଳଢଳ ଓ ସାବଲୀଳ ଜୀବନ ବୋଧର ଏକ ତନ୍ମୟ ମାନଚିତ୍ର। ତାଙ୍କ କବିତ୍ୱ ଭିତରେ ମାନବୀୟ ବୋଧ ଓ ସମ୍ବେଦନଶୀଳ ମନସ୍କତା ବେଶ ହୃଦ୍ୟ। ମାତ୍ର ଗଳ୍ପ ଜଗତ ଏକ ନିରୁତା ଅଭିବ୍ୟକ୍ତିର ଅନ୍ତରଙ୍ଗ ଅଭିଜ୍ଞତା, ଯାହା ଯେତିକି ସ୍ୱଚ୍ଛ ସେତିକି ଦରଦୀ ଅନୁଭବରେ ସତ୍ୟନିଷ୍ଠ।

ମୋ ହାତକୁ ଆସିଥିବା ବୈକୁଣ୍ଠପୁର ଗଳ୍ପ ସଂକଳନର ଗଳ୍ପମାନଙ୍କ ମଧ୍ୟରେ ମାଆ, ମା, ଚୋର, ସନ୍ଦେହ, ଠାରୁ ହୀରାହାର, ଓ ଋଣ ପରିଶୋଧ ଯାଏ ସର୍ବ ମୋଟ ଅଠରଟି ଗଳ୍ପ ମୋତିହାରର ବୈଦୁର୍ଯ୍ୟ ପ୍ରବାଳ ରତ୍ନ ପରି ଏକକୁ ଆରେକ ମହାନ ଓ ମୂଲ୍ୟବାନ। ସାମାନ୍ୟ ଘଟଣାକୁ ଅସାମାନ୍ୟ କରି ଗଢ଼ି ତୋଳିବାର ବିସ୍ମୟ ବିଭୋରତା ବିନୋଦିନୀଙ୍କ ଗଳ୍ପ ମାନଚିତ୍ରର ଆଙ୍ଗିକ ବୈଶିଷ୍ଟ୍ୟ ଓ ଫକୀର ମୋହନଙ୍କ 'ମୋଡ଼ ବୁଲିଲେ ଗପ' ନ୍ୟାୟରେ ପ୍ରତ୍ୟେକ କାହାଣୀର ଜନ୍ମ ଆକସ୍ମିକତାରୁ। ଯେମିତି ଝୁଣ୍ଟି ପଡ଼ିଲେ ଆଃ ଉଚ୍ଚାରିତ ହୁଏ ଆପେଆପେ, ସେହିପରି ତାଙ୍କ ଗଳ୍ପମାନ ସ୍ୱତଃନିସୃତ। ବିନୋଦିନୀ ନିଜ ଗଳ୍ପ ପାଇଁ ଚାଙ୍ଗୁଡ଼ି ଧରି ଅନ୍ୟ ବଗିଚାକୁ ଫୁଲ ତୋଳିବାକୁ ଯାଇନାହାନ୍ତି। ଫଳତଃ ନିଜ ଆଖି ଦେଖା କଥା, ନିଜର ପ୍ରତ୍ୟେହିକ ଅନୁଭୂତିରୁ ଯେମିତି ଗଳ୍ପଗୁଡ଼ିକ ଝରିପଡନ୍ତି ସ୍ୱତଃ। 'କେତେ କଷ୍ଟ ନ ହେଲେ ଆବଶ୍ୟକତା ନଥିଲେ ଅସହାୟ ହୋଇ ପଡ଼ିନ ଥିଲେ ଜଣେ ସ୍ତ୍ରୀ ଲୋକ ନିଜ ପିଲାଙ୍କୁ ଧରି ବାହାରେ କାମ କରିବାକୁ ଗୋଡ଼ କାଢ଼େ'.. ଏ ଅନୁଭବ ଯେତିକି ବାସ୍ତବ ତାଠୁ ବେଶି କରୁଣ। ଦ୍ୱିତୀୟ ମା ଗଳ୍ପରେ ସ୍ମୃତିର ମହଲ ଅନ୍ଧାର ତଳେ ମା'ଟିର ମୁହଁ ସବୁବେଳେ ପ୍ରତିଭାତ। 'ଚୋର' ଗଳ୍ପରେ ଆମେ ଲକ୍ଷ୍ୟ କରୁ ଅତିକ୍ରାନ୍ତ ବୟସଟି ଦେହ ସର୍ବସ୍ୱ ଚେତନାରେ ଏକ ଚୌର୍ଯ୍ୟ ବୃତ୍ତିପରି। 'ସନ୍ଦେହ'ରେ ଲେଖିକା ଯେମିତି ନିଜ ଭାବନାରେ ଅବତୀର୍ଣ୍ଣ। 'ସକାଳର ସ୍ୱପ୍ନ', ଏକ ନିରୀହ ମଣିଷର ସ୍ୱପ୍ନ ଯେଉଁଠି ଗେଲ୍ହୀ ପରି ସରଳ ଝିଅମାନେ ପ୍ରେମ ନାଁରେ ପ୍ରତାରିତ ହୋଇଥାନ୍ତି। ଗୋପୀ ମହାନ୍ତିଙ୍କ ପରଜାର ଝିଲିବିଲି ପରି ଯାର ଚରିତ୍ର ଖୁବ୍ ନିଷ୍କପଟ ଓ ଜୀବନ୍ତ। 'ବିଡ଼ମ୍ବିତ ଘଟ ସୂତ୍ର'ରେ ଆବେଗ ଅପେକ୍ଷା ଉତ୍କଣ୍ଠା ଅଧିକ ରହିଛି ପରିଣତି ପାଇଁ। ସମାଜରେ ନିତିଦିନ ଘଟୁଥିବା ସବୁଠୁ ଜଟିଳ ସମସ୍ୟା ହିଁ ବିବାହ.. ଯାହା ଏକ ଅମୀମାଂସିତ ଗଣିତ ପରି ଜଟିଳ। 'ପୂର୍ବଜନ୍ମର ଝିଅ' ଏକ ଲଘୁ ବ୍ୟଙ୍ଗ ଧର୍ମୀ ଲେଖା.. ଏକ ପ୍ରତାରଣାର କଥା। ତଥାପି ଗାଁ ଗହଳିର ମଣିଷ ପୂର୍ବଜନ୍ମ, ପରଜନ୍ମର ଅନ୍ଧ ବିଶ୍ୱାସରେ କିପରି ଶିକାର ହୁଅନ୍ତି, ତାର ଏକ ବାସ୍ତବ ଉଦାହରଣ। 'ବୈକୁଣ୍ଠ ପୁର' ଏକ ଉଚ୍ଚ ପର୍ଯ୍ୟାୟର ଗଳ୍ପ, ଏଥିରେ ଏକ ନାରୀପ୍ରାଣର ଆତୁର ବ୍ୟଥା ଓ ପ୍ରେମ ଜନିତ ସମ୍ବେଦନଶୀଳତା ପ୍ରକାଶିତ।

କଥା କଥାରେ  ବିରକ୍ତି ଓ ବିରକ୍ତିରେ ଅନୁରକ୍ତି... ପ୍ରେମର ଏକ ତରଙ୍ଗାୟିତ ରୂପ।" Love is a single tear that crucifies the opposite heart".... ସାମାନ୍ୟ ଗୋଟିଏ ପୁରୁଣା ସ୍କୁଟରକୁ ନେଇ ପରିବାର ଭିତରେ ଯେଉଁଟଣା ଓଟରା, ତାକୁ ନ ବିକିବାର ଜିଦ୍ ତଳେ ଗୃହକର୍ତ୍ତାଙ୍କ ଏଣ୍ଟିକ୍ ପ୍ରୀତିର ଅବତାରଣା ବେଶ ହୃଦୟସ୍ପର୍ଶୀ। ବର୍ଣ୍ଣନାର ପ୍ରାଚୁର୍ଯ୍ୟ ତଳେ 'ଅନୁରାଗ ଓ ବିରାଗର' ଦୁଇ ବିନ୍ଦୁ ଯୋଡ଼ି ଗାଳ୍ପିକା ଏହାକୁ ସୁନ୍ଦର ଭାବେ ଉପସ୍ଥାପିତ କରିଛନ୍ତି। 'ସ୍ୱର' ଗଳ୍ପରେ ଘଟଣା ଅମୂଳକ ଓ ଅପ୍ରୀତିକର। ଅଧିକନ୍ତୁ ଲେଖିକା ପ୍ରକାରାନ୍ତରେ ନିଜ ଅନୁଭୂତିକୁ ବଖାଣିଛନ୍ତି। 'ନଡ଼ିଆ ଗଛ' ଗଳ୍ପରେ ସାମାନ୍ୟ ନଡ଼ିଆ ଗଛକୁ ନେଇ ମମତାର ଆବେଗ ଭିତରେ ଗଛଟିର ମନବାୟନ କରିଛନ୍ତି ଗାଳ୍ପିକ। ଗଳ୍ପ ଭିତରେ ଗୁମ୍ଫି ହୋଇଥିବା ଜୀବନାନୁଭବ ଓ ସମ୍ପର୍କର ଆନ୍ତରିକତା କିପରି ନିବିଡ଼, ଆଉ ତା'ପାଇଁ ଦୁଇଟି ପରିବାର ଭିତରେ ଆତ୍ମୀୟତା ବେଶହୃଦ୍ୟ। ଗଳ୍ପର ପରିଣତି ବେଶ ଅଶ୍ରୁଳ.. ତା ପାଖରୁ ବିଦାୟ ନେଇ ଆସିବାର ସ୍ମୃତି... ବିଦାୟ ବେଳାଟି ଜୀବନ୍ତ ମରଣ ସଦୃଶ। ବର୍ଣ୍ଣନାର ପାଟବତା ଓ ପରିବେଷଣର ଚାତୁର୍ଯ୍ୟ ଗଳ୍ପର କାହାଣୀକୁ ଅଧିକ ଆବେଗଧର୍ମୀ କରିଛି। 'ମୁକ୍ତିର ସନନ୍ଦ'ରେ ହସିନା ଚରିତ୍ର ଭିତରେ  ଯେଉଁ ଦୁଃଖ, ତାହା ତାର ଦୁସ୍ଥ ଜୀବନର ଖୋଳପା ତଳେ ଆର୍ତ୍ତନାଦ କରୁଛି ଭୟରେ ବିଷାଦରେ, କେତେବେଳେ ତାର ମଦ୍ୟପ ସ୍ୱାମୀ ତିନି ତଲାକ କହି ତାକୁ ବୃନ୍ତଚ୍ୟୁତ କରିଦେବ। ଆଇନର ସନ୍ଦନ ପାଇଁ ଆଜି ସେ ଆଶ୍ୱସ୍ତ। ଏହି ଗଳ୍ପରେ ଲେଖିକା ଏକ ସାମାଜିକ ଅଙ୍ଗୀକାରକୁ ନିଭେଇଛନ୍ତି... ଯାହା ସାହିତ୍ୟର ଧର୍ମ। 'ସୂର୍ଯ୍ୟାସ୍ତର ଛାୟା' ଏକ ପରମ୍ପରା ବାଦୀ ଚେତନା ବିରୁଦ୍ଧରେ ସ୍ୱର। ପୁଅ ପାଇଁ ଝୁରି ହେଉଥିବା ବାପା, ମା ମାନଙ୍କର ଅନ୍ତିମ ପରିଣତି କଣ, ଲେଖିକା ଆଙ୍ଗୁଳି ନିର୍ଦ୍ଦେଶ କରି ଚେତେଇ ଦେଇଛନ୍ତି। ସାମ୍ପ୍ରତିକ ମଣିଷ ଏକ saddistic pleasure ର ବଶବର୍ତ୍ତୀ। ଗାଁ ଗଣ୍ଡାର ମଣିଷ, ନିରୀହ ମଣିଷଙ୍କୁ ତାଙ୍କ କପଟ ପାସାରେ ଶିକାର କରି ଯେଉଁ ଆସ୍ଫାଳନ ନେଉଛନ୍ତି, ତାରି ବିଷମୟ ସ୍ୱରୂପ ସମ୍ପର୍କରେ ଗାଳ୍ପିକାଙ୍କ ବିକ୍ଷୋଦ୍ଗାର। 'ଆଶଙ୍କା'ରେ ସ୍ୱାଭାବିକ ସନ୍ଦେହ, ଅମୂଳକ ଆଶଙ୍କାର ଚିତ୍ର ପ୍ରକାଶିତ... ସ୍ୱାଭାବିକ ହୋଇଥିଲେ ବି ଶେଷରେ ଯେଉଁ ସତ୍ୟ ଉଦଘାଟିତ ହୋଇଛି ତାହା ବିଶ୍ୱାସ ବାହାରେ। ସାମ୍ପ୍ରତିକ ସମୟ ଓ ସମାଜରେ ଅତିଷ୍ଟ ମଣିଷର ମାନସିକତା ଏଠି ପ୍ରକାଶ ପାଇଛି। 'ନୀଡ଼ ବାହୁଡ଼ା' ଏକ ମାନସିକ ସଙ୍କଟ (Psychological complex)କୁ ନେଇ ରଚିତ। ସ୍ୱାମୀ ଓ ସ୍ତ୍ରୀ ମଧ୍ୟରେ ଥିବା ଆକର୍ଷଣ ପରିଣତ ବୟସରେ ମ୍ଳାନ ଗୋଧୂଳି ପରି। ମନୋରମା ଓ ନରହରି ଦୁଇ ଚରିତ୍ରରେ ଚିରାଚରିତ ଜୀବନଚର୍ଯ୍ୟାର ଏକ ଅପସୃୟମାନ ବିଷାଦଗ୍ରସ୍ତ ସମୟ ମୁହଁ ଦେଖାଇଛି। ନରହରି ବାବୁଙ୍କ ବିରାଗରେ ଅନୁରାଗ ଭସ୍ମାଛାଦିତ

ବହ୍ନି ପରି କରୁଣମୟ ଅଭିବ୍ୟକ୍ତିରେ ପରିସମାପ୍ତି ନେଇଛି। 'ଅଜବ ମଧ୍ୟସ୍ଥି' ଏକ ଲଘୁପକ୍ଷ ପ୍ରଜାପତି ପରି ମନୋରଂଜନ ଧର୍ମୀ ଗଳ୍ପ। ହାରାହରି ଏକ ନାରୀ ମନସ୍କତାର ବିକଳ ବିଧୃତ ରୂପ, ମିଛ ଅହମିକା ଓ ଆଭିଜାତ୍ୟର ନଗ୍ନ ପରିଣତି। ଶେଷଗଳ୍ପ 'ଋଣ ପରିଶୋଧ' ଏକ ଯଥାର୍ଥ କ୍ଷୁଦ୍ରଗଳ୍ପ, ଯାହାର ଆରମ୍ଭ ମୂଲ୍ୟହୀନ ମାତ୍ର ପରିଣତି ଅଶ୍ରୁ ସଂଘାତର ବିଷର୍ଣ୍ଣ ବିଭୀଷିକାରେ, ଅନୁତାପର କୃତଘ୍ନ ପଣରେ ନିଜକୁ ଅପରାଧୀ ମଣିଛି। ପ୍ରତ୍ୟେକ ଲେଖକ ଲେଖିକାଙ୍କ ଅଜାଣତରେ ଅନେକ ସ୍ତାବକ ଓ ମୁଗ୍ଧ ପାଠକ ତାଙ୍କ ଲେଖାକୁ ନେଇ ବଞ୍ଚିଥାନ୍ତି, ଯେଉଁମାନଙ୍କୁ ଲେଖକ ଲେଖିକା ଚିହ୍ନିଲା ବେଳକୁ ସୂର୍ଯ୍ୟ ଅସ୍ତ ହୋଇସାରିଥାଏ। ଲେଖାଟି ସତ୍ୟ ଓ ଜୀବନ୍ତ ଅନୁଭବର ସ୍ମାରକୀ। ସମସ୍ତ ଗଳ୍ପ ଜଗତ ଗାଳ୍ପିକାଙ୍କ ସୃଷ୍ଟି ଗ୍ୟାଲେକ୍ସିରେ ଏକ ଏକ ଉଜ୍ଜ୍ୱଳତମ ନକ୍ଷତ୍ର, ଯାହାର ନିଜସ୍ୱ ଆଲୋକ ଓ ଆବେଗ ରହିଛି। ଗଳ୍ପର ପରିବେଷଣ ଓ ଉପସ୍ଥାପନା ବେଶ ନାଟକୀୟ।

ବିନୋଦିନୀଙ୍କ ଭାଷା ଅତ୍ୟନ୍ତ ସରଳ, ଭାବ ଅଫୁରନ୍ତ ଓ ପାଠକକୁ ଭସେଇ ନେବାର ସାମର୍ଥ୍ୟ ରଖେ। ତାଙ୍କ ଗଳ୍ପରେ ନା ଅଛି ଆଡମ୍ବର, ନା ଅଛି ଛଳନା, ଅଛି କେବଳ କାବ୍ୟିକ କୌଶଳ, ପାଠକଙ୍କୁ ହିପ୍ନୋଟାଇଜ୍ କରିବାର ଅଭିନବ ଓ ଅନନ୍ୟ ପ୍ରବୀଣତା। ସାମ୍ପ୍ରତିକ ଗଳ୍ପ ସଂସ୍କାରର ଦେହଳୀରେ ବିନୋଦିନୀଙ୍କ ଗଳ୍ପ ନିଜ ମୌଳିକ ସୌଷ୍ଠବତାରେ ଓ ନିଜକଳାରେ ଅପ୍ରତିଦ୍ୱନ୍ଦୀ। ସର୍ବୋପରି ଗଳ୍ପର ମନୋରଂଜନ ଧର୍ମ ତଥା ବିନୋଦ ବିଭବ ବେଶ ସୁକୁମାର। ସେଇ ମନଛୁଆଁ ଗଳ୍ପ ସମ୍ପର୍କରେ ଆଉ ଆଉ କଥା ଶୁଆ ନିଜ ତୁଣ୍ଡରେ ନିଜ ମୂଲ କହିଲା ପରି, ଗଳ୍ପ ହିଁ ଦେବ ନିଜର ଜମାନବନ୍ଦୀ।

ବିନୋଦିନୀଙ୍କର ଏ ଗଳ୍ପ ପୁସ୍ତକ ପାଠକଙ୍କୁ ନିଶ୍ଚୟ ମୁଗ୍ଧ କରିବ। ବିଖ୍ୟାତ ଆମେରିକୀୟ ଗାଳ୍ପିକ ଓ' ହେନେରୀଙ୍କ ଗଳ୍ପ ପରି ବିନୋଦିନୀଙ୍କ ଗଳ୍ପର ଆରମ୍ଭ ଅପ୍ରତ୍ୟାଶିତ ଓ ଅନ୍ତ ଅଭାବିତ ଉପସଂହାର ଖୁବ୍ ଆକର୍ଷଣୀୟ।

**ଡ. ଜଗବନ୍ଧୁ ଆଚାର୍ଯ୍ୟ**
ଅବସରପ୍ରାପ୍ତ ଅଧ୍ୟକ୍ଷ, ନଳଗଜା କଲେଜ, ମୟୂରଭଂଜ

# ସୂଚିପତ୍ର

# ମାଆ

ଗଣେଶ ପୂଜାର ଉତ୍ସବମୁଖର ପରିବେଶ। ଆମ ଆପାର୍ଟମେଣ୍ଟର ବେସ୍‌ମେଣ୍ଟରୁ ଗାଡ଼ି ସବୁ ହଟାଯାଇ ଗୋଟାଏ ମଣ୍ଡପର ପରିବେଶ ସୃଷ୍ଟି କରାଯାଇଥାଏ। ସେଇଠି ଗଣେଶଙ୍କ ମୃଣ୍ମୟ ମୂର୍ତ୍ତି ପୂଜା ହେବେ। ସ୍ୱଚ୍ଛ, ନିରାଡମ୍ବର ସାଜସଜ୍ଜା। ଏପାର୍ଟମେଣ୍ଟର ସମସ୍ତେ ବସିବା ଭଳି ସେତେ ସଂଖ୍ୟକ ଚେୟାର୍ ନଥିଲେ ବି, କିଛି ଦରି ଶେଷମୁଣ୍ଡରେ ପଡ଼ିଛି। ବାରଟା ବେଳକୁ ନନା ଆସିବେ।

ସର୍ବପ୍ରଥମେ ମୁଁ, ବାରଟା ବାଜିବାକୁ ପନ୍ଦର ମିନିଟ୍ ପୂର୍ବରୁ ପହଞ୍ଚି ଯାଇ ପଡ଼ିଥିବା ଫାଙ୍କା ଚେୟାର୍ ମଧ୍ୟରୁ ମଝିସ୍ଥଳର ଚେୟାର୍‌ଟିଏ ଦେଖି ବସି ପଡିଥିଲି। ବାରଟା ପରେ ପରେ ଗୋଟାଏ ଗୋଟାଏ ହୋଇ ତିନି ତାଲା ଓ ଛଅତାଲାର ଅଭିଜାତ ଅନ୍ତେବାସୀ ମାନେ ତଳକୁ ଗଡ଼ିଲେ। ପ୍ରଥମେ ମୋ ବାମପାର୍ଶ୍ୱ ଅଧିକାର କଲେ ଜଣେ ଅଧ୍ୟାପିକା। କଲେଜର ରେଜିଷ୍ଟାର୍ ଧରିବାପରି ତାଙ୍କ ହାତରେ କିଛି ବହିଖାତା। ତା'ପରେ ଆସିଲେ ସୋସାଇଟିର ପୂର୍ବତନ ପ୍ରେସିଡେଣ୍ଟଙ୍କର ସ୍ତ୍ରୀ। ସୁଗାୟିକା ସୁଶ୍ରୀ ଶ୍ରୀମତୀ ମିଶ୍ର ଏଣ୍ଡ କୋ.। ଅର୍ଥାତ୍ ଭାଇନାଙ୍କ ସହ ଶ୍ରୀମତୀ ମିଶ୍ର ମୋର ଡାହାଣ ପାଖ ଦୁଇଟି ଚେୟାର୍ ଅଧିକାର କଲେ। ତା'ପରେ ଏପାର୍ଟମେଣ୍ଟର ଅନ୍ୟମାନେ ଆସି ଗୋଟେ ଗୋଟେ ଚେୟାର ମାଡ଼ି ବସିଗଲେ। କହିବା ବାହୁଲ୍ୟ ଆମ ସୋସାଇଟିର ଅନ୍ୟ ସ୍ତ୍ରୀ ମାନେ ବହୁଗୁଣ ଭୂଷିତା ହୋଇଥିଲେ ବି ଆମ ତିନିଜଣଙ୍କ ପରି ଚାକିରି ଓ ବହୁ ଜନସମ୍ପର୍କିତା ସେତେ ବେଶି ନୁହନ୍ତି। ସୀମିତ ଚେୟାର ଥିବା ଯୋଗୁଁ ସମସ୍ତେ ସଚେତନ ଥିଲେ ନିଜ ନିଜର ଆସ୍ଥାନକୁ ପୂଜା ଶେଷଯାଏ ଅକ୍ତିଆରରେ ରଖିବାପାଇଁ। ତେଣୁ ସେମାନଙ୍କର ଏଭଳି ଉତ୍ସବମାନଙ୍କରେ କ୍ୱଚିତ୍ ବନ୍ଧୁ ସମ୍ମେଳନ ଘଟିଲେ ମଧ୍ୟ ନିଜ ଆସ୍ଥାନ ଛାଡ଼ି କେହି କାହା ପାଖକୁ ଯାଇ ଗପିବାକୁ ଇଚ୍ଛା ଥିଲେବି ସେପରି କରୁ ନ ଥିଲେ।

ଶ୍ରୀମତୀ ମିଶ୍ର ଆମ ସୋସାଇଟି କମ୍ପ୍ଲେକ୍ସର ସର୍ବଜ୍ୟେଷ୍ଠା ମହିଳା। ଏ ସପ୍ତତି ପର ବୟସରେ ବି ନିଜକୁ ସଦା ସଜ୍ଜିତ ଓ ସତେଜ କରି ରଖିଥାନ୍ତି। ସେ ପ୍ରଥମେ କଥା ଆରମ୍ଭ କଲେ ତାଙ୍କ ଟାୱାରର ଅନ୍ତେବାସିନୀ ସେ ଅଧ୍ୟାପିକାଙ୍କ ସହିତ।

'ବୁଝିଲ ଗୀତା, ତାର କେଡ଼େ ସାହସ କହିଲ? ଆମର ଏ ଆପାର୍ଟମେଣ୍ଟ ଲେଟ୍ରିନ୍‌ରେ ଖବରକାଗଜ ପାରିଦେଇ ତାର ଛୁଆକୁ ହଗାଉଛି। ଆମ ମଧ୍ୟରୁ କିଏ ତାକୁ ସେ କାଗଜ ଦେଲା କହିଲ? ଏଇଟା ତ ଠିକ୍ କଥା ଜମ୍ମା ନୁହେଁ?'

"ହଁ ମ୍ୟାଡାମ୍, ମୁଁ ସେକଥା ସବୁ ଜାଣେ। ତାକୁ ଆଚ୍ଛା କରି ପଦେ ମିଠାକଡ଼ା ଶୁଣାଇ, ଯାହା ସବୁ କହିବାର କଥା ମୁଁ କହି ସାରିଛି। ଏସବୁ ବ୍ୟାପାର ଏଠି ଚଳିବନି।"

"ଆରେ ତିନି ତିନିଟା ପିଲାଙ୍କୁ ନେଇ ସେ ଏଠିକି କାମ କରିବାକୁ ଆସୁଛି। କିଏ ହଗି ପକାଉଛି ତ କିଏ ମୁତୁଛି। ଇଏ କି ପ୍ରକାର କଥା କୁହ ତ ଦେଖି। ତୁ କାମ କରିବାକୁ ଆସିବୁ। ଛୁଆଙ୍କୁ ଘରେ ରଖି ଆସିବୁ। ନ ହେଲେ ତଳେ ଛାଡ଼ି ଆସିବୁ। ଉପରକୁ ଆଣୁଚୁ। କେଉଁଠି ସେମାନେ ଖସି ପଡ଼ିଲେ କି ଆଉ କଣ କରିଲେ କିଏ ଦାୟୀ ରହିବ? ମୁଁ ତାକୁ ସିଧାସିଧା କହି ଦେଇଛି- ଛୁଆ ଧରି ଆସି କାମ କରିବା ଦରକାର ନାହିଁ ମୋର।" ଶ୍ରୀମତୀ ମିଶ୍ର କହିଲେ।

'ହଁ ମ, ପିଲାଏ ଆସି ଏଠିସେଠି ମୁହଁ ଗଳାଉଛନ୍ତି। ଏଗୁଡ଼ା ସବୁ କି କଥା ଯେ! କେତେବେଳେ କଣ ହେଇଯିବ ଯଦି।' ଅଧ୍ୟାପିକା ଗୀତା ଉତ୍ତର ଦେଲେ।

ସେମାନଙ୍କ କଥୋପକଥନକୁ ମଝିରେ ବସି ସାଣ୍ଡଉଇଚ୍ ଭଳି ହୋଇ ବାଧ୍ୟବାଧକତାରେ ମୁଁ ଶୁଣୁଥିଲି। ହେଲେ କିଛି ବୁଝିପାରୁ ନଥିଲି। କିଏ ସିଏ? କାହା କଥା କହୁଚନ୍ତି ଏମାନେ? ପଚାରିଲି- 'ଅପା, କାହା କଥା କହୁଚନ୍ତି ଆପଣମାନେ?'

"ସେଇ ଟୋକୀଟା ମ, ଆମ ଘରେ ଆଗରୁ ଯିଏ କାମ କରୁଥିଲା।"

"ଆଉ ଏବେ?" ମୁଁ ପଚାରିଲି।

"ତାକୁ ମୁଁ କାମ ଛଡ଼ାଇ ଦେଇଚି।" ଉତ୍ତର ଦେଇ ଶ୍ରୀମତୀ ମିଶ୍ର ଅଦୂରରେ ବସିଥିବା ଶ୍ରୀମତୀ ମହାପାତ୍ରଙ୍କୁ ହାତଠାରି କହିଲେ- "ଏଇ ଶୁଣ। ତୁମେ ତାକୁ କହିଲତ?"

ଶ୍ରୀମତୀ ମହାପାତ୍ର ଟିକେ ସ୍ଥିର ଶାନ୍ତ ପ୍ରକୃତିର ଘରୋଇ ସ୍ତ୍ରୀ। ସେ ସମ୍ଭ୍ରମରେ ଶ୍ରୀମତୀ ମିଶ୍ରଙ୍କ ପାଖକୁ ଉଠି ଆସି ନିମ୍ନ ଅଥଚ ଦୃପ୍ତ କଣ୍ଠରେ କହିଲେ, "ହଁ ମ। ମୁଁ ତାକୁ ଶୁଣେଇ ଦେଇଛି।"

ପୂଜା ଆରମ୍ଭ ହେବା ଉପରେ। ଦରି ଉପରେ ପିଲାଛୁଆ ଓ ଚେୟାର୍ ପାଇ ନ ଥିବା ଯୁବକ ଯୁବତୀମାନେ ବସି ଗଲେଣି। ବଡ଼ ବୟସ୍କମାନେ କେତେଜଣ କିଛି

ଚେୟାର୍ ଉପରେ ଓ ଅଭାବେ ଅନ୍ୟମାନେ ମଣ୍ଡପ ପାଖରେ ଘୂରି ବୁଲୁଥାନ୍ତି । ଠାକୁର ବିଗ୍ରହଙ୍କ ସାମ୍ନାରେ ବିରାଟ ପରାତ ମାନଙ୍କରେ ବିଭିନ୍ନ ପ୍ରକାର ଫଳମୂଳ, ଚୂଡ଼ାଘଷା, ମିଠା ଓ ଲଡୁ ଆଣି ସଜାଇ ରଖା ହୋଇଛି- ଭୋଗଲାଗି ହେବ । ବ୍ରାହ୍ମଣ ମନ୍ତ୍ର ପଢୁଥାନ୍ତି । ଟିଙ୍ଗା ଭାଇନା ସଂକଳ୍ପରେ ବସିଥାନ୍ତି । ସ୍ତ୍ରୀମାନେ ଶଙ୍ଖ, ଯୁବକମାନେ ଘଣ୍ଟା ଝାଲି ବଜେଇ ଲାଗିଛନ୍ତି । ହୁଳହୁଳିରେ କାନ ଫାଟି ପଡୁଚି । ସମସ୍ତଙ୍କ ମନରେ ପୂଜାର ଉଲ୍ଲାସ ।

ଟିକେ ଦୂରରେ ତିନିଟା ପିଲା ଠିଆହୋଇ ଠାକୁରଙ୍କୁ ଓ ତାଙ୍କ ସାମ୍ନାରେ ଦରି ଉପରେ ବସିଥିବା ଆପାର୍ଟମେଣ୍ଟବାସୀ ପିଲାଙ୍କୁ ଓ ପରାତମାନଙ୍କରେ ଥିବା ଭୋଗ ଥାଳିଆକୁ ଉଦାସୀନ ଆଗ୍ରହରେ ତରକ ମରକ ହୋଇ ଦେଖୁଥାନ୍ତି । ସେମାନଙ୍କ ଲୋଭିଲା ଭୀତ ଦୃଷ୍ଟିକୁ ମୁଁ ଲକ୍ଷ୍ୟ କରୁଥିଲି । ସେମାନଙ୍କୁ ଆଗରୁ କେବେ ମୁଁ ଆପାର୍ଟମେଣ୍ଟରେ ଦେଖିବା ଭଳି ମନେ ହେଉ ନ ଥିଲା ହୁଏତ ଏଠାକାର କାହା ଘରର ଅତିଥି ହୋଇ ଥାଇପାରନ୍ତି ସେମାନେ । ଶ୍ରୀମତୀ ମିଶ୍ର ସେମାନଙ୍କୁ କଟୁ ଦୃଷ୍ଟିରେ ଚାହିଁ କହିଲେ, "ହେଇ ଦେଖୁନା । କେମିତି ଉଣ୍ଡୁଚନ୍ତି ଏଠି ।" "ଏମାନେ କାହା ଘରର ପିଲା ଅପା ?" ମୁଁ ତାଙ୍କୁ ପଚାରିଲି ।

"ସେଇ, ସେଇ ମାଇକିନାର ପିଲା ମ ।" ତା'ପରେ ନିଜକୁ ନିଜେ କହି ହେଲେ, ଆରେ ତୁ କାମ କରିବୁ ବୋଲି ତିନି ତିନିଟା ପିଲାଙ୍କୁ ସାଙ୍ଗରେ ଧରି ଆସିବୁ ? ହ୍ୟାପ୍ ।

ମୁଁ ତାଙ୍କୁ କହିଲି, 'ଏ ପିଲାମାନେ ତ ଭଦ୍ର ଘରର ପିଲାଙ୍କ ପରି ଦୁଶୁଚନ୍ତି । ଭଲ ପୋଷାକ ବି ପିନ୍ଧିଛନ୍ତି । ମୁଁ ଭାବିଥିଲି ଏଠାକାର କାହାଙ୍କର ଅତିଥିଙ୍କ ପିଲାବୋଲି ।'

"ହଁ ସେମାନଙ୍କ ଛଇଛଟକରେ କଣ ଅଭାବ ଅଛି । ତା' ମା' କାମ କରୁଥିବା କେହି ଧନୀ ମାଲିକାଣୀ ଏ ଡ୍ରେସ୍ ସବୁ ଦେଇଥିବେ । ନିଜ ପିଲାମାନଙ୍କର ଉତ୍ତରଣ ।"

"ହୋଇଥିବ, କିଏ ଜାଣେ ସେକଥା ।" ମୁଁ ଉତ୍ତର ଦେଲି ।

ଚାକରାଣୀ ଓ ତା' ପିଲାଙ୍କ ପ୍ରସଙ୍ଗକୁ ଚାପି ଶଙ୍ଖ ହୁଳହୁଳି ଏଥର ଉଚ୍ଛୁଳି ଉଠିଲା । ବ୍ରାହ୍ମଣ ନନା କହିଲେ, "ପୁଷ୍ପାଞ୍ଜଳି ପାଇଁ ନିଜ ନିଜ ହାତରେ ଫୁଲ ଧରି ସମସ୍ତେ ପ୍ରସ୍ତୁତ ହୋଇଯାଆନ୍ତୁ । ମୁଁ ମନ୍ତ୍ର ବୋଲିବା ଅନୁସାରେ ଆପଣମାନେ ସେସବୁକୁ ଦୋହରାଇବେ ।"

ସମସ୍ତ ଅନ୍ତେଃବାସୀମାନଙ୍କର ଦୃଷ୍ଟି ନିଜ ନିଜର ପରିସର ଛାଡ଼ି ଠାକୁରଙ୍କ ଉପରେ ଏକୀଭୂତ ହୋଇଗଲା । ସମୟ ଅତିକ୍ରାନ୍ତ ହେଲାଣି ।

ପୁଷ୍ପାଞ୍ଜଳି ପରେ ଟିକେ ଭୋଗ ପାଇଦେଇ ମୁଁ ମୋ ଆପାର୍ଟମେଣ୍ଟକୁ ଫେରିବାକୁ

ବ୍ୟସ୍ତ ହେଉଥିଲି। ମାମିକୁ କହିଲି, "ଟିକେ ଭୋଗ ମୋତେ ଦେଇ ଦେ- ମୋତେ ଖୁବ୍ ଭୋକ ହେଲାଣି। ସମସ୍ତଙ୍କୁ ଭୋଗବଣ୍ଟା ହେବାକୁ ଡେରି ହେବ।" ସେ ଏଠୁସେଠୁ ମୁଠେଇ ଆଣି ମୋତେ ଭୋଗ ମେଞ୍ଚାଏ ବଢ଼େଇ ଦେଲା। କିଏ କଣ ଖାଇଲେ ପାଇଲେ ସେ କଥା ଭୁଲି ମୁଁ ଘରକୁ ପଳେଇ ଆସିଲି। ଏସିଡିଟି କାରଣରୁ ମୋର ମୁଣ୍ଡ ବୁଲେଇ ହେଉଥିଲା।

ଭୋଗ ଖାଇ ଗ୍ଲାସେ ପାଣି ପିଇବା ପରେ ମୋତେ ଟିକେ ସୁସ୍ଥ ଲାଗିଲା। ଓହୋ, ଆପେ ବଞ୍ଚିଲେ ବାପର ନାଁ ବୋଲି କୁହାଯାଏ ପରା! ହେଲେ, ସେଠାରେ ଥିବା ସବୁ ପିଲାମାନେ ଭୋଗ ପାଇଲେ କି ନାହିଁ? ମନଟା ଗୋଳେଇ ଘାଣ୍ଟି ହେଉଥିଲା। ବିଚାରି ପିଲା ତିନିଟିକୁ କେହି ଭୋଗ ମୁଠେ ଲେଖେଁ ଦେଇଥିବେ ତ? ଏଠିକା ଏ ସଭ୍ୟ ଶିକ୍ଷିତମାନେ ସେ ଅନାଥିନୀ ଅସହାୟା ସ୍ତ୍ରୀଟିର ଦୁଃଖ କଥା କେବେ କ'ଣ ହୃଦୟଙ୍ଗମ କରିଥିବେ? କେଡ଼େ ଅବସ୍ଥା ନ ହେଲେ, ସ୍ତ୍ରୀଟିଏ ତିନି ପିଲାଙ୍କୁ ଧରି ଏମିତି ଅସହାୟ ଭାବେ କାମକୁ ଆସେ। କେତେ ଅସୁବିଧାରେ ନ ଥିଲେ ନିଜ ଚାଳର ଛାଇତଳେ ଛୁଆଙ୍କୁ ସୁରକ୍ଷିତ ନ ଛାଡ଼ି ପର ଓଳି ତଳେ ବାର ହୀନସ୍ତା ହେବାକୁ ମା'ଟିଏ ଏମିତି ବିଲେଇ ପିଲାଙ୍କ ମା'ପରି ବାରଘର ଘୂରି ବୁଏ ନିଜ ଛୁଆଙ୍କୁ ଧରି।

ମୁଁ ମୋ ନିଜ ଚାକିରିଆ ଜୀବନର ହୀନସ୍ତାପଣ କଥା ଭାବି ହେଉଥିଲି। ଦିନ ମଜୁରିଆ ହେଉ, ଚାକିରିଆ ହେଉ କି ହେଉ ପରଘର ବାସନ ମାଜୁଥିବା ଚାକରାଣୀ। ନିଜର ସାଥୀଙ୍କ ସାହାଯ୍ୟ ଓ ସହୃଦୟତା ପାଉ ନଥିବା ସବୁ ମା'ଙ୍କର ଦୁଃଖ ଏକାଭଳି।

ମୁଁ ଚାକିରିରେ ଥିବାବେଳେ ସ୍ୱାମୀ ଓ ଦିଅରଙ୍କ ସହ ରହୁଥାଏ। ଘରେ କାମ କରିବାକୁ କି ଛୁଆର ଯତ୍ନ ନେବାକୁ କେହି ନଥାଏ। ତେବେ ଅଧ୍ୟାପିକା।ଚାକିରି ହୋଇଥିବାରୁ ଦିଅର ସ୍ୱାମୀଙ୍କ ରୁଟିନ୍ ସହ ନିଜ ରୁଟିନ୍‌କୁ ଖାପଖୁଆଇ ଅତ୍ୟଧିକ ପରିଶ୍ରମ ସହ ମୋତେ ଚଳିବାକୁ ପଡୁଥିଲା। ଘରେ ଚାକରାଣୀ ରଖିବାର ସାମର୍ଥ୍ୟ ନ ଥିଲା। ପରିବାର ଆର୍ଥିକ ବୋଝ ଅସମ୍ଭାଳ ଥିଲା। ସେତିକି ବେଳର ଘଟଣାଟିଏ ମୋ ମନରେ ଉକୁଟି ଉଠିଲା।

ନିତି ପ୍ରତି ପରି କାମ ତୁଟେଇ ଦେଢ଼ବର୍ଷର ମୋର ଶିଶୁ ପୁତ୍ରଟିକୁ ଖୁଏଇ, ଶୁଏଇ ପକେଇ ମୁଁ ଅପେକ୍ଷା କରିଥାଏ। ଦିଅର ଫେରିଲେ ତାଙ୍କୁ ଛୁଆର ଜିମାଦେଇ କର୍ମକ୍ଷେତ୍ରକୁ ଯିବି। ରିକ୍ସାରେ ୧୦/୧୫ ମିନିଟ୍‌ର ରାସ୍ତା ମୋର କଲେଜ। କ୍ଲାସ୍ ବେଳ ହୋଇଯାଉଛି। ଦିଅରଙ୍କ ଦେଖାନାହିଁ। ମୋତେ ଛଟପଟ ଲାଗିଲାଣି। ରିକ୍ସା ନ ମିଳିଲେ ଅବସ୍ଥା ଖରାପ ହେବ। ଆଉ ମାତ୍ର ୨୦ ମିନିଟ୍ ବାକି ଅଛି। କଣ କରିବି ବାଟ ଦିଶୁନାହିଁ। ଏକା ଏକା ଛୁଆକୁ ଛାଡ଼ି ଯିବି କେମିତି।

ଏମିତି ଭାବୁ ଭାବୁ ଘରକୁ ଲାଗି ପଡ଼ିଶା ବଙ୍ଗାଳି ଭଦ୍ର ମହିଳାଙ୍କ ଘରେ ପୁଅକୁ ଶୁଆଇ ଚାଲିଯିବି ଭାବିଲି। ଶୋଇଲା ପୁଅଟି ପାଇଁ ତାକୁ ଦଶମିନିଟ୍ ଭିତରେ ବିଶେଷ କଷ୍ଟ କରିବାକୁ ପଡ଼ିବନି। ଦିଅର ତ ନିଶ୍ଚେ ପହଞ୍ଚି ଯିବେ ଇତି ମଧ୍ୟରେ। ଅଗତ୍ୟା ଶୋଇଲା ପୁଅକୁ କାନ୍ଧରେ ପକାଇ ତାର ବିଛଣା ତଉଲିଆ ସହ ମୁଁ ଯାଇ ସେ ବଙ୍ଗାଳି ଭଦ୍ରଲୋକଙ୍କ ଘରେ ଉଠିଲି। ସବୁ କଥା କହିଲି। ହେଲେ, ସେ ଉଦାସୀନ ସ୍ୱରରେ କହିଲେ, ନା ନା ଏମିତି ହେବନି। ମୋ ପିଲାଙ୍କୁ ଫୋଡ଼ା ବାହାରିଚି। ଆପଣଙ୍କ ପିଲାକୁ ସଂକ୍ରମିତ କରିବ। ମୁଁ ତାଙ୍କୁ କହିଲି, "ପାଞ୍ଚଦଶ ମିନିଟ୍ ଭିତରେ ମୋ ଦିଅର ପହଞ୍ଚିଯିବେ ଓ ଯାକୁ ନେଇଯିବେ। ବ୍ୟସ୍ତ ହେବାର କିଛି ନାହିଁ। ପ୍ଲିଜ୍ ଟିକେ ହେଲ୍ପ କରନ୍ତୁ।" ସେ କିନ୍ତୁ ଉଦାସୀନ।

କଣ କରିବି ବୋଲି ମୁଁ ଚିନ୍ତା କରୁଥାଏ- ମୋ କ୍ଲାସରେ ଦେଢ଼ଶହ ପିଲା। ଡେରି ହେଲେ ବା ମୋ ଅନିୟମିତ ଅନୁପସ୍ଥିତିରେ ସେମାନେ ଶ୍ରେଣୀରେ ବସି ହୋହଲ୍ଲା କରି ପାଖ ଶ୍ରେଣୀରେ ଶିକ୍ଷାଦାନରେ ବ୍ୟାଘାତ କରିବେ। ପ୍ରିନ୍ସପାଲ୍ ମୋତେ ଏକ୍ସପ୍ଲାନେସନ୍ ମାଗିବେ। କି ଲଜ୍ଜା! କଣ ମୁଁ ଏବେ କରିବି?

ଆଗରୁ ଏ ଭଦ୍ରମହିଳା ବେଶ୍ ନମ୍ର, ଭଲ ଓ ସହଯୋଗୀ ମନୋବୃତ୍ତିର ଭଳି ମନେ ହେଉଥିଲେ। ଅଥଚ ଏ'ତ ମହାକାଳ ଫଳ। ତାଙ୍କର ସେ ଅତି ସହଜ ଓ ଉଦାସୀନ ନକାରାତ୍ମକ ମାନସିକତା ମୋତେ ଖୁବ୍ ଆଘାତ ଦେଲା। ମୋ ଆତ୍ମସମ୍ମାନ ଆହତ ହେଲା। ମୁଁ ତାଙ୍କୁ କେତେଥର ଅନୁରୋଧ କଲି ଅଥଚ..। ନିରୁପାୟ ହୋଇ ମୁଁ ତାଙ୍କ ପାଖରୁ ଫେରି ଆସିଲି। କାନ୍ଧରେ ଶୋଇପଡ଼ିଥିବା ନିରୀହ ଶିଶୁ। ମୋ ମନରେ ମୋ କ୍ଲାସ୍‌ର ସମ୍ଭାବ୍ୟ ଅସମ୍ଭାଳ ରୂପ ଓ ତତ୍‌ଜନିତ ମୋ ଉପରେ ତାର ପ୍ରକୋପ କଥା ପ୍ରବଳ ହୋଇ ଉଠୁଥିଲା। ନୂଆ ନୂଆ ଚାକିରି। ଭ୍ରାନ୍ତି ଓ ଅପମାନର ସମ୍ମିଶ୍ରିତ ଭୀତି। ଠକ ବୋଲି ବଦନାମିର ଡର।

ଠିକ୍ ସେତିକିବେଳେ ସବୁ ଆଶଙ୍କାର ଅନ୍ଧାରକୁ ଦୂର କରି ଦିଅର ପହଞ୍ଚିଗଲେ। ତରବର ହୋଇ ଛୁଆକୁ ମୋ କାନ୍ଧରୁ ନେଇ କହିଲେ, "ଯାଅ ଯାଅ, ଡେରି ହୋଇଗଲାଣି ଭାଉଜ।"

ମୁଁ ତତ୍‌କ୍ଷଣାତ ପିଲାଟିକୁ ତାଙ୍କ କୋଳକୁ ଦେଇ କାନ୍ଧରେ ବ୍ୟାଗ୍ ଗଳେଇ ରାସ୍ତାକୁ ଦୌଡ଼ିଲି। ଭଗବାନଙ୍କୁ ଡାକିଲି, "ଶୀଘ୍ର ମୋତେ ରିକ୍ସାଟିଏ ମିଳିଯାଉ ପ୍ରଭୋ। କେଡ଼େ ବିପତ୍ତିରୁ ରକ୍ଷାକଲ ଭଗବାନ।"

ଆଜି ସେଇ ଭଗବାନ ଗଣେଶଙ୍କ ପୂଜାବେଳେ, ସେଇ ତିନୋଟି ପିଲାଙ୍କ ଚେହେରାରେ ମୋତେ ଦିଶୁଥିଲା ମୋ ପିଲାଟିର ଚେହେରା। କେଡ଼େ ଅସହାୟ,

ଅଲୋଡ଼ା- ପ୍ରତ୍ୟାଖ୍ୟାତ ଅଥଚ ନିହୀହ। ଏବଂ ଶ୍ରୀମତୀ ମିଶ୍ରଙ୍କ ରୂପରେ ଫୁଟି ଉଠୁଥିଲା ସେଇ ଆପଣା ସ୍ୱାର୍ଥିକା ଭଦ୍ର ମହିଳାଙ୍କ ପ୍ରତିଛବି। ମା ହୋଇ ବି ଯିଏ ବୁଝିପାରେନି ମା'ଟିର ଅସହାୟତାର କଥା।

କେତେ କଷ୍ଟ ନ ହେଲେ, ଆବଶ୍ୟକତା ନଥିଲେ ଅସହାୟ ହୋଇପଡ଼ି ନଥିଲେ, ଜଣେ ସ୍ତ୍ରୀଲୋକ ନିଜ ପିଲାମାନଙ୍କୁ ଧରି ବାହାରେ କାମ କରିବାକୁ ଗୋଡ଼କାଢ଼େ। କେଡ଼େ ମଜବୁର ହୋଇପଡି ନଥିଲେ, ଖାଇପିଇ ଖରାବେଳେ ଛୁଆଙ୍କୁ ନିଜ ଘରେ ନିରାପଦରେ ଶୁଆଇ ନ ପକେଇ ମା'ଟିଏ ବିଲେଇ ଛୁଆଙ୍କ ପରି ନିଜ ଛୁଆଙ୍କୁ ଧରି ଏଠି ସେଠି କାମ ପାଇଁ ଘୂରିବୁଲେ।

ଏସବୁ କେବଳ ଅନୁଭବୀଟିଏ ହିଁ ଜାଣେ। ସେପରି ଅସହାୟ ମାଆଟି ପ୍ରତି ଟିକେ ସହନଶୀଳ ହେବାର ମାନବିକତା ଆଧୁନିକ ଶିକ୍ଷା ଓ ସଭ୍ୟତା ମଣିଷ ଭିତରେ ସୃଷ୍ଟି କରିନାହିଁ ଯଦି ଆମେ କି ଶିକ୍ଷିତା କି ପ୍ରକାର ସଭ୍ୟ ମଣିଷ ବୋଲି ନିଜକୁ ବିଚାର କରିବୁ ?

ମୁଁ ଝର୍କା ଦେଇ ତଳକୁ ଚାହିଁଲି। ସେ ତିନିଟି ପିଲା ଭୋଗ ପାଇଲେ କି ନାହିଁ ବୋଲି ଦେଖିବାକୁ। ହେଲେ ସେଠାରେ ସେ ତିନିଟି ପିଲା ଏବେ ଆଉ ଦେଖାଯାଉ ନଥିଲେ।

■

# ମା

ମାଆମାନେ ସବୁବେଳେ ଏମିତି।

ଶ୍ରୀମତୀଙ୍କ ନିଜସ୍ୱ ଫାର୍ମହାଉସର ବଗିଚାରେ ଏବେ ଭରପୂର ଫସଲ। ସବୁଆଡ଼େ ଛାଇଯାଇଚି ଏକ ଆକର୍ଷକ ସବୁଜିମା। ପରିବା ଗଛ ସବୁରେ ଲଦି ହୋଇ ରହିଛନ୍ତି ଅସଂଖ୍ୟ ଫୁଲ ଓ କଷି। ଫଳଗଛଗୁଡ଼ିକ ମଧ୍ୟ ରଙ୍ଗବେରଙ୍ଗର ବଉଳରେ ଭର୍ତ୍ତି।

ଖରାର ପ୍ରାବଲ୍ୟ ସତ୍ତ୍ୱେ ବି କଖାରୁ ଓ କୁନ୍ଦୁରୀ ଗଛ ଦିଶୁଛନ୍ତି ଆଷାଢ଼ଶ୍ୟାମଳ ରଂଗରେ ବିଭୋର। ଘଞ୍ଚ ଲଟା ପତ୍ର ଆଢୁଆଳରେ ଲମ୍ବା କଜ୍ଜଳଟଣା ଆଖିଭଳି ପତ୍ର ସନ୍ଧିରୁ ଯିଏ ଚାହିଁଥାଏ ତଳକୁ, ସିଏ ହେଉଚି ନିଟୋଳ ଗଠନର କୁନ୍ଦୁରୀ। ଏକ ଶସ୍ତା, ସତେଜ ଓ ସହଜଲଭ୍ୟ ପରିବା- ପାଣିଚିଆ ସ୍ୱାଦସହ ନିବୁର୍ଦ୍ଧିଆ ଫଳର ବଦ୍‌ନାମର ପ୍ରମାଦ ଯା'ର ପ୍ରତ୍ୟେକ ଅଣୁରେ ଲେଖିହୋଇ ରହିଚି। ଅବଶ୍ୟ ଏକଦା ଏଇ ବଦ୍‌ନାମୀ ପରିବା ଏବେ ଡାକ୍ତରୀ ବିଦ୍ୟାର ବହୁଳ ପ୍ରଚାର କାରଣରୁ ସମାଜରେ ପୁନଶ୍ଚ ଆଦୃତି ଲାଭ କଲାଣି। କିନ୍ତୁ ଲୋକ- ବିଶ୍ୱାସର ଅନ୍ଧତା ଏବେ ବି ପୂରାପୂରି କଟି ଯାଇନି।

ସେ ଯାହାହେଉ, ଏଇ ପରିବାଟି ଥିଲା ଶ୍ରୀଙ୍କର ଭାରି ପ୍ରିୟ। କେବେଠାରୁ ଓ କେଉଁ କାରଣରୁ କୁନ୍ଦୁରୀ ପ୍ରତି ଶ୍ରୀ ଆକର୍ଷିତ ଥିଲେ ସେ କଥା ସେ ନିଜେ ବି ବୁଝି ପାରନ୍ତିନି। ହୁଏତ ମା' ହାତର କୁନ୍ଦୁରୀ ଭଜା ଖାଇବାର ଆନନ୍ଦରୁ ଏଇ ଆକର୍ଷଣ। ଖରାଦିନେ ଆମ୍ବଲସି ମିଶା ପଖାଳ, କଞ୍ଚାଲଙ୍କା ରସୁଣ ଛୁଙ୍କଦିଆ କଳମ ଶାଗ ଓ ପିଆଜ, କଞ୍ଚାଲଙ୍କା ଓ ଗୁଣ୍ଡଜିରା ସହ ଚିଙ୍ଗୁଡ଼ି ପୋଡ଼ା ଚକଟା କିମ୍ବା ସଜକୁନ୍ଦୁରୀର ଟାଣଟାଣ ଭଜା। ଆଃ... କି ମଜା। ଜୀବନର ଏ ଉତ୍ତରାର୍ଦ୍ଧରେ ବି ସେକଥା ମନେ ପଡ଼ିଲେ, ମନେପଡିଯାଏ ମା'ର ଶ୍ରଦ୍ଧା ଓ ମମତାରେ ଭରା ନିରୀହ ମୁହଁରେ ସାମାନ୍ୟ ସ୍ମିତ। ସନ୍ତାନକୁ ସନ୍ତୁଷ୍ଟ କରି ପାରିଲେ ମା'ଟିଏ ପାଇଯାଏ ସତେ କି ତା'ର ଜନ୍ମଜନ୍ମର ତପସ୍ୟାର ଫଳ। ସବୁ ମାନସମ୍ମାନ ତା' ତୁଳନାରେ ତୁଚ୍ଛ।

ଶ୍ରୀଙ୍କ ନିଜ ବଗିଚାରେ ଏବେ ଲହଡି ଭାଙ୍ଗୁଛି ଝୁଡ଼ି ଝୁଡ଼ି ମଞ୍ଚାଭର୍ତ୍ତି କୁନ୍ଦୁରୀ। ନିତି ନିତି ନିଜେ ଶ୍ରୀ କିଛି କୁନ୍ଦୁରୀ ନିଶ୍ଚୟ ଭାଜି ସ୍ୱାମୀଙ୍କୁ ପରଷି ଥାନ୍ତି। କାରଣ କୁନ୍ଦୁରୀ କାଳେ ଡାଇବେଟିକ୍ସମାନଙ୍କର ଏକ ପଥ୍ୟ-ଖାଦ୍ୟ। ଏଇ ହେତୁରୁ ମାର୍କେଟରେ ଦିନେ ଅବହେଳିତ ହୋଇ ପଡିଥିବା କୁନ୍ଦୁରୀର ଭାଉ ଏବେ ଅମୂଲ୍ୟମୂଲ। ହେଲେ, ନିଜ ହାତଭଜା କୁନ୍ଦୁରୀରେ ସେ ଖୋଜି ପାଆନ୍ତି ନାହିଁ ମା' ହାତଭଜା କୁନ୍ଦରୀର ସ୍ୱାଦ। ଶ୍ରୀ କେବେ ବି ଭୁଲି ପାରନ୍ତିନି ସେଦିନ ସେଇ କୁନ୍ଦରୀ ଭଜା ଖୁଆଇବା ପାଇଁ ତାଙ୍କ ମା' କେମିତି ଭୁଲିଯାଇ ଥିଲେ ସବୁ ନୀତିନିୟମ ଓ ନିଜର ମାନ, ସମ୍ଭ୍ରମ। ନିଜ ବଗିଚାରେ ମଞ୍ଚାରେ ଏତେ କୁନ୍ଦୁରୀସବୁ ଦେଖି, ଆଜି ବି ଅତୀତର ସେଇ ଘଟଣା ମନେପଡ଼େ। ମନେପଡ଼େ ମା' ମୁହଁର ସେଇ ସଲ୍ଲଜ ଅଥଚ ଉଜ୍ଜ୍ୱଳ ସନ୍ତୋଷମୟ ସ୍ମିତ ହସଟି।

ସେତେବେଳେ ସହରର ହଷ୍ଟେଲରେ ରହି ଶ୍ରୀ କଲେଜରେ ପାଠ ପଢୁଥିଲେ। ଭଲ ମାର୍କ ରଖି ପାଶ ନ କଲେ ସେ ପାଠ ପଢ଼ିବାର ମୂଲ୍ୟ ବା କ'ଣ? ସେଥିଲାଗି ଖରାଛୁଟିରେ ବି ଖୁବ୍ ଅଳ୍ପଦିନ ପାଇଁ ଶ୍ରୀ ଘରକୁ ଆସୁଥିଲେ। ଘରକୁ ଆସିଲେ ସେ ଅନୁଭବ କରନ୍ତି, ମା'ର ମନ ତାଙ୍କ ପାଇଁ କେଡ଼େ ବ୍ୟାକୁଳ ଥାଏ। ତାଙ୍କ ମା' ନିଜେ ଜଣେ ବୃତ୍ତିଧାରୀ ଛାତ୍ରୀ ଥିଲେ ମଧ୍ୟ ପ୍ରୋତ୍ସାହନ ଓ ସୁବିଧା ସୁଯୋଗ ଅଭାବରୁ ଉଚ୍ଚଶିକ୍ଷା ପାଇ ପାରି ନ ଥିଲେ। ହୁଏତ ଏଇ କାରଣରୁ ମା' ସବୁବେଳେ ଶ୍ରୀର ଉଚ୍ଚଶିକ୍ଷା ପ୍ରତି ଆଗ୍ରହୀ ଓ ପକ୍ଷପାତି ଥିଲେ। ସେ କିମିତି ଭଲ ପଢ଼ିବ, ତା' ଦେହ କିପରି ଭଲ ରହିବ, ଏ ପ୍ରତି ସବୁବେଳେ ସଜାଗ ଥିଲେ ମା'। ତଥାପି, ଅନ୍ତର ଭିତରେ ତାଙ୍କ ମାତୃତ୍ୱର ବାତ୍ସଲ୍ୟ ବ୍ୟାକୁଳ ହେଉଥିଲା। ଶ୍ରୀ କିପରି ଘରକୁ ଆସନ୍ତା, ବେଶୀଦିନ ରହନ୍ତା, ତା'ର ଭଳି ଭଳି ପ୍ରିୟ ଖାଦ୍ୟ ରାନ୍ଧି, ସେ ତାକୁ ଖୁଆନ୍ତେ। ଏତିକିରେ ଥିଲା ମା'ର ସନ୍ତୋଷ।

ଶ୍ରୀ ଘରକୁ ଆସୁଚି ଖବର ପାଇବା ମାତ୍ରେ ମା' ଦାଣ୍ଡ ଗୋହରୀକୁ ଯାଇ ଅନିଷା କରୁଥାନ୍ତି। ଭାରି ଅଭିମାନୀ ଝିଅ ତାଙ୍କର। ମାଆ ଦାଣ୍ଡକୁ ନ ଆସିବା ଦେଖିଲେ ରୁଷି ବସିବ କାଳେ। ଶ୍ରୀ ଆସିବାବେଳେ ମା' ଯଦି କଦାଚିତ୍ ଘରେ ନ ଥାନ୍ତି ତ ଶ୍ରୀର ମନ ବି ଖୁବ୍ ଫିକା ହୋଇଉଠେ। କେହି କିଛି ନ ଜାଣିଲେ ବି, ମା' ସେକଥା ବୁଝି ପାରନ୍ତି। ଶ୍ରୀ ଘରକୁ ଆସୁଚି ବୋଲି ତା'ର ପ୍ରିୟ ଚିତଉ ପିଠା ଲାଗି ଚୂନା ପ୍ରସ୍ତୁତି ସରିଥାଏ, ବାରିରୁ ନଡ଼ିଆ ତୋଳା ହୋଇ ରହିଥାଏ। କେଉଟୁଣୀକୁ ସଜ ଚିଙ୍ଗୁଡ଼ିମାଛ ଆଣି ଆସିବାକୁ ବରାଦ ହୋଇ ସାରିଥାଏ। ଚିଙ୍ଗୁଡ଼ି ପୋଡ଼ା ଚକଟା, ଚୂନାମାଛ ବେସରମିଶା ପତରପୋଡ଼ା କି ସଜ କୁନ୍ଦୁରୀର କଚକଚ ଟାଣ ଭଜା ତ ନିତିଦିନର ପଖାଳ ଖିଆ ମେନ୍ୟୁରେ ନିଶ୍ଚୟ ଥିବ। ଏଥିରୁ ଗୋଟାଏ କିଛି ଊଣା ହେଲେ, ଶ୍ରୀ'ର ମନକଥା ଛାଡ଼, ମା'ର ମନ ବି ଭଲ ରହେନାହିଁ।

ଶ୍ରୀ ଭାବୁଥିଲେ ମା'ର ମନକୁ ଭଗବାନ କେଉଁ ଚିଜରେ ଗଢ଼ିଥାନ୍ତି କେଜାଣି- ନିଜ ସନ୍ତାନ ପାଇଁ ଏତେ ସ୍ନେହଶୀଳ- ଏତେ ପ୍ରବଣ, ଅଥଚ ନିଜ ପାଇଁ ତା'ର କେଡ଼େ ଅଯତ୍ନ !

ସେଥର ଶ୍ରୀ ଆସିଥିଲା ଘରକୁ ମାତ୍ର ଦୁଇଦିନ ପାଇଁ। ତା' ପୁଣି ହଠାତ୍।

ଘରେ କୁନ୍ଦୁରୀ ନ ଥିଲା। ତାଙ୍କ ଗାଁରେ ସପ୍ତାହକୁ ଦୁଇଥର ବସେ ଶିମୁଳିଆ ହାଟ। ସବୁକିଛି ମିଳେ ସେଠି। ଏବେ ତ ସେଠି ବସୁଛି ନିତିଦିନିଆ ବଜାର। ଗାଁ ଆଉ କ'ଣ ଗାଁ ହୋଇଅଛି ? ସବୁ ଗାଁ ଏବେ ଗୋଟେ ଗୋଟେ ଛୋଟ ବଡ଼ ସହର। ଆଉ ସହରୀ ଲୋକଙ୍କ ଠାରୁ ବି ବଳି ଗଲାଣି ଏବେ ଗାଁ ଲୋକଙ୍କ ଚାଲିଚଳଣ ଓ ଚାତର। ଶ୍ରୀ'ର ଦି' ଦିନର ରହଣି ଭିତରେ ଶିମୁଳିଆ ହାଟର ବାରି ଆସିବ ନାହିଁ। ଅଥଚ, ଘରେ କୁନ୍ଦୁରୀ ନାହିଁ। ଚିଙ୍ଗୁଡ଼ି ଚକଟା ହୋଇପାରିବ ଯାହା। ସମୁଦ୍ରକୂଳିଆ ଗାଁ' ମାନଙ୍କରେ ସକାଳୁ ସକାଳୁ କେଉଟୁଣୀଏ ମାଛଝଙ୍କା ମୁଣ୍ଡେଇ ଘରକୁ ଘର ବୁଲନ୍ତି। ଜିଅନ୍ତା ଛଟ୍‌ଛଟ୍ କରୁଥିବା ସତେଜ ମାଛରେ ଡାଲା ଉଛୁଳି ପଡୁଥାଏ। ସେର ଦି'ଟଙ୍କା ଦେଢ଼ଟଙ୍କାରେ କେତେ ମାଛ ଖାଇବ ଖାଅ। ଏବେ ସେକାଳ ପଖାଳ ସାତସପନ। ଚିଙ୍ଗୁଡ଼ି କିଲୋ ଦି'ଶ, ତିନିଶ ଟଙ୍କାରେ ବି ଅମିଳକ।

ଆଉ କଳମଶାଗକୁ ବା ପଚାରେ କିଏ ? ବାଡ଼ି ଗଡ଼ିଆରେ ଭରି ରହିଥାଏ କମଳଦଳ। ମୂଲିଆ, ମଜୁରିଆ କି ଚାକରାଣୀ କାହାକୁ ବି କହିଦେଲେ ବେତାଏ କଳମଶାଗ ପିଣ୍ଡାରେ କୁଢେଇ ଦେଇଯିବେ। ଚିଙ୍ଗୁଡ଼ିର ଭଳିଭଳି ତରକାରୀ, ଯଥା ପୋଇ ଚିଙ୍ଗୁଡ଼ି ବେସର, ଚିଙ୍ଗୁଡ଼ି ବଡ଼ି ଆମ୍ବୁଲ ଖଟା ବେସର, କଲରା ବନ୍ତଳ କଦଳୀ ଓ ଚିଙ୍ଗୁଡ଼ି ରାଇ, କି ଚିଙ୍ଗୁଡ଼ି ନଡ଼ିଆରସର ରସା। ଏତ' ଥିଲାବାଲାଙ୍କର ରୋଜରୋଜର ତିଅଣ। ଚିଙ୍ଗୁଡ଼ି ନ ଥିଲେ ବି ଖଇଙ୍ଗା, ସାପୁଆ, ସଂଖୀ, କୋକଲି କି ବାଉଁଶପାତି ମାଛର ଅଭାବ ନାହିଁ। କେଉଟୁଣୀର ମାଛ ଖାଇଖାଇ ଅରୁଚା ଧରିଲେ ନିଜ ପୋଖରୀର ରୋହୀ ଭାକୁର କି ପୋଲୁହର କେଉଁ ଅଭାବ ଯେ ! ପିଲାଙ୍କର ରୁଚି ଚିଙ୍ଗୁଡ଼ି, ବଡଙ୍କର ଖଇଙ୍ଗା କି ଭେକ୍‌ଟୀରେ। ଆଉ ମାଇକିନାଙ୍କର କୋକଲି, ସଂଖୀ କି ବାଉଁଶପତ୍ରୀରେ। ଭଳିକି ଭଳି ମାଛର ତରକାରୀ। ଖାଇଖାଇ ଖାଉଟିଆ ହୋଇ ଯାଉଥିଲେ ସେତେବେଳେ ଗାଁ ଲୋକେ। କିଛି ନ ହେଲେ ଧାନବିଲରୁ ବି ଛୋଟମାଛ ବେଶ୍ କାନିଛଣା ଦେଇ ମୂଲିଆମାନେ ଧରି ଆଣୁଥିଲେ। ଚେଙ୍ଗଗଡ଼ିଶାଙ୍କ କଥା ଛାଡ଼। ସେଗୁଡ଼ିକ ସବୁ ବଡ଼ଘରର ଲୋକମାନେ ଖାଉ ନ ଥିଲେ ପ୍ରାୟ।

ଶ୍ରୀ ଭାବନ୍ତି ଯୁଗ ସତେ କେତେ ବଦଳି ଗଲାଣି। ଯୁଗ ସହ ତାଳ ଦେଇ ଜିନିଷପତ୍ର, ମଣିଷ, ମଣିଷର ରୁଚି ଓ ତା'ର ମନ, ପ୍ରାଣ, ସ୍ନେହ ଓ ଶ୍ରଦ୍ଧା।

ସେତେବେଳର ମା'ଟିଏ ପରି ଆଜିର ମା'ର ମନରେ କ'ଣ ସେପରି ନିସ୍ୱାର୍ଥ, ସମର୍ପିତ ଶ୍ରଦ୍ଧା ଅଛି ?

ସେଥର, ଦୂରସହରରୁ ଆସି ଘରେ ପାଦ ଦେଉ ନଦେଉଣୁ ମା' ପରଷି ଦେଇଥିଲେ ପଖାଳ, ଶାଗଭଜା, ଚିଙ୍ଗୁଡ଼ି ଚକଟା ଓ ପିତାସାଗ ବେସର ପତୁଆ। ଖାଉଖାଉ ପାଖରେ ବସି ପଙ୍ଖା କରୁଥିବା ମା'କୁ ଶ୍ରୀ ପଚାରିଥିଲେ, "ମା' କୁନ୍ଦୁରୀ ଭଜା ନାହିଁ କି ? ଦେଖିଲି, ସେ କୋଣ ବାଡ଼ିରେ ମଞ୍ଚାଭର୍ତ୍ତି କଷିକୁନ୍ଦୁରୀ ନଦି ଯାଇଛି ତ ?" ମା' ଗେହ୍ଲେଇ ହୋଇ କହିଲେ, "ଶିରି, ତୋର ତ ଆଚ୍ଛା ମନ ଲୋ। ଏତେ ପ୍ରକାରରେ ତୋର ମନ ମାନିଲାନି ଯେ ସେଇ ପାଣିଚିଆ କୁନ୍ଦୁରୀ ଭଜାରେ ତୋର ଏଡ଼େ ସଅକ ! ହଉ, ଟିକେ ଧୀରେଧୀରେ ଖାଉଥା।" ଏତିକି କହି ସେ ଝଅଟ ଉଠି ବାଡ଼ିଆଡକୁ ଚାଲିଗଲେ। ଶ୍ରୀକୁ କିଛି କହିବାକୁ ଆଉ ତର ମିଳିଲା ନାହିଁ। ଶ୍ରୀ ଭାବିଥିଲେ, କୁନ୍ଦୁରୀ କଥାରେ ମା'ହୁଏତ ମନ ଊଣା କରିଥିବେ। ଏତେ ପ୍ରକାର ତ କରି ମା' ପରଷି ଦେଇଚି। ସେ ଭଲା କୁନ୍ଦୁରୀ କଥା କାହିଁକି କହୁଥିଲା ଯେ ! ମା' ଯେତେ ପ୍ରକାରେ ନିଜ ସନ୍ତାନ ପ୍ରତି ଶ୍ରଦ୍ଧା ପ୍ରକଟ କଲେ ବି ସନ୍ତାନଟିଏ ଏତେ ଅତୃପ୍ତ, ଏତେ ଅବୁଝା ଅଝଟ ହୁଏ କାହିଁକି ? ଏଇ ମାଟି ମା' ଆମର କେତେ ପଦାଘାତ ସହୁଚି। ତା'ପରେ ବି ଭଲିଭଲି ଫୁଲଫଳ, ଶସ୍ୟସମ୍ପଦ ଦେଇ ଚାଲିଚି ନିରନ୍ତର। କେତେମତେ ତା'ର ଏଇ ଅଧର୍ମୀ ସନ୍ତାନମାନଙ୍କୁ ସନ୍ତୁଷ୍ଟ କରିବାକୁ ଚେଷ୍ଟା କରୁଚି ଏ ମାଟି। ଅଥଚ, ମଣିଷ କ'ଣ ଦେଉଚି ଏ ମାଟିକୁ, ବିଷ-ବିକ୍ଷୁବ୍ଧ କରୁଚି, ଦହନର ଦାହ ଓ ତା'ର ବକ୍ଷ ବିଦୀର୍ଣ୍ଣ କରି ସୃଷ୍ଟିର ଶ୍ୟାମଳିମାକୁ କରୁଚି ଧ୍ୱସ୍ତବିଧ୍ୱସ୍ତ ?

ଏଇ କଥା ଭାବୁଭାବୁ ଶ୍ରୀ ହଠାତ୍ ଉଠିପଡ଼ି ମା' କୁଆଡ଼େ ଗଲେ ବୋଲି ବାରି ଆଡ଼କୁ ଗଲେ। ମା' ହୁଏତ ନିଜର ଆହତ ମନକୁ ଶ୍ରୀ ଠାରୁ ଆଢୁଆଳ କରିବା ପାଇଁ ଆଡ଼ ହୋଇ ଯାଇଚି ବାହାରକୁ। ବାଡ଼ି ଦୁଆରେ ମା'କୁ ନ ପାଇ ଶ୍ରୀ ଆଉଟିକେ ଦୂରକୁ ଅନିଷା କରିବା ପରେ ଦେଖିଲେ ଯେ ମା' ଯାଇ ସେ କୋଣର କୁନ୍ଦୁରୀ ମଞ୍ଚା ପାଖରେ। ମୁଠାରେ ମୁଠେ ପୂରିଲା ପୂରିଲା କୁନ୍ଦୁରୀ। ନିଜ କାନିପଣତ ମେଲେଇ କୁନ୍ଦୁରୀ ମୁଠାମୁଠା ସେଥିରେ ପକେଇ ଦେଉଚି ମା'।

ଶ୍ରୀ ଦାଣ୍ଡପିଣ୍ଡାରୁ ହୁରି ଛାଡ଼ି ମା' ସେଠି କ'ଣ କରୁଚୁ କହି ଆରପଟକୁ ମୋଡ଼ିବା ବେଳକୁ ସେପଟ ଖଞ୍ଜାରୁ ତା'ର ପାଟି ଶୁଣି କାକୀମା ବାହାରି ଆସିଲେ। ବାଡ଼ି ମଞ୍ଚାକୁ ନିଘା ପଡ଼ିବା ମାତ୍ରେ ତାଙ୍କ ଆଖିରେ ଭରିଉଠିଲା ଏକ ଅଭାବିତ ସନ୍ଦେହ ଓ ଅସୂୟାର ରେଖା।

କାକୀମା ଖୁବ୍ ଲୋଭୀ, ଚାଲାକ୍ ଓ ସନ୍ଦେହୀ ସ୍ତ୍ରୀଲୋକ। କାକାଙ୍କର ପୁଲିସ ଚାକିରି। କାକୀ ହୁଏତ କାକାଙ୍କ ସେ ପୁଲିସିଆ ଗୁଣଟିରୁ କିଛି ଆପଣେଇ ନେଇଥିଲେ।

ନିଜର ତ ନିଜର, ପରସମ୍ପତ୍ତିକୁ ବି ନିଜର କରିବା ପାଇଁ ସେ ସାପଙ୍କ ପରି ଫଣା ଉଞ୍ଚେଇ ନଜର ରଖିଥାନ୍ତି। ଚୋର ଧରିବାର ନିଶା ବି ତାଙ୍କଠାରେ ପ୍ରବଳ। କାହା ବାଡ଼ିରୁ ନଡ଼ିଆ, କଦଳୀକାନ୍ଦି କି ଆମ୍ବ, ବେଲଉଣ୍ଡି ତୋଳି ଆଣିବାରେ ସେ ବେଶ୍ ଧୂରନ୍ଧର। ତେଣୁ ଅନ୍ୟମାନଙ୍କୁ ବି ସେଇ ନିକିତିରେ ତଉଲିବା ତାଙ୍କର ଅଭ୍ୟାସ।

ମା' ଦି'ମୁଠା କୁନ୍ଦୁରୀ ତୋଳି ଫେରିବା ବେଳକୁ କାକୀମା ତାଙ୍କ ଖଞ୍ଜାରୁ ତଳକୁ ଓହ୍ଲେଇ ଆମ ଆଡ଼କୁ ଧପାଳି ଆସୁଥାନ୍ତି। ତାଙ୍କୁଦେଖି ମା' ସରମି ଯାଇ ଆମ ରୋଷେଇ ଖଞ୍ଜାକୁ ତରତର ହୋଇ ଚାଲିଆସିଲେ ତ କାକୀମା ବି ନିର୍ଲଜ ଭାବେ ମା' ପଛେ ପଛେ ଚୋରକୁ ପୋଲିସ ଗୋଡ଼େଇବା ପରି ଧାଇଁ ଆସୁଥିଲେ।

ଶ୍ରୀ ନିଜ ଖାଇବା ପାଖକୁ ଫେରିଆସିଲେ। ହେଲେ, ଲଜ୍ଜାରେ ମା' ରୋଷଘର ପଛପଟ ଝର୍କା ଦେଇ କୁନ୍ଦୁରୀ ମୁଠାକ ଭିତରକୁ ପକେଇ ଦେଲେ, ଏଇ ଉଦ୍ଦେଶ୍ୟରେ ଯେ କୁନ୍ଦୁରୀ ମୁଠାକ ଲାଗି କାକୀମା ଆଗରେ ତାଙ୍କୁ ଅପମାନ ହେବାକୁ ନ ପଡୁ। ଜୀବନରେ କେବେ ବି ଅନ୍ୟର ଜିନିଷକୁ ଆଡ ଆଖିରେ ଚାହିଁ ନଥିବା ମା', କାକୀମାକୁ କି କୈଫିୟତ ବା ଦେବ। କୁନ୍ଦୁରୀଟା ତ କାକୀମାଙ୍କ ମଞ୍ଚାର କୁନ୍ଦୁରୀ।

ମା' ପଛେ ପଛେ ଆସୁଥିବା କାକୀମା ହୁଏତ ଅନୁମାନ କରିନେଲେ ଯେ, ଚୋରୀମାଲ୍ ଏବେ ଆଉ ଚୋର ପାଖରେ ନାହିଁ। ତେଣୁ ହାତହାତି ଚୋରଧରି ବାହାଦୂରୀ  ନେବାର ସୁଯୋଗ ଏବେ ହାତଛଡ଼ା। ତଥାପି, କେତେ କୁନ୍ଦୁରୀ ତାଙ୍କ ମଞ୍ଚାରୁ ଅପହୃତ ହେଲା ତା'ର ଗୋଟେ ଆକଳନ ପାଇଁ ସେ ପୁଣି ନିର୍ଲଜ ଭାବେ ଆସି ଆମ ରୋଷଘରର ଢେଙ୍ଗଡାଶାଳ ଭିତରେ ପଶିଲେ, ସତେ ଯେପରି ଖାନ୍‌ତଲାସିରେ ନିଯୁକ୍ତ ପୋଲିସ।

ଢେଙ୍ଗଡ଼ାଶାଳ ଭିତରେ ହାତଗଣତିରେ କେତୋଟି କୁନ୍ଦୁରୀକୁ ଦେଖି ମୁହଁ ନେଫେଡ଼ି ଦେଇ ଚାଲିଗଲେ। ମା'କୁ କି ମୋତେ ପଦେ ବି କିଛି କହିଲେ ନାହିଁ।

ଘଟଣାଟା ଏମିତି ଅଭାବିତ ଏବଂ ନାଟକୀୟ ଥିଲା ଯେ, ଶ୍ରୀ ନିଜର ପିଲାଳିଆ ମନୋବୃତ୍ତି ପାଇଁ ନିଜକୁ ଧିକ୍କାର କଲେ ମନେମନେ। ଖାସ୍ ତାଙ୍କରି ପାଇଁ ମା'ର ଚିରକାଳର ସଙ୍କୋଚପଣିଆରେ ଦାଗ ଲାଗିଲା। ନିଜର ସାନଯାଆ ପାଖରେ ସେ ଛୋଟ ହୋଇଗଲେ। ଚିରକାଳକୁ କଥା ରହିଲା– ମହତ ଗଲା ସିନା ପେଟ କ'ଣ ପୂରିଲା ?

ମା' ଖୁବ୍ ସରଳ ଓ ମମତାମୟୀ ଥିଲେ। ଖଟମିଛ କୂଟକପଟ ଓ ଛଳନାଠାରୁ ଦୂରରେ ନିଷ୍କଳୁଷ ନାରୀତ୍ୱ ତାଙ୍କର ସ୍ନେହଶ୍ରଦ୍ଧା ଓ ସରଳତାର ଏକ ମୂର୍ତ୍ତିମନ୍ତ ରୂପ ଥିଲା। ଧର୍ମଧାରଣା, ନୀତିନିୟମ ଓ ସଙ୍କୋଚତା ତାଙ୍କର ଗହଣା ଥିଲା।

କାକୀମା'ଙ୍କୁ ସେ ହୁଏତ ସତକଥାଟି କହିପାରିଥାନ୍ତେ ଯେ ଶ୍ରୀ'ର ମନ

ହେଉଥିଲା କୁନ୍ଦୁରୀଭଜା ଖାଇବାକୁ ତ ମୁଠେ କୁନ୍ଦୁରୀ ତୋ ମଞ୍ଚାରୁ ନେଉଥିଲି। ମାତ୍ର ଅନଭ୍ୟସ୍ତତା ଓ ଲଜ୍ଜା ହେତୁ ସେ ତାଙ୍କୁ ସେପରି କିଛି କହିଲେ ନାହିଁ। ଅଥବା, ଝିଅ ନାଁ ନେଲେ ହୁଏତ ଶ୍ରୀ'ର ଅହଂକୁ ଏକଥା ବାଧିପାରେ, ଫଳତଃ ସେ କୁନ୍ଦୁରୀ ଭଜା ନ ଖାଇପାରେ। ସେଥିଲାଗି ସେ ସେମିତି କିଛି ନ କହି ଚୁପ୍ ରହିବାଟାକୁ ଉଚିତ ମନେ କଲେ। ଅଥଚ ସବୁ ମାନ ଅପମାନ, ଲଜ୍ଜା ଓ ନିନ୍ଦାକୁ ନୀରବରେ ହଜମ କରିଦେଇ ସନ୍ତାନର ସ୍ନେହ ପାଖରେ ନିଜର ନିର୍ମଳ ଭାବମୂର୍ତ୍ତିକୁ ବଳି ପକାଇ ଦେଲେ।

କାକୀମା ଫେରିଗଲାପରେ, ରୋଷଘର ପଛପଟୁ ମା' ଘର ଭିତରକୁ ପଶି ଆସିଲେ। ତାଙ୍କ ମୁହଁରେ ଝଲସି ଉଠୁଥିଲା ଲଜ୍ଜା ଓ ଅପମାନର ଲାଲିମା ସହ ବାତ୍ସଲ୍ୟମମତାରେ ଫେଣ୍ଟାଫେଣ୍ଟି ହୋଇ ଏକ ଉଚ୍ଛଳ ଓ ପରିପୂର୍ଣ୍ଣ ସଫଳତାର ସ୍ମିତ।

ମୁଁ ମୂଳରୁ ଶେଷଯାଏ ମା'କୁ ଲକ୍ଷ୍ୟ କରୁଥିଲି। ମନେମନେ ତାଙ୍କର କାର୍ଯ୍ୟକଳାପ ଓ ବ୍ୟବହାରର ଏକ ସାମଗ୍ରିକ ଆକଳନ କରୁଥିଲି। ମୋର ସାରାଟା ସତ୍ତା ଏକ ବିକଳ ଅସହାୟତାରେ ଆର୍ତ୍ତନାଦ କରି ଉଠୁଥିଲା। ନିଜ ସନ୍ତାନର କେଡ଼େ ଛୋଟଛୋଟ ଆଶା ଓ ଇଚ୍ଛା ପୂରଣ ପାଇଁ ଯେଉଁ ମା' ନିଜର ମାନସମ୍ମାନକୁ ତୁଚ୍ଛ କରିଦେଇ ପାରେ, ତା' ପ୍ରତିଦାନରେ ପିଲାମାନେ ତାଙ୍କୁ ଦେଇଛନ୍ତି ବା କ'ଣ? ଉଦାସୀନତା ଓ ଅବହେଳା ସବୁବେଳେ ପିଲା ଓ ପରିବାରଠୁ ପାଇପାଇ, ଆପଣାଠାରୁ ଆସ୍ଥା ହରାଇ ସେଇ ମା'ଟି ଅକାଳରେ ଝରିଯାଇଚି। ଦି'ଟୋପା ଲୁହରେ କ'ଣ ତାଙ୍କର ସେବା, ଶ୍ରଦ୍ଧା ଓ ମମତାର ପ୍ରତିଦାନ ଦେଇହୁଏ? ଯେତେବେଳେ ବେଳ ଥିଲା, ସେତେବେଳେ ଖାଲି ଅଳି, ଅଝଟ, ଅବୁଝାପଣ ଓ ଅଭିମାନରେ ତ ସମୟ ସରିଗଲା। ଏବେ ମାତୃଋଣର ହେତୁ ହେଲାବେଳକୁ, ସବୁକିଛି ଶୂନ୍ୟ। ସବୁସ୍ଥାନ ଅପୂର୍ଣ୍ଣ।

ମା'ମାନେ ସବୁବେଳେ ଏମିତି। ନିଜେ ଦୁଃଖଯନ୍ତ୍ରଣା ଓ ଅବହେଳାର ନର୍କରେ ଘାଣ୍ଟି ହେଉଥିଲେ ବି ସନ୍ତାନମାନଙ୍କ ପାଇଁ ସଜାଡ଼ି ରଖିଥାନ୍ତି ଅମୃତ। ନିସର୍ତ୍ତ ଶ୍ରଦ୍ଧାରେ କିଏ ଏ ସଂସାରରେ ମଣିଷକୁ ଆପଣେଇ ପାରେ। ନିଜର ସବୁକିଛିର ବିନିମୟରେ। କେବଳ ମା'ଟିଏ ଛଡ଼ା?

ଯଦି ଠିକଣା ସମୟରେ ଏକଥା ମଣିଷ ହେଜି ପାରୁଥାନ୍ତା, ଉଚିତ କାମ, ଉଚିତ ସମୟରେ କରାଯାଇ ପାରୁଥାନ୍ତା ତ ଏ ସଂସାରଟା ଅମୃତମୟ ସ୍ୱର୍ଗ ହୋଇଯାଆନ୍ତା ନାହିଁ?

■

# ଚୋର

ରାତି ସେତେବେଳକୁ କେତେ ହେବ ? କିଛି ସମୟ ତଳେ ତ ସନ୍ଧ୍ୟା ବେଳର ଶଙ୍ଖ, ଘଣ୍ଟା ଓ ଆଳତିର ସମ୍ମିଳିତ ସ୍ୱର ସାମ୍‌ନା ତ୍ରିନାଥ ମନ୍ଦିରରୁ ଭାସି ଆସୁଥିଲା । ସଞ୍ଜ ସାତ କି ଆଠଟା ବାଜିଥିଲା ହୁଏତ ।

ଖେଳକୁଦ ସାରି, ଗୋଡ଼ହାତ ଧୋଇ ସ୍କୁଲ ପିଲା ତ ଘରେ ପାଠ ପଢ଼ି ବସିଥିବେ । ଆମ ଘରେ ବି ପିଲା ଦି'ଟା ପଢ଼ି ବସିଥିଲେ । ସଞ୍ଜବେଳର ଚା' ଜଳଖିଆ ପର୍ବ ପରେ ଆମେ ବାପା ମା' ଦି'ଜଣ ସେମାନଙ୍କ ପାଖେ ବସି ପଢ଼ାପଢ଼ି ତଦାରଖ କରୁଥାଉ ।

ହଠାତ୍ ଆକାଶ ଭାଙ୍ଗିପଡ଼ିବା ପରି ଚତୁର୍ଦ୍ଦିଗରୁ ଏକ ସମ୍ମିଳିତ ସ୍ୱର ଶୁଣି ଆମେ ଚମକି ଉଠି ନିଜ ଅଜଣାରେ ଝରକା କବାଟ ଫାଙ୍କରେ ଲଣ୍ଡଭଣ୍ଡ ଗାଈଗୋଠ ପରି ଉଣ୍ଡିହେଲୁ । ଆମେ ରହୁଥିଲୁ ଚାରିଟି ପରିବାର, ଗୋଟିଏ ଚାରିଟିକିଆ କ୍ୱାଟର୍ସ ଫ୍ଲାଟ୍‌ଘରେ ।

କଥା କ'ଣ ? ସେ ସମ୍ମିଳିତ ଚିତ୍କାରରୁ ସ୍ପଷ୍ଟଭାବେ କିଛି ବୁଝି ହେଉ ନ ଥିଲା । ମାତ୍ର ଗୋଟାଏ ଶବ୍ଦ ବୁଝି ହେଉଥିଲା । ତା' ହେଲା ଚୋରଟିଏ ହୁଏତ ଆଖପାଖରୁ କେଉଁଠି ପଶିଥିଲା । ହେଲେ କେଉଁଠିକୁ, କାହାଘରକୁ ?

ସରକାରୀ ଫ୍ଲାଟ୍‌ଘର । ତଳ ଉପର ହୋଇ ଦି' ଥାକିଆ ଫ୍ଲାଟ୍ ଘରେ - ଚାରିଟି ପରିବାର । ତଳୁ ଉପର ଛାତଯାଏ ଲମ୍ବିଚି ଶିଢ଼ି । ତେଣୁ ବହୁ ଘରର କୁଣିଆ ଓପାସ ରହିବା ପରି ସେ ଶିଢ଼ିରେ କିଏ ଗଲା ବା ଆସିଲା । କିଏ ସେଇଟା ସଫାସୁତୁରା କଲା, ସେ କଥା କେହି ବୁଝେନା । କିଏ କାହା ଘରକୁ ଆସିଲା ବା ଗଲା ଦେଖିବାକୁ ମଫସଲର ଉତ୍ସୁକତା ପରି ଏ ମହାନଗରୀରେ କାହାର ବେଳ ନାହିଁ ।

ଚୋର... ଚୋର... ହୁରି ପଡ଼ିବାବେଳେ, ସେ ଅଞ୍ଚଳର ସବୁ ଫ୍ଲାଟ୍‌ରେ ଚଞ୍ଚଳତା

ଦେଖାଗଲା। ଲୋକମାନେ ସବୁ ନିଜ ନିଜ ଘରର କବାଟ କିଏ ବନ୍ଦ କରି ଦେଲେଣି ତ, କେହି କେହି ସମାଜସେବା ପରାୟଣ ବ୍ୟକ୍ତି ଠେଙ୍ଗା କି ଭୁଜାଲିଟିଏମାନ ଧରି ଘରୁ ବାହାରି ଆସିଲେଣି। ତେବେ ଘରୁ ବାହାରି ଆସିବା ଲୋକଙ୍କ ତୁଳନାରେ ଘରେ ପଶିଯାଇ କବାଟ ବନ୍ଦ କରି ରହିବା ଲୋକଙ୍କ ସଂଖ୍ୟା ଏଠି ଢେର୍ ବେଶୀ।

ଚୋର ହୁରି ପଡ଼ିବା ଶୁଣି ଆମେ ଦି' ପ୍ରାଣୀ ପ୍ରଥମେ ଝରକା ଦେଇ ବାହାରକୁ ଅନିଷା କଲୁ। ଅନ୍ୟ ସମସ୍ତ ଫ୍ଲାଟ୍ ଘରର ଲୋକେ ଛୁଆ ପିଲା ଓ ବୟସ୍କ ସମେତ ଆମ ଫ୍ଲାଟ୍ ଆଡ଼କୁ ଚାହିଁ ବାଡ଼ି ଖଣ୍ଡେ ଖଣ୍ଡେ ଧରି ଓ ଟେକା ଫିଙ୍ଗି ହୁରି କରୁଥାନ୍ତି।

ସେମାନଙ୍କୁ ଦେଖି ମନରେ ଛନକା ପଶିଲା। ଚୋର ତାହାଲେ ଆମରି ଫ୍ଲାଟ୍‌ରେ ହିଁ ପଶିଛି। ହୁଁ କଥାରେ ହୁଙ୍କାପିଟା ଆମ ମୟୂରଭଞ୍ଜିଆ ବାବୁ ତରବର ହୋଇ କବାଟ ଖୋଲି ବାହାରକୁ ଦୌଡ଼ିଯିବାକୁ ଉଦ୍ୟତ ହେବାରୁ ମୁଁ ତାଙ୍କୁ ସତର୍କ କରିଦେଇ କହିଲି, "ଆରେ ଆରେ, ହାତରେ ଖଣ୍ଡେ ହତିଆର ଧର, ବାଡ଼ି କି ଦାଉଲି। କବାଟ ଆରପଟେ ଚୋର ଛକିଥିବ ତ କ'ଣ କରିବ? ପୁରୁଷମାନଙ୍କର ମନକୁ ଯାହା ଆସେ, ସେମାନେ ତାହା କରନ୍ତି। ହେଲେ ନାରୀମାନଙ୍କ ସ୍ୱଭାବ ହେଉଚି ସବୁଆଡ଼କୁ ନିଘା ନଜର କରି କାମ କରିବା। ସେଇଥିପାଇଁ ତ ନାରୀର ଅନ୍ୟ ନାମ ଶକ୍ତି।

ବାବୁଙ୍କ ସହିତ ଆମେ ବି ବାହାରିଲୁ। ମୁଁ ଓ ମୋର ପିଲା ଦୁଇଟି ପ୍ରଥମେ ତଳ ରାସ୍ତାକୁ ଅନେଇଲୁ। ନା, କେହି ତ ଦିଶୁନାହାନ୍ତି। ତେବେ ଛାତ ଉପରେ କେହି ଚାଲିବା ପରି ମନେହେଉଛି। ଆମର ଉପରତାଲା ଫ୍ଲାଟ୍। ଟିକେ ଡର ଲାଗିଲା। ତଳ ଫ୍ଲାଟ୍‌ରୁ ମୋର ଜଣେ ପଡ଼ୋଶିନୀ ବାନ୍ଧବୀ ବି ବାହାରି ଆସିଲେ। ସେ ଜଣେ ମନସ୍ତତ୍ତ୍ୱବିତ୍।

ଆର ପାଖ ଫ୍ଲାଟ୍‌ରେ ରହୁଥିବା ଆମର ଆଉ ଜଣେ ବାନ୍ଧବୀଙ୍କ କଲେଜ ପଢୁଆ ପୁଅ ସେତେବେଳକୁ ଠେଙ୍ଗା ଖଣ୍ଡେ ଧରି କେତେବେଳୁ ହାଜର। ତଳ ଘର ବଗିଚାର ପଛପଟେ ରାଧାଚୂଡ଼ା ଓ ଟଗର ଫୁଲର ଝାଡ଼। ବୁଦା ତଳେ ବହଳ ଅନ୍ଧାର। ଚୋର କାଳେ ଫ୍ଲାଟ୍ ପଛପଟେ ପାଇପ୍ ବାଟେ ଓହ୍ଲେଇ ସେଇ ଅନ୍ଧାରି ବୁଦା ତଳେ ଛପି ଯାଇଥିବ। ହଠାତ୍ ବାଡ଼ ଡେଇଁ ଏତେଶୀଘ୍ର ପଳାଇ ଯିବାଟା ତ ଅସମ୍ଭବ। ଚାରିଆଡ଼େ ଲୋକଗହଳିର ମହୋତ୍ସବ। ପିଲାଟା ଯାଇ ତା' ଠେଙ୍ଗାରେ ଫୁଲବୁଦାକୁ ବାଡ଼େଇ ପକାଉଥାଏ, ଚୋର ଥିଲେ ଠେଙ୍ଗାମାଡ଼ ଡରରେ ବାହାରିଆସିବ। ମୁଁ ତାକୁ ତା' ନାଁ ଧରି ପାଟିକଲି, "ପଳେଇ ଆ'ରେ ରାଜା, ବାବା ପଳେଇ ଆ। ଯେଉଁ ଚୋର ଲୁଚିବାକୁ ପଳେଇଚି ସେ ବା ଗୋଟେ କି ଚୋର। ହାତଉଠା ଚୋରଟା ହୋଇଥିବ। କ'ଣଟା ସେ'ବା ଆଉ ନେଇ ପଳେଇବ ଯେ! ଅତିବେଶୀରେ ଦାଣ୍ଡପଟେ

ଥୁଆ ଜୋତା ହଲେ ଦି'ହଲ କି ସାମ୍ନା ପଟେ ଥିବା ଗ୍ଲାସ୍ କି ଢାଳ। ନ ହେଲେ ହେଲମେଟ୍‌ଟିଏ। ସାଇକେଲ୍‌ଟା ଚାବି ଭାଙ୍ଗି ନେବାକୁ ତାକୁ ଡର ହେବନି ଏତେ ଶୀଘ୍ର। ସେଠି ସାପ, ବେଙ୍ଗ ଥିବେ। ପଳେଇ ଆସ।"

ରାଜା ଟୋକା ଲୋକ। ଗରମ ଅଛି ରକ୍ତ। ରାଧାଚୂଡ଼ା ଗଛଟିକୁ ପିଟି ଚାଲିଥାଏ ଏମିତି ଯେ ଅଧାଗଛ ଭାଙ୍ଗିପଡ଼ିଲାଣି। ତଥାପି ଚୋରର ପତ୍ତା ନ ଥାଏ।

କାଳେ ଚୋରଟା ଛାତ ଉପରେ ଛପିଥିବ ବୋଲି ଏଥର ଅନୁସନ୍ଧାନକାରୀମାନେ ଦଳବଦ୍ଧ ହୋଇ ଛାତକୁ ଉଠିଲେ। ଫ୍ଲାଟ୍‌ର ଦୁଇଟି ଉପର ଘରର ଛାତ ଶିଢ଼ିର ଦୁଇ ପାଖରେ। ଦୁଇଟିଯାକ ଛାତ ତା' ତଳର ତାଜା, ସବୁକିଛି ଜାଗାରେ ଯାଞ୍ଚ, ଟର୍ଚ୍ଚ ଲାଇଟ୍ ପକେଇ ନିରେଖିବା ପରେ ବି ଚୋରର ଦର୍ଶନ ନାହିଁ। ଫ୍ଲାଟ୍‌ର ଅନ୍ତେବାସୀମାନଙ୍କ ଛଡ଼ା ଅନ୍ୟ ଲୋକ କେହି ନାହାନ୍ତି। ମୁଁ ମୋର ସେ ବାନ୍ଧବୀକୁ ପଚାରିଲି, "କିଏ ଦେଖିଲାରେ ଚୋରଟିକୁ ସବୁଠୁ ଆଗେ।"

ସେ ଉତ୍ତରଦେଲା, "ପଛ ଫ୍ଲାଟ୍‌ର ଲୋକେ ଆମ ଫ୍ଲାଟ୍‌କୁ ଅନେଇ ଚୋର ଚୋର ଚିତ୍କାର କରୁଥିଲେ। ଆମ ଫ୍ଲାଟ୍‌ରେ ସେ ଚୋର ପଶିଚି, ସେ କଥା ବୁଝିଗଲୁ ଆମେ। ତେବେ ଚୋରଟା ବୁଢ଼ା କି ପିଲା, ଝିଅ କି ପୁଅ, ଆମେ ଦେଖିପାରିଲୁନି।"

ଆମ କଥା ଶୁଣି ପାଖ ଫ୍ଲାଟ୍‌ର ଛାତରେ ରୁଣ୍ଡ ହୋଇଥିବା ଲୋକେ କହିଲେ, "ଚୋରଟା ଆପଣଙ୍କ ଫ୍ଲାଟ୍‌ରେ ଥିଲା।" ଝିଅପିଲା କେତେଟା କହିଲେ, "ସନ୍ଧ୍ୟାରେ ଆମେ ଆମ ଛାତ ଉପରକୁ ହାୱା ଖାଇବାକୁ ଆସିଥିଲୁ, ତ ଆପଣଙ୍କ ଛାତରେ ଅନ୍ଧାରରେ ଛାଇଟିଏ ଦେଖିଲୁ। ପତଳା ହୋଇ ଡେଙ୍ଗା ଚେହେରାର ଯୁବକର ଛାଇ। ଆମେ ଭାବିଲୁ ଯେ ଆପଣଙ୍କ ଫ୍ଲାଟ୍‌ର କେହି ଯୁବକ ଆମ ଭଳି ପବନ ଖାଇବାକୁ ଛାତକୁ ଆସିଥିବ ହୁଏତ। ହେଲେ, ଛାଇଟି ଯେତେବେଳେ ଛାତରୁ ତାଜାକୁ ଓହ୍ଲେଇଲା ଏବଂ ସ୍କାଇଲାଇଟ୍ ବାଟେ ଭିତରକୁ ଉଙ୍କିଲା, ସେତେବେଳେ ଆମେ ନିଶ୍ଚିତ ହୋଇଗଲୁ ଯେ ସେ ଚୋରଟିଏ ହୋଇଥିବ। ସେଥିପାଇଁ ଡରରେ ଚିତ୍କାର କଲୁ। ଆମ ପାଟି ଶୁଣି ସେ ତାଜା ଉପରୁ ଇଟା ସିମେଣ୍ଟର ଟେକା ଗୋଟେଇ ଆମ ଆଡ଼କୁ ଫିଙ୍ଗିଲା। ଆମେ ଡରିଯାଇ ଘର ଲୋକଙ୍କୁ ଡାକିବାକୁ ତଳକୁ ଓହ୍ଲେଇ ଗଲୁ। ସେତିକିବେଳେ ସେ ତରବର ହୋଇ ତାଜାରୁ ଓହ୍ଲେଇ ପଳେଇ ଯାଇଥିବ। ତେବେ ସେ ପଛପଟ ଦେଇ ଓହ୍ଲେଇ ନାହିଁ। ସେ ଶିଢ଼ିବାଟେ ହିଁ ଯାଇଛି କାରଣ ପଛପଟକୁ ଆମେ ଲକ୍ଷ୍ୟ ରଖିଥିଲୁ। ଆସିଲା ବେଳେ ହୁଏତ ପଛପଟରୁ ଆସିଥିବ, ଆମକୁ ଜଣା ନାହିଁ।"

ଇଏତ ଅଜବ କଥା। ଲୋକଟାର କିଛି କମ୍ ବି ସାହସ ନୁହେଁ ତ! ସଞ୍ଜ ସାତଟା କି ଆଠଟା ହେଇଛି କି ନାହିଁ। ଛାତ ଉପର ତାଜାରେ ଚଢ଼ି ଆମ ଆରପାଖ

ଫ୍ଲାଟ୍‌ର ସ୍କାଇଲାଇଟ୍ ବାଟେ ଭିତରକୁ ଲକ୍ଷ୍ୟ କରୁଥିଲା । କ'ଣ କ'ଣ କେଉଁଠି ଅଛି ଭଲରେ ଜଳୁଥିବା ଆଲୁଅ ଭିତରେ ଦେଖିନେବ । ତା'ପରେ ଡେରି ରାତିରେ, ସମସ୍ତେ ଶୋଇଗଲାପରେ ଆରମ୍ଭ କରିଥାନ୍ତା ତା'ର ଧନ୍ଦା । ବିଚାରୀର ସବୁତକ ଯୋଜନା ସେ ଆରପଟ ଝିଅମାନେ ଭଣ୍ଡୁର କରିଦେଲେ ପରା !

ଏକା ବ୍ଲକରେ ଆମ ସାମ୍ନା ଫ୍ଲାଟ୍‌ରେ ରହୁଥିଲେ ଜଣେ ଦ୍ୱିତୀୟ ଶ୍ରେଣୀ ସରକାରୀ କର୍ମଚାରୀ ତାଙ୍କ ଘରକୁ ଚୋରଟା କାଳେ ଉଣ୍ଡୁ ଥିଲା । ସେ'ତ ସ୍ୱଳ୍ପବେତନଭୋଗୀ ଚାକିରିଆ - ପୁଣି ଘରେ ପିଲାଛୁଆ ଓ ତାଙ୍କର ଶାଳୀମାନେ ମିଶି ଦଳେ । ଶାଳୀମାନେ ତାଙ୍କ ପାଖେ ରହି ଏହି ସହରରେ ପାଠ ପଢୁଥିଲେ । ସେଠୁ ସେ କ'ଣ ବା ଅଧିକ ମାଲ୍ ପାଇଥାନ୍ତା । ଆମେ ଦି'ଜଣ ବଡ଼ ଚାକିରିଆ, ବେଶୀ ରୋଜଗାର । ଆମ ଘରେ କମ୍ ପିଲାଝିଲା । ତାକୁ ହେଇ ନ ଥାନ୍ତା ସେତେ ଝାମେଲା । ଦି'ଟା ଛୋଟ ପୁଅ ଆମର ସେ ପେଶାଦାର ଚୋରକୁ କ'ଣ ପ୍ରତିରୋଧ କରିପାରିଥାନ୍ତେ ? ତା'ଛଡ଼ା ଆମେ ଦୁହେଁ କର୍ମକ୍ଳାନ୍ତ ବୟସ୍କ । ସେପଟ ସ୍ୱାମୀ-ସ୍ତ୍ରୀ ଦି'ଜଣ ଯୁବ ବୟସର । ସବଳ, ସୁସ୍ଥ । ଦୈହିକ ଓ ମାନସିକ ଭାବେ ଯେ କୌଣସି ପ୍ରତିରୋଧର ମୁକାବିଲା କରିବାକୁ ସମର୍ଥ । ତା'ଛଡ଼ା ତାଙ୍କ ଘରେ ରହୁଥିବା ଶାଳୀ ମହାଶୟାମାନେ ସମସ୍ତେ ଯୁବତୀ । ୟୁନିଭରସିଟିମାନଙ୍କରେ ଛାତ୍ରୀ । ଝିଅ ସଂଖ୍ୟା ବେଶୀ - ବେଶୀ ବି ଥିବ ଗହଣାଗାଣ୍ଠି । ସେଇଥିପାଇଁ କ'ଣ ଚୋରଟା ତାଙ୍କ ଘରେ ଚୋରୀ କରିବାର ମସୁଧା କରୁଥିଲା ।

ଆମ ବ୍ଲକ୍‌ର ଚାରୋଟିଯାକ ଫ୍ଲାଟ୍‌ର ଅନ୍ତେବାସୀମାନେ ଛାତ ଉପରେ ରୁଣ୍ଡ ହୋଇ ଏଇ ବିଚାର କରିବାରେ ବ୍ୟସ୍ତ ଥିଲୁ ଏବଂ କେହି କେହି ଯାଇ ଛାତର ଅନ୍ଦିକନ୍ଦି ତନ୍ନତନ୍ନ କରି ନିରୀକ୍ଷଣ କରୁଥାନ୍ତି । ଚିମିନ୍‌ପାଖ, ଛାତ ଚାରି ପାଖ ତାଜା, ପାଣି ପାଇପ୍, ଫ୍ଲାଟ୍ ତଳର ଆଉଟ୍ ହାଉସ୍‌ର ପଛରେ । ଏମିତି କିଛି ସୁରାକ୍ ଯଦି ଚୋରଟା ଛାଡ଼ି ଚାଲି ଯାଇଥାଏ, ତା' ବି ଅନୁସନ୍ଧାନ କରୁଥିଲେ । କେଇଜଣ ଭୀରୁ ଭୟାର୍ତ୍ତ ଗୋଟାଏ ଜାଗାରେ ଠିଆହୋଇ କାଳେ ଚୋର ଆସି ହଠାତ୍ ଆକ୍ରମଣ କରିବ, ସେଥିପାଇଁ ବାଛୁରୀଛୁଆମାନଙ୍କ ପରି ତରକ-ମରକ ହେଇ ବୁଲୁଥିଲେ ।

ତଳ ଘରେ ରହୁଥିବା ସେକ୍ରେଟେରୀଏଟ୍‌ରେ ବେଶ୍ ଗୋଟାଏ ଭଲ ଉପୁରିଥିବା ଡିପାର୍ଟମେଣ୍ଟରେ ଚାକିରି କରିଥିବା ବଡ଼ବାବୁଙ୍କର ଦୁଇଜଣ ବିବାହଯୋଗ୍ୟ ପୁଅ ମଧ୍ୟରେ ଜଣେ ଉପରକୁ ଆସି ଆମ ଚୋର ଅନୁସନ୍ଧାନ କାର୍ଯ୍ୟକ୍ରମରେ ସାମୟିକ ସକ୍ରିୟ ସାମିଲ ହୋଇଗଲେ । ଚୋରର ଆଦୌ ଟେର୍ ମିଳିଲା ନାହିଁ କି କାହାଘରୁ କିଛି ଚୋରି ହୋଇଥିବାର ବି ଜଣା ନ ଥିଲା । ଏବେ ଏବେ ରାଜଧାନୀରେ ହାତଉଠା ଚୋରଙ୍କର ପ୍ରାଦୁର୍ଭାବ ବେଶ୍ ଦେଖାଯାଉଥିଲା । ବ୍ଲାକ୍ କାଳିବରର ଡେଙ୍ଗାଗେଡ଼ା

ଚୋର ତ ସାରା ସହରଟାକୁ ଥରହର କରି ଦେଉଥିଲେ। ସେମାନଙ୍କ ଗ୍ୟାଙ୍ଗରୁ କେହି ପୂର୍ବରୁ ଠାବ କରୁଥିବା ସଭ୍ୟ ଏ ଚୋରଟି ନୁହେଁ ତ ଆଉ !

ଠିକ୍ ଏହି ସବୁ ଆଲୋଚନା ଚାଲିଥାଏ। କେତେଜଣ କାମର ଆଳ ଦେଖାଇ ଆସ୍ତେ ଆସ୍ତେ ନିଜ ନିଜ ଘରକୁ ଖସିଲେଣି। କେହି କେହି ଯେଉଁମାନେ ଚୋର ହୁରି ପଡ଼ିବା ବେଳେ ଘରେ ଅନୁପସ୍ଥିତ ଥିଲେ, ସେମାନେ ବି ଘରକୁ ଫେରିବା ପରେ ଏ ଖବର ପାଇ ଛାତକୁ ଆସି ସଠିକ୍ ଖବର ବୁଝୁଥାନ୍ତି। ତଳ ଘରର ବଡ଼ବାବୁଙ୍କ ସ୍ତ୍ରୀ ବଜାରରୁ ଫେରି ଏ ଖବର ପାଇ ସ୍ୱତଃ ଉପରକୁ ଉଠି ଆସିଲେଣି। ଆମ ବ୍ଲକ୍‌ର ଚାରିଟା ଫ୍ଲାଟ୍‌ର ସବୁଠୁ ମାମଲତକାରିଆ ସ୍ତ୍ରୀ ଲୋକ ସିଏ। ସ୍ୱାମୀ ଅଜସ୍ର କଳା ଟଙ୍କାର ମାଲିକ। ନିଜେ ଗୋଟାଏ ଏଲ୍.ପି.ସ୍କୁଲର ଶିକ୍ଷିକା। ଦି' ପୁଅ ଭେଣ୍ଡିଆ ରୋଜଗାରିଆ। ସେ ଆମ ସମସ୍ତଙ୍କ ଠାରୁ ବି ବୟସ୍କା। ସେ ଆସି ପଚାରି ହେଲେ, 'ଆରେ, କ'ଣ ଏମିତି ଶୁଣିଲି। ଚୋରଟା ଛାତରେ ଚଢ଼ିଗଲା... ଅଥଚ ଏଠି କେହି ଜାଣି ପାରିଲେନି। ମୁଁ ତ ବଜାର ଯାଇଥିଲି। ଚୋରଟା ପଳେଇଗଲା ନ ହେଲେ...।" ଆମ ଭିତରୁ ଜଣେ ଉତ୍ତର ଦେଲା, "ଆମେ ତ ପଛପଟ ଫ୍ଲାଟ୍ ଘରର ପିଲାଙ୍କ ଚୋର ଚୋର ଚିତ୍କାର ଶୁଣି ବାହାରି ଆସିଲୁ। ହେଲେ, ଚୋରକୁ ଦେଖି ନାହୁଁ। ଏଡ଼େ ଶୀଘ୍ର ଚୋରଟା ସମସ୍ତଙ୍କ ନଜର ଏଡ଼ାଇ କେଉଁଠି ଗାୟବ ହୋଇଗଲା କେଜାଣି ? ସତେ ଅବା ପବନ ସହିତ ଏଠି କେଉଁଠି ଏକାକାର ହୋଇଯାଇଛି। କେହି ତା'ର ଟେର୍ ପାଉ ନାହାନ୍ତି।"

ସେ ଭଦ୍ରମହିଳା ନିଜର ପାରିବାପଣିଆ ପ୍ରକଟ କରି ଛାତଟାସାରା ଫେରେ ଚକ୍କର ମାରି ଆସିଲେ। ତା'ପରେ କହିଲେ, "ଫ୍ଲାଟ୍ ସାରା ସବୁ ଲୋକ ଏକାଠି ମିଶି ଏକ୍‌ଜୁଟ୍ ହୋଇ ଚୋରକୁ ଗୋଡ଼େଇ ଥାନ୍ତେ ସିନା ! ସବୁ ଲୋକେ ଚୋରର ସନ୍ଧାନ କରିବାକୁ ଆସି ଥିଲେଟି ?" ତାଙ୍କର ସବୁବେଳେ ଅନ୍ୟମାନଙ୍କ ଗୋଇ ଖୋଳିବାର ପ୍ରକୃତି।

ଉପସ୍ଥିତ ଲୋକଙ୍କ ଭିତରୁ ଜଣେ ବୟସ୍କ ଲୋକ କହିଲେ, "ହଁ... ସବୁଯାକ ଫ୍ଲାଟ୍‌ର ଲୋକ ଆସି ଚୋରକୁ ଖୋଜିଥିଲେ - ପିଲା, ଛୁଆ, ବୁଢ଼ାବୁଢ଼ୀ କି ମାଇପେ ମିଣିପେ ସମେତ। ତମ ଘରୁ ବି ଆସିଥିଲେ। ଏପରି କି କେବେ ଘର ଓ କଲେଜ ଛଡ଼ା ଆଉ କିଛି ଜାଣି ନ ଥିବା ଆମ ପ୍ରଫେସର ସାହେବ ବି ଆସିଥିଲେ। ସମସ୍ୟାଟା କ'ଣ ଖାଲି ଜଣଙ୍କର ନା ଗୋଟାଏ ଫ୍ଲାଟ୍‌ର। ଏଠା ସମସ୍ତଙ୍କର ପ୍ରଥମ ଦାୟିତ୍ୱ ଓ କର୍ତ୍ତବ୍ୟ ହେଉଛି ଆମ ଫ୍ଲାଟ୍ ଲୋକଙ୍କ ସୁରକ୍ଷା। ସମସ୍ତେ ଆସିବେନି କେମିତି ମ।"

ଠିକ୍ ଏତିକିବେଳେ ଛାତକୁ ଚୋର ଦେଖିବାକୁ ଆସିଥିବା ଦି'ଟା ଛୋଟ ପିଲା ଲୁଚକାଳି ଖେଳୁ ଖେଳୁ ହଳେ ଜୋତା ଧରି ଆସି ପାଟି କଲେ, "ଦେଖ,

ଦେଖ, ଚୋର ତା'ର ଚପଲ ଏ ଚିମିନ୍ ପାଇପ୍ ପାଖରେ ଛାଡ଼ି ଚାଲିଯାଇଛି। ହେଇ, ଦେଖ।"

ଚୋର ଧରିବାର ଗୋଟାଏ ସୁରାକ୍ ମିଳିଗଲା ଭାବି ସମସ୍ତେ କୌତୂହଳୀ ହୋଇଉଠିଲେ। ଜୋତା ମାଡ଼ିଲେ ମଚ୍‌ମଚ୍ ଶବ୍ଦ ହେବ ବୋଲି ଫେରିବାବେଳେ ଚୋରଟା ଜୋତା ନ ପିନ୍ଧି ତରବରରେ ନିଶ୍ଚୟ ଶିଡ଼ିବାଟେ ହିଁ ଓହ୍ଲେଇ ଯାଇଛି। ଭୁଲ୍‌କ୍ରମେ ଜୋତାଟି ହାତରେ ଟେକି ନେଇ ନ ଯାଇ ଛାଡ଼ିଦେଇ ପଳେଇଯାଇଚି। ଚୋରମାନେ ସବୁବେଳେ କିଛି ନା କିଛି ସୁରାକ୍ ନିଶ୍ଚୟ ଛାଡ଼ିଯାଆନ୍ତି। ଏ ଜୋତାଟା ନିଶ୍ଚୟ ଚୋରର ଜୋତା। ହେଲେ, ଏଇଟାକୁ ନେଇ କିଏ କ'ଣ ପୋଲିସ ପାଖକୁ ଯିବ? ପଡ଼ିଥାଉ ଏଇଠି।

ମାଷ୍ଟ୍ରାଣୀ ଭଦ୍ର ମହିଳା ଜଣକ ପାତିଆରା ବଢ଼ାଇବା ପାଇଁ ଛାତ ଉପରେ ଘୂରି ହେଉଥିଲେ। ସେ ଲୋକଙ୍କ କଥାକୁ ଏତେ ସଚେତନ ଭାବେ କାନ ଦେଇ ନଥିଲେ ବୋଧହୁଏ। ଚୋରର ସନ୍ଧାନ ନ ପାଇ ସେ ଫେରିଆସି ଜୋତା ହଳକ ଗୋଟାଏ କୋଣରେ ପଡ଼ିଥିବାର ଦେଖି ସ୍ୱତଃ କହି ପକେଇଲେ, "ଆରେ ଦେଖ ତ ଆମ ସୋନୁଟା ଏଡ଼ିକି ହେଙ୍ଗଲା, ଜୋତାଟା ନ ନେଇ ଫେରିଯାଇଛି। ସୋନୁ କେତେବେଳେ ଆସିଥିଲା କି ନନ୍ଦିତା?"

ମୋ ସହକର୍ମିଣୀ ସେ ମାଷ୍ଟ୍ରାଣୀଙ୍କ ଘର ସାମ୍ନାସାମ୍ନି। ଜୋତା ହଳକୁ ଦେଖି ସେ ମୋ ସହ ଗୋପନ ଦୃଷ୍ଟି ବିନିମୟ କଲେ। ଅର୍ଥାତ୍ ଚୋର ହୁରିବେଳେ ସୋନୁ ତ ଆସି ନ ଥିଲା ଜମା। ତା' ଜୋତା ଏଠି କ'ଣ କରୁଛି?

ଏଲ୍.ପି. ସ୍କୁଲ ମାଷ୍ଟ୍ରାଣୀ ଜୋତାଟାକୁ ଦେଖୁ ଦେଖୁ କହି ପକେଇଲେ, "ଆମ ପୁଅ ଆସିଥିଲା କି? ଦେଖ, ଜୋତାଟା ଛାଡ଼ି ପଳେଇଛି। ସମସ୍ତେ ନିରବ ରହିଲେ।"

ମୋର ସହକର୍ମିଣୀ ମନସ୍ତତ୍ତ୍ୱବିତ୍ ବାନ୍ଧବୀ ଜଣକ ସେ ମାଷ୍ଟ୍ରାଣୀଙ୍କର ସାମ୍ନା ଫ୍ଲାଟ୍ ଘରେ ରହନ୍ତି। ସେ ଜୋତା ହଳକ ସେ ଦେଖିବା ପରେ ମୋ ସହିତ ଦୃଷ୍ଟି ବିନିମୟ କଲେ ଉଦ୍ଦେଶ୍ୟପୂର୍ଣ୍ଣ ଭାବରେ।

ମୁଁ କିନ୍ତୁ ମନେମନେ ଭାବି ଯାଉଥିଲି ନିକଟରେ ଦେଖି ଥିବା ଗୋଟାଏ ଦୃଶ୍ୟ ବିଷୟରେ। ଏମିତି ଗୁମ୍‌ସୁମ୍ ଝାଳବୁହା ଗରମ ଦିନର ସଞ୍ଜର ପବନ ଖାଇବା ପାଇଁ ମୁଁ ଛାତକୁ ଆସିଥିଲି। ଅନ୍ଧାର ଭିତରେ, ଛାତର ପଛ ପଟେ କେହି ଜଣକୁ ସିଗାରେଟ୍ ପିଉଥିବାର ଦେଖିଥିଲି। ମୋତେ ଦେଖି ଛାଇଟି ସଙ୍କୁଚି ଗଲା। ଆମ ଛାତ ଉପରକୁ ଦିନବେଳା ଛଡ଼ା ରାତିରେ ପ୍ରାୟତଃ କେହି ଆସନ୍ତି ନାହିଁ। ଆଉ କେବେ କେମିତି କେହି ଆସିଲେ ସାମ୍ନା ରାସ୍ତା ପଟରେ ବସି ହାୱା ଖାଆନ୍ତି ଓ ଗଲା ଆଇଲା ଲୋକଙ୍କୁ ଦେଖନ୍ତି।

ଲୋକଟା କିନ୍ତୁ ପଛପଟ ଫ୍ଲାଟର ଝର୍କାକୁ ଦେଖାଯିବା ପରି ଅନ୍ଧାରୁଆ ଜାଗାରେ ଠିଆ ହୋଇଥିଲା। ସେତେବେଳେ ମୋ ମନରେ ଗୋଟାଏ ସନ୍ଦେହ ଉଙ୍କି ମାରିଥିଲା। ହୁଏତ ଯୁବକଟି ପଛପଟ ଫ୍ଲାଟ୍‌ର କେହି ଯୁବତୀକୁ ଦେଖୁ ଥାଇପାରେ। ସିଏ ତା'ର ପ୍ରେମିକା ହୋଇ ଥାଇପାରେ। ସମସ୍ତଙ୍କ ଅଲକ୍ଷ୍ୟରେ ସେମାନେ ସଂକେତ ବିନିମୟରେ ମନ କଥା ପ୍ରକାଶ କରୁ ଥାଇପାରନ୍ତି। କିବା କେହି ଝିଅକୁ ସେ ମନେ ମନେ ଭଲପାଇ ତାକୁ ଚୁପ୍‌ଚାପ୍ ଦେଖୁଚି ଓ ଖୁସି ହେଉ ଥାଇପାରେ। ଛାଡ଼, ସେ ଯାହା କରୁଚି କରୁ। ସେଥିରେ ମୋର କ'ଣ ଯାଉଛି।

ହେଲେ, ତାଜାରେ ଚଢ଼ି ଚୋରଟି ସେପଟ ଘରେ ଥିବା ଯୁବତୀ ଛାତ୍ରୀମାନଙ୍କୁ ଅନିଷା କରିବା ବା ସେ ଘର ଭିତରଟା ନିରୀକ୍ଷଣ କରିବା ମୋର ସନ୍ଦେହକୁ ବଢ଼ାଇ ଦେଉଥିଲା।

ଛାତ ଉପରୁ ଆସ୍ତେ ଆସ୍ତେ ଗହଳି କଟିଗଲାଣି। ମୋର ସହକର୍ମୀ ମନସ୍ତତ୍ତ୍ୱବିତ୍ ଜଣକ କେବଳ ଏକା ଥିଲେ। ମୁଁ ତାଙ୍କୁ ପୂର୍ବରୁ ଦେଖିଥିବା ସେ ଛାଇଟି କଥା କହିଲି। ସେ ଯେ ଦୀପୁ, ଏକଥା ମୁଁ ପରେ ଜାଣି ପାରିଥିଲି। ତାକୁ ସେମିତି ଆଉଥରେ ଆବିଷ୍କାର କରିବା ପରେ। ହେଲେ କଥାଟାକୁ ସେତେ ଗୁରୁତ୍ୱ ଦେଇ ନ ଥିଲି ସେତେବେଳେ।

ବିବାହ ବୟସ ଉତ୍ତୀର୍ଣ୍ଣ ହୋଇଯାଇଥିବା ଦୀପୁ ଖୁବ୍ ଚୁପ୍‌ଚାପ୍ ଓ ଆତ୍ମମନସ୍କ ସ୍ୱଭାବର ଥିଲା। ତା'ର ବଡ଼ ଦୁଇ ଭଉଣୀ ବାହା ହୋଇ ନ ଥିବାରୁ ବାପା ମା' ତା' ବିବାହ ପ୍ରସଙ୍ଗ ଉଠାଉ ନ ଥିଲେ।

ସହକର୍ମୀ ଜଣକ କହିଲେ, ମଣିଷ ମନର ଆଭ୍ୟନ୍ତରୀଣ ଅପୂର୍ଣ୍ଣ ଲିପ୍‌ସା ତାକୁ ବେଳେବେଳେ ଗୋପନରେ ପାପ କରିବାକୁ ଉସୁକାଏ। ସ୍ୱଭାବତଃ ଲାଜକୁଳା ସେ ଯୁବକଟି ସୁଯୋଗ ଉଣ୍ଡି ସନ୍ଧ୍ୟାରେ ଆସି ତାଜାକୁ ଓହ୍ଲେଇ ସ୍କାଇଲାଇଟ୍ ବାଟେ ସେପଟ ଘରର ଯୁବତୀ ଝିଅମାନଙ୍କ ନଗ୍ନ ଦେହକୁ ଦେଖିବାର ପ୍ରବଳ ପ୍ରବୃତ୍ତି ଚରିତାର୍ଥ କରିବା କିଛି ଅସମ୍ଭବ ନୁହେଁ। ସେଇ ହୁଏତ ଆଜି ଆସି ୟୁନିଭରସିଟି ଫେରନ୍ତା ଯୁବତୀମାନଙ୍କ ପୋଷାକ ବଦଳର ଦୃଶ୍ୟ ଦେଖିବା ଲାଳସାରେ ବସିଥିଲା ଏବଂ ଏ ଅଞ୍ଚଳରେ ଚୋରର ଆତଙ୍କ ଖେଳାଇଦେଲା। ମୁଁ ସୋନୁର ଚପଲ ହଳକୁ ଭଲକରି ଚିହ୍ନେ। ତା' ମାଆ ବି। ଆଜିର ଏ ଚୋର କିଏ ଆମେ ତ ଜାଣିଲେ। କାରଣଟି ବାପାମାଆମାନେ ଯଦି ଟିକେ ହେଜନ୍ତେ... ଛାତ ତାଜା କି ବାଟଘାଟରେ ଏମିତି ଚୋର ଦେଖାଯାଆନ୍ତେ ନାହିଁ।

■

# ସନ୍ଦେହ

ହଠାତ୍ ଆମ ଆପାର୍ଟମେଣ୍ଟ ସାମ୍ନା ରୋଡ୍‌ରେ ତାଙ୍କ ସହ ପୁଣି ଦେଖା ହୋଇଗଲା।

ପୂର୍ବପରି ସେ ଦିଶୁଥିଲେ ସତେଜ, ସୁନ୍ଦର। ତାଙ୍କର ଗୋରା ସୌଷ୍ଠବପୂର୍ଣ୍ଣ ଦେହ, ସହଜ ସ୍ୱଭାବ, ଅତ୍ୟାଧୁନିକ ନ ହେଲେ ବି ଶୋଭନୀୟ ବେଶ ପରିପାଟୀ ସବୁକିଛି ଥିଲା ପୂର୍ବପରି। ବରଂ ଆଉଟିକେ ବେଶୀ ପ୍ରାଣବନ୍ତ ଏବଂ ଆକର୍ଷକ।

ମୋତେ ଅଚାନକ ରାସ୍ତାରେ ଭେଟିଲାରୁ ସେ ଖୁସି ବ୍ୟକ୍ତ କରି ନମସ୍କାର ଜଣେଇଲେ। ପ୍ରତିନମସ୍କାର ଜଣେଇବା ପରେ ଆମେ ଦୁହେଁ ପରସ୍ପରର କୁଶଳ, ମଙ୍ଗଳ ପୁଚ୍ଛାପୁଚ୍ଛି ହେଲୁ। ତା'ପରେ ସେ ତାଙ୍କ ବାଟରେ ତ, ମୁଁ ମୋ ବାଟରେ ଚାଲିଯିବା କଥା। ଆମ ଆପାର୍ଟମେଣ୍ଟର ସାମ୍ନାସାମ୍ନି ଦେଖା ହୋଇଯାଇଥିବାରୁ ମୁଁ ସୌଜନ୍ୟ ଖାତିରରେ ତାଙ୍କୁ କହିଲି, "ଆମର ଏ ନୂଆ ଆପାର୍ଟମେଣ୍ଟ ଘରକୁ କେବେ ଦିନେ ଆସନ୍ତୁ। ବେଶ୍ ଆଗ୍ରହ ଦେଖେଇ (ନା, ଆଗ୍ରହ ଖାଲି ନୁହେଁ, ଯେମିତି ମୋ ସହ ଦେଖାହେବାର ଉନ୍ମାଦ ପ୍ରତୀକ୍ଷାରେ ବହୁଦିନ ରହିଥିବା ପରି) ସେ କହିଲେ, "ମୋର ତ ଆପଣଙ୍କ ସହ ଅନେକ କଥା ଅଛି। ମୁଁ ନିଶ୍ଚୟ କେବେ ଆସିବି।"

ତା'ପରେ ସେ ଚାଲିଗଲେ। ସେ'ତ ଚାଲିଗଲେ ତାଙ୍କ ବାଟରେ; ହେଲେ ମୋ ପାଇଁ ଛାଡ଼ିଗଲେ ଅନେକ ପ୍ରଶ୍ନବାଚୀ। ମୋ'ଠାରେ ତାଙ୍କର କି କଥା ଅଛି। ମୁଁ ତାଙ୍କୁ କେତେ ବେଶୀ ବା ଜାଣେ ? ପୂର୍ବରୁ ବି ଥରେ ହଠାତ୍ ମୋ ପୂର୍ବ ଘରଟିରେ ଆବିର୍ଭାବ ହୋଇଥିଲେ। ସେତେବେଳେ ମୁଁ ତାଙ୍କୁ କି ସେ ମୋତେ ଆଦୌ ଦେଖି ନ ଥିଲୁ କି ଚିହ୍ନି ନ ଥିଲୁ। ସେଦିନ ସେ ଏକ ଉନ୍ମାଦ ଅବସ୍ଥାରେ ମୋ ପାଖରେ ପହଞ୍ଚି କିଛି ଅଭାବିତ କଥାର ଅବତାରଣା କରିଥିଲେ ମୋ ଆଗରେ, ଯାହାକି ପ୍ରଥମ ପରିଚୟରେ ଜଣେ ଆଉଜଣଙ୍କୁ ପ୍ରକାଶ କରିବା ଉଚିତ ନୁହେଁ। ଏବେ ପୁଣି ସେମିତି କିଛି କଥା ନାହିଁ ତ ?

ଅସଲ କଥା ହେଉଚି, ମୋର ଜଣେ ସହକର୍ମୀଙ୍କର ସହଧର୍ମିଣୀ ସେ। ସେ ଥର ସେ ଏକ ସ୍ପର୍ଶକାତର ପ୍ରଶ୍ନ ନେଇ ମୋ ପାଖକୁ କିଛି ବୁଝିବା ପାଇଁ ଆସିଥିଲେ। ନା ବୁଝିବା ତ ନୁହେଁ; ବରଂ ଏକପ୍ରକାର ଅନୁସନ୍ଧାନ ତାକୁ କୁହାଯାଇ ପାରିବ। ମୁଁ ତାଙ୍କ ଅନୁସନ୍ଧାନରେ କି ପ୍ରକାର ସହଯୋଗ କଲି ଓ ତାହା ତାକୁ କେତେ ସନ୍ତୁଷ୍ଟ ବା ଉପକୃତ କରିଥିଲା ତାହାର ଖବର ମୁଁ ଏ ଯାଏଁ ରଖିନାହିଁ; ମାତ୍ର ମୋର ସେ ସହଯୋଗ ତାଙ୍କର ମୋ ପ୍ରତି ଶ୍ରଦ୍ଧା ଓ ସମ୍ମାନକୁ ବହୁଗୁଣରେ ବଢ଼ାଇ ଥିବାର ଅନୁଭବ ମୋର ହେଲା। ଯେଉଁଥିପାଇଁ ଆଜିର ଏ ସ୍ୱଚ୍ଛ ସାକ୍ଷାତରେ ସେ ଆପଣାର ପରି ମୋ ଘରକୁ ପୁଣି ଥରେ ଆସିବାର ଆଗ୍ରହ ଦେଖାଇଥିବେ ବୋଲି ମୁଁ ଭାବିଲି।

ଆମର ଏ ଘରଟି ନୂଆ କରି ଖରିଦ ହୋଇଛି। ତା'ର ଭିତରର ସବୁକିଛି ବ୍ୟବସ୍ଥା ଏପର୍ଯ୍ୟନ୍ତ ସମ୍ପୂର୍ଣ୍ଣ ହୋଇନାହିଁ। ଘର ସଜାସଜି ତ ପଛକଥା। କାନ୍ଥ କଣାକରି ଇଲେକ୍ଟ୍ରିକାଲ ଫିଟିଙ୍ଗ୍ ସବୁ ବି ସରିନି। ଅନ୍ୟାନ୍ୟ କାର୍ଯ୍ୟ ସବୁ ଚାଲିଥାଏ। ସାରା ଘର ମାର୍ବଲର ଗୁଣ୍ଡ ଓ କାନ୍ଥର ବାଲି ସରସର। ତେଣୁ ମୋ ଆପାର୍ଟମେଣ୍ଟ ସାମ୍ନାରେ ଭେଟ ହେଲେ ବି ସେଦିନ ତାଙ୍କୁ ଭିତରକୁ ଆମନ୍ତ୍ରଣ କରିପାରିଲି ନାହିଁ।

ସେଇଭଳି ବ୍ୟବସ୍ଥାରେ, ଦୁଇତିନିଦିନ ପରେ ହଠାତ୍ ମୋ ଘରରେ କଲିଂ ବେଲ୍ ବାଜିଉଠିଲା। ମୁଁ ଦରଜା ଖୋଲି ଦେଖେ ତ ସିଏ। ଡ୍ରାଇଂରୁମ୍ ସୋଫା ଉପରେ ତାଙ୍କୁ ବସିବାକୁ ଅନୁରୋଧ କରି ମୁଁ ଚା'ବନେଇବାକୁ ଭିତରକୁ ଗଲାବେଳେ ସେ କହିଲେ, "ନାଇଁ ବ୍ୟସ୍ତ ହୁଅନ୍ତୁନି। ମୁଁ ଚା' ପିଏନି। ତେବେ, ମୁଁ ଟିକେ ଭିତରକୁ ଯାଇ ଆପଣଙ୍କ ସାଙ୍ଗେ କଥା ହେବାକୁ ଚାହେଁ। ଆଖି ଠାରି ସେ ଚାକରାଣୀର ଉପସ୍ଥିତି କଥା ମୋତେ ସୂଚେଇଦେଲେ।

ଅନ୍ୟନ୍ୟୋପାୟ ହୋଇ ମୁଁ ତାଙ୍କୁ ଭିତର ଘରକୁ ଡାକିଲି। ଧୂଳିବାଲି ସରସର ଘରଟିରେ ଖଟଟି ଉପରେ ତାଙ୍କୁ ବସାଇଲି। ସେ ଏଥର କଥା ଆରମ୍ଭ କଲେ।

"ମୁଁ ଆପଣଙ୍କୁ ମୋର ଫ୍ରେଣ୍ଡ, ଫିଲୋସଫର ଓ ଗାଇଡ୍ ଧରିନେଇଚି ମନେ ମନେ। ମୋର ଜୀବନର ଦ୍ରୋଣଗୁରୁ। ସେଥିପାଇଁ ବିନା ସଂକୋଚରେ ଟିକେ ମାନସିକ ଶାନ୍ତି ଆଶାରେ ଆପଣଙ୍କ ପାଖକୁ ଆସିଛି। ଆପଣଙ୍କୁ ଟିକେ ଅସୁବିଧାରେ ପକାଉଛି ବୋଲି ବୁଝୁଛି; ହେଲେ ମୁଁ ନିଜ ପାଖରେ ନିଜେ ନାଚାର। ଦୟାକରି ମୋତେ ସତ କହିବେ। କଥାଟି ମୋ ସ୍ୱାମୀଙ୍କ ବିଷୟରେ। ସେ ଡିପାର୍ଟମେଣ୍ଟରେ ଠିକ୍‌ଠାକ୍ ବ୍ୟବହାର କରୁଛନ୍ତି ତ? ସବୁକିଛି ସେଠି ନରମାଲ୍ ନା କିଛି ବ୍ୟତିକ୍ରମ?

ମୁଁ ଆଶ୍ଚର୍ଯ୍ୟ ହୋଇ ତାଙ୍କୁ ଚାହିଁଲି। କ'ଣ କହିବାକୁ ଚାହୁଁଛନ୍ତି ଏ ଭଦ୍ରମହିଳା? ମୋ ଆଡ଼କୁ କିଛି ଇଙ୍ଗିତ ନୁହେଁ ତ? ମୋର ଚାହାଣୀରୁ ସେ ମୋର ମନୋଭାବକୁ

ପଢ଼ିନେଲେ ବୋଧେ। ସହଜ କଣ୍ଠରେ ସେ କହିଲେ, "ଆପଣ ବିସ୍ମିତ ହୋଇ ଉଠୁଛନ୍ତି ଯେ- ସେମିତି କିଛି ମୁଁ କହିବାକୁ ଯାଉନି। ସେଇ ଅତୀତର ପ୍ରସଙ୍ଗକୁ ଧରି ମୁଁ ଆପଣଙ୍କୁ ଏ କଥା ପଚାରିଲି। ମୋ ସ୍ୱାମୀ କ'ଣ ଏବେ ବି ପୂର୍ବପରି କାହା ସହିତ... ? ମୁଁ ଏଥର ଆଶ୍ଚର୍ଯ୍ୟ ନ ହୋଇ ରହି ପାରିଲିନି। ପୂର୍ବ ଘଟଣା ଘଟିବାର ଚାରିବର୍ଷ ଯା' ଭିତରେ ଅତିକ୍ରାନ୍ତ। ଅଥଚ... ?"

ମାଗି ଆଣିବା ତିଅଣରେ କେତେଦିନ ଚଳେ ଯେ। ତା'ପରେ ତାଙ୍କ ସ୍ୱାମୀଙ୍କଠାରେ ସେମିତି କିଛି ଚାରିତ୍ରିକ ବିଲକ୍ଷଣ ଏ ନୂଆ ଜାଗାରେ ଆଉ ମୁଁ ଲକ୍ଷ୍ୟ କରିନାହିଁ। ସାମାନ୍ୟ ସୂଚନାରେ ବି ମୁଁ ବହୁତ କିଛି ଜାଣିପାରେ। ଅଥଚ ଯା' ଭିତରେ ସେମିତି କିଛି ସାମାନ୍ୟତମ ସୂଚନା ବି ତ ମୋ ଆଖିରେ ପଡ଼ିନି, ଯାହାକୁ ନେଇ ମୁଁ ମୋର ସେ ସହକର୍ମୀଙ୍କୁ ଅନ୍ୟଥା ଭାବିବି।

ତେଣୁ ମୁଁ ତାଙ୍କୁ ବୁଝେଇବା ଢଙ୍ଗରେ କହିଲି, 'ନାଇଁ' ତାଙ୍କଠିଁ ସେମିତି କିଛି ବ୍ୟତିକ୍ରମ ତ ମୋ' ନଜରକୁ ଆସିନାହିଁ। ତେବେ ସେଇ ପୂର୍ବ ସମ୍ପର୍କ ଯଦି ଚାଲୁ ରହିଥାଏ ତ, ଏବେ ସ୍ଥାନାନ୍ତର ଘଟିଲାଣି, ପାତ୍ର-ପାତ୍ରୀ ଭିନ୍ନଭିନ୍ନ ସ୍ଥାନରେ। ମୁଁ ବି ସେ ପରିବେଶ ଠାରୁ ଯଥେଷ୍ଟ ଦୂରରେ। କେମିତି ସେ ବିଷୟରେ କିଛି କହିପାରିବି ? ତେବେ, ତୁମେ କ'ଣ ସେମିତି କିଛି ସୂଚନା ପାଇଛ କି ?

ସେ କହିଲେ, "ନା, ସେ ପୂର୍ବ ସଂପର୍କ ନୁହେଁ। ସେ ପୂର୍ବ ନାରୀ ସ୍ଥାନରେ କେହି ନୂଆ...। ମୋତେ ଅନୁମାନ ହେଉଛି, ଏ ସମ୍ପର୍କ ଏକ ନୂଆ ସମ୍ପର୍କ। ଏଥିରେ ସେ ପୂର୍ବ ନାୟିକା ନାହାନ୍ତି।"

ମୁଁ ବୁଝିଲି, ମୁନିଋଷିମାନଙ୍କ କଥା ଯେ ଆପ୍ତବାଣୀ। 'ମଣିଷ ପ୍ରକୃତି ମରିଲେ ତୁଟେ।' ସତରେ ମଣିଷର ସ୍ୱଭାବ ସେ ଛାଡ଼ିପାରେନା। ଚରିତ୍ରହୀନ, ବାଉଳିଗଲା ଲୋକଙ୍କ ସ୍ୱଭାବକୁ ଏ ଇଲେକ୍‌ଟ୍ରୋନିକ୍ସ ଯୁଗରେ ବା କେଉଁ ସୁଲୋଚନା ଠିକ୍ କରିପାରିବ ? ଗୋଟାଏ ଓଳି ତଲୁ ହୋଇଥିଲେ ସିନା ସେଠୁ ଠାବ କରି ଜଣକୁ ଟାଣିଆଣି ହେବ; କିନ୍ତୁ ଏ ତ ସାକ୍ଷାତ୍ କୃଷ୍ଣାବତାର। ରାଧା ନ ଥିଲେ ଲଳିତା, ଲଳିତା ନ ଥିଲେ ବିଶାଖା। ନ ହେଲେ ସହସ୍ର ଗୋପୀକାରୁ କେହି କେହି। ସତରେ ଖୁବ୍ ଅସମ୍ଭବ।

ସାମ୍ନାରେ ବସିଥିବା ବିଷର୍ଣ୍ଣ ବଦନା ନାରୀଟି ପ୍ରତି ମୋର ମନଟି ସମ୍ବେଦନାରେ ଓଦା ହୋଇଗଲା। ଖୁବ୍ କୋମଳ ଓ ପ୍ରତିଶ୍ରୁତିବଦ୍ଧ ଭାବେ କହିଲି, କୌଣସି ନାରୀ ସହକର୍ମୀଣୀଙ୍କ ସହ ଘଟଣାଟା ଚାଲୁ ରହିଥିଲେ ତ କିଛି ନା କିଛି ଆଖି ସାମ୍ନାକୁ ଆସିଥାନ୍ତା। ଶୁଣାଶୁଣି ବି ହୋଇଥା'ନ୍ତା। ସେମିତି କିଛି ଏଯାବତ୍ ଏଠାରେ ମୁଁ ଶୁଣିନି

କି ଦେଖିନି। ତେବେ, କୌଣସି ଛାତ୍ରୀ ସହ ସୁସମ୍ପର୍କିତ ହୋଇପଡ଼ିଥିଲେ, ସେ କଥା ଜାଣିବା ଟିକେ କଷ୍ଟ। ଦୈନିକ କେତେ କେତେ ଛାତ୍ରୀ ବୁଝାବୁଝି କରିବା ପାଇଁ ତ ଆସୁଛନ୍ତି। କାହାକୁ ବା ଜାଣି ହେବ?

"ନାଇଁ, ସତ କୁହନ୍ତୁ। ମୁଁ ଲକ୍ଷ୍ୟ କରୁଚି ରାତି ରାତି ଧରି ସେ ଶାନ୍ତିରେ ଶୋଇପାରୁ ନାହାନ୍ତି। ମୋ କଥାରେ ସବୁବେଳେ ଚିଡ଼୍‌ମିଡ୍ ହେଉଛନ୍ତି। ଏବେ ପୁଣି ଆମ ଭିତରେ ସବୁବେଳେ ଅଶାନ୍ତି... ମନୋମାଳିନ୍ୟ। ମୁଁ ତାଙ୍କୁ ଯେତେପ୍ରକାରେ ସନ୍ତୁଷ୍ଟ ରଖିବାକୁ ଚେଷ୍ଟା କଲେ ବି ସବୁବେଳେ ସେ ଅସନ୍ତୁଷ୍ଟ। ରନ୍ଧାରେ, ବଢ଼ାରେ, ଘରବାହାର କାମରେ, ଏପରିକି ମୋର ସାଧାରଣ କଥାବାର୍ତ୍ତାରେ ବି। ଏସବୁ ଦେଖି ମୁଁ ଚୁପ୍ ରହିବାକୁ ଶ୍ରେୟ ମଣୁଚି; ହେଲେ କେତେ ବା ଚୁପ୍ ରହି ପାରିବି, ବିନା କାରଣରେ ସେ ଅସନ୍ତୋଷ ପ୍ରକାଶ କଲେ? ମୋର ବି ମନରେ କେବେହେଲେ ଶାନ୍ତି ରହୁନି। ଆମେ ଦୁଇଜଣ ସାମାଜିକ ଭାବେ ସୁଖୀ, ସମୃଦ୍ଧ, ସ୍ୱଚ୍ଛଳ ଓ ଶିକ୍ଷିତ ଦମ୍ପତି; ମାତ୍ର ବ୍ୟକ୍ତିଗତ ଭାବେ ଦୁହେଁ ଦୁଇଟି ଅଶାନ୍ତ ମଣିଷ। ଅପୂର୍ଣ୍ଣ...। ମୁଁ କେବେ ବି ଭାବି ନ ଥିଲି ଯେ ଏ ଲୋକଟିର ଦୁଃଶ୍ଚରିତ୍ରତାର ଖଡ଼୍‌ଗରେ ମୋତେ ବାରମ୍ବାର ଲହୁଲୁହାଣ ହେବାକୁ ପଡ଼ିବ ବୋଲି।" କଥାଟି ସାରିବା ବେଳକୁ ତାଙ୍କ ହୃଦୟର ଜମାଟବନ୍ଧା ବେଦନା ଝରଝର ହୋଇ ଆଖି ଦେଇ ବହି ଆସୁଥିଲା। ମୁଁ ତାଙ୍କ ଲୁହ ପୋଛିଦେଲି।

ମନେମନେ ଭାବୁଥିଲି ତାକୁ କି ପ୍ରକାରେ ସାନ୍ତ୍ୱନା ଦେଇପାରିବି? ଗୋଟାଏ ଚରିତ୍ରହୀନ ସ୍ୱାମୀକୁ କେବଳ ତା'ର ସ୍ତ୍ରୀ ବା ପ୍ରେମିକା ଛଡ଼ା ସତ୍‌ପଥକୁ ଆଉ କେହି ଆଣିପାରିବା ସମ୍ଭବ ନୁହେଁ। କ'ଣ ମୁଁ ଏବେ ତାଙ୍କୁ କହି ବୁଝାଇବି? ସେ ତ ବର୍ଷ ବର୍ଷ ଧରି ଶତଚେଷ୍ଟା କରି କରି ଫେଲ୍ ମାରିଲେଣି; ହେଲେ ଏ ତ 'ସର୍ପରେ ଜାତ କଲୁ ମୋତେ'... ପରି।

ମୋତେ ନୀରବରେ ଚିନ୍ତା କରୁଥିବା ଦେଖି ସେ ପୁଣି କହିଉଠିଲେ, "ତାଙ୍କର ଏ ସନ୍ଦେହାତ୍ମକ କାର୍ଯ୍ୟକଳାପ ଦେଖି ମୁଁ ତାଙ୍କର ମୋବାଇଲ୍‌ରେ ଥିବା କଲ୍ ନମ୍ବର ସବୁ ଗୋପନରେ ଯାଞ୍ଚ କଲି। ସେମିତି କେହି ବି ମୋ ଦୃଷ୍ଟିରେ ପଡ଼ିଲେନି; ମାତ୍ର କେତେଜଣ ବିଭାଗୀୟ କର୍ମୀ, ସହକର୍ମୀ କି ଛାତ୍ରଛାତ୍ରୀଙ୍କ ସାମୟିକ ନମ୍ବରର କଲ୍। ତା' ପୁଣି ଖୁବ୍ ନଗଣ୍ୟ ସଂଖ୍ୟାରେ ଥିଲା। ଏପରିକି ଦିନେ ସେ ନିଜ ଚେମ୍ବରରେ ନ ଥିବାବେଳେ ମୁଁ ଯାଇ ତାଙ୍କର ଟେବୁଲ ଡ୍ର, ଆଲମିରା ଓ କମ୍ପ୍ୟୁଟର ଆଦି ବି ଖୋଜିଲି, ଯଦି କିଛି ସୁରାକ୍ ମିଳିଯିବ...; ହେଲେ ସେ ସବୁରେ ବି କିଛି ପାଇଲିନି। ମାତ୍ର ମୋର ପୂର୍ବ ଅନୁଭବ କହେ ତାଙ୍କର ଏ ଅବସ୍ଥା ପରକୀୟା ପ୍ରେମଜନିତ

ପ୍ରତିକ୍ରିୟା। ଅବଶ୍ୟ ସେ ତାଙ୍କ ଚେମ୍ବରରେ ଥିଲାବେଳେ ତାଙ୍କ ଅଫିସ ଫୋନ୍‌ଟି ଘଣ୍ଟା ଘଣ୍ଟା ଧରି ବ୍ୟସ୍ତ ଥାଏ। ତା'ର କାରଣ କ'ଣ? ସେ'ତ ଏମିତି କିଛି ଜରୁରୀ ଅଫିସ ବା ବରିଷ୍ଠ ଦାୟିତ୍ୱରେ ନାହାନ୍ତି ଯେ ତାଙ୍କୁ ଲେକେ ବା ଲୋକଙ୍କୁ ସେ ସବୁବେଳେ କଲ୍ କରୁ କରୁ ବ୍ୟସ୍ତ ରହିବେ? ତାଙ୍କ ଅଫିସ ସହ ଗୂଢ଼ସମ୍ପର୍କ ବି ସେତେବେଶୀ ରହିବାର କାରଣ ଇ ନାହିଁ। ତେବେ?" ଉଦ୍‌ବେଗର ସହ ଏତକ ଏକା ନିଃଶ୍ୱାସକେ କହିସାରି ସେ ଚୁପ୍ ରହିଲେ।

ମୁଁ ମନେମନେ ଭାବିଲି, ଏ କ'ଣ ତାଙ୍କର ସନ୍ଦେହ? ନା କିଛି ସତ୍ୟତା ତାଙ୍କ ସନ୍ଦେହର ଆଢୁଆଳରେ ରହିଛି। ଏସବୁ ଯଦି ସନ୍ଦେହ ହୋଇଥାଏ ତେବେ କେଡ଼େ ମାରାତ୍ମକ ଏ ସନ୍ଦେହ। ସୁଖୀ ସରଳ ମଣିଷମାନଙ୍କୁ କେଡ଼େ ଜଟିଳ ଏବଂ ଦୁଃସାହସୀ କରିଦେଇପାରେ ସନ୍ଦେହ। ସୁଖୀ ସଂସାରର ସବୁଠାରୁ ସୁଖୀ ବ୍ୟକ୍ତିଟି ଭିତରେ ସନ୍ଦେହ ଅଶାନ୍ତି ଓ ଦୁଶ୍ଚିନ୍ତାର ନର୍କକୁଣ୍ଡଟିଏ ତିଆରି କରିପାରେ।

ମୋର ତାଙ୍କୁ କିଛି ସମ୍ବେଦନା ଜଣେଇବା ଉଚିତ। ତାଙ୍କର ଅଶାନ୍ତ ମନକୁ ଟିକେ ଶାନ୍ତି କରେଇବା ବି ଉଚିତ ଏ ସମୟରେ। ତେଣୁ ମୁଁ ତାକୁ ମଧୁର ଶାନ୍ତସ୍ୱରରେ କହିଲି, "ବୁଝିଲେ, ଆପଣ ହୁଏତ ତାଙ୍କୁ ସନ୍ଦେହ କରୁଚନ୍ତି କାରଣ ଥରେ ତାଙ୍କ ଚରିତ୍ରହୀନତାର ଜ୍ୱଳନ୍ତ ପ୍ରମାଣ ଅଛି। ଆପଣଙ୍କୁ କି ପିଲାମାନଙ୍କୁ ଅଣଦେଖା କରୁଛନ୍ତି କି? ପଇସାପତ୍ର ଅଯଥାରେ ଉଡ଼ାଉଛନ୍ତି କି? ଯଦି ସେପରି କିଛି କରୁଥାନ୍ତି ତ ବାଧହୋଇ ଆପଣଙ୍କୁ ନ୍ୟାୟ ପାଇବାକୁ କିଛି ପଦକ୍ଷେପ ନେବାକୁ ହେବ।" ମୁଁ ପୋଖତ ଓକିଲଟିଏ ପରି ତାଙ୍କୁ ଉପଦେଶ ଦେଲି। "ଦେଖନ୍ତୁ, ଚାକିରିର କିଛି ଟେନ୍‌ସନ୍ ବା ଦୈହିକ ସମସ୍ୟା ବି ତାଙ୍କର ଥାଇପାରେ। ସେ ଆଡ଼କୁ ନଜର ଦେଇଛନ୍ତି କି?"

ସେ ଶାନ୍ତସ୍ୱରରେ କହିଲେ, "ଆଜ୍ଞା, ମୋ ସ୍ୱାମୀ ଜଣେ ଖୁବ୍ ଚତୁର ଲୋକ ବରଂ ଧୂର୍ତ୍ତ କୁହନ୍ତୁ । ତାଙ୍କର ଅବଶ୍ୟ ଟିକେ ଉଚ୍ଚ ରକ୍ତଚାପ ଅଛି- ତା ପୁଣି ଏତେବେଶୀ ନୁହେଁ ଯେ ରାତିସାରା ସେ ଶୋଇପାରିବେନି, ଛଟପଟ ହେଉଥିବେ। ସେଥିପାଇଁ ସେ ଔଷଧ ବି ନେଉଛନ୍ତି। ମୁଁ ତାଙ୍କୁ ବିବାହ ପରଠାରୁ ହାଡ଼େ ହାଡ଼େ ଚିହ୍ନେ। ଆପଣ କୁହନ୍ତୁ, ମୁଁ କ'ଣ ସୁନ୍ଦରୀ ସୌଷ୍ଠବମୟୀ ନୁହେଁ? ହଲେ, ତାଙ୍କ ପରି ପୁରୁଷ ଗୋଟିଏରେ ସନ୍ତୁଷ୍ଟ ରହନ୍ତିନି।" ଖୁବ୍ ନିଃସଙ୍କୋଚ ଭାବେ ସେ ଏସବୁ କହିଲେ। ସତରେ ଭଦ୍ରମହିଳା ବେଶ୍ ଆକର୍ଷଣୀୟା ସୁନ୍ଦରୀ, ଶିକ୍ଷିତା ଓ ମାର୍ଜିତା ଥିଲେ। ଅଥଚ...। କଥାଟା ହୁଏତ କୁଳଲଘି ସାରିଚି। ସେଥିପାଇଁ ସେ ଅତିଷ୍ଠ ହୋଇ ମୋ ପରି ଶୁଭେଚ୍ଛୁ ଓ ଧୈର୍ଯ୍ୟଶୀଳା ଶ୍ରୋତା ଓ ଲେଖିକାଟିଏ ପାଖରେ ତାଙ୍କ ଦୁଃଖ ବ୍ୟକ୍ତ

କରୁଛନ୍ତି। ଲେଖିକା ହେଲେ ବି ମୁଁ କ'ଣ ଅଧିକ କରିପାରିବି ? ସାହିତ୍ୟ ମନୋରଞ୍ଜନ କରେ। କ୍ଷତାକ୍ତ ମନକୁ ହାଲୁକା କରିପାରେ। ଶାନ୍ତ କରିପାରେ। ହେଲେ ସବୁବେଳେ କ'ଣ ସମସ୍ୟାର ସମାଧାନ ଦିଏ ?

ମୁଁ ନାଚାର ଅଥଚ ଆତ୍ମବିଶ୍ୱାସ ଜତେଇ ତାକୁ ଆଶ୍ୱାସନା ଦେଲି; "ବ୍ୟସ୍ତ ହୁଅନ୍ତୁ ନାହିଁ। ଆପଣ ଶିକ୍ଷିତ। ଯୌବନର ଶେଷ ପାହାଚରେ ଆପଣ ଦିହେଁ ପହଞ୍ଚି ସାରିଲେଣି। ଆଉ କିଛି ବର୍ଷ ପରେ ଗୋଟାଏ ଲମ୍ପଟ ପୁରୁଷକୁ କେଉଁ ଲୋଭରେ ପରନାରୀଟିଏ ନିଜର କରିବାକୁ ଚାହିଁବ ଯେ। ଆପଣ ତ କହୁଛନ୍ତି, ଆପଣଙ୍କ ସ୍ୱାମୀ ପଇସାପତ୍ର ଓ ଖର୍ଚ୍ଚ ସମ୍ବନ୍ଧରେ ଖୁବ୍ ସତର୍କ ବୋଲି। ଟିକେ ଧୈର୍ଯ୍ୟ ଧରି, ମନମାରି ରହିଯାନ୍ତୁ। ପିଲାଙ୍କଠାରେ ମନ ନିବିଷ୍ଟ ରଖନ୍ତୁ। ଘରକା ଭୋଲା ଶାମ ହୋନେତକ ୱାପସ ଆୟେଗା। ଆମର କଥାରେ କହନ୍ତି ନି- "ଆରେ ଢମଣା, ଘୂରି ଘୂରି ପୁଣି ସେଇ ଅଗଣା।"

ହଠାତ୍ ମୋ ମନକୁ ମୋ ନିଜର ଉଦାହରଣଟି ଆସିଗଲା। "ଦେଖନ୍ତୁ, ମୁଁ ତ ପୁଣି ପିଲା ଦି'ଟାଙ୍କୁ ଧରି ଚିରକାଳ ଏକ୍‌ଲା ସନ୍ନ୍ୟାସିନୀର ଜୀବନ କାଟୁଚି। ସ୍ୱାମୀ ତ ବିଦେଶରେ, ଯେତେବେଳେ ଘରେ ଥାନ୍ତି ତ ସେଇ ବାହାର କାମ ଓ ଲୋକଙ୍କ ଗହଣରେ ଥା'ନ୍ତି। ପ୍ରଥମେ ପ୍ରଥମେ ମୋର ମାନସିକ ଅଶାନ୍ତି ଆସୁଥିଲା। ମାତ୍ର ମୁଁ ଧରି ନେଇଥିଲି ଯେ ଦେଶର ଢେର୍ ଢେର୍ ନାରୀ କିପରି ସ୍ୱାମୀମାନଙ୍କୁ ସେମାନଙ୍କ କର୍ମରେ ସହଯୋଗ କରି ଏକାକୀତ୍ୱ ବରଣ କରି ନେଇଛନ୍ତି। ମୁଁ ସେଥିରୁ ଜଣେ। ଅବଶ୍ୟ ମୋ ସ୍ୱାମୀ ଦେଶ ପାଇଁ କିଛି କରିବାକୁ ବ୍ରତୀ। ବାହାରେ ରହିବାକୁ ପଡ଼େ ତାଙ୍କୁ; କିନ୍ତୁ ନାରୀ ହିସାବରେ ସ୍ତ୍ରୀର ଈର୍ଷା କ'ଣ ମୋର ହୁଏନି ? ତଥାପି ମୁଁ ଭାବେ ଯଦି କେହି ପୁରୁଷ ଦେହର ଆବଶ୍ୟକତା ମେଣ୍ଟାଇବା ପାଇଁ ବାହାରର ନାରୀ ସହ ସଂଶ୍ଳିଷ୍ଟ ହୋଇପଡ଼େ ତ ପଡୁଥାଉ; ହେଲେ ଦେହର ଜ୍ୱାଳା ମନକୁ ସଂକ୍ରମିତ ହେଲେ ହିଁ ସ୍ୱାମୀ-ସ୍ତ୍ରୀର ପୃଥିବୀ ଓଲଟପାଲଟ ହୋଇଯାଏ। ଦେଶରେ ଯେଉଁ ବେଶ୍ୟାଳୟ ସବୁ ଚାଲୁଛି ତାହା କ'ଣ ଅଶିକ୍ଷିତ ବା ଧନାଢ୍ୟ ଲୋକଙ୍କ ପାଇଁ ? ସାଧାରଣ ସ୍ୱାମୀମାନଙ୍କର କିଛି ଅବଦାନ ବି ସେଥିରେ ଅଛି। ତା'ଛଡ଼ା ଏବେ ତ ଧନ କମେଇବା ପାଇଁ ଜିଗୋଲୁ ମାନେ ସମାଜର ଆଖି ଅନ୍ତରାଳରେ ଆସ୍ଥାନ ଜମେଇଲେଣି। ଏସବୁ ସାମାଜିକ ଭାବେ ନିଷିଦ୍ଧ ସତ; ହେଲେ ବିଦେଶୀ ପୁରୁଷଙ୍କ ପାଇଁ ତ ବେଶ୍ୟାଳୟର ଆବଶ୍ୟକତା ରହିଛି। ତା' ନ ହେଲେ ଆହୁରି କେତେ ବ୍ୟଭିଚାର, ବଳାତ୍କାର କି ଧର୍ଷଣର କାହାଣୀ ନିତି ନିତି ଖବର ମଣ୍ଡନ କରୁଥାନ୍ତା।

ସେ କହିଲେ, "ବେଶ୍ୟାବୃତ୍ତି ବା ଜିଗ୍‌ଲୌଙ୍କ ପ୍ରବୃତ୍ତି - ଏସବୁ ଘୃଣ୍ୟ

ଅସାମାଜିକ କାର୍ଯ୍ୟ। ସୁସ୍ଥ ସମାଜର ଜଣେ ବାସିନ୍ଦା ଏସବୁର ସପକ୍ଷରେ ଯିବା ଦେଶ ଓ ସମାଜ ପାଇଁ ଦୁର୍ଭାଗ୍ୟଜନକ ନିଷ୍ପତ୍ତି।"

ମୁଁ କହିଲି, "ସବୁ ବିଦେଶୀ ଯେ ବେଶ୍ୟାସକ୍ତ, ସେ କଥା ମୁଁ କହୁନାହିଁ। ମୁଁ କହୁଚି ଆବଶ୍ୟକତାର କଥା। କିନ୍ତୁ ଆପଣଙ୍କର ସ୍ୱାମୀଙ୍କ ସମସ୍ୟାଟି ଅଲଗା। ସେ ଏକ ରୁଗ୍ଣ ମାନସିକତାର ଶିକାର। ବଳକା ସମୟ କଟାଇବାକୁ ପଢ଼ାପଢ଼ି, ଲେଖାଲେଖି, ଖେଳକୁଦ, ଘର ବା ବଗିଚା କାମ କିମ୍ବା ବନ୍ଧୁ ପରିଚର୍ଯ୍ୟା, ପିଲାଙ୍କ ଯତ୍ନ ଓ ଶିକ୍ଷା ପାଇଁ ମନନିବେଶ ନ କରି ଯେଉଁ ବ୍ୟକ୍ତି ପରନାରୀ ପ୍ରେମ ପାଇଁ ପାଗଳ ତା'ର ପରିଣତି ଆମ ସମାଜ ବା ପରିବାର କାହା ପାଇଁ ବି ମଙ୍ଗଳକର ନୁହେଁ। ତେବେ ଆଉ କ'ଣ ବା କରାଯାଇପାରିବ। ସେପରି ଲୋକଙ୍କୁ ଆପଣ ବୁଝେଇଲେ ବି ସେ ବୁଝିବେ ନାହିଁ; ହେଲେ 'କଣ୍ଟେକେନୈବ କଣ୍ଟକମ୍'। ତାଙ୍କରି ସନ୍ତାନମାନଙ୍କ ଦ୍ୱାରା ହିଁ ତାଙ୍କୁ ସୁଧାରି ହେବ।"

ସେ ଉଦ୍‌ଗ୍ରୀବ ହୋଇ କହିଲେ, "ତା' କିପରି ସମ୍ଭବ?" ମୁଁ ଉତ୍ତର ଦେଲି, "ସେମାନଙ୍କ ପାଠ ବୁଝାବୁଝି କରାଇବା ପାଇଁ, ମାର୍କେଟିଂ ବା ବୁଲାବୁଲି ଇତ୍ୟାଦି ପାଇଁ ସେମାନେ ବାପାଙ୍କୁ ବାଧ୍ୟ କରିପାରିବେ ଏବଂ ବେଳ ଅବେଳରେ ବିଭିନ୍ନ ଆଳରେ, ଅଫିସରେ ଅଚାନକ ଆବିର୍ଭାବ ହୋଇ ତାଙ୍କର ଦୁଷ୍କର୍ମ ପାଇଁ ସଂତ୍ରସ୍ତ କରିପାରିବେ। କୌଣସି ସାଧାରଣ ପରିବାରର ଶିକ୍ଷିତ ପିତା ତା'ର ଚାରିତ୍ରିକ ଦୁର୍ବଳତା ବିଷୟରେ ନିଜ ପିଲାଙ୍କ ଠାରେ ଧରାପଡ଼ି ଛୋଟ ହେବାକୁ ଚାହେଁ ନାହିଁ। ତେଣୁ ସେ ନିଜର ଆଫେୟାର୍ସ ବିଷୟରେ ସତର୍କ ରହିବେ ଏବଂ ବାରମ୍ବାର ତାଙ୍କୁ ଏପରି ଅଚାନକ ବ୍ୟସ୍ତ କଲେ ସେ ସେଥିରୁ ନିବୃତ୍ତ ବି ରହିପାରନ୍ତି। ମଧ୍ୟବିତ୍ତ ପରିବାରର ସମ୍ମାନ ଜଗି ଲୁଚାଛପାରେ ପ୍ରେମ କରୁଥିବା ପୁରୁଷଙ୍କୁ ଏଇ ଉପାୟରେ ନିଜ ବାଟକୁ ଫେରାଇ ଅଣା ଯାଇପାରେ ବୋଲି ମୋର ଧାରଣା। ତେବେ ପିଲାଏ ଏସବୁ ଜାଣି ନ ପାରିବା ପରି ସେମାନଙ୍କ ମାଧ୍ୟମରେ ବାପାଙ୍କୁ ଠିକଣା ବାଟକୁ ଆଣିବାକୁ ଚେଷ୍ଟା କରନ୍ତୁ। ଭାବୁଚି, ସବୁ ଠିକ୍ ହୋଇଯିବ।" ଜଣେ ଅଭିଜ୍ଞ ଉପଦେଷ୍ଟା ଭଳି ମୁଁ ତାଙ୍କୁ ବିଶ୍ୱାସର ସହିତ କହିଲି।

ଭଦ୍ରମହିଳା ତାଙ୍କ ସମସ୍ୟାର ସମାଧାନର ପନ୍ଥା ପାଇଗଲା ପରି ଉଠିଗଲେ। ତାଙ୍କ ମୁହଁରେ ସନ୍ତୋଷର ଭଙ୍ଗୀ ଖେଳିଗଲା।

ତା'ପରଠୁଁ ଆଉ ସେ ଆମ ଘରକୁ ଆସିନାହାନ୍ତି।

■

# ସକାଳର ସ୍ୱପ୍ନ

ମୁଣ୍ଡରୁ ଘଷି ଟୋକେଇଟା ଓହ୍ଲେଇ ପକେଇ ଉଞ୍ଚା ମାଟି ବାରଣ୍ଡାଟା ଉପରେ ବସିପଡ଼ି ଦୁଇଗୋଡ଼ ଲମ୍ବେଇ ଦେଲା ଗେହ୍ଲୀ । ଓଃ... କି ଗରମ । ଏ ଛୋଟ ସହରତଳି କଡ଼ଜଙ୍ଗଲି କଡ଼ଧାରରେ ତା'ର ସେ ଛୋଟ ଝୁମ୍ପୁଡ଼ି ପଲା । ବାପ ମା' ସେପାରିକି ଗଲା ଦିନଠୁ ସେ ସୁଦୁ ଏକ୍‌ଲା । ଛୋଟ ହେଇଥିଲା ସେ, ତା'ର ବାପା ମରିଗଲା । ମା'ତ ଆଗରୁ ଯାଇଥିଲା । ବାପା ଖୁବ୍ ପିଉ ଥିଲା । ଦିନରାତି ଦେଶୀ ମହୁଲି କି ଚାଉଳି, ଯାହା ମିଳିଲା ସେଥିରୁ ପେଟେ ଠୁଁକି ଦେଇ ବାରଣ୍ଡାଟା ଉପରେ ମୁଣ୍ଡଜାକି ଘୁମଉ ଥିଲା, ଖରାବେଳେ ପାରାମାନେ ଭାଡ଼ିଉପରେ ଘୁମେଇବା ପରି ।

ମା' ଥିଲାବେଳେ ବିଲହାଟରେ ଘାସ ବିକି କୁମ୍ଭାରକୁ ଘଷି ନାଗୁଆ ଦେଇ କିଛି ଚାଉଳ ଆଣେ । ସଂଜରେ ଗଣ୍ଡେ ତବତ ସାଙ୍ଗରେ କେବେ କେବେ ମୁଠିଶାଗ ଟିକେ, ତା ନ ଥିଲେ ଲୁଣ ପୁଳାଏ ଲଗେଇ, ମା' ବାପା ଓ ଝିଅ ସମେତେ ମୁଠେ ମୁଠେ ଖାଆନ୍ତି । ଜାଗାବାଡ଼ି ତ ବାଡ଼ି ଗୋବରେ ଗୋବେ ହେଲେ ନାହିଁ । ସହର ତଳି ଏ ଜଙ୍ଗଲ ପାଖ ଅନାବାଦୀ ଜାଗାରେ ଛିଟାବେଢ଼ାରେ ଚାଳିଆଟେ - ଚାରିପାଖେ ଉଞ୍ଚ ବାରଣ୍ଡା । ଭିତରେ ମା'ଓ ଗେହ୍ଲୀ ଶୁଅନ୍ତି । ବୁଢ଼ାଟା ଦିନ କି ରାତି, ଖରା କି ବର୍ଷା, ସେଇ ପିଣ୍ଡାଟାକୁ ଆଶ୍ରା କରି ଥାଏ । ମଦପିଇ ଆସି ମା'କୁ ଖାଇବାକୁ ମାଗେ - ଖାଇବାକୁ ନ ଥିଲେ ମା'କୁ ବେଶ୍ ମାରଧର କରେ ଓ ପିଣ୍ଡାଟା ଉପରେ ନିଶାଜୋରରେ ଶୋଇଯାଏ । ହେଲେ ନିଶା କଟିଗଲେ କେଡ଼େ ଭଲଲୋକଟିଏ ପରି କଥା କୁହେ - ଗେଲ୍ଲୀକି ପାଖକୁ ଡାକେ, କୋଳରେ ବସାଏ । ମା'କୁ ପାଟି କରି ଡାକେ । କେଡ଼େ ସରାଗ ଦେଖାଇ କହେ, "ଆଲୋ ହେ ମଲ୍ଲୀ, ଦେଖିଲୁ ! ଏ ଝିଅଟା ତୋର ଠିକ୍ ତୋରି ଭଳି ସୁନ୍ଦରିଆ, ସୁତରିଆ ଟିଏ ହେବ ଲୋ ! ଯାକୁ ଗୋବର ଗୋଟେଇବାକୁ,

ପରକାମ କରିବା କି ଇଟା ବୋହିବାକୁ ଦେବାନି। ଇଏ ଦି' ଅକ୍ଷର ପଢ଼ିବ। ତୋ ବାବୁ ଝିଅ ସୋନାଲି ସରି ହେବ। ଆମ ଗେହ୍ଲୀଟା କେଡ଼େ ବୁଦ୍ଧିଆ ହେଇଚି କହିଲୁ! ଇଟା କି ଘଷି ଝୁଡ଼ା ବୋହିଲେ ତା ମୁଣ୍ଡର ବୁଦ୍ଧି ସବୁ ଚାପି ହେଇଯିବ।"

ମା' ଘରବାଡ଼ି ଖରକି ଗୋବର ପାଣି ଛିଞ୍ଚିଦିଏ ସବୁଆଡ଼େ। ବାମ୍ଫୀକି ଗାଧୋଇ ଯାଏ ଓ କଳସୀରେ ପାଣି ନେଇଆସେ। ଏ ବାମ୍ଫୀଟା କେହି ଖୋଳି ନାହାଁ, ପାହାଡ଼ରୁ ଝର ଫିଟିଛି। ତା ଚାରିପାଖେ ପଥର ଉଞ୍ଚେଇ ଦେଇ ଆଖପାଖ ଲୋକେ ତା'ର ପାଣି ବ୍ୟବହାର କରନ୍ତି। କି ମିଠା ତା'ର ସେ ପାଣି! ଢୋକେ ପିଇଦେଲେ ମନ ଭରିଯାଏ। ବାପାର ଢେର ବଅସ ହେଲାଣି- ମଥାସାରା ଧଳାଚୁଟି- ପଛଟା ପୂରା ଚନ୍ଦା। ମାଆ ଦେହରେ ଯୌବନ ଲହଡ଼ି ଭାଙ୍ଗୁଚି। ବାପାର ମା' ଥିଲା ତୃତୀୟ ପକ୍ଷ ସ୍ତ୍ରୀ।

ଗେହ୍ଲୀ କେତେ ଛୋଟବେଳୁ ମା'କୁ କାମରେ ସାହାଯ୍ୟ କରିବା ଶିଖିଚି। ଭାତହାଣ୍ଡି ବସିଥିଲେ ସେ ଚୂଲୀ ଜାଳେ। ଶାଗ ବାଛି ଦିଏ। ପାଖ ନଈକି ଯାଇ ଥରେ ଥରେ ବନିଶୀ ପକାଏ। ମାଛ ଟେଙ୍ଗୀ ଟାଣି ନେଲେ ସେ ଏମିତି ଛାଟମାରେ ଯେ ମାଛ କଣ୍ଟାରୁ ଖସିଯାଏ। ତାକୁ ଠିକ୍ ବନ୍‌ଶୀ ପକା ଆସେ ନାହିଁ ସିନା... ଦିନରାତି ବନିଶୀ ଧରି ନଈ ପାଖରେ ବସିବାକୁ ତା'ର ବେଶ୍ ମନହୁଏ। ଚଢ଼େଇମାନେ ଗଛରେ କିଚିରି ମିଚିରି କରନ୍ତି, ଖଜୁରୀ ଗଛରୁ କୋଳି ଟପ୍‌ଟାପ୍ ଖସି ପଡୁଥାଏ। ବଣକେନ୍ଦୁ ପାଚିଲେ ସେ ଗଛ ଚଢ଼ି କେନ୍ଦୁ ତୋଳି ଖାଏ। ହେଲେ, ମା'ଟା କାମକୁ ଯିବ ବୋଲି ତାକୁ ଘର ଜଗାଇ ଦେଇଯାଏ। ନତୁବା କେବେ କେବେ ସାଙ୍ଗରେ ନେଇ ବାବୁଘର ଉଠାକାମ କରିବାପାଇଁ ତାକୁ ମା'ର ସାହାଯ୍ୟ କରିବାକୁ ହୁଏ।

ନ ହେଲେ ରାତିରେ ଯେଉଁ କାଠିମରା ଭାତମୁଠେ ମିଳେ, ତା'ତ ମିଳିବନି। ମା' ମୁଠିଶାଗ କେଉଁଠୁ କେଉଁଠୁ ସାଉଁଟି ଆଣେ। ଶାଗ କି ଲୁଣ ମେଞ୍ଚେ ଲଗେଇ କେଡ଼େ ଖୁସିରେ ଖାଆନ୍ତି। ବାକୀ ତକ ଭାତରେ ପାଣି ପୂରେଇଦେଇ ତା'ପରଦିନ ପଖାଳ ପାଣି ମୁନ୍ଦେ ମୁନ୍ଦେ ପିଇ ଦିନ କଟାନ୍ତି। ବାପର ଆଣ୍ଠୁଗଣ୍ଠି ବାତ ସାଙ୍ଗକୁ ମଦ ଅଭ୍ୟାସ। ଆୟ ଘର ଶୂନ। ମା' ଗାଈଗୋରୁଙ୍କ ଗାଣ୍ଡିଏ ଗାଣ୍ଡିଏ ଗୋଡ଼େଇ ଗୋବର ଗୋଟାଏ। ତାଙ୍କର ସେ ଛିଟାବେଢ଼ା ଘର କାନ୍ଥରେ ଘଷିଫଡ଼ା ମାରେ। ଘଷି ଶୁଖିଲେ କୁମ୍ଭାର ସାଇରେ ନେଇ ଦିଏ। ସେଇ ପଇସା ସହ ବାବୁଘର ବାସନମଜା, ଘର ଓଳାପୋଛା ମଜୁରି ମିଶି ରୁଖାଶୁଖା ଚଳନ୍ତି ସେମାନେ। ବାବୁଘରୁ କେବେ କେବେ ବାସିରୁଟି କି ତରକାରୀ ପୁଳେ ବି ମା'କୁ ମିଳେ। ସେତକ ମହାପ୍ରସାଦ ପରି ସେମାନେ ପାଆନ୍ତି।

ତଥାପି ବି କେଡ଼େ ସୁଖ ଓ ଶାନ୍ତିର ଦିନ ସେଗୁଡ଼ିକ ଥିଲା! ବାପ ମା' ଓ ଝିଅ, କିଛି ଝାମେଲା ବି ନ ଥିଲା। ଦିନେ ଜଣେ ସରକାରୀ ବାବୁ ଆସିଥିଲେ। ଟଙ୍କିକିଆ

ଚାଉଳପାଇଁ କ'ଣ କାଗଜ କରିଦେବା ପାଇଁ ସେ ତାଙ୍କ ଅଫିସ୍‌କୁ ଯିବାକୁ କହିଥିଲେ। ମା' ଢେରଥର ଅଫିସକୁ ଦୌଡ଼ିଲା। ଆଜିକାଲି କରି କରି ଢେରଦିନ ଦୌଡ଼େଇବା ପରେ ଥରେ ସଞ୍ଜରେ ସେ ମା'କୁ 'କାଗଜ ହେଇଯାଇଚି, ନେଇ ଯାଅ', ବୋଲି ଲୋକଟେ ହାତରେ ଡକେଇ ପଠେଇଲା। ମା' ବଡ଼ ଆଗ୍ରହରେ ମାଇସଂଜ ବେଳେ ବାହାରିଗଲା। ସେଇ ଯେ ଗଲା, ତା'ପରେ ଆଉ ଫେରିଆସିଲା ନାହିଁ। କେତେ ଲୋକ କେତେ କଥା ସବୁ କହିଲେ, ଟୁପୁର ଟାପୁର ହେଲେ। କାହା ସାଂଗେ ବୋଧେ ପଳେଇଲା। ଭରା ଯଉବନ ଦେହରେ ଏ ବୁଢ଼ାଟା ପାଖରେ ପଡ଼ି ରହିଥାନ୍ତା କିଆଁ ? ବେଡ଼ୀ ଉପରେ କୋରଡ଼ା ପରି ଛାତିରେ କଣ୍ଟାଟା ହେଇ ଝିଅଟା ଅଛି। ତାକୁ ବଢ଼େଇ କୁଢ଼େଇ ଯଉତୁକ ଦେଇ ବାହାଚୋରା କରିବା କେତେ କାଠିକର ପାଠ ! - ହାତରେ ନାହିଁ ଅର୍ଥ। ସେ ସବୁପାଇଁ ଗେଲ୍ଲୀର ମାଆ କାହା ପାଖକୁ ପଳେଇଲା। କେତେକ କହିଲେ, ସେ ଲୋକଟା ତାକୁ ଭୂତେଇ ନେଇ ଦୁବାଇରେ ଚାକରାଣୀଗିରି କରିବାକୁ ପଠେଇ ଦେଇଚି। ଯାହାକୁ କୁହନ୍ତି 'ମଣିଷ ଚାଲାଣ।' କେତେକ ବି କହିଲେ, ସେ ଦିନ ସଞ୍ଜରେ ଜଙ୍ଗଲ ରାସ୍ତାରେ ଗଲାବେଳେ କେହି ଜନ୍ତୁଜୁନ୍ତା କି ରାକ୍ଷସ ତାକୁ ଜଙ୍ଗଲ ଭିତରକୁ ଟାଣିନେଇ ଝୁଣି ଖାଇ ଯାଇଛନ୍ତି। ପାଖ ଆଦିବାସୀମାନେ କହିଲେ, ସବୁ ଭୂତପ୍ରେତ ପରା ସଞ୍ଜବେଳେ ବାହାରନ୍ତି। ସେ ବାହୁଟି ହାବୁଡ଼େଇ ଯାଇଥିବ, ତାକୁ କିଏ ଭୂତ ଖାଇ ଯାଇଥିବ। ଏମିତି ଯିଏ ଯାହା ପାରିଲା କହିଲା। ଗରିବ ମାଇପ ତ ସବୁରି ଶାଳୀ !

ଆଜିକାଲି ନଈ ପୋଖରୀ ଭିତରୁ ପଚାସଢ଼ା ଶବ ଅଚାନକ ଭାସି ଉଠୁଛନ୍ତି - ସେମାନଙ୍କ ଶବକୁ ମାଛ ଓ ଜଳଚର ଜୀବ ଖାଇଦେଇଥିବାରୁ ଆଦୌ ଚିହ୍ନଟ ବି କରି ହେଉନି।

ପାହାଡ଼ ଜଙ୍ଗଲରେ ବି ଗଳିତ ମାଂସ ଭିତରେ କଙ୍କାଳ ମାସ ମାସ ଧରି ପଡ଼ି ରହିଥିବାର ମିଳୁଚି। କ'ଣ ହେଇଗଲାଣି ସଂସାରଟା ଯେ ! ପିଲାଟିଏ କି ସ୍ତ୍ରୀ ଲୋକଟିଏ ଘରୁ ଏକା ଏକା ବାହାରି ଗଲେ ତା'ର କ'ଣ ଯେ ହେବ - ସେ ଆଉ ଫେରିବ କି ନ ଫେରିବ, କହିବା ମୁସ୍କିଲ୍। ମଣିଷମାନେ ବି ଆଉ ମଣିଷ ହୋଇନାହାନ୍ତି। ହୋଇଯାଇଚନ୍ତି ରାକ୍ଷସ, ନ ହେଲେ ବେପାରୀ। ତାଙ୍କର ବେପାର ବେଶୀ ଜମେ ଛୁଆ ଓ ସ୍ତ୍ରୀ ଲୋକମାନଙ୍କୁ ନେଇ। ହାଏରେ ଏ ଦେଶ ! ହାଏରେ ସ୍ତ୍ରୀର ଭାଗ୍ୟ !

ମା'ଗଲା ପରେ କେତେ ଜଣ ପୁଲିସ ଆସି ଗେଲ୍ଲୀକି ଓ ବା'କୁ କ'ଣସବୁ ପଚାରି ସେସବୁ ଲେଖିନେଇ ଚାଲିଗଲେ। ଗେଲ୍ଲୀ ଭାବିଲା, ତା ମା' ହୁଏତ ଫେରି ଆସିବ। ବାଟ ଚାହିଁ ଚାହିଁ ଆଖିରୁ ପାଣି ମଳା ସିନା, ମା' ଆଉ ଫେରିଲା ନାହିଁ।

ସେତେବେଳକୁ ନଅ ଦଶବର୍ଷର ଥିଲା ଗେହ୍ଲୀ। ବାଆର ସେବା କରିବାକୁ ମାଇକିନିଆଟିଏ ପାଲଟି ଯାଇଥିଲା। ଗୋବର ଗୋଟେଇ, ବାବୁଘର କାମ କରି ଘର ଚଳେଇଲା। ଦିନେ ଖାଇ ଦି'ଦିନ ଓପାସ ରହିଲା। ବଞ୍ଚିବାକୁ ତ ପଡ଼ିବ! ପାଖ ପଡ଼ିଶାର ଝୁନାବୋଉ ମାଉସୀ ଖୁବ୍ ଭଲ। ମା'ଗଲା ପରେ ବେଳ ଅବେଳେ ସେ ଗେହ୍ଲୀ କି ପଚାରେ- ପାଖକୁ ଆସେ। ତା ବାଡ଼ିର ପିଜୁଳି କି ଶାଗ ପୁଳେ ଦିଏ। ସିଏ ବି ତ ଗରିବ। ଆଣିବ ବା କୁଆଡୁ! ମା' ଛେଉଣ୍ଡ ଝିଅଟିକୁ ବଢ଼ି ଉଠିବାର ବାଟ ବତାଏ।

ଗେଲ୍ଲୀର ପାଠ ପଢ଼ିବାକୁ ଭାରି ମନ। ହେଲେ ସେ ଭାଗ୍ୟ ତା'ର କୁଆଡୁ ଆସିବ-ପତର ଗୋଟେଇ କିଛି ଆଣିଲେ ହାଣ୍ଡି ଚୂଲୀକୁ ଯିବ। ପାଠ ପଢ଼ିବାକୁ ବେଳ କାହିଁ? ବାବୁଘର ଝିଅ ସୋନାଲିଦିଦିକୁ ମାଷ୍ଟର ଟିଉସନ୍ ପଢ଼ାନ୍ତି। ଘର ପୋଛୁପୋଛୁ ଗେଲ୍ଲୀ ସବୁ ଦେଖେ-ପାଠ ଶୁଣେ। ତା'ର ବି ପାଠ ପଢ଼ିବାକୁ ମନହୁଏ। ଇସ୍କୁଲ ଯିବାକୁ ମନ ଟାଣେ, ହେଲେ ସେ ଭାଗ୍ୟ ନେଇ ଏ ପୃଥିବୀକି ସିଏ ଯେ ଆସିନି! ଦିନେ ସେ ସୋନାଲି ଦିଦିକୁ କହିଲା, "ଦିଦି... ମୋତେ ଟିକେ ଅକ୍ଷର ଶିଖାଇ ଦିଅନ୍ତି ନି!" ଆଖି ବଡ଼ବଡ଼ କରି ନାକକୁଞ୍ଚେଇ ସୋନାଲି ତାଚ୍ଛଲ୍ୟକରି କହିଲା, "କି ଅକ୍ଷର ଶିଖିବୁ? ହିନ୍ଦୀ, ଓଡ଼ିଆ ନା ଇଂରାଜୀ? ତୁ ପୁଣି ପାଠ ପଢ଼ିବୁ! ଯା... ଜଲ୍‌ଦି ଜଲ୍‌ଦି ରୋଷଘର ସଫାକର- ମା' ଜଳଖିଆ ତିଆରି କଲେ ମୁଁ ଖାଇକରି ଇସ୍କୁଲ ଯିବି।"

ଗେଲ୍ଲୀ ବୁଝିଗଲା- ସେ ଗରିବ ଝିଅ। ତା'ର ଜାଗା ମାଟିରେ, ମାଟି କଚରା ଭିତରେ ରହି କଚରାଟିଏ ପାଲଟିବା। ପାଠପଢ଼ି ଚାଟ ହେବାଟା ତା'ର ସକାଳର ସ୍ୱପ୍ନ ମାତ୍ର। କାଉ କା' କଲେ ଠୋ କିନା ନିଦ ଭାଙ୍ଗେ... ସ୍ୱପ୍ନ ଭାଙ୍ଗେ। ଜୀବନର କାଉ ତା'ର କେବେଠୁ ରାଉ ରାଉ କରୁଚି ଅଳିଆ ଅସନା ଖୁଣ୍ଟି ଖାଇବା ପାଇଁ। ସ୍କୁଲପରି ଅଳକାପୁରୀକୁ ଯିବା ଏଇ ସୋନାଲୀଦିଦିମାନଙ୍କ ପାଇଁ ସିନା!

ଘରକୁ ଫେରି ପତରଜାଳି ତୁଳସୀପତ୍ର ପକା ଚା'ଟିକେ କରେ। ଅଣ୍ଡାକାଶ ଲାଗି ରହିଚି ବୁଢ଼ାକୁ। ଧଇଁପେଲୁଚି। ଡବା ଅଣ୍ଟାଳି ମୁଠେ ସିପି ଯାଇଥିବା ମୁଢ଼ି ତାଟିଆରେ ଥୋଇ ସେ ଗୋବର ଗୋଟେଇବାକୁ ଧାଏଁ। ଗୁଆଲାମାନେ ସକାଳୁ ସକାଳୁ ଗାଈ ଛାଡ଼ନ୍ତି ପଡ଼ିଆକୁ, ଗାଈ ଗୁହାଳ ଛାଡ଼ିଲା ପରେ ହିଁ ଲଣ୍ଡ ଛାଡ଼େ। ସେ ଠିକଣା ସମୟରେ ନ ପହଞ୍ଚିଲେ ଆଉ କିଏ ଗୋବର ଗୋଟେଇ ନେବ। ଦିନସାରା ଗାଈଗୋରୁ, ଛଡ଼ା ଓ ବାଛୁରୀଙ୍କ ଗାଣ୍ଡିଏ ଗାଣ୍ଡିଏ ଗୋଡ଼େଇ ସେ ଗୋବର ଜମାଏ। ଘଷିଫଡ଼ା ମାରେ, ତା ମା' ଯେମିତି କରୁଥିଲା। ହେଲେ କୁମ୍ଭାରେ ଆଉ ଘଷି

ନେଉନାହାନ୍ତି। ଘଷି ବିକିବାକୁ ଗାଁ ହାଟକୁ ଯାଏ ସିଏ। ଝୁଡ଼ାରେ ମୁଣ୍ଡେଇ ଘଷି ଫଡ଼ା ନିଏ। ଘଷି ବିକି ସେଇଠୁ ତେଲଲୁଣ ଓ ଚାଉଳ କିଣି ଆଣେ।

ସଂଜବେଳେ ବାବୁଘର ଝଡ଼ାପୋଛା ଓ ଅଇଁଠାବାସନ ମାଜିସାରି ସେଇଠି ଘଡ଼ିଏ ଟିଭି ଦେଖେ ସିଏ। ଦେଶବିଦେଶର ଖବର ଶୁଣେ - ସବୁଆଡ଼େ କ'ଣ ଗୋଟେ ଧର୍ଷଣ ଚାଲିଚି। ଛୋଟ ପିଲାଙ୍କୁ ବି ଧର୍ଷଣ- ଝିଅଙ୍କୁ ଗଣଧର୍ଷଣ। ଏ ଧର୍ଷଣଟି କ'ଣ? ସେ ସୋନାଲି ଦିଦିଙ୍କୁ ପଚାରିଲେ ଦିଦି ମୁହଁ ନେଫେଡ଼ି କୁହନ୍ତି- "କ'ଣ ତୁ ନିଜେ ସେମିତି ହେଲେ ଜାଣିବୁ।" ଥଟ୍ଟାରେ ପୁଣି କହନ୍ତି, "ତୁ ଧର୍ଷଣ ହେବାକୁ ଚାହୁଁଚୁ କିଲୋ?" କିଛି ବୁଝି ନ ପାରି ଗେଲ୍ହି ବଲବଲ ଚାହିଁ ରୁହେ ଟିଭି ପରଦାକୁ। ଧର୍ଷିତା ଝିଅର ମୁହଁରେ ଛାଇଛାଇ ଦେଖାଏ ଟିଭି। ଝିଅର ମୁହଁଟାରେ ଏ କଳାଛାଇ କାହିଁକି ଦିଶୁଛି ଯେ! ଗେଲ୍ହି ଉଠି ଘରକୁ ଯାଏ। ମୁଠେ ଫୁଟେଇଲେ ବୁଢ଼ାବାପଟା ଖାଇ ଶୋଇବ ପରା!

ଗେଲ୍ହି ଏବେ ଚଉଦପନ୍ଦର ବର୍ଷର ହେଲାଣି। ନିଜ ଦେହକୁ ନିଜେ ବି ସେ ଚିହ୍ନିପାରୁନି- ଦେହ ଛାତି ପୂରିଲା ପୂରିଲା ଲାଗୁଛି। ଆଗଠାରୁ ସେ ସୁନ୍ଦର ଦିଶୁଚି। ସୋନାଲି ଦିଦି ପରି ପାଉଡ଼ର ଓ ଲିପଷ୍ଟିକ୍ ମାରିବାକୁ ମନ ହେଉଚି ତା'ର। ହେଲେ ହାତରେ ତ ପଇସା ନାହିଁ ଚାଉଳ ଗଣ୍ଡାଏ ପାଇଁ - ସେ ସବୁ କିଣିବା ତ ବହୁତ ଦୂର, ମନ ମାରି ରହେ ସେ। ପଡ଼ିଶା ଝୁନାବୋଉ ମାଉସୀ ତାକୁ ବହୁତ କଥା ବୁଝେଇ କହିଚନ୍ତି। ଡେରି ରାତିଯାଏ ବାହାରେ ରହିବୁନି। ମର୍ଦ୍ଦଲୋକଙ୍କ ସହ ହେଁ ହେଁ ଫେଁ ଫେଁ ହେବୁନି। ଏ ସଂସାରଟା ବଡ଼ ଖରାପ ଲୋ ଝିଅ! ହାତେ ମାପି ଚାଖଣ୍ଡେ ଚାଲିଲେ ଯାଇ ବଞ୍ଚିବୁ। ନ ହେଲେ ତିନିପାଞ୍ଚିରୁ ଯିବୁ।

ଗେଲ୍ହି ସବୁ କଥାକୁ ଜଗିରଖି ଚଳେ। ବାଟଘାଟର ଲୋଭିଲା ଚାହାଣୀମାନଙ୍କୁ ଏଡ଼ାଇ ଚାଲି ଆସେ। ତା ଦେହରେ ଯୌବନ ଏବେ ଲହଡ଼ି ଭାଙ୍ଗୁଚି, ଥଳକୂଳ ମାନୁନି। ମେଘ ସଙ୍ଗେ ବର୍ଷି ଯିବାକୁ ଇଚ୍ଛା ହେଉଛି - ଇନ୍ଦ୍ରଧନୁ ସାଙ୍ଗେ ରଙ୍ଗେଇ ଯିବାକୁ ମନ ଡାକୁଚି-ପବନ ସହ ପହଁରି ଯିବାକୁ କି ରାତିର ଅନ୍ଧାରରେ ଲୁଚକାଳି ଖେଳି ଜହ୍ନରେ ଗାଧେଇ ହେବାକୁ ଇଚ୍ଛା ହେଉଚି ତା'ର। ବେଳେବେଳେ ସେ ଖୁବ୍ ଉଦାସ ହୋଇଯାଏ। ଝୁନାମା' ମାଉସୀ ଜଗି ରହିବାକୁ କହିଥିଲେ। କାହା ଆସିବାପାଇଁ ସେ ଏ ସମ୍ପତ୍ତିକୁ ଜଗିରଖି ଚଳିବ। କିଏ ସେ ଭୋଗ କରିବାକୁ ଆସିବ। କିଏ ସେ?

ଦିନେ ତାକୁ ସେ କିନ୍ତୁ ପାଇଗଲା। ଦୂର ଗାଁ ହାଟପାଳି ଦିନ ସେ ତାଙ୍କୁ ଦେଖିଥିଲା ବେଶୀ ପରିମାଣରେ ତେଲ ଲୁଣ ମସଲା ଓ ଅନ୍ୟାନ୍ୟ ଚିଜ ସବୁ କିଣୁଥିବାର। ବାବୁରି କୁଞ୍ଚକୁଞ୍ଚ ବାଳବାଲା - ଏତେ ଜିନିଷ କିଣୁଚନ୍ତି - ଢେର ପଇସାବାଲା ଘର ବୋଧହୁଏ।

ଗେଲ୍ଲୀ ବି ସେଇ ଦୋକାନରୁ ଦି'ଟଙ୍କାର ସୋରିଷ ତେଲ ଓ କିଛି ଲୁଣ କିଣିଲା। ସେ ଗେଲ୍ଲୀ କି ତେରେଛେଇ ଚାହିଁଲେ ଓ ଟିକେ ତକେଇ ରହିଲେ। ଗେଲ୍ଲୀ ତାଙ୍କର ସେ ଚାହାଣୀରେ ଟିକେ ସରମି ଉଠିଲା ଓ ତରତର ହୋଇ ସେଠୁ ଆଡ଼େଇ ଗଲା। ବାବୁ ତାଙ୍କୁ ପଛରୁ ଡାକିଲେ, "ଏ... ଶୁଣ... ତୁମ ନାଁ କ'ଣ ?"

ଗୁଣ୍ ଗୁଣ୍ ହୋଇ ଗେଲ୍ଲୀ କହିଲା, 'ଗେଲ୍ଲୀ'।

'ତୁମେ ରୁହ କେଉଁଠି ?'

'ଏଇ ସହର ପାଖ ଗାଁରେ ମୋ ଘର'।

'ଘରେ ଆଉ କିଏ ସବୁ ଅଛନ୍ତି ?'

ସରମ ଓ ଡର ଦୁଇଟି ଯାକ ଭାବ ଗେଲ୍ଲୀକୁ ଅସ୍ତବ୍ୟସ୍ତ କରିଦେଲେ। କହିବ ନା କହିବନି କିଏ ତା'ର ସବୁ ଅଛନ୍ତି ନ ଅଛନ୍ତି ବୋଲି ?

ବାବୁ କହିଲେ, 'ତୁମେ ସବୁବାରରେ ଏ ହାଟକୁ ଆସ ?

'ହଁ, ମୁଁ ଏ ହାଟରେ ଘଷି ବିକେ। ଗାଁ ଲୋକମାନେ ଘଷି କିଣନ୍ତି ବେଶୀ। ଚୂଲୀ ଲଗେଇବାକୁ ଘଷି ଦରକାର ହୁଏ ତ ! ଆଗରୁ ସହରର କୁମ୍ଭାର ଘଷି ନେଉଥିଲେ- କାମ ଛିଣ୍ଡୁଥିଲା। ଏବେ ଆଉ କୁମ୍ଭାରମାନେ ଘଷିରେ ଭାଟି ଲଗାଉ ନାହାନ୍ତି। କୋଇଲାରେ ହାଣ୍ଡି ପୋଡୁଚନ୍ତି, ସେଥିପାଇ ଏତେ ଦୂରକୁ ଆସିବାକୁ ପଡୁଚି।'

"ଆଚ୍ଛା ! ମୋତେ ଘଷି ବିକିବ ?"

"କାହିଁକି ବିକିବିନି ? ଯିଏ ଭଲ ପଇସା ଦେବ- ତାକୁ ଘଷି ଦେବି।"

"ତମ ଘଷିସବୁ ଖୁବ୍ ସୁନ୍ଦର ଗୋଲ୍‌ଗୋଲ୍ ହେଇଚି।"

ଗେଲ୍ଲୀ ଲାଜେଇଗଲା ଓ କହିଲା,

"ବାବୁ ଆରଥରକୁ ଭଲ ଘଷି ଆଣିବି। ଏଥର ତ ସବୁ ଘଷି ପ୍ରାୟ ବିକି ସାରିଲିଣି।"

"ତମ ଘର ଏଠୁ ଦୂର ପରା ! ତମେ ଏଠିକି ଆସିବା ଦରକାର ନାହିଁ। ମୁଁ ଯାଇ ତମ ଘରୁ ଘଷି ନେଇ ଆସିବି। ତୁମେ କେଉଁଠାରେ ରୁହ, ଠିକଣା ବତାଅ। ମୁଁ ଗାଡ଼ିନେଇ ସିଧା ସେଇଠୁ ଯାଇ ଘଷି ନେଇଯିବି।" ଗେଲ୍ଲୀ ନିଜର ଘରକୁ ବାଟ ବତେଇ ଦେଇ ସିଧା ଛାଟିପିଟି ହୋଇ ଘରକୁ ଫେରି ଆସିଲା।

ଟୋକାଟା କଥା ରାତିସାରା ବସି ଭାବି ହେଲା। ଏ କ'ଣ ! ସେ ଟୋକାଟା ଗୁଣିଗାରେଡ଼ି କରିଛି ନା କ'ଣ ? ଗେଲ୍ଲୀକୁ ରାତିସାରା ନିଦ ହେଲାନି। ଖାଲି ତା'ରି ଚାହାଣୀ, ହସ ଓ ମଧୁର କଥାସବୁ ବାରମ୍ବାର ମନେପଡ଼ିଲା। ସେ କିଏ ? କେଉଁଠି ରହେ ? କ'ଣ କରେ ? ତା ବ୍ୟବହାର କେତେ ମଧୁର ! ଗେଲ୍ଲୀକି କଷ୍ଟ ହେବ ବୋଲି ସେ ନିଜେ ଆସି ଘରୁ ଘଷି ନେଇଯିବ। କେତେ ଭଲ ଲୋକ !

ଦିନେ ଗେଲ୍ଲୀ କାମସାରି ଆସି ପିଣ୍ଡାଟାରେ ବସି ଦେହରୁ ଝାଳ ମାରୁଚି। ମୁହଁ ସଞ୍ଜ ହେଲାଣି ଜଙ୍ଗଲ ଆଡୁ ଅନ୍ଧାର ମାଡ଼ିମାଡ଼ି ପଡୁଚି। ଠିକ୍ ସେତିକିବେଳେ କିଏ ଜଣେ ଛାଇ ଭଳି ଆସି ତା'ର ସାମ୍ନାରେ ଠିଆ ହୋଇପଡ଼ିଲା।

ଆରେ, ଇଏତ ସେଇ ବାବୁ। ଗେଲ୍ଲୀ ତରବର ହୋଇ ଦେହ ମୁଣ୍ଡରେ ଲୁଗା ସଜାଡ଼ି ନେଲା।

"ଘଷି ଅଛି ତ ?"

"ଅଛି ବାବୁ। ହେଲେ ଭଲ କି ଶୁଖିନି। କାଲି ଆସିଲେ ନେଇଯିବ। ଘଷିସବୁ ସେତେବେଳକୁ ଠିକ୍ ପାଗ ହୋଇଯାଇଥିବ।"

'ଆଚ୍ଛା, ଠିକ୍ ଅଛି। କାଲି କି ମୁଁ ଗାଡ଼ିନେଇ ଆସିବି।' ବାବୁ ଗେଲ୍ଲୀକି ଚାହିଁ ଟିକେ ହସିଦେଇ ଚାଲିଗଲେ।

ତାଜ୍ଜୁବ୍ ହୋଇ ତାଙ୍କ ଯିବା ବାଟକୁ ଗେଲ୍ଲୀ ଚାହିଁରହିଲା। କଥା ଦେଇଥିଲେ ବୋଲି ମନେ ରଖି ବାବୁଟା ଆସିଥିଲେ। କେଡ଼େ ଭଲ ଲୋକ? ତେବେ ତାଙ୍କର ଏତେ ଘଷି କିସପାଇଁ ଦରକାର? ପଚାରିବ କି? ନା... ନା... କ'ଣ ଦରକାର। ସେ ହେଲେ ଖାଉଟି, ତା କଥାକୁ ସେ ଯଦି କିଛି ମନ୍ଦ ଭାବି ନେବେ, ତା'ର ବେପାର ବୁଡ଼ିବ। ତାକୁ ପୁଣି ସେ ଦୂର ହାଟକୁ ଚାଲି ଚାଲି ଯିବାକୁ ହେବ। ଘରକୁ ଆସି ଯଦି ତା' ଜିନିଷ ନେଇଗଲେ ତ ନିଜର ସୁବିଧା। କଷ୍ଟ କମ୍। ଆଗୁଆ ନଗଦ ଟଙ୍କା ବି ଦେବେ କହୁଥିଲେ।

ଏମିତି ଦୁଃଖେ ସୁଖେ ଚାଲିଥିଲା ଗେଲ୍ଲୀର ଘଷି ବେପାର। ବାପାର ରୋଗ ବି ଆହୁରି ବଢୁଛି। ଧଇଁକାଶ ଆଉ ଔଷଧ ମାନୁନି। ବର୍ଷା ଋତୁର ଆରମ୍ଭ ବେଳକୁ ବାପା ଆଉ ରହିଲାନି। କ'ଣ କରିବ ବୋଲି ଗେଲ୍ଲୀକୁ କିଛି ବୁଦ୍ଧି ଦିଶିଲାନି। ଭାଗ୍ୟକୁ ଝୁନାମା' ମାଉସୀ ଆସି ଗେଲ୍ଲୀପାଖେ ଠିଆହେଲା। ହେଲେ ମଢ଼ା ଉଠାଇବ ବା କିଏ – ଯକ୍ଷ୍ମା ହେଇଚି। ଏ ଶବ ଭିତରୁ ଅନ୍ୟମାନଙ୍କୁ ରୋଗ ଗ୍ରାସିବ। ମାରକ ବ୍ୟାଧି ଇଏ। "ଯେ ଶବକୁ ଛୁଇଁବା ତ ଦୂର, ତାଙ୍କ ଘରକୁ ବି ଯିବା କଥା ନୁହେଁ", କହି ଗାଁବାଲା ପାଖ ପଶିଲେନି। ଭାଗ୍ୟକୁ ବାବୁ ପହଞ୍ଚି ଗଲେ। ତାଙ୍କ ଗାଡ଼ିରେ ନେଇ ମଢ଼ାକୁ ଶ୍ମଶାନରେ ପୋଡ଼ିଲେ। ପୋଡ଼ିବା ପାଇଁ କାଠ, ଘିଅ କି ଆଉଆଉ ଚିଜମାନ ସେ ଯୋଗେଇଲେ। କୃତଜ୍ଞତାରେ ଗେଲ୍ଲୀର ମଥା ବାବୁଙ୍କ ଗୋଡ଼ତଳେ ନଇଁଗଲା। ସାକ୍ଷାତ୍ ଦେବଦୂତ କି ସିଏ! ଗେଲ୍ଲୀର ମନ ବାବୁଙ୍କର ଏ ସାହାଯ୍ୟ ଭାରରେ ତାଙ୍କ ଆଡ଼କୁ ପୂରା ଢଳିଗଲା।

ସେଇ ବା' ଗଲା ଦିନଠୁ ବାବୁ ପ୍ରାୟ ଆସନ୍ତି, ଗେଲ୍ଲୀର ଭଲମନ୍ଦ ପଚାରନ୍ତି।

ଘଷି କିଣନ୍ତି। ସାହାଯ୍ୟ ସହାନୁଭୂତି ଯେତେବେଳେ ଯାହା ଦରକାର, କରନ୍ତି। ହେଲେ ବାବୁଟାର ଆଦୌ ସମୟ ନଥାଏ। ଦିନ ସାରା କି କି କାମରେ ଲାଗିଥାଏ। ସଞ୍ଜ ଗଡ଼ିଲେ ଇ ଆସେ। ଘଡ଼ିଏ, ଦି'ଘଡ଼ି ବସେ। ଗପସପ, ହାନିଲାଭ ଓ ହାବଭାବ ଦିଆନିଆ ଭିତରେ ସମୟ ପଳେଇଯାଏ। ଦୂରତା କମି କମି ମିଳେଇ ଯାଏ। ହେଲେ ଗେଲ୍ଲୀ ସବୁବେଳେ ସତର୍କ ଥାଏ। ଝୁନାମା'ର ଆକଟ କଥା ମନେରଖିଥାଏ।

ଦିନେ ବାବୁ ଆସିଲେ। ଖୁବ୍ କ୍ଲାନ୍ତଶ୍ରାନ୍ତ ଦିଶୁଥିଲେ। ଗେଲ୍ଲୀ ସବୁଦିନ ପରି ଗୁଣ୍ଡଦୁଧ ପକେଇ ଚା କଲା। ବାବୁ ଆଣିଥିବା ବେସନ ଗୋଳି ପିଆଜି ବନେଇଲା। ଅମାବାସ୍ୟା ରାତିର ଅନ୍ଧାର ସେମାନଙ୍କର ହସଖୁସିରେ ଆଲୋକିତ ହୋଇଗଲା। ବାବୁ କହିଲେ, 'ତୋ ପରି ମୋର ବି କେହି ନାହିଁ ଲୋ ଗେଲ୍ଲୀ, ମା'ଟି ଖାଲି। ତାକୁ ପଚାରି ତୋତେ ମୁଁ ଘରକୁ ନେବି। ତୁ ଯିବୁ ତ?' ଗେଲ୍ଲୀ ଆଶ୍ଚର୍ଯ୍ୟ ହୋଇଗଲା। ହଠାତ୍ ଏ ପ୍ରସଙ୍ଗ କଥା ଭାବି ନ ଥିଲା। ସେ ବାବୁଙ୍କ ଛାତିରେ ମୁଣ୍ଡ ରଖିଦେଲା। ଏଣିକି ଏମିତି ଅନ୍ଧାର ରାତିରେ କେବେ କେବେ ସମ୍ପର୍କ ବି ବାଟ ହୁଡ଼ିଯାଉଥିଲା। ସେ ଭିନ୍ନ ପଥରେ ଚାଲିବାକୁ ଗେଲ୍ଲୀକି ଖୁବ୍ ଭଲ ଲାଗୁଥିଲା। ସତେକି ତା' ବାପା ପରି ସେ ନିଶା ଖାଇ ଝୁମି ଉଠୁଥିଲା। ସଂସାରର ସବୁ ସୁଖ ଯେମିତି ତା' ହାତ ପାଆନ୍ତାରେ ଖସି ପଡୁଥିଲା।

ଦିନେ ବାବୁ କହିଲେ, "ଗେଲ୍ଲୀ, ତୋ ଘରେ ଜାଗା ହେବ ଯଦି କିଛି ଜିନିଷ କିଣି ଏଇଠି ମୁଁ ରଖି ଯାଆନ୍ତି। ଗାଡ଼ି ସୁବିଧା କରି ପରେ ନିଅନ୍ତି। ତୁ ସେସବୁ ଜଗି ରହିପାରିବୁ ତ?" କ'ଣ ସେ ଜିନିଷ ବୋଲି ଗେଲ୍ଲୀର ପଚାରିବାକୁ ମନ ହେଉଥିଲା। ହେଲେ, କାଳେ ବାବୁ ତାଙ୍କୁ ପରଲୋକ ଭାବୁଚି ବୋଲି ଧରିନେବ! ସେକଥା ଭାବି ସେ କିଛି ଆଉ ଅଧିକ ନ ପଚାରି, "ରଖିଦେଉନ, ମୋ ଘର କ'ଣ ତମ ଜିନିଷ ରହିଲେ ମାରା ହେଇଯାଉଛି? ତମେ ଯେବେ ଗାଡ଼ି ଆଣିବ, ନେଇଯିବ?" ବୋଲି ତାଙ୍କୁ କହିଲା।

ବାବୁ ବଡ଼ ବୋଝରୁ ମୁକୁଳିଲା ଭଳି ଦୀର୍ଘଶ୍ୱାସ ଛାଡ଼ିଲେ। ସେଦିନ ସଂଜରେ ଦି'ତିନିଜଣ ଲୋକ କେତେଟା ସିଲ୍ କରା ପେଟି ଆଣି ତା'ଘରେ ଥୋଇଲେ। ଏଣିକି ବାବୁଙ୍କର ଜିନିଷମାନଙ୍କର ଗୋଦାମ ଘର ହୋଇଗଲା ଗେଲ୍ଲୀର ଝୁପୁଡ଼ିଟି।

ଦିନେ ଗେଲ୍ଲୀ ପଚାରିଲା, "ବାବୁ, ଏତେ ରାତିରେ ଏ ଜିନିଷକୁ ଆଣୁଚ। ଜଙ୍ଗଲିଆ ରାସ୍ତା। କେତେ ଚୋରତସ୍କର। ମୋତେ ଡର ଲାଗୁଚି।" ବାବୁ କହିଲେ "ଡରିବାର କ'ଣ ଅଛି। ଏଠିକାର ସବୁ ରାସ୍ତାକାମର କଣ୍ଟ୍ରାକ୍ଟର ମୁଁ। ଏ ଜିନିଷଗୁଡ଼ାକ ସେଇ ରାସ୍ତାରେ ହିଁ ଲାଗିବ। ଏସବୁ ଚୋର ତସ୍କର ନେଇ କ'ଣ କରିବେ? ଚୋର

ତସ୍କର ନେଲାଭଳି ଜିନିଷ ହୋଇଥିଲେ ତୋର ଏ ଝୁପୁଡ଼ି ଘରେ ରଖନ୍ତି ? କବାଟରେ ଗୋଇଠେ ପକେଇଲେ ପରା ଭାଙ୍ଗିପଡ଼ିବ ଏ ତାଟି କବାଟ।"

ଗେଲ୍ଲୀର ଭୟ ଦୂର ହୋଇଗଲା। ସେ ଏଣିକି ସହଜ ହୋଇ ଉଠିଲା। କେବେ ବାବୁ ନିଜେ ଓ କେବେ ତାଙ୍କ ଲୋକ ଆସି ସେ ଜିନିଷ ସବୁ ନିଅନ୍ତି। ତଥାପି ଦିନେ ସନ୍ଦେହରେ ଗେଲ୍ଲୀ ସେ ପେଟିକି କଣ୍ଟାରେ କଣାକରି ଦେଖିଥିଲା କ'ଣ ତା ଭିତରେ ସବୁ ଅଛି। ଧଳା ଧଳା ବାଲି, କାଚଗୁଣ୍ଡ ଭଳି ଚିଜ ସେଥିରୁ ଝରି ପଡ଼ିଲା। ଗେଲ୍ଲୀ ବୁଝିଲା, ରାସ୍ତାରେ ସିମେଣ୍ଟ କାମରେ ଏସବୁ ମିଶାହେବା ଦରବ। ଭୟ ଆଉ କ'ଣ ? ଏଗୁଡ଼ାକ ଏଠୁ କିଏ ବା ଚୋରି କରିବ ? ଚୋରି କଲେ ଖାଲି ପଷ୍ଟେଇ ହେବ ଯାହା। ଥରେ ଖୁବ୍ ଓଜନିଆ ଓ ବଡ଼ ତାଲାବାଲା ଟିଣବାକ୍ସଟିଏ ଆଣି ବାବୁ ତା ଘରେ ରଖିଥିଲେ। ବାକ୍ସଟା ଥିଲା ଖୁବ୍ ଭାରୀ, ଗେଲ୍ଲୀପରି ଦଶଜଣ ବି ତାକୁ ଟେକିପାରିବେ ନାହିଁ। ଗେଲ୍ଲୀ ପଚାରିଲା, 'ବାବୁ, ଇଏ ପୁଣି କ'ଣ ?'

"ଏଥିରେ ଲୁହା ଯନ୍ତ୍ରପାତି ଅଛି ତ ! ସେଥିପାଇଁ ଭାରି ଓଜନ ଲାଗୁଚି। ଏ ଯନ୍ତ୍ରପାତିଗୁଡ଼ିକ ଖୁବ୍ ଦାମିକା। ସବୁଆଡ଼େ ମିଳେନି। କାଲି ଏସବୁ ଦରକାର ହେବ," କହି ବାବୁ ତାକୁ ଟିକେ ଗାଢ଼େଇକି ଚାହିଁ ହସିଦେଲେ। ଗେଲ୍ଲୀ ବି ସରମିଯାଇ ହସିଲା।

କେଉଁ ଗୋଟେ ସଂଗଠନ ଦେଶରେ ଆତଙ୍କରାଜ ଚଳେଇଚି। ନିରୀହ ଲୋକଙ୍କୁ ମାରୁଚି। ସେମାନେ କ'ଣ ଏଠିକି ଆସିଗଲେଣି ? ସେ ଭୀଷଣ ଡରିଗଲା। ଏଥର ବାବୁଙ୍କୁ କହିବ, ସେ ଆଉ ରାତିରେ ଆସିବେନି। ଭଲମନ୍ଦ ବେଳା ବୋଲି ଗୋଟେ ଅଛି। ରାତିରେ ଭୂତପ୍ରେତ ଡାହାଣୀ ଚିରିଗୁଣୀ ଘୂରି ବୁଲନ୍ତି। ପୁଣି ଏ କେଉଁ ସଂଗଠନ ବି ଅଛି। ଏମିତି ମଣିଷଙ୍କୁ ମାରି ସେ ସଂଗଠନ କ'ଣ କରିବାକୁ ଚାହୁଁଛି ? "ତମେ ଆଉ ରାତିରେ ଯାଆସ କରନି ଜମା।"

ସୋନାଲି ଦିଦି ଘର ଟିଭିରେ ସେଦିନ ସେ ଦେଖୁଥିଲା ଯେ ଦେଶରେ ଗରିବଙ୍କୁ ନ୍ୟାୟ ଦେବାକୁ ଏସବୁ କାମ ସେମାନେ କରୁଛନ୍ତି। ସତକଥା, ଗରିବଙ୍କ ପ୍ରତି ଯେଉଁମାନେ ଅନ୍ୟାୟ କରୁଚନ୍ତି, ସେମାନଙ୍କୁ ମାର। ମୋ ମା'କୁ ଯୋଉବାବୁ ଟଙ୍କିକିଆ ଚାଉଳ ଦେବ କହି ଭୁଲେଇ ନେଇଗଲା, ସେଭଳି ବାବୁମାନଙ୍କୁ ମାର। ଏ ଗରିବ ନିରୀହ ରାସ୍ତାଗଲା ଲୋକଙ୍କୁ ମାରି, ତାଙ୍କପାଇଁ ରାସ୍ତା ବନ୍ଦକରି କି ଲାଭ ମିଳିବ ? ଗାନ୍ଧୀବୁଢ଼ା କ'ଣ କାହାରିକି ମାରିକି ଇଂରେଜଙ୍କୁ ଏ ଦେଶରୁ ତଡ଼ିଦେଲା ? କହି, ବୁଝେଇ, କାମକରି ସିନା ସବୁକିଛି ବଦଳେଇ ଦେଲା। ଆଉ, ଏ ବ୍ୟାଙ୍କ୍‌ଲୁଟ୍, ମାରପିଟ୍

ଚୋରି ତସ୍କରୀ ଓ ପଣବନ୍ଦୀ ରଖି କ'ଣ କିଛି ବଦଳା ଯାଇପାରେ ? ଭଲକାମ କରିବାକୁ, ତମର ମନ - ଗରିବଙ୍କ ପାଇଁ ସମାନ ଅଧିକାର ଆଣିବା ତମର ଲକ୍ଷ୍ୟ ସିନା ! ହେଲେ ସେଇ ଗରିବମାନଙ୍କୁ ତ ଆଗ ବଳି ପକାଇଦେଉଚ, ହେ ସଂଗଠନବାଲାଏ ! ତୁମକୁ କିଏ ଏ ବୁଦ୍ଧି ବତେଇଲା କୁହ । ଗେଲ୍ଲୀ ବିଡ୍ ବିଡ୍ ହୋଇ କାନ୍ଦିଲା ଭଳି କହିଲା, "ବୋମା ପକେଇଲେ ତ ସମସ୍ତେ ଯିବେ - ଯିଏ ମାରିଖାଉଚି; ଯିଏ ବି ମରଣ ମୁହଁରେ ଜିଇଁଚି । ତମେ ଗୋଟିଗୋଟିକରି ସେ ପଇସା ଜମେଇବା ବାଲାଙ୍କୁ, ଗରିବଙ୍କୁ ଶୋଷି ଖାଉଥିବା ଲୋକଙ୍କୁ ମାର ।"

ହଠାତ୍ ଦିନେ ଗେଲ୍ଲୀ ଆଗର ଦୁନିଆ ଅସ୍ତବ୍ୟସ୍ତ ହୋଇ ଉଠିଲା । ପାଖ ଜଙ୍ଗଲି ରାସ୍ତା ପୋଲ ବୋଲ ଭାଙ୍ଗି ଭୁଶୁଡ଼ି ପଡ଼ିଲା । ସେଠାରେ ପାଟ୍ରୋଲିଂ କରୁଥିବା ପୋଲିସ ଭ୍ୟାନ୍‌ଟି ଦୁଇତିନି ଫୁଟ ଉଞ୍ଚକୁ ଉଠି ଭାଙ୍ଗିପଡ଼ିଲା । କେତେଜଣ ବାଟୋଇ ଓ ପୁଲିସବାଲା ବି ମଲେ । କେତେକ ଆହତ ହେଲେ । ଦୁଃଖରେ, ଡରରେ ଓ ଆତଙ୍କରେ ଗେଲ୍ଲୀ ସେଦନ ରାତିରେ ଶୋଇ ପାରିଲାନି ।

ପରଦିନ ଗାଡ଼ିଟିଏ ଆସି ଗେଲ୍ଲୀ ଘରେ ଅଟକିଲା । ବାବୁ ଏଥର ଦିନରେ ଆସିଲେଣି ଭାବି ଗେଲ୍ଲୀ ରୋଷେଇ କରୁକରୁ ଉଠି ଆସି ଦେଖେ ତ ଏଇଟା ନାଲିବତୀର ପୋଲିସ୍ ଗାଡ଼ି ।

ଦି'ଜଣ ଖାକିପିନ୍ଧା ପୋଲିସବାଲା ଆସି ତାକୁ କ'ଣ ସବୁ ପଚାରିଲେ । ତା'ଘର ଭିତରେ ପଶି ଅଣ୍ଟାଳି ଘାଣ୍ଟି ସେ ବାକ୍ସଟା ଟେକିନେଲେ । ତାକୁ କହିଲେ "କିଏ କିଏ ସବୁ ଏଠିକି ଆସନ୍ତି ? କାହିଁକି ସେମାନେ ଆସନ୍ତି ? କ'ଣ କରନ୍ତି ଏଠି ? ?"

ଡରିଯାଇ ଗେଲ୍ଲୀ କହିଲା, "ଜଣେ ବାବୁ ତାଙ୍କ ଜିନିଷ ଏଠି ରଖନ୍ତି । ସେ ଖୁବ୍ ଭଲ ମଣିଷ । ମୋ ବା'ଗଲାବେଳେ ଖୁବ୍ ସାହାଯ୍ୟ କରିଥିଲେ । ମୋତେ ତାଙ୍କ ସାଙ୍ଗରେ ନେଇଯିବେ । ବାହା ହେବେ ମୋତେ ସିଏ ।"

ବାହାହେବ ନା ଛତୁ ! ଚାଲ ଏବେ ମାମୁଁ ଘର । ଉଗ୍ରପନ୍ଥୀଙ୍କୁ ଏଠି ରଖି ଧନ୍ଦା ଚଳେଇବୁ ?"

"ନିଜ ମାମୁଁ ଘରକୁ ତ ସେ ଜୀବନରେ କେବେ ଯାଇନି । ମାମୁଁ ଘରେ କ'ଣ ତା'ର ବାହାଘର ହେବ ? ଗେଲ୍ଲୀ କିଛି ବୁଝି ପାରୁନଥିଲା । ସରଳ ଗାଉଁଲୀ, ବାପମା' ଛେଉଣ୍ଡ ଗେଲ୍ଲୀ ଏ ଛଳ ସଂସାରର କଂସା କବାଟ ସେପାରେ କ'ଣ ସବୁ ଘଟୁଛି ବୋଲି ଭାବି ନ ଥିଲା । ସେ କାହୁଁ ଜାଣନ୍ତା ବଞ୍ଚିବାକୁ ହେଲେ ସତର୍କତାର ସହିତ ଏଠି ବଞ୍ଚିବାକୁ ପଡ଼େ । ନିଜର ଲୋକମାନଙ୍କୁ ବି ସନ୍ଦେହ କରିବାକୁ ପଡ଼େ । ହସହସ ଓଠ ତଳର ବିଷକୁ ପରଖିବାକୁ ପଡ଼େ । ପ୍ରେମ, ପ୍ରୀତି ଓ ଭଲ ପାଇବା ଏବେ ଆଉ ହୃଦୟ

ଦିଆନିଆର ସମ୍ପର୍କଟିଏ ହୋଇ ରହିନାହିଁ। ସବୁକିଛି ଉଦ୍ଦେଶ୍ୟ ସାଧନପାଇଁ ଏକ ମାଧ୍ୟମ। ଗେଲ୍ଲୀ ବି କ'ଣ ସେମିତି ମଝିଲୋକଟିଏ ହୋଇଯାଇଚି କି? ନା ନା-

ପୋଲିସ ଗାଡ଼ି ଭିତରେ ଜଣେ ଥିଲେ, ଯାହାକୁ ଦେଖି ସେ ଚମକି ପଡ଼ିଲା। ଆରେ ସେଇ ବାବୁ! ହଠାତ୍ ମନ ତା'ର ଆନନ୍ଦରେ ଭରିଗଲା। ଏବେ ତ ବାବୁ ଅଛନ୍ତି, ଭୟ କ'ଣ?

ସେ ପୋଲିସବାଲାକୁ କହିଲା, "ଏଇ ବାବୁ, ଟିକେ ରୁହ। ମାମୁଁଘରେ ବା'ଘର ହେବ ଯଦି, ମୁଁ ବାସୀ ଲୁଗା ଖଣ୍ଡକ ବଦଳେଇ ପକେଇ ଆସେ।"

ଗେଲ୍ଲୀର ସେ ସ୍ୱପ୍ନଟି ଯେ ସକାଳର ସ୍ୱପ୍ନଟିଏ, ସେକଥା ତା ନିଜକୁ ବି ମାଲୁମ୍ ନଥିଲା।

■

# ବିଡ଼ମ୍ବିତ ଘଟସୂତ୍ର

ଲୋକଙ୍କ ପାଇଁ କିଛି କରିପାରିଲେ ଉପକୃତ ଲୋକଟି କୃତ୍ୟକୃତ୍ୟ ହେଉ ବା ନ ହେଉ, ରମାକାନ୍ତବାବୁ ନିଜକୁ ନିଜେ ଧନ୍ୟମନେ କରୁଥିଲେ। ଭଗବାନଙ୍କର ଦାନରେ ତାଙ୍କର ଜୀବନରେ କିଛି ଅପୂର୍ଣ୍ଣତା ଅନୁଭବ କରିନାହାନ୍ତି ସେ। ଧନ ସମ୍ପତ୍ତି ପ୍ରତିଷ୍ଠା, ପ୍ରଭାବ, ପ୍ରତିପତ୍ତି, ପ୍ରେମିକା ପତ୍ନୀ, ସନ୍ତାନସନ୍ତତି, ଭଗବାନ ତାଙ୍କୁ ଏ ସବୁକିଛି ଦେଇଛନ୍ତି। ତାଙ୍କର ଲୋକଙ୍କ ସହ ଭଲ ଯୋଗାଯୋଗ ଓ ସମ୍ପର୍କ ବି ଅଛି। ତାଙ୍କ ପରିଚିତ ସବୁରିଙ୍କର ସେ ପ୍ରିୟଭାଜନ ହୋଇଥିବେ ବୋଲି ନିଜକୁ ମନେକରନ୍ତି। କାରଣ, ପରିଚିତ ସବୁ ବ୍ୟକ୍ତିମାନେ ତାଙ୍କୁ ଭଲ ଲାଗନ୍ତି। ଏକ ପ୍ରିୟ ବିଶ୍ୱସନୀୟ ବ୍ୟକ୍ତି ହିସାବରେ ସାଇପଡ଼ିଶା କି ବନ୍ଧୁବାନ୍ଧବ ମହଲରେ ସେ ବେଶ୍ ପ୍ରଖ୍ୟାତ। ତେଣୁ, ଅନେକ ବଢ଼ିଲା ଝିଅ କି ବୟଃପ୍ରାପ୍ତ ପୁଅ ଥିବା ପିତାମାତା ତାଙ୍କୁ ସେମାନଙ୍କ ପୁଅ କି ଝିଅ ପାଇଁ ଉପଯୁକ୍ତ ପାତ୍ରଟିଏ ସନ୍ଧାନ କରିବାକୁ ଅନୁରୋଧ କରନ୍ତି। ଧନୀ, ମଧ୍ୟବିତ୍ତ କି ସାଧାରଣ ବର୍ଗସବୁ ପରିବାର ସହିତ ସେ ଖୁବ୍ ସହଜରେ ମିଶିଯାଆନ୍ତି ତ ଯିବା ଆସିବା ବି ରଖନ୍ତି। ତେଣୁ ବନ୍ଧୁମାନେ ତାଙ୍କୁ ଭଲପୁଅ କି ଝିଅଟିଏ ପାଇଁ ଆଖି ପକାଇବାକୁ କହନ୍ତି। ରମାକାନ୍ତ ବାବୁ ବି ବେଶ୍ ଚଉଆଖିଆ। ଯାହା ସହିତ ଥରେ ମିଶନ୍ତି, ତା'ର ଜାତିଗୋତ୍ର ବଂଶ ମଇତ୍ର, ସବୁକିଛି ବିଷୟରେ ଖବର ନେଇଥାନ୍ତି। ଗୋଟିଏ ଦୃଷ୍ଟିରେ ବିଶ୍ୱଦର୍ଶନ କରିବା କଳାଟି ତାଙ୍କଠୁଁ ଶିଖିବା କଥା।

ଅଭିଆଡ଼ା ଭଲ ଝିଅ କି ପୁଅଟିଏ ତାଙ୍କ ନଜରରେ ଆସିଲେ, ସେ ମନେ ମନେ ଖୋଜିହୁଅନ୍ତି ତାଙ୍କ ପରିଚିତିରେ କେହି ଅଭିଆଡ଼ା ଉପଯୁକ୍ତ ଝିଅପୁଅ ଅଛନ୍ତି କି? ଯୋଗ୍ୟ ବର ସହିତ ଯୋଗ୍ୟା କନ୍ୟା ଓ ପରିବାର ଯୋଡ଼ିବା ବିଚାରରେ ସେ ବେଶ୍ ଟାଣ। ତାଙ୍କର ଏ ଅଯାଚିତ ସାହାଯ୍ୟ କରିବା ମନୋବୃତ୍ତି, ନିଷ୍କପଟ ଓ ଅମାୟିକ ବ୍ୟକ୍ତିତ୍ୱ ପ୍ରତି ସହକର୍ମୀ ମହଲ ମଧ୍ୟ ତାଙ୍କ ପ୍ରତି ବେଶ୍ ଆକର୍ଷିତ। ଅବଶ୍ୟ ରମାକାନ୍ତବାବୁ

ନିଜେ ସେତେଟା ପ୍ରତିଷ୍ଠା କି ପ୍ରାଧାନ୍ୟ ପ୍ରଦର୍ଶନ ପ୍ରତି ସଚେତନ ନୁହନ୍ତି । ତେଣୁ କେତେକ ଅର୍ବାଚୀନ ଲୋକ ତାଙ୍କୁ ତାଙ୍କର ଉପଯୁକ୍ତ ସମ୍ମାନ ଦେଖାଇବାରେ ବି ଊଣା କରିଥାଆନ୍ତି । ରମାକାନ୍ତ ବାବୁ ଏକଥା ବୁଝନ୍ତି ସିନା କିନ୍ତୁ ସେ ବାବଦକୁ ପ୍ରତିକ୍ରିୟା କେବେ ପ୍ରକାଶ କରନ୍ତି ନାହିଁ । ସେମିତି କୁଣ୍ଠିତ ଓ ଅର୍ବାଚୀନ ବନ୍ଧୁମାନଙ୍କୁ ସେ ଆପଣାର ମହାନ୍ ଗୁଣରେ କ୍ଷମା କରିଦିଅନ୍ତି ।

ଥରେ ତାଙ୍କର ସହକର୍ମୀ ହରିବାବୁ ନିଜ ଇଞ୍ଜିନିୟର ପ୍ରଶାସକ ପୁଅ ପାଇଁ "ଭଲ ଝିଅଟିଏ ନଜରରେ ଆସିଲେ କହିବେ ବୋଲି' ଅନୁରୋଧ କରିଥିଲେ । ଭାଗ୍ୟକୁ ତାଙ୍କର ଆଉ ଜଣେ ବନ୍ଧୁଙ୍କର ଉଚ୍ଚଶିକ୍ଷିତା ସୁନ୍ଦରୀ ଝିଅଟିଏ ଥିବାର ସେ ଆବିଷ୍କାର କଲେ ଏବଂ ସେ ବିଷୟରେ ହରିବାବୁଙ୍କ ସହ ପରସ୍ପରର ଯୋଗାଯୋଗ ବି କରାଇଦେଲେ । ଶ୍ରୀମତୀ ଏବଂ ଶ୍ରୀ ହରିବାବୁ ଝିଅଟିକୁ ଦେଖି ମୁଗ୍ଧ ହୋଇଗଲେ । ଯୋଗାଯୋଗ ଚାଲିଲା ସତ, ହେଲେ ସେ କନ୍ୟା ହରିବାବୁଙ୍କ ଘର ହାଣ୍ଡିରେ ଚାଉଳ ପକେଇ ନ ଥିଲା । ତେଣୁ ପ୍ରସ୍ତାବଟି କାଏମ ରହିଲା ନାହିଁ । ରମାକାନ୍ତବାବୁଙ୍କର ଝିଅ ଓ ଝିଅ ପରିବାର ନିର୍ବାଚନରେ ଯେ ଦକ୍ଷତା ଯଥେଷ୍ଟ ବେଶୀ ସେ ବିଷୟରେ ହରିବାବୁଙ୍କର ଏକ ସକାରାତ୍ମକ ଧାରଣା ସୃଷ୍ଟି ହୋଇଗଲା । ତେଣୁ ନିଜେ କନ୍ୟା ଖୋଜୁଥିଲେ ମଧ୍ୟ ସେ କାର୍ଯ୍ୟଟିରେ ରମାକାନ୍ତଙ୍କର ସହାୟତା ସର୍ବଦା ଲୋଡୁଥିଲେ ହରିବାବୁ ।

ଦିନେ ରମାକାନ୍ତ ବାବୁଙ୍କ ଘରକୁ ଆସି ହରିବାବୁ ବ୍ୟସ୍ତତା ପ୍ରକାଶ କରି କହିଲେ, "ହଇ ହେ ରମାବାବୁ, ଗୋଟାଏ ଝିଅ ତ ଦେଖେଇଥିଲ, ହେଲେ ସେଇଟା ତ ଭାଗ୍ୟରେ ନାହିଁ । ତମେ କ'ଣ ତା'ପରେ ଚୁପ୍ ରହିଗଲ । ଆରେ, ତମେ ତ ସାହିତ୍ୟିକ ଲୋକ । ସାରା ଓଡ଼ିଶାର ଲୋକ ତମକୁ ଜାଣୁଚନ୍ତି । ଖୋଜି ଆଣ ହେ, ତମ ସାରସ୍ୱତ ଚାରଣ ଭୂଇଁରୁ ସୁନ୍ଦର ମେଷ ଶାବକଟିଏ ପରି ଝିଅଟିଏ । ତମେ ହିଁ ପାରିବ, ବନ୍ଧୁ ।"

ହରିବାବୁଙ୍କର ଏ ଅନୁନୟ ଦେଖି ରମାକାନ୍ତ ବାବୁ ଚିନ୍ତିତ ହୋଇପଡ଼ିଲେ । ହରିବାବୁ ଏବଂ ତାଙ୍କ ସ୍ତ୍ରୀ, ଉଭୟେ ପ୍ରଥମଶ୍ରେଣୀୟ ସରକାରୀ ଚାକିରିଆ । ପୁଅ ବି ଭାରତସରକାରଙ୍କ ପ୍ରଶାସନିକ ଇଞ୍ଜିନିୟରିଂ ସେବାରତ । ସୁନ୍ଦର, ସୁଶୀଳ । ତାଙ୍କ ପରିବାରରେ ଲକ୍ଷ୍ମୀ ଓ ସରସ୍ୱତୀ ଦୁହିଁଙ୍କର ଏକତ୍ର ଅଧିଷ୍ଠାନ, ଯାହା କେବେ ସହଜେ ସମ୍ଭବ ହୁଏନା । ଅଥଚ, ଭଲ ବୋହୂଟିଏ ପାଇବାପାଇଁ ତାଙ୍କର କି ଧାଁ ଦଉଡ଼, ଆକୁଳ ଅନୁନୟ ! ହରିବାବୁଙ୍କ ପ୍ରତି ସହାନୁଭୂତି ସିକ୍ତ ହୋଇଉଠିଲେ ସେ ।

'ଆହେ, ହରିବାବୁ, ଏ କି କଥା' । ତୁମ ପୁଅ ପାଦ ତଳେ ପରା ଶିକ୍ଷିତା ଓ

ସୁନ୍ଦରୀ ଓ ଭଲ ପରିବାରର ଝିଅମାନେ ଥାଟପଟାଳି ଭାଙ୍ଗୁଥିବେ। କ'ଣ ନାହିଁ ଯେ ତମର? ନା' ମୁଁ କହିବି ଝିଅ ପସନ୍ଦ ଆସୁନି ତମମାନଙ୍କର? ସତ କହିଲ?"

ରମାକାନ୍ତବାବୁଙ୍କର ଏ ସହାନୁଭୂତିଶୀଳ କଥାରେ ହରିବାବୁ କହିଲେ, "ହଁ, ଯେ, ପ୍ରସ୍ତାବ ତ ଆସୁଚି ଅନେକ। ତେବେ କାହାର ନାହିଁ ରୂପ ତ କେଉଁଠି ବି ଅଟକାଇ ଦେଉଚି ଜାତକ। ଏ ଦୁଇଟି ଥିଲେ ଘର ପରିବାର ସମାସ୍କନ୍ଧ ହେଉନି ତ କେଉଁଠି ଫିକା ହେଉଚି ରଙ୍ଗ। କ'ଣ କରାଯିବ କୁହ? ଧନସମ୍ପଦ, ଯାନିଯୌତୁକ ନ ଥାଉ ପଛେ, ଝିଅଟେ ଯେମିତି ହୋଇଥିବ ଉଚ୍ଚକୂଳର-ଗୋଟିଏ ଚାଉଳରେ ଗଢ଼ା ସୁନ୍ଦର। ଏତିକି ତ ଲୋଡ଼ା ଆଉ କ'ଣ?"

ସତରେ ତ ହରିବାବୁଙ୍କ ପରିବାର ପାଇଁ ସର୍ବଗୁଣସମ୍ପନ୍ନା ସୁନ୍ଦରୀ ଓ ଶିକ୍ଷିତା ଝିଅଟିଏ ଲୋଡ଼ା। ଏତିକି ପାଇଁ ବିଚରା ପୁଅବାପ ଏତେ ହଟହଟା।

ହେବେନି କି? ଆଜିକାଲି ପରା'ତୋର ମୋର ରାଜି କ୍ୟା କରେଗା କାଜି?' ତେଣୁ ପାଠପଢ଼ାପଢ଼ି ବେଳେ ତ ସୁନ୍ଦରୀ ଝିଅମାନଙ୍କ ବେଡ଼ାପାର। ଆଉ ଭଲ ଝିଅ ଅଛନ୍ତି ବାକି ଯେଉଁମାନେ, ସେମାନେ ଚାକିରି କଲାବେଳେ ବି ଜାତି ଅଜାତି ଦେଶବିଦେଶର ଭିନ୍ନତାକୁ ବେଖାତିର କରି ପାର୍। ଏ  ହରିବାବୁ କି ନରିବାବୁ। ଶିକ୍ଷିତ ହେଲେ ବି ତାଙ୍କ ଚୋରମୁହାଁ ପୁଅଙ୍କ ପାଇଁ କେଉଁ ସୁନ୍ଦରୀ ଆଉ ବଳି ପଡ଼ିଛନ୍ତି ଯେ, ସହଜେ ମିଳିବେ? ସେଥିପାଇଁ ତ ଏମିତି ଚୁପ୍‌ଚାପ୍ ଭଦ୍ର ପୁଅମାନଙ୍କର ବାପାମା' ମାନେ ଲକ୍ଷେ ହୀନସ୍ତା, ହଜାରେ ମୁଣ୍ଡ ବ୍ୟଥା। ଆରେ, ତମେ ଶିକ୍ଷିତ ହେଲ, ଦେଶ ବିଦେଶ ଏତେ ବୁଲିଲ, ଅଥଚ ପୁରୁଣା ସଂସ୍କାରର ନାମାବଳି ଘୋଡ଼ି ହୋଇ ବସିରହିଲ? କ'ଣ କରାଯିବ - ସଂସ୍କାର ତ ସଂସ୍କାର। ପିଲାବେଳୁ ଶିରାପ୍ରଶିରାରେ ପାଳିଜ୍ୱରର ଜୀବାଣୁ ପରି ଲୁଚି ବସିଚି। ତାକୁ କେଉଁ ସହଜରେ ତୁଟାଇ ହେଉଚି- ପ୍ରକୃତ ଜ୍ଞାନୀମାନେ ଆପଣା ସଂସ୍କାର, ଧର୍ମ, ପରମ୍ପରା ଓ ସମାଜକୁ କେବେ ପଛ କରିପାରନ୍ତି ନାହିଁ। ଏଇସବୁର ଚନ୍ଦ୍ରବନ୍ଧନୀ ଭିତରେ ଥାଇ ବାହାରର ପ୍ରଭାବ ସହିତ ଗୁଣିତକ ହୁଅନ୍ତି ଯାହା। ହରିବାବୁଙ୍କ ପୁଅ ଉଚ୍ଚଶିକ୍ଷିତ ହେଲେ ବି ପରମ୍ପରା ଛାଡ଼ିନାହିଁ।

ହରିବାବୁଙ୍କ ଆଧ୍ୟାତ୍ମିକତା, ଧର୍ମ, ସଂସ୍କାର, ସ୍ୱଭାବ ଚରିତ୍ର ଓ ନାଡି ନକ୍ଷତ୍ର ସବୁକଥା ରମାକାନ୍ତବାବୁଙ୍କୁ ଜଣା। ତାଙ୍କ ପୁଅ ବି ସେମିତି ଏକ ବ୍ୟକ୍ତିତ୍ୱର ପ୍ରଭାବରେ ପରିପାଳିତ ହୋଇ ଆସିଚି ସାନବେଳୁ। ତା'ପାଇଁ ସତରେ ଗୁଣୀଜ୍ଞାନୀ ଭଲ ଝିଅଟିଏ ଲୋଡ଼ା। ମନେମନେ ସେ ଖୋଜିହେଲେ ହରିବାବୁଙ୍କ ପୁଅ ପାଇଁ ଉପଯୁକ୍ତ ଝିଅଟିଏ।

ରମାକାନ୍ତ ବାବୁଙ୍କ ପାଖକୁ ଏକଦା ଜଣେ ଛାତ୍ରୀ ଗବେଷଣା ଉଦ୍ଦେଶ୍ୟରେ ପହଞ୍ଚିଲା। ଝିଅଟି ତାଙ୍କ ଛାତ୍ରୀ ନଥିଲା। ମାତ୍ର କେହିଜଣେ ଝିଅଟିକୁ ରମାକାନ୍ତବାବୁଙ୍କ

ତତ୍ତ୍ୱାବଧାନରେ ଗବେଷଣା କରିବାକୁ ସୁପାରିସ କରିଥିଲେ। ଝିଅଟିକୁ ଦେଖିଲାମାତ୍ରେ ରମାକାନ୍ତବାବୁ ବେଶ୍ ଖୁସି ବି ହୋଇଗଲେ। ତା'ର ପିତାମାତା ଓ ଅନ୍ୟାନ୍ୟ ସବୁ ବିଷୟରେ ତା'ଠୁ ପଚାରି ବୁଝିଲେ। ଝିଅଟି ବେଶ୍ ମେଧାବିନୀ, ଉଚ୍ଚ ପରିବାରର, ହରିବାବୁଙ୍କ ଜାତିର ଏବଂ ସର୍ବୋପରି ଗୋଟିଏ ଚାଉଳରେ ଗଢ଼ା ହେଲା ପରି ସୁନ୍ଦର। ତା'ର ବ୍ୟବହାର ଥିଲା ଖୁବ୍ ନମ୍ର ଓ କମ୍ର। ରମାକାନ୍ତବାବୁଙ୍କ ହୃଦୟରେ 'ଇଉରେକ୍କା'ର ଧ୍ୱନି ଗୁଞ୍ଜରିତ ହେଲା।

ତହିଁପରଦିନ ରମାକାନ୍ତବାବୁ ଇଉରେକ୍କା କହି ଅତର୍କ୍କାରେ ଦୌଡ଼ିଲେ ହରିବାବୁଙ୍କ ଘରକୁ। ଶୁଭସ୍ୟ ଶୀଘ୍ରମ୍।

ହରିବାବୁ ତଟସ୍ଥ ହୋଇ ରମାକାନ୍ତ ବାବୁଙ୍କ କଥାଶୁଣି କହିଲେ "ଏମିତି କ'ଣ ହେଉଛ ଯେ, ଅଙ୍ଗା ପୁଣି କ'ଣ ଏମିତି କରନ୍ତି।"

ରମାକାନ୍ତବାବୁ ହସିହସି, ମହାନଦୀ ଗର୍ଭର ବାଲିରୁ ହୀରାକଣିକାଟିଏ ପାଇବା ପରି ଖୁସିରେ କହିଲେ, "ବୁଝିପାରୁନ କିହୋ ପ୍ରଫେସର। ପାଇ ଯାଇଚି ସୁନା ନୁହେଁ, ହୀରାକଣିକା ପରି ଝିଅଟିଏ। ଗୋରା ଟହଟହ, ଚାନ୍ଦ ପରି ମୁହଁ, ମେଷ ଶାବକର ଚରିତ୍ର, ଲାଜଲାଜ ଭାବ, ପାଠରେ ତ ବିଦେଶୀ ଭାଷା ବିଶାରଦ। ଆଉ ଘର ପରିବାର ? ସେ କଥା ନ କହିଲେ ଚଳିବ।"

ହରିବାବୁ ଉତ୍ସୁକ ଆନନ୍ଦରେ କହିଲେ, "ରଖ ହେ ତମର ସାହିତ୍ୟିକ ଉଚ୍ଚବାଚ। ଆଗ କହିଲ କାହାଘର ଝିଅଟି ସେ, କେମିତି ଦେଖିବାକୁ ଗଢ଼ଣ ?"

ରମକାନ୍ତବାବୁ ଝିଅଟି ବିଷୟରେ ସବିଶେଷ ବର୍ଣ୍ଣନା କଲେ। ଝିଅଟିର ରୂପରଙ୍ଗ ଓ ଗୁଣକୁ ସୁହାଇଲା ପରି ନାମଟି ବି ରୁବି। ଝିଅଟିର ବାପା ବି ଜଣେ ସ୍ୱନାମଧନ୍ୟ ପ୍ରଫେସର। ପରିବାରଟି ଉଚ୍ଚଶିକ୍ଷିତ। ଗୋଟିଏ ପୁଅ ଓ ଝିଅକୁ ନେଇ ଖୁବ୍ ଛୋଟ।

ହରିବାବୁ ଖୁସିଟାଏ ହୋଇଯାଇ କହିଲେ ମଲୁ ଖୋଜୁଥିଲା ପଇଡ଼ପାଣି, ବଇଦ ବୋଇଲା ଦେ ତୋରାଣି। ଆରେ ବାଃ... ବୋହୂ କରିବ ତ ଅଧ୍ୟାପକ କି ମାଷ୍ଟରଙ୍କ ଝିଅକୁ। ଶାଳୀନତା ସଣ୍ଣାରେ ପାରଙ୍ଗମ, ଶିକ୍ଷା ସଂସ୍କାର ତ ଥିବ; ଅର୍ଥନୈତିକ କ୍ଷେତ୍ରରେ ବି ହାତେମାପି ଚାଖଣ୍ଡେ ଚାଲୁଥିବ। 'ସରକାର କା ମାଲ୍ ଦରିଆମେ ଡାଲ୍' କରିବ ନାହିଁ। ଅଳସ ଅପରାହ୍ଣରେ ସୁନା ପାହାଡ଼ର ସ୍ୱପ୍ନରେ ମଜଗୁଲ ହୋଇ ବିଛଣାରେ ଅଳସ ଭାଙ୍ଗିବେ ନାହିଁ। ଜୋତା ସିଲେଇଠୁଁ ଚଣ୍ଡି ପାଠ ଯାଏ ମାଷ୍ଟରଙ୍କ ପିଲାଙ୍କୁ ସବୁ କରିଆସେ। ଭଦ୍ର ସମାଜର ଜ୍ଞାନୀ ଗହଣରେ ଦରକାର ପଡ଼ିଲେ ସେମାନେ ହୋଇପାରନ୍ତି ହିଂସ୍ର। ମୂର୍ଖ ଗାଉଁଲିଙ୍କ ସାଥିରେ ବି ହେବେ ବକ। ତଳ ଶ୍ରେଣୀ ସ୍କୁଲ ମାଷ୍ଟରର ଝିଅ ହୋଇଥିଲେ ଟିକେ ସାଂସ୍କୃତିକ ଅସୁବିଧା ହେବାର

ସମ୍ଭାବନା ଥାନ୍ତା; କିନ୍ତୁ ଏ ତ ସମାସ୍କନ୍ଧ ପରିବାରର ଝିଅ। ସମ୍ମାନ ପ୍ରତିଷ୍ଠାବୋଧ ସାଙ୍ଗକୁ ସ୍ୱଳ୍ପ ଖର୍ଚ୍ଚରେ ଚଳେଇନେବା ଏବଂ କାମ କାର୍ଯ୍ୟରେ କଷ୍ଟ ଉଠେଇବାର ମନସ୍କତା ଥିବ। ଥିବ ବି ଝଡ଼ବର୍ଷାର କରାଳକୁ କବଜେଇବାର କଳା। ବାଃ... ବାଃ...।

ହରିବାବୁ ଉଚ୍ଛନ୍ନ ହେଲେ, ଝିଅଟିକୁ କେମିତି ଦେଖନ୍ତେ ଓ ପ୍ରସ୍ତାବଟି କିପରି ଜଲ୍‌ଦି କାର୍ଯ୍ୟକାରୀ ହୁଅନ୍ତା! ରମାକାନ୍ତ ବାବୁ ସରଳ ନିଷ୍କପଟ ଲୋକ। ହରିବାବୁଙ୍କୁ ଝିଅ ଘରର ଠିକଣାଟା ତତ୍‌କ୍ଷଣାତ୍ ଦେଇ ପକାଇଲେ ଏବଂ ନିଜ ଶ୍ରୀମତୀଙ୍କ ମାଧ୍ୟମରେ ପ୍ରସ୍ତାବଟା ଝିଅର ମା'ଠାରେ ଉପସ୍ଥାପନା କଲେ। ଝିଅର ମା' ଝିଅର ପାଠ ସଂକ୍ରାନ୍ତରେ ଝିଅ ସହ ରମାକାନ୍ତବାବୁଙ୍କ ଘରକୁ ଥରେ ଦି'ଥର ଆଗରୁ ଆସିଥିଲେ, ତ ତାଙ୍କର ଶ୍ରୀମତୀ ରମାକାନ୍ତଙ୍କ ସହ ଦୋସ୍ତି ହୋଇଯାଇଥିଲା।

ଖୁସି ଓ ଆଗ୍ରହର ତାଡ଼ନାରେ ଶ୍ରୀମତୀଙ୍କ ସହ ହରିବାବୁ ଦିନେ ହଠାତ୍ ନିଜ ପରିଚୟ ଦେଇ ଝିଅଟି ଘରକୁ ଯାଇ ଝିଅକୁ ଦେଖି ଆସିଥିଲେ। ଝିଅଟିକୁ ଦେଖି ହରିବାବୁ ଥ ହୋଇ ରହିଗଲେ। ରମାବାବୁଙ୍କ ପସନ୍ଦକୁ ବାରମ୍ବାର ତାରିଫ କଲେ ଶ୍ରୀମତୀଙ୍କର ସାମ୍ନାରେ। ଏଡ଼େ ସୁନ୍ଦର ସୁଶୀଳା ଝିଅ!

ପରେ ହରିବାବୁ ଯାଇ ରମାକାନ୍ତବାବୁଙ୍କୁ ପ୍ରସ୍ତାବ ସମ୍ପର୍କରେ ବିଶେଷଭାବେ ଆଲୋଚନା କରି, ଦିନସ୍ଥିର କରିବାକୁ କହିଲେ।

ଏକ୍‌ଲା ହରିବାବୁ ନିଜେ ଯାଇ ସସ୍ତ୍ରୀକ ଝିଅଟିକୁ ଦେଖିଆସିଲେ, ଅଥଚ ମଧ୍ୟସ୍ଥ ରମାକାନ୍ତବାବୁଙ୍କୁ ପଦିଏ ବି ପଚାରି ନ ଥିବାରୁ ତାଙ୍କ ମନରେ ସାମାନ୍ୟ କ୍ଷୋଭ ଥିଲା। ମାତ୍ର ଜଣେ ବନ୍ଧୁର ଧର୍ମରକ୍ଷା କରି ସେ ମଧ୍ୟସ୍ଥିର କର୍ତ୍ତବ୍ୟ କରିବାକୁ ରାଜି ହୋଇଗଲେ।

ଇତିମଧ୍ୟରେ ରମାକାନ୍ତବାବୁଙ୍କ ମାଧ୍ୟମରେ ରୁବିର ଜାତକ ବର ଜାତକସହ ମିଳେଇବା ପରେ ପୁଅ ବିଷୟରେ ସବିଶେଷ ଯାଞ୍ଚ ପରତାଲ କରି ରୁବିର ମାଆ ଖୁବ୍ ଉତ୍ସୁକ ହୋଇ ଉଠିଥିଲେ ହରିବାବୁଙ୍କ ଘରେ ବନ୍ଧୁ ବାନ୍ଧିବାକୁ। ଧନମାନ, ଯଶ ପୌରୁଷ, ଶିକ୍ଷାଦୀକ୍ଷା କେଉଁଥିରେ ବରକୁ ଖୁଣିବାକୁ କିଛି ନ ଥିଲା। ଝିଅକୁ ବି। ତେଣୁ ଖାଲି ଦେବାନେବା କଥା ଛିଡ଼ିଲେ ବାହାଘର। ଆଜିକାଲି ବଡ଼ଲୋକମାନଙ୍କ ଘରେ ଯୌତୁକ ମଗାଯଚାର ପ୍ରଶ୍ନ ତ ଉଠେନି। ନିଜ ସାମର୍ଥ୍ୟଠୁ ଅଧିକ, ଝିଅକୁ ତା'ର ବାପା ନିଶ୍ଚୟ ଦେବାର ବିଧି ସବୁଆଡ଼େ ଅଛି। ମୁହଁରେ ସେ କଥା ମାଖି ପାଟି ଖରାପ କରିବାର ପ୍ରଶ୍ନ ତ ନଥିଲା। ସର୍ବଭାରତୀୟ ପ୍ରଶାସନିକ ସେବାରେ ନିଯୁକ୍ତ ବର ପାଇଁ କ'ଣ ଦେବାକଥା ଉଚ୍ଚବର୍ଗର ଉଚ୍ଚ ପରିବାର ଲୋକଙ୍କୁ କ'ଣ ଜଣାନାହିଁ। ଅଗତ୍ୟା ଯୌତୁକ ପ୍ରଶ୍ନ ଉଠିଲାନି ଆଦୌ। ଖାଲି ରୀତି ରିୱାଜର କଥାଟା ବୁଝିନେଲେ ଗଲା।

ରୁବିର ମା' ରମାବାବୁଙ୍କ ସ୍ତ୍ରୀଙ୍କୁ ବାରମ୍ବାର ସବୁକଥା ଫୋନ୍ ମାଧ୍ୟମରେ ନତୁବା ନିଜେ ବା ବ୍ୟକ୍ତିଗତ ଭାବେ ଆସି ବୁଝିଯାଉଥାନ୍ତି। ଏବେ ଖାଲି ବାହାଘରର ଦିନ ସ୍ଥିର କରିବା କଥା। ରମାକାନ୍ତବାବୁ ଖୁସିଥିଲେ ଯେ ତାଙ୍କ ମଧ୍ୟସ୍ଥିରେ ଭଲ ଯୋଗାଯୋଗଟିଏ ସମ୍ଭବ ହେବାକୁ ଯାଉଚି। ଏହି ସଂଯୋଗ ପାଇଁ ସେ ପଦିଏ ବି କଥା ଏପଟସେପଟ କରି କେବେ କହିନାହାନ୍ତି।

ଦିନେ ଯା ଭିତରେ ରମାବାବୁଙ୍କ ଘରର ଫୋନ୍ ବାରମ୍ବାର ରିଂ ହୋଇ କଟି ଯାଉଥାଏ। ଦୁଇ ତିନିଥର ଏପରି ହେବାପରେ ଶ୍ରୀମତୀ ରମାକାନ୍ତ ଫୋନ୍‌ଟି ଧରିଲେ। 'ହ୍ୟାଲୋ...'

ସେପଟୁ ରୁବିର ମା'ଙ୍କର କୋମଳକଣ୍ଠ ଭାସିଆସିଲା, "ହ୍ୟାଲୋ, ମ୍ୟାଡ଼ାମ୍, ଆପଣଙ୍କ ସହ ଗୋଟାଏ ଜରୁରୀ କଥା ଅଛି।"

"କ'ଣ, ବାହାଘର ସମ୍ବନ୍ଧରେ ? କହୁନାହାନ୍ତି। ସବୁକଥା ମନ ଖୋଲି ବାହାଘର ଆଗରୁ କହିବା ହିଁ ଉଚିତ। ପରେ ଯେପରି କେହି ଆରପକ୍ଷଙ୍କୁ ଦୋଷୀ ଠଉରାଇବେନି।"

ସେପଟୁ ଏକ ନିରୁତ୍ସାହିତ ସ୍ୱର ଶୁଭିଲା, "ଏ ବାହାଘର ହୋଇ ପାରିବନି।"

ଶ୍ରୀମତୀ ରମାକାନ୍ତ ହତଭମ୍ବ ହୋଇଉଠି କହିଲେ, "କାହିଁକି ? ଅସୁବିଧା ଆଉ କେଉଁଠି ରହିଲା ?" ଜାତକ ମେଳକ ତ ଚଳିବ, ଯାନିଯୌତୁକ ତ ନାହିଁ, କେହି କାହାରିକୁ ଦବାବ୍ ଭିତରେ ରଖୁନାହାନ୍ତି ଯଦି, ଅସୁବିଧା ଆଉ କ'ଣ ?"

'ସେ କଥା ପରେ ମୁଁ ଗଲେ କହିବି', ବୋଲି କହି ସେପଟୁ ରୁବିର ମା' ଫୋନ୍ ରଖିଦେଲେ।

ଶ୍ରୀମତୀ ରମାକାନ୍ତ ମନଦୁଃଖରେ, 'ହଉ', ବୋଲି କହି ଫୋନ୍ ରଖିଲେ।

ଠିକ୍ ପରଦିନ ରୁବିର ମା' ହର୍ଷ ଗଦ୍‌ଗଦ୍ ହୋଇ ରମାକାନ୍ତଙ୍କ ଘରେ ପହଞ୍ଚିଲେ। ଶ୍ରୀମତୀ ରମାକାନ୍ତ ତାଙ୍କୁ ଦେଖି ଆଶ୍ଚର୍ଯ୍ୟ ହେଉଥାନ୍ତି। କ'ଣ ପାଇଁ ଏ ଖୁସି। ଖୁବ୍ ଦ୍ୱନ୍ଦ୍ୱରେ ପଡ଼ି କ'ଣ ତାଙ୍କୁ ପଚାରିବେ କିଛି ବୁଝିପାରୁ ନ ଥାନ୍ତି। ଡ୍ରଇଂରୁମ୍‌ରେ ଯାଇ ବସିଲେ ଦି'ଜଣ। ବେଶ୍ କିଛି ସମୟ ଚୁପ୍‌ଚାପ୍ ରହିବା ପରେ ଶ୍ରୀମତୀ ରମାକାନ୍ତ ନିଜଆଡୁ ମୁହଁ ଖୋଲିଲେ।

"ଆଚ୍ଛା, ଆପଣ ଏ ବାହାଘର ଭାଙ୍ଗିଦେଲେ କାହିଁକି ?"

ଆକାଶରୁ ଖସିପଡ଼ିଥିବାର ଆଶ୍ଚର୍ଯ୍ୟ ଓ ବିସ୍ମୟ ପ୍ରକାଶ କରି ରୁବିର ମା' ତାଙ୍କୁ ହାଁ କରି ଅନେଇ ରହିଲେ। ତାପରେ ଧୈର୍ଯ୍ୟ ସଞ୍ଚୟ କରି କହିଲେ, "କ'ଣ କହୁଚନ୍ତି ଆପଣ ? ମୁଁ ଏ ବାହାଘର ଭାଙ୍ଗିଦେଲି ? କେବେ ଏକଥା କହିଲି। ଆମେ ବାହାଘର ପାଇଁ ରାଜି ନାହୁଁ ବୋଲି ଆପଣଙ୍କୁ କିଏ କହିଲା ?"

"ଆରେ, ଆପଣ ନିଜେ ତ କାଲି ଖରାବେଳେ ଫୋନ୍ କରି କହିଲେ। କାରଣ ପଚାରିବାରୁ ପରେ କହିବେ ବୋଲି କହି ଫୋନ୍ ରଖିଦେଲେ। ମନେପକାନ୍ତୁ ଭଲକରି।"

"ନାଇଁ, ନାଇଁ... କାଲି ତ ମୁଁ ଆପଣଙ୍କୁ ଜମା ଫୋନ୍ କରିନାହିଁ। ଆମର ଶତ୍ରୁ କିଏ ଏ ବାହାଘର ଭାଙ୍ଗିବାକୁ ମୋ ନାଁରେ ଆପଣଙ୍କୁ ଫୋନ୍ କରିଥିବେ?"

"ନାଇଁ ମ ରୁବିବୋଉ, ଆପଣଙ୍କ ସ୍ୱର ମୁଁ ବାରିପାରିବି ନାହିଁ?" ଏତେଥର ଫୋନ୍‌ରେ କଥା ହେଲେଣି ପରା ଆମେ। ବାହାଘର ଭାଙ୍ଗିବାର କାରଣ ସାକ୍ଷାତରେ କହିବେ ବୋଲି କହିଥିଲେ। ଆଜି ତ ସେଥିପାଇଁ ଏଠିକି ଆସିଛନ୍ତି ବୋଲି ମୁଁ ଭାବିଲି।" ଟିକେ ସହଜ ହୋଇ ଦୁଃଖିତ ମନରେ ଶ୍ରୀମତୀ ରମାକାନ୍ତ କହିଲେ।

ରୁବି ବୋଉ କ୍ଷଣକ ପାଇଁ ଚୁପ୍ ହୋଇ ଭାବିହେଲେ। କିଏ ହୋଇପାରେ ତାଙ୍କର ଏ ପାରିବାରିକ ଶତ୍ରୁ ? ସେ ପୁଣି ଜଣେ ନାରୀ। ତାଙ୍କ ମୁଣ୍ଡ ଘୂରିଗଲା ଚିନ୍ତାରେ। ମୁହଁରେ ଆଉ ପୂର୍ବର ହସ ଉଚ୍ଛଳତା ନ ଥିଲା। ସେ ଖୁବ୍ ଦୁଃଖିତ ହୋଇ ଅବିଶ୍ୱାସ୍ୟ ଭଙ୍ଗୀରେ କହିଲେ, "ଆପଣ କ'ଣ ସତରେ ମୋର ସ୍ୱର ଶୁଣିଛନ୍ତି ? କିନ୍ତୁ ଭଗବାନଙ୍କ ରାଣ, ମୁଁ ଆପଣଙ୍କୁ ଆଦୌ କାଲି ଫୋନ୍ କରିନି।"

"ଆପଣଙ୍କ ସ୍ୱର ପରି ତ ଅବିକଳ ସ୍ୱର ଥିଲା - ମଧୁର କୋମଳ। ଏପରି କ'ଣ ଆପଣଙ୍କ ସ୍ୱରକୁ ଅନୁକରଣ କରି କିଏ ଏକଥା କହିଥାଇ ପାରେ ବୋଲି ଆପଣ ଭାବୁଛନ୍ତି ?" ରୁବି ବୋଉ ନିରୁତ୍ତର ରହିଲେ।

ଦୁଇ ବାନ୍ଧବୀ କିଛି ସମୟ ଧରି ନିଜନିଜ ସନ୍ଦୀହାନ ପୃଥିବୀରେ ହଜିଗଲେ।

କିଛି ସମୟପରେ ଶ୍ରୀମତୀ ରମାକାନ୍ତ ରୁବି ବୋଉଙ୍କୁ କହିଲେ, "ଆପଣ ମୋତେ ଭୁଲ ବୁଝିବେନି। ପ୍ରସ୍ତାବ ଆରମ୍ଭ ହେବାପୂର୍ବରୁ ମୁଁ ଆପଣଙ୍କୁ ସ୍ପଷ୍ଟ ଭାବେ ପଚାରିଥିଲି ଯେ ଆପଣଙ୍କ ଝିଅ ଏ ବିବାହ ପାଇଁ ରାଜି ଅଛି କି ନାହିଁ, ତା'ଠୁଁ ପଚାରି ବୁଝିବେ। ଆପଣ କହିଥିଲେ ଯେ ଆମ ଇଚ୍ଛା ହେଉଚି ଝିଅର ଇଚ୍ଛା। ଝିଅର ଭିନ୍ନ ମତ ହେବନାହିଁ; କିନ୍ତୁ ଆଜିକାଲିକା ଯୁଗରେ ଏଇ ଉଚ୍ଚଶିକ୍ଷିତ ଝିଅ ପୁଅମାନଙ୍କର ସ୍ପଷ୍ଟ ମତ ନେଇ ଏସବୁକିଛି କାମ କରାଯିବା ଠିକ୍ ହେବ। କାରଣ ସେମାନଙ୍କର କିଛି ନିର୍ଦ୍ଦିଷ୍ଟ ଇଚ୍ଛା ଅନିଚ୍ଛା, ଆଗ୍ରହ ଅନାଗ୍ରହ ବି ତ ଅଛି। ଏବେ ଯେଉଁ ବିବାହ ବିଚ୍ଛେଦ କି ପାରିବାରିକ ଜୀବନର ଅଶାନ୍ତି ଉପଦ୍ରବ ସବୁ ଘଟୁଚି, ତା'ର କାରଣ ସେମାନଙ୍କର ସ୍ୱାଧୀନତାରେ ବ୍ୟାଘାତ ଆସିବା ହୋଇପାରେ। ଆପଣ ସବୁକିଛି ସ୍ଥିର ସିଦ୍ଧାନ୍ତରେ ପହଞ୍ଚିବା ପୂର୍ବରୁ ଝିଅକୁ ଟିକେ ଭଲକରି ପଚାରନ୍ତୁ। ମୁଁ ମଧ ହରିବାବୁଙ୍କୁ ଏ ବିଷୟରେ ସଚେତନ କରିଦେଉଚି। ସେ ତାଙ୍କ ପୁଅକୁ ବି ଫାଇନାଲ କଥା ପଚାରି ଦିଅନ୍ତୁ।"

କିଛିଦିନ ଧରି ବାହାଘର ପ୍ରସଙ୍ଗଟି ଆଉ ସରଗରମ ଆଗେଇଲା ନାହିଁ। ରମାକାନ୍ତବାବୁ ବି ଚୁପ୍ ରହିଲେ। ସପ୍ତାହକର ସ୍ଥାଣୁତା ପରେ ଦିନେ ହରିବାବୁ ବ୍ୟସ୍ତ ହୋଇ କହିଲେ, "କିହୋ ରମାବାବୁ, କୁମ୍ଭୀରବନ୍ଧୁ ଭଳି ନେଇ ଅଧା ନଈରେ କରୁଚ କାହିଁକି ଭଲା ? ଏ ପ୍ରସ୍ତାବର କିଛି କୂଳକିନାରା କର ହେ।"

ରମାକାନ୍ତ ବାବୁ କହିଲେ, "ଠିକ୍ ଅଛି, ଆମ ଘରେ ହିଁ ଫୋନ୍ ଲଗାଉଚି। ମୁଁ ତ ଭାବିଥିଲି ମୋ ମଧ୍ୟସ୍ଥି କାମ ସଇଲା। ଏବେ ଖାଲି ତେଲ ତେଲି କୋଳାକୋଳି ବୋଲାବୋଲିର ପାଲା।" ହରିବାବୁ ଲଜ୍ଜିତ ହସଟେ ହସି କହିଲେ, "କନ୍ୟା ଦେଖିଯିବା ଦିନ ତମକୁ କହି ନ ଥିଲି ବୋଲି ଗୁମାନ କରିଚ ନା କ'ଣ ହେ ! ହଠାତ୍ ଉଠି ଆମେ ଦୁହେଁ ଝିଅ ଘରକୁ ପଳେଇଲୁ। ତମେ ତ ବାରଆଡ଼ର ବ୍ୟସ୍ତ ଲୋକ। ଖବର ଦେଇ ହେଲାନି। ସେଥିପାଇଁ ସତରେ ମୁଁ ଦୁଃଖିତ।"

ରମାକାନ୍ତବାବୁ ତ ସବୁ ଘଟଣା ବିଷୟରେ ଜାଣନ୍ତି। ସେ ତାଙ୍କରି ମୋବାଇଲରେ ରୁବିବୋଉଙ୍କୁ ଫୋନ୍ ଲଗାଇବାରୁ ସେପଟୁ ଉତ୍ତର ଆସିଲା ଯେ ଜାତକ ପୂର୍ଣ୍ଣମେଳକ ହେଉ ନଥିବାରୁ ସେମାନେ ଦୁଃଖିତ।

ଠିକ୍ ପରମୁହୂର୍ତ୍ତରେ ଗୋଟାଏ ଫୋନ୍ ତାଙ୍କ ଲ୍ୟାଣ୍ଡ ଲାଇନ୍‌ରେ ଆସିଲା ତ ରମାକାନ୍ତଙ୍କ ସ୍ତ୍ରୀ ଘର ଭିତରେ ଥାଇ ଫୋନ୍‌ଟି ଧରିଲେ। ଫୋନ୍‌ଟିରେ କୌଣସି ଛାତ୍ରୀ ନିଜ ଗବେଷଣା ସମ୍ବନ୍ଧୀୟ କଥା ପାଇଁ ରମାବାବୁଙ୍କୁ ଖୋଜୁଥିଲା। ଫୋନ୍‌ରେ ଝିଅଟିର କଣ୍ଠସ୍ୱର ଶୁଣି ଶ୍ରୀମତୀ ରମାକାନ୍ତ ଚମକିପଡ଼ିଲେ। ଏ ବିଡ଼ମ୍ବିତ ଘଟସୂତ୍ରର ରହସ୍ୟ ତାଙ୍କ ଠାରେ ସ୍ପଷ୍ଟ ଉନ୍ମୋଚିତ ହୋଇଗଲା।

■

# ପୂର୍ବ ଜନ୍ମର ଝିଅ

ପୂର୍ବଜନ୍ମରେ କିଏ କ'ଣ ହୋଇ ଜନ୍ମ ନେଇଥାଏ, ପଶୁପକ୍ଷୀ କି ମଣିଷ; ଏସବୁ ଜାଣିବାକୁ ପ୍ରାୟ ଲୋକେ ଖୁବ୍ ଉତ୍ସୁକ। ପୂର୍ବଜନ୍ମରେ ଅର୍ଜିତ ପାପପୁଣ୍ୟର କର୍ମାନୁସାରେ ଏ ଜନ୍ମରେ କର୍ମଫଳ ଭୋଗିବା ଓ ସୁଖଦୁଃଖ ପାଇବା, ଏ ସବୁରେ ବିଶ୍ୱାସ ଖାଲି ହିନ୍ଦୁଙ୍କର ନୁହେଁ, ଊଣାଅଧିକେ ସବୁ ମଣିଷର ଥାଏ।

ଏଇ ବିଶ୍ୱାସ ହେତୁ ହୁଏତ ମଣିଷର ଏ ଜନ୍ମର କର୍ମକର୍ମାଣି କିଛିଟା ସଂଯତ ଭାବେ ନିୟନ୍ତ୍ରିତ ହୋଇଥାଏ।

ମୋ ବାପା ଭୀଷଣ ଧର୍ମବିଶ୍ୱାସୀ ଥିଲେ। ଖୁବ୍ ଯୁବବୟସରୁ ସେ ବୈଷ୍ଣବ ଧର୍ମରେ ଦୀକ୍ଷିତ ଥିଲେ। ବଡ଼ିଭୋରରୁ ଉଠି ଆମର ବିରାଟ ଆଟୁ ଛାତର ଦି'ମହଲା ଘରର ଅର୍ଦ୍ଧଫର୍ଲଙ୍ଗ ପରିଧିର ବାରଣ୍ଡାରେ, କାଠଖଡ଼ମ ପାଦରେ ପିନ୍ଧି ସେ ଟହଲ ମାରୁଥିଲେ ଏମିତି ଯେ, ତାଙ୍କ ଖଡ଼ମର ଠକ୍ ଠକ୍ ଆୱାଜ ସାଙ୍ଗକୁ ତାଙ୍କ ଉଚ୍ଚକଣ୍ଠର ଲଳିତ ସ୍ୱର 'ଉଠ ଉଠ ମାଧବ ହେ ରାତି ହେଲା ଭୋର'ର ଠିକ୍ ଛନ୍ଦପତନ ହେଉଥାଏ  ସାରାଟା ଘରର ପ୍ରତ୍ୟୁଷର ତନ୍ଦ୍ରାକୁ ସେ ଖଡ଼ମ ପାହାର ମାରି ତଡ଼ି ଦେଉଥାଏ। ତାଙ୍କର ସେଇ ଉଚ୍ଚକଣ୍ଠର ଭଜନ ସୁଲଳିତ ହେଲେ ମଧ୍ୟ ଆମ ନିଦ୍ରାଳୁ ପିଲାଙ୍କ କାନକୁ କଡ଼କଡ଼ିଆ ବଜ୍ର ଭଳି ବିରକ୍ତିକର ଲାଗୁଥାଏ। ମନେମନେ ସେ ଖଡ଼ମ୍‌ର ଆୱାଜ ଓ ବାପାଙ୍କ କଣ୍ଠସ୍ୱର ପ୍ରତି ବିରକ୍ତି ପ୍ରକାଶ କରି ଗାଲେଇ ପଡ଼ିରହୁ ବିଛଣାରେ। ବାପା କେବେବି ପିଲାଙ୍କୁ ରାତିରୁ ଉଠି ପଢ଼ିବାକୁ ବାଧ୍ୟ କରନ୍ତି ନାହିଁ। ସେ କହନ୍ତି ପ୍ରଭାତର ବ୍ରାହ୍ମ ମୁହୂର୍ତ୍ତରୁ ଉଠି ପାଠ ପଢ଼ି ବସିଲେ, ପାଠ ମନେରହେ। ହୁଏତ ସେଥିଲାଗି, ତାଙ୍କର ସେ ଠକ୍‌ଠକ୍ ଖଡ଼ମ୍ ଶବ୍ଦ ଓ କଣ୍ଠସ୍ୱରରେ କାହ୍ନୁଙ୍କୁ ଉଠେଇବା ଛଳରେ ଆମପ୍ରତି ତାଙ୍କର ଆହ୍ୱାନ ଥାଏ। କାହ୍ନୁ ଉଠନ୍ତୁ କି ନ ଉଠନ୍ତୁ ଆମ ନିଦ ଭାଙ୍ଗେ ବିରକ୍ତିରେ ଓ ଆମେ ମୁହଁ ହାତ ଧୋଇ

ପଢ଼ିବସୁ। ବାପା ଗାଇ ଚାଲନ୍ତି, 'ଉଠ କାହ୍ନୁ ସକାଳ ହେଲାଣି, ଗୋପଦାଣ୍ଡେ ଗାଇଗୋଠ ହମ୍ବାଳ ଦେଲେଣି।'

ବାପାଙ୍କର ଏଇ କାହ୍ନୁ ପ୍ରୀତି ଓ ଧର୍ମଭକ୍ତି ଓ ପୂର୍ବଜନ୍ମର କର୍ମ ଫଳରେ ବିଶ୍ୱାସ ଥିବା କଥା ଖାଲି ଆମ ପରିବାର କାହିଁକି ସାରା ଅଞ୍ଚଳ ଲୋକ ଜାଣିଥିଲେ। ସେ ଜଣେ ଖାଲି ପରମ ବୈଷ୍ଣବ ନୁହେଁ ଧର୍ମଭୀରୁ ମଣିଷ ବୋଲି ଜାଣି ବହୁ ଦୁଷ୍ଟ ଲୋକ, ସେଇ ପ୍ରକାରେ ତାଙ୍କ ବ୍ରେନ୍‌ୱାସ୍ କରି ନିଜର କାର୍ଯ୍ୟ ହାସଲ ମଧ୍ୟ କରି ନେଉଥିଲେ। କହିବା ବାହୁଲ୍ୟ ସେ ଥିଲେ ତାଙ୍କ ଅଞ୍ଚଳର ଏକମାତ୍ର ହାଇସ୍କୁଲର ପ୍ରଧାନ ଶିକ୍ଷକ, ବିଜ୍ଞ ପଣ୍ଡିତ ଓ ଜଣେ ଲେଖକ ମଧ୍ୟ। ବୟସାଧିକ୍ୟ କାରଣରୁ ତାଙ୍କ ଆଖିର ଦୃଷ୍ଟିଶକ୍ତି ନଷ୍ଟ ହୋଇଯାଇଥିଲେ ମଧ୍ୟ ଆଧ୍ୟାତ୍ମିକ ଦିବ୍ୟଦୃଷ୍ଟିରେ ସେ ନିଜର ସକଳ କାମ ନିଜେ କରି ପାରୁଥିଲେ ଓ ପରିଚିତ ଗାଁ ଦାଣ୍ଡରେ ଯାଇ ପଡ଼ୋଶୀମାନଙ୍କ ସହ ଗପସପ ବି ହୋଇଆସୁଥିଲେ। ଏସବୁ କଥା ପାଇଁ କାହାରି ସାହାଯ୍ୟ ଲୋଡ଼ୁ ନ ଥିଲେ। ପ୍ରବଳ ଆତ୍ମବିଶ୍ୱାସୀ ହେବା ସହିତ, ଧର୍ମବିଶ୍ୱାସ ମଧ୍ୟ ତାଙ୍କର ଚରମ ସ୍ଥାନରେ ପହଞ୍ଚିଥିଲା।

ଘଟଣାଟି ଥିଲା ସେତିକିବେଳର, ଯେବେ ବାପାଙ୍କ ଚାକିରି ପ୍ରାୟ ଶେଷ ହୋଇ ଆସୁଥାଏ। ମୁଁ କଲେଜରେ ପଢୁଥାଏ। ଦୂର ସହରର କୌଣସି କଲେଜର ହଷ୍ଟେଲରେ ବି ରହିଥାଏ।

ଖରାଛୁଟି ହେଲେ କି ଦୁର୍ଗାପୂଜା ବେଳେ ମୁଁ ଘରକୁ ଆସେ। ସେତେବେଳେ ଟିକେ ଲମ୍ବା ଛୁଟିଥାଏ। ବନ୍ଧୁବାନ୍ଧବ ବି ଘରକୁ ଆସିଥାନ୍ତି। ଖୁବ୍ ମଜା ହୁଏ।

ଆମ ଘରଠାରୁ ସେତେବେଳେ ବସ୍ ଧରିବାକୁ ହେଲେ ଦି' କିଲୋମିଟର ବାଟ ଚାଲିବାକୁ ପଡୁଥିଲା। ଗୋଡ଼ି ମୋରମ୍ ରାସ୍ତା। କେବଳ ସାଇକେଲ, ସ୍କୁଟର ଓ ଶଗଡ଼ରେ ଲୋକେ ସେ ବାଟେ ଯା'ଆସ କରୁଥିଲେ। ଆମ ଘରେ ଯୌଥ ପରିବାର। ଦୁଇ କକା ଡାକ୍ତର ଓ ପୋଲିସ ଅଫିସର, ବିଦେଶରେ ରହୁଥିଲେ। ବାପା ଓ ତାଙ୍କ ତଳଭାଇ ଦୁଇଜଣ ମାଷ୍ଟର। ଗାଁ'ରେ ରହୁଥିଲେ। ପ୍ରାୟ ପିଲାମାନେସବୁ ବାପାଙ୍କ ଅଧୀନରେ ଓ ତଦାରଖରେ ପାଠ ପଢୁଥିଲେ ଗାଁ'ରେ। ବିଦେଶ ପଢୁଆ ଭାଇମାନେ ବି ଗାଁକୁ ଆସୁଥିଲେ ଛୁଟିରେ। ଗାଁ'ରେ ଛୁଟି କଟେଇବାର ମଜା ବହୁପ୍ରକାରେ ଆମେ ଉଠାଉଥିଲୁ। ଖରାଦିନେ ସୁବର୍ଣ୍ଣରେଖା ନଈର କ୍ଷୀଣ ପାଣିଧାରରେ ପହଁରିବା, ପୋଖରୀରୁ ବନଶୀ ପକାଇ ମାଛ ଧରିବା ଭିନ୍ନ, ଖଜୁରୀ ଗଛ ଚଢ଼ି ପାଚିଲା ଖଜୁରୀ କାନ୍ଦିରୁ ବାଡ଼ି ଖେଞ୍ଚି ତାଜା ଖଜୁରୀ ତୋଳି ଖାଇବା, ଆମ୍ବ ବଗିଚାରେ ଗଛମୂଳେ ଦୋଳିବାନ୍ଧି ଝୁଲିବା ଓ ଗଛ ଚଢ଼ି ନାଲି ପଡ଼ିଆସିଥିବା ପାଚିଲା ଆମ୍ବ ତୋଳି ଖାଇବା। ବଡ଼ ବଡ଼ ଗଛ ଚଢ଼ିବାକୁ ଅଡୁଆ ହେଉଥିବା ଗଛମୂଳେ

ଖରାବେଳେ ଆତ୍ତ୍ୱାମାରି ଦୋଳିଝୁଲୁଁ ଓ ଆମ୍ବଟିଏ ଗଛରୁ ଠପ୍‌କିନି ତଳେ ପଡ଼ିଲେ, କିଏ ଆଗ ଗୋଟାଇ ନେବ ବୋଲି ପ୍ରତିଯୋଗିତା କରୁ। ଖରାଦିନଟା ଖୁବ୍ ମଜାରେ ଏମିତି କଟେ। ମୋ'କକା ପୁଅ ଭାଇ ଓ ଭଉଣୀମାନେ ମିଶି ଖରାବେଳଟାରେ ବାଡ଼ିଘରକୁ ଉଠାଉ ଓ ପକାଉ। ତେଣୁ ଭାଇମାନଙ୍କ ସହ ସୌହାର୍ଦ୍ଦ୍ୟ ବି ବେଶ୍ ବେଶୀ। ମୁଁ ଟିକେ ଗେହ୍ଲା ଫୁଲେଇ ଓ ଭଲ ପଢୁଥିଲି ବୋଲି ମୋଠୁଁ ବେଶୀ ଭଲ ପଢୁ ନ ଥିବା ଭାଇମାନେ ମୋତେ ଚିଡ଼ାଉଥିଲେ।

ମୋ କକାଙ୍କ ପୁଅ ପଚା ଭାଇ ସବୁବେଳେ ଡମ୍ଫାଣି କରେ। ବଡ଼ ବଡ଼ କଥା କହେ। ତାହା ମିଛ କଥାକୁ ଏମିତି ରଙ୍ଗେଇ କହିଦେବ ଯେ ଶୁଣିଲା ଲୋକ ସେଥିରେ ମଜ୍ଜିଯିବ। ସାଧାରଣ କଥାକୁ ମଧ୍ୟ ସଜେଇ ମଜେଇ କଟାକ୍ଷ କରି କହିବ। ତା'କଥା ଶୁଣିବାକୁ ଭଲ ଲାଗେ। ବସ୍ ଷ୍ଟେସନ୍ ପାଖରୁ ମୋତେ ନେଇ ଆସିବାକୁ ପଚା ଭାଇ ଶଗଡ଼ କି ସାଇକେଲ ନେଇଯାଏ। ତା'ର ବି ବଡ଼ ଖୁସି ଏସବୁ ଛୋଟ ବଡ଼ ବୋଲହାକ କରି ସମସ୍ତଙ୍କ ମନ ଜିତିବାରେ।

ସେଥର ଗ୍ରୀଷ୍ମଛୁଟିରେ ମୁଁ ଘରକୁ ଆସିବା ଦିନ ସେ ଶଗଡ଼ ନେଇ ମୋତେ ଆଣିବାକୁ ଯାଇଥିଲା। ବସ୍‌ରୁ ଓହ୍ଲେଇ ତାକୁ ଦେଖି ମୁଁ ଖୁବ୍ ଖୁସି ହୋଇ ଶଗଡ଼ରେ ବସିଗଲି। ସାଇକେଲରେ ବସି ଯିବା ଅପେକ୍ଷା ଶଗଡ଼ରେ ବସିବା ବେଶ୍ ମଜାର କଥା। ବଳଦଙ୍କ ଗଳାର ଘଣ୍ଟି ଘାଘୁଡ଼ିର ଟିନ୍ ଟିନ୍ ଶବ୍ଦ। ଗୋଡ଼ି ଉପରେ ଚକ ଚାଲିବା ବେଳେ କଡ଼ର କଡ଼ର ଶବ୍ଦ ସହ ଶଗଡ଼ର ଦୋଳନ, ଏତେ ଦୂରରୁ ବସ୍‌ରେ ବସି ଆସିବାର କ୍ଲାନ୍ତି ହରେଇ ଆଖିରେ ନିଦ ଭରି ଦେଉଥାଏ। ପଚା ଭାଇ ଶଗଡ଼ ମୁଣ୍ଡାରେ ବସି ଯୋଡ଼ି ବଳଦ ଅଡ଼େଇ ଅଡ଼େଇ ନେଲାବେଳେ ପଛକୁ ବୁଲିପଡ଼ି ମୋତେ ଚାହିଁ ଗୋଟାଏ ରହସ୍ୟ ଉଦ୍‌ଘାଟନ କରିବା ପରି ହସି ହସି କହିଲା,

"ବୁଝିଲୁ ବିନ୍ଦୁ, ତୋ ନାନୀ ନା ଏଇ ପନ୍ଦରଦିନ ତଳେ ତା' ପିଲା ଓ ସ୍ୱାମୀ ସହ ଆସିଥିଲା।"

ମୁଁ ଚମକିପଡ଼ି ବଡ଼ ବଡ଼ ବିସ୍ମିତ ଆଖିରେ ତାକୁ ଚାହିଁ ରହିଲି। ସେ ଓଠ କୁଞ୍ଚେଇ କହିଲା, "ମୋତେ ସେମିତି ଚାହିଁ ରହିଚୁ କ'ଣ? ତୋରି ବଡ଼ ଭଉଣୀ ଆସିଥିଲା।"

ମୁଁ ଟିକେ ପ୍ରକୃତିସ୍ଥ ହୋଇ କହିଲି, "ଆରେ କାକାଙ୍କର ତ ଝିଅ ନାହିଁ। ଆଉ ମୋର ବଡ଼ନାନୀ ପୁଣି କିଏ? ମୁଁ ବି ବଡ଼, ମୁଁ ବି ସାନ, ପୁଣି ଏ ନାନୀଟି କିଏ ଯେ!"

ମୁଁ ଗୋଟାଏ ବୋଲି ଝିଅ ବୋଲି ବଡ଼ ଗୋଲବସରର ଓ ଜିଦ୍‌ଖୋର ଥିଲି।

ସେଥିପାଇଁ ସେମାନେ ମୋତେ ଖୁବ୍ ଚିଡ଼ାନ୍ତି - ରଗାନ୍ତି, ମିଛ-ସତ କହି। ପରେ ମୋର ମାନସିକ ଦ୍ୱନ୍ଦ୍ୱଟି ପଢ଼ିନେଲା ଓ କହିଲା, 'ବୁଝିପାରିବୁନି ମୁଁ ଜାଣେ। ଏଇ ନାନୀଟି ନା ବଡ଼ ବା'ଙ୍କର (ମାନେ ମୋ ବାପାଙ୍କର) ପୂର୍ବଜନ୍ମର ଝିଅ ପରା। ପୂର୍ବଜନ୍ମରେ ବଡ଼ ବା'ଙ୍କର ଝିଅ ଥିଲାବେଳେ ସେ ବଡ଼ବା'ଙ୍କୁ ଖୁବ୍ ଅପମାନ କରିଥିଲା ଓ କ'ଣ ଗୋଟାଏ ପାପ କରିଥିଲା ବୋଲି, ଏ ଜନ୍ମରେ ସେ ପେଟବିନ୍ଧା ରୋଗ ଭୋଗୁଥିଲା। ବହୁ କଷ୍ଟ ଭୋଗିଲା। ପରେ ଚନ୍ଦନେଶ୍ୱର ବାବାଙ୍କ ପାଖରେ ବାରଦିନ ଅଧିଆ ପଡ଼ିବା ପରେ ତାକୁ ସ୍ୱପ୍ନାଦେଶ ହେଲା ଯେ ତା'ର ପୂର୍ବଜନ୍ମର ବାପାଙ୍କର ଅଇଁଠା ଖାଇଲେ, ଏ ପେଟବିନ୍ଧା ରୋଗ ଭଲ ହୋଇଯିବ। ତା'ର ସେଇ ପୂର୍ବଜନ୍ମର ବାପା, ଆମ ବଡ଼ ବା' ବୋଲି ସ୍ୱପ୍ନରେ ଠିକଣା ବତେଇ ଦେଇଥିଲେ ଶିବଶଙ୍କର। ସେଇଥିପାଇଁ ସେ ତା'ର ଦୁଇଟା ପୁଅଝିଅ ଓ ସ୍ୱାମୀ ସହ ବଡ଼ବାପାଙ୍କ ଠାରେ କ୍ଷମା ମାଗି, ତାଙ୍କର ଶଙ୍ଖୁଡ଼ି ଖାଇବାକୁ ଆସିଥିଲା।

ଆସି ପହଞ୍ଚିବାମାତ୍ରେ ବଡ଼ବା'ଙ୍କ ଗୋଡ଼ଧରି ଭୋ ଭୋ ରଡ଼ିକରି ଯେମିତି କାନ୍ଦିଲା ନା, ତୁ ବି ତାକୁ ଦେଖି କାନ୍ଦି ପକେଇଥାନ୍ତୁ। ପିତାଙ୍କୁ ଅବମାନନା କରିବାର ଫଳ ସେ ଭୋଗୁଥିଲା ବୁଝିଲୁ। ବଡ଼ ବା'ଙ୍କୁ ତ ଭଲ ଦିଶୁନି। ସେ ତା'ର କାନ୍ଦ ଦେଖି ପ୍ରଥମେ ହଡ଼ବଡ଼େଇ ଗଲେ। ତା'ପରେ ତା'ଠାରୁ ସବୁକଥା ଶୁଣିସାରିଲା ପରେ ତାକୁ ଆଶ୍ୱାସନା ଦେଇ କହିଲେ, "ସବୁ ଠିକ୍ ହୋଇଯିବ, ତୁ ଆଉ କାନ୍ଦନା, ଭଗବାନଙ୍କର ଇଚ୍ଛା ଯଦି ଏୟା, ତେବେ ମୁଁ ତୋତେ ମୋର ଶଂଖୁଡ଼ି ଦେବି, ନ ହେଲେ ଅତିଥିଙ୍କୁ ଶଂଖୁଡ଼ି ଦେବା ମହାପାପ।"

"କାନ୍ଦକଟା ସରିବା ପରେ ବଡ଼ ବା'ଙ୍କ ଆଦେଶରେ ଆମ ମୂଲିଆ ଯଦୁଭାଇ ଯାଇ ଗଛରୁ ତାଜା ପଇଡ଼ ତୋଳିଆଣିଲା। ସେମାନେ ବେଶ୍ କେତେଟା ପଇଡ଼ପାଣି ପିଇ ସାଷ୍ଟାମ ହେଲାରୁ, ଗୋଡ଼ ହାତ ଧୋଇ ତୋ'ରି ରୁମ୍‌ରେ ବିଶ୍ରାମ ନେଲେ।"

ମୁଁ ଆକାଶରୁ ଖସିପଡ଼ିଲା ଭଳି ଚମକିପଡ଼ି ଚିତ୍କାର କରି କହିଲି, "କିଏ ମାନେ କିଏ ସେମାନେ। କେଉଁ ଜାତି, ଗୋଷ୍ଠୀ ଓ ଶ୍ରେଣୀର ଲୋକ ମୋ' ବିଛଣାରେ ଶୋଇଲେ? ମା' କେମିତି, ମୋ ରୁଚି ବିରୁଦ୍ଧରେ ମୋ' ରୁମ୍‌ରେ ସେମାନଙ୍କୁ ପଶେଇଲା କେଜାଣି!"

"ଆରେ ସେମିତି କ'ଣ ହେଉଚୁ, ଆଗେ କଥାଟା ଶୁଣ। ସେମାନଙ୍କୁ ତ ଦେବତାଠାରୁ ବି ବେଶି ସମ୍ମାନ ଓ ନିଷ୍ଠାରେ ଚର୍ଚ୍ଚା କରିବା କଥା। ପୂର୍ବଜନ୍ମର ଆତ୍ମା ନା। ପଇଡ଼ ପାଣିର ଅଭ୍ୟର୍ଥନା ପରେ, ନୂଆ ହାଣ୍ଡିରେ ରନ୍ଧା ହେଲା ଖିରି। ଗୋଟାଏ ବଡ଼ ନୂଆ ପିତଳ ଥାଳି, ଗ୍ଲାସ୍ ଓ ତାଟିଆ କିଣା ହୋଇଆସିଲା। ବଡ଼ ବା'ଙ୍କୁ ସେଇ

ଥାଳିରେ ପ୍ରଥମେ ଖିରି ପରଷା ଗଲା। ବଡ଼ ବା' ଖାଇସାରି ଟିକେ ରଖିଦେଲେ ଓ ସେଇ ଶଂଖୁଡ଼ି ଥାଳିରେ ନାନୀ ଖାଇ ବସିଲା।

ତା'ପରେ ପୋଖରୀରୁ ମାଛ ଧରାହେଲା। ନଅ ତରକାରି ଛଅ ଭଜା ଓ ସରୁ ଚାଉଳ ଭାତରେ ଗୁଆଘିଅ ମିଶେଇ, ସେମାନେ ଠୁଙ୍କିଦେଲେ ଠୋଲିଏ ଲେଖେ। ତା'ପରେ ତୋରି ବିଛଣାରେ ମା' ଓ ଦୁଇ ପିଲା ଶୋଇଗଲେ। ଜୋଇଁପୁଅ ଦାଣ୍ଡ ଘର ଖଟରେ ବିଶ୍ରାମ ନେଲେ। ସେମାନେ ଏମିତି ଶୋଇଲେ, ଯେପରି ଯୁଗେ ଧରି ଶୋଇନାହାନ୍ତି। ସଞ୍ଜ ସାତଟାରେ ଯାଇ ସେମାନେ ସଭିଏଁ ନିଦରୁ ଉଠିଲେ ଏକାସାଥିରେ। ନାନୀର ସାନପୁଅ ତ ତୋ ଗଦି ଉପରେ ମୂତି ପକେଇଲା। ତିନିଚାରିବର୍ଷର ପିଲା। ତଥାପି ବିଛଣାରେ ମୂତି ଦେଲା। ନାନୀ ନିଜ ହାତରେ ସେ ମୂତକୁ ତଳକୁ ବାହି ପକେଇଲା। ନ ହେଲେ ଗଦିଟା ପୂରାପୂରି ମୂତରେ ବତୁରି ଯାଇଥାନ୍ତା।

ଇହିଁ... କହି ମୁଁ ନାକ କୁଞ୍ଚେଇ ଦେଲି। ମୋ ବିଛଣା ଓ ଘର ମୁଁ ସବୁବେଳେ ସଜାସଜି, ସଫାସଫି କରି ରଖେ। ସେଇ ରୁମଟା ସାଜସଜ୍ଜା ଓ ସଫାସୁତୁରା ରହୁଥିବାରୁ ଅଳ୍ପଦିନ ପାଇଁ ଆସିଥିବା ସବୁ ବିଦେଶୀ ଭାଇମାନଙ୍କ, ସେ ରୁମଟାରେ ରହିବାକୁ ଖୁବ୍ ଲୋଭ। ହେଲେ ମୁଁ ସେମାନଙ୍କୁ ସେ ରୁମ୍‌ଟା ଛାଡ଼େନାହିଁ। କାଳେ କିଏ ବିଛଣାରେ ଧୂଳି ମଳି କରିଦେବ, ଗୋଡ଼ ନ ଧୋଇ ବିଛଣାରେ ବସିବ, ଜିନିଷପତ୍ର ଏପଟସପେଟ କରିଦେବା ଅଥଚ ମୋ ମା'କୁ ଦେଖ। ଯେତେ କହିଲେ ଭାଗବତ...। ଏ ମୂର୍ଖ ମଫସଲି ମା'ମାନେ ଗୋଟାଏ ଶିକ୍ଷିତ ଝିଅର ରୁଚି ପ୍ରତି ନଜର ଦିଅନ୍ତି ନାହିଁ। ମୁଁ ରାଗରେ ଚୁପ୍ ହୋଇଗଲି।

ପଚା ଭାଇ ଘୃଣା ଓ କ୍ରୋଧରେ ଲାଲପଡ଼ି କୁଞ୍ଚେଇ ଯାଇଥିବା ମୋ ମୁହଁଟି ଦେଖି ବେଶ୍ ଆମୋଦିତ ହେଉଥିଲା ବୋଧେ। ମନେମନେ ପ୍ରତିଶୋଧ ନେବାକୁ କହୁଥିବ, "ଖୁବ୍ ସୁନ୍ଦରୀ, ସୁନ୍ଦରୀ ଦେଖାଇ ହେଉଥିଲୁ ନା। ଆମକୁ ତୋ ଘରେ ପୂରେଇ ଦେଉ ନଥିଲୁ, ଏଥର ଦେଖ୍ କିଏ ସବୁ ତୋ' ରୁମ୍‌ରେ କ'ଣ କ'ଣ ନ କଲେ।"

ମୋତେ ଚୁପ୍ ରହିଯିବାର ଦେଖି ସେ ପୁଣି କଥାର ଖିଅ ଯୋଡ଼ିଲା। "ମଝିରେ ସବୁ କ'ଣ ହେଲା ତୋତେ କହିନି। ସଞ୍ଜରେ ତ ସେମାନଙ୍କ ନିଦ ଭାଙ୍ଗିଲା, ଆଉ ଫେରିଯିବେ ବା କେତେବେଳେ? ତେଣୁ ସେଦିନ ତ ରହିଲେ ଆମ ଘରେ, ତା'ପରଦିନ ବି ରହିଗଲେ।"

"କାହିଁକି? ସେ କ'ଣ ଏ ଘରର ଝିଅ ନା ବନ୍ଧୁ ବୋଲି ଯେ!"

"ନାନୀ ତ ବଡ଼ ବା'ଙ୍କର ଏମିତି ସେବା କରିବାରେ ଲାଗିଗଲା ଯେ ସତରେ ଯେମିତି ସେ ତାଙ୍କ ଆଦରର ବଡ଼ଝିଅ। ପିଲାମାନେ ବି ସମସ୍ତଙ୍କୁ ଆଈ, ଅଜା, ମାମୁ, ମାଇଁ କହି ଘରସାରା ଘୂରିହେଲେ। ଏଡ଼େବଡ଼ ଷୋହଳ ବଖୁରିଆ ଘର ଆମର। କେଉଁଘରେ ସେମାନେ ନ ପଶିଚନ୍ତି ବୋଲି ନୁହେଁ। ସତେ କି ସେମାନେ ଆମ ଘରର ପୁରୁଣା ସଦସ୍ୟ। ଜାଣୁ, ମୋତେ ତ ମାମୁଁ ମାମୁଁ ବୋଲି କହି ମୋ' ପଛରେ ପଡ଼ିଗଲେ। ଏ ଆଲମାରୀରେ କ'ଣ ଅଛି ଦେଖାଅ। ସେ ସିନ୍ଦୂକରେ କ'ଣ ରହେ, ଏ ବସ୍ତାରେ କ'ଣ ଅଛି ? ସତରେ ସେ ପିଲାଏ ମଫସଲି ଜଣାପଡୁଥିଲେ ବି ବେଶ୍ ସ୍ମାର୍ଟ ଓ ଅଚିହ୍ନା ଲୋକଙ୍କ ସହ ସହଜରେ ମିଶିଯାଇ ପାରୁଛନ୍ତି। ଖୁବ୍ ବୁଦ୍ଧିମାନ ସେ ପିଲା ଦିଓଟି। ଆମେ ତ ଏଡ଼େ ଶିକ୍ଷିତ ଘର, ଆମ ଘର ପିଲାଏ ସେମାନଙ୍କ ପରି ଅଚିହ୍ନା ଜାଗାରେ ଏତେ ସ୍ମାର୍ଟନେଶ୍ ଦେଖାଇ ପାରିବେ ନାହିଁ। ଖୁବ୍ ଚାଲାକ୍ ଓ ଭଲ ବ୍ୟବହାର। ବଡ଼ମାନଙ୍କୁ ସମସ୍ତଙ୍କୁ ନମସ୍କାର, ଆମକୁ କୁଣ୍ଢାକୁଣ୍ଢି କରି କୋଳରେ ବସିଯିବାରେ ସେମାନଙ୍କର ଆଦୌ ଦ୍ୱିଧା ଦେଖିଲି ନାହିଁ।

ଆଉ ଜାଣିଚୁ, ସେ ସମସ୍ତଙ୍କୁ ନୂଆଶାଢ଼ୀ ଓ ସାର୍ଟ ପ୍ୟାଣ୍ଟ ଆଦି ଦେଇ, ମିଠା ସହ ବିଦା କରାହେଲା। ସେ ଦି'ଦିନଯାକ ଆମ ଘରେ ସତେକି ଉତ୍ସବଟିଏ ଚାଲିଥିଲା। ଗାଁ ଲୋକେ ବି ସେମାନଙ୍କୁ ଦେଖିବାକୁ ଆସୁଥିଲେ।"

ତା'ର ଏକଥା ଶୁଣି ମୁଁ ବାପାମା'ଙ୍କ ଉପରେ ମନେମନେ ଚିଡ଼ି ଉଠୁଥିଲି। ଗୋଟାଏ ଅନ୍ଧବିଶ୍ୱାସକୁ ସମ୍ମାନ ଦେଇ ଏତେଗୁଡ଼ାଏ ଖର୍ଚ୍ଚାନ୍ତ ହେବା ବାପାଙ୍କ ପକ୍ଷରେ ଉଚିତ ନ ଥିଲା। ସେମାନେ କିଏ, କ'ଣ ସେମାନଙ୍କର ଠିକଣା। ସେମାନେ ଯାହା କହୁଚନ୍ତି ତାହା ସତ କି ମିଛ, ବାପାଙ୍କ ଧର୍ମବିଶ୍ୱାସୀ ମନରେ ଏସବୁ ପ୍ରଶ୍ନ ତ ଉଠି ନ ଥିବ। ମୋ ମନରେ କିନ୍ତୁ କଥାଟା ବେଶ୍ ଚମକ ସୃଷ୍ଟି କରିଥିଲା। ମୁଁ ଭଗବାନଙ୍କୁ ବିଶ୍ୱାସ କରେ ସତ; ମାତ୍ର ଏ ପ୍ରକାର ଚମତ୍କାରକୁ କେବେ ବିଶ୍ୱାସ କରେନି।

ତା'ର ସେ କାହାଣୀ ଶୁଣି ମୁଁ ତାକୁ କିଛି ବାହା ବାହା ନ ଦେବାରୁ ପଚା ଭାଇ ଆଉ କିଛି ନ କହି ବଳଦ ଦି'ଟାକୁ ଜୋର୍‌ରେ ଦି'ଛାଟ କଷିଦେଲା ତ ସେମାନେ ଜୋର୍‌ରେ ଚାଲିବାକୁ ଲାଗିଲେ। ଚକ ଗଡ଼ିବାର କଡ଼ର କଡ଼ର ଶବ୍ଦ ସାଙ୍ଗକୁ ମୋ ମନରେ ସେଇ ଅଡୁଆ ତଡୁଆ ଭାବ ପରିବେଶକୁ ବେଶ୍ ଗମ୍ଭୀର କରିପକେଇଥିଲା ସେଦିନ।

ଖରାଛୁଟିରେ ଗାଁରେ ଆମକୁ ଖୁବ୍ ଭଲ ଲାଗେ। ଆମ ଦକ୍ଷିଣଦୁଆରି ଘର ଭିତରକୁ ସାମ୍ନା ବିଲକନ୍ଦରରୁ ଖିଲ୍‌ଖିଲ୍ ପବନ ପଶିଆସେ। ସେତେବେଳେ ତ ବିଜୁଳିବତୀ ଗାଁକୁ ଯାଇ ନ ଥାଏ। ତେଣୁ ଖୋଲା ଝରକା ଦେଇ ବାରିର ଗଛ ଭର୍ତ୍ତି

ପାଚିଲା ଆମ୍ବ, ଗଣ୍ଡିରୁ ଡାଳ ଯାଏ ପଣସରେ ନେନ୍ଥେଇ ଯାଇଥିବା ପଣସ ଗଛ, ନେନ୍ଥି ନେନ୍ଥି ମାଳତୀ ଫୁଲ ପରି ପାଚିଲା ଗୋଲାପି ଜାମୁରୋଳ ଏବଂ କାନ୍ଦି କାନ୍ଦି କଦଳୀରେ ଭର୍ତ୍ତି ବଗିଚା ଦିଶେ। ତିନି ଚାରି ଏକର କି ଆହୁରି ବେଶୀ ବଡ଼ ବାଡ଼ି ଆମର ସତେକି ଲକ୍ଷ୍ମୀଭଣ୍ଡାର। ଆମେ, ସବୁପିଲାମାନଙ୍କର ଭାତ, ପିଠା ଓ ଜଳଖିଆରେ ଯେତେ ଆଗ୍ରହ ନ ଥାଏ, ତା'ଠୁଁ ବେଶୀ ଆଗ୍ରହ ଥାଏ, ସାରାଦିନ ବିଭିନ୍ନ ଫଳ ଚୋବାଇବାରେ। ଆମ୍ବ, ପିଜୁଳି, ପଣସ, ଜାମୁ, ଜାମୁରୋଳ, କଦଳୀରେ ପାଟି ଚାକୁଳେଇବାର ମଜା କଥା ନଈକୂଳିଆ ପାଳ ଅଞ୍ଚଳ ପିଲାଠାରୁ ଆଉ ଅଧିକ କିଏ ଜାଣେ।

ମୁଁ ପହଞ୍ଚିବାର ଦୁଇଦିନ ପରେ ଦିନେ ଖରାବେଳିଆ ପଚାଭାଇ ବଜାର ଆଡୁ ଆସି ଘରେ ହାଲ୍ଲା କରିଦେଲା ଯେ ନାନୀ ଓ ତା'ର ପିଲାମାନେ ଆମ ଘରକୁ ଆସୁଚନ୍ତି। ବାଟରେ ସେମାନଙ୍କୁ ଭେଟିବା କଥା ଖବର ଦେବାକୁ ସେ ଆଗୁଆ ପଳେଇଆସିଚି।

ପଚାଭାଇ ସେମାନଙ୍କ ବିଷୟରେ ଯେଉଁ କାହାଣୀ କହିଥିଲା, ସେଥିରୁ ମୁଁ ଧରିନେଇଥିଲି ହୁଏତ ସେମାନେ ଶିକ୍ଷିତ ଅଭିଜାତ ଅଥଚ ମଧ୍ୟବିତ୍ତ ପରିବାରର ହୋଇଥିବେ। କିନ୍ତୁ ଏଇ ମାସେ ତଳେ ତ ସେମାନେ ଆସିଥିଲେ। ଅନହୁତି ପୁଣି କାହିଁକି ? ଘରେ ସମସ୍ତେ ଏ ଖବରରେ ବିସ୍ମିତ ହେଲେ ସତ ହେଲେ 'ଅତିଥି ଦେବୋଭବ' ନୀତିଟି ଆମ ଘରେ ବେଶ୍ କଡ଼ାକଡ଼ି ଭାବେ ପାଳିତ ହୁଏ। ତେଣୁ କ୍ରମେ ସହଜ ଭାବ ପ୍ରକାଶ କଲେ। ଖବରଟିରେ ଉତ୍ତୀର୍ଣ୍ଣ ମଧ୍ୟାହ୍ନରେ ଘରେ ଶୋଇ ଆରାମ ଫର୍ମାଉଥିବା ଆମ ସମସ୍ତଙ୍କ ଭିତରେ ଏକ କୌତୁହଳୀ ଉତ୍ସୁକତା ଖେଳିଗଲା। ଅତିଥିପରାୟଣା ତଥା ଦାୟିତ୍ୱବତୀ ଘରର ବଡ଼ବୋହୂ ମୋ ମା' ଦହି, ନଡ଼ିଆ, କଦଳୀ, ପାଚିଲା ପଣସ ସବୁ ଆଣି ଭାଉଜମାନଙ୍କୁ ନିର୍ଦ୍ଦେଶ ଦେଲେ, ସେସବୁ ନେଇ ଜଳଖିଆ ସଜାଡ଼ିବାକୁ। ଦିନର ମଧ୍ୟାହ୍ନଭୋଜନ ବେଳ ତ ଗଡ଼ିଯାଇ ଥିଲା। ତେଣୁ ଏଇ ଜଳଖିଆରେ ଅତିଥିଙ୍କୁ ସନ୍ତୁଷ୍ଟ କରିବାକୁ ହେବ। ତେଣୁ ଏଇ ଜଳଖିଆରେ ଅତିଥିଙ୍କୁ ସନ୍ତୁଷ୍ଟ କରିବାକୁ ହେବ।

ଛୁଟି ଥିବାରୁ ଘରର ସବା ବଡ଼ ପୁଅ ଆମ ବଡ଼ଭାଇ ବି ଘରକୁ ଆସିଥାନ୍ତି। ତେବେ ପୂର୍ବଜନ୍ମର ଏଇ ନାନୀର କାହାଣୀଟି ଜାଣିଜାଣି ତାଙ୍କ ଗୋଚରକୁ ଅଣା ହୋଇ ନ ଥିଲା। କାରଣ ସେ ବାପାଙ୍କର ଏ ଅନ୍ଧ ଧର୍ମବିଶ୍ୱାସକୁ ଆଦୌ ସମ୍ମାନ ଦେଉ ନ ଥିଲେ। ବରଂ ପ୍ରତ୍ୟେକ ଛୁଟିରେ ଆସିଲେ ବାପାଙ୍କର ଧର୍ମଧାରଣାକୁ କୁସଂସ୍କାର କହି ତାଙ୍କ ବିରୋଧରେ ନିଜର ବୈଜ୍ଞାନିକ ଜ୍ଞାନାସ୍ତ୍ର ଧରୁଥିଲେ। ତ ଆମ ବାପା ବି ଶାସ୍ତ୍ରଜ୍ଞ ପଣ୍ଡିତ। ନିଜର ବିଜ୍ଞ ଧର୍ମାସ୍ତ୍ର ଦ୍ୱାରା ତାଙ୍କ ସହ ଯୁକ୍ତିଯୁଦ୍ଧରେ ପଛରେ ପଡ଼ିଯାଉ ନ ଥିଲେ। ତଥାପି ବି, ମୋର କାହିଁକି ମନେ ହେଉଥିଲା, ବଡ଼ଭାଇଙ୍କର ଯୁକ୍ତିସବୁକୁ

ମୁହଁରେ ନ ମାନିଲେ ବି ମନରେ କିଛିଟା ମାନୁଥିଲେ ବୋଲି ବାପା ବଡ଼ଭାଇଙ୍କ ପାଟିତୁଣ୍ଡ ଶୁଣି ଅନେକ ସମୟରେ କିଛି ପ୍ରତ୍ୟୁତ୍ତର ଦେଉ ନ ଥିଲେ।

ଏଥରର ନାନୀ ଆସିବା ଖବରଟି ବଡ଼ଭାଇ ଶୁଣି ନ ଥିଲେ। କାରଣ ଦୂର ବଜାରରେ କେଉଁ ସାଙ୍ଗ ଘରକୁ ସେଦିନ ସେ ବୁଲିଯାଇ ସେଇମାତ୍ର ଫେରିଥିଲେ। ଆମେ ସବୁ ଜୋଇଁ ଶଙ୍ଖୁଳା ଆୟୋଜନରେ ବ୍ୟସ୍ତ ଦେଖି ସେ ଆଶ୍ଚର୍ଯ୍ୟ ହୋଇ କହିଲେ, "ହଠାତ୍ ଏତେ ଆୟୋଜନ କାହାପାଇଁ ଚାଲିଛି। କ'ଣ କିଛି କନ୍ୟା ଦେଖାର ବ୍ୟବସ୍ଥା ହେଉଚି ନା କ'ଣ ?" ତାଙ୍କର ଏ କଟାକ୍ଷ ମୋ ପ୍ରତି ଥିଲା।

ଆମ ପରିବାରରେ ବନ୍ଧୁଚର୍ଚ୍ଚା ବା ଅତିଥି ଚର୍ଚ୍ଚାର ଢଙ୍ଗ ଖୁବ୍ ନିଆରା। ଭଲି ଭଲି ଜଳଖିଆ, ମିଠାପିଠା ଓ ଭାତ ସଙ୍ଗରେ ଛଅ ତରକାରି ନଅଭଜା ନ ହେଲେ ଅତିଥି ଚର୍ଚ୍ଚା ଅପୂର୍ଣ୍ଣ ରହିଯାଏ। ଅତିଥି ଯଦି ଝିଅ ଜୋଇଁ ହୋଇଥାନ୍ତି ତ, ସାରାଟା ଦିନ ଭଲିକିଭଲି ଚର୍ଚ୍ଚା, ଜଗନ୍ନାଥଙ୍କ ବାଲଭୋଗ ଠାରୁ ସାନ୍ଧ୍ୟ ଧୂପ ଯାଏ ଚାଲିଥାଏ। ଆଉ, ଏ ତ ସହଜେ ପୂର୍ବଜନ୍ମର ଝିଅ ଓ ତା'ର ପରିବାର। କିଛି କମ୍ କଥା ନୁହେଁ।

ପଚାଭାଇର ନଖରାମୀ କିଛି କମ୍ ନୁହେଁ। ସେଇ ବୋଧେ ଦୁଃସାହସ କରି ନାନୀର କାହାଣୀଟି ସମସ୍ତଙ୍କ ଅଗୋଚରରେ ବଡ଼ ଭାଇଙ୍କ କାନରେ ପକାଇ ଦେଇଥିଲା। ପୂର୍ବଥରର ଘଟଣା ବି ଆଉଟିକେ ରଙ୍ଗ ଦେଇ କହି ଦେଇଥିଲା।

ବଡ଼ଭାଇ ତ ରାଗିକରି ଅଗ୍ନିଶର୍ମା ହୋଇଗଲେ। ବାପାଙ୍କର ଧର୍ମ ବିଶ୍ୱାସକୁ ଅନ୍ଧବିଶ୍ୱାସ, କୁସଂସ୍କାର ଓ ଆଉ କ'ଣ କ'ଣ କହି ଧିକ୍କାର କରିବାରେ ଲାଗିଗଲେ। "କିଏ ମାନେ କିଏ, ତାଙ୍କ ଠିକଣା ଜାଣେ କିଏ ? ଚୋର କି ତସ୍କର, ଭଦ୍ର କି ଅସାଧୁ। କିଛି ଖୋଜଖବର ନ ନେଇ ତାଙ୍କୁ ଦି'ଦିନ କାଳ ଘରେ ପୂରେଇ ରଖିଥିଲ। ସେଇଥିପାଇଁ ପୁଣି ତାଙ୍କର ଏ ଆବ୍‌ଦାରୀ। ସମ୍ଭାଳ ଏଥର। ହଉ, ଏଥର ସେମାନେ ଆସନ୍ତୁ ଦେଖିବା କ'ଣ ହେଉଛି।"

ତାଙ୍କର ଏ ରାଗ ଦେଖି ବାପା ତ ଚୋପା। ବେଶୀକିଛି କହିଲେ, ଏ ବିଜ୍ଞାନ ପଢ଼ା ନାସ୍ତିକ ପୁଅ ତାଙ୍କର ଅତିଥିଙ୍କୁ ଦୁର୍ବ୍ୟବହାର କରିବ ଯଦି, ତାଙ୍କର ଧର୍ମ ନଷ୍ଟ ହେବ। ସେ ତ ଘର ମୁଖିଆ। ସଭିଙ୍କ ପାପପୁଣ୍ୟ, ସଂସ୍କାର ଅସଂସ୍କାରର ସେ ବେଶୀ ଭାଗିଦାର ହେବେ। ସେ ପୂର୍ବଜନ୍ମର ଝିଅ ହେଇଥାଉ ବା ନ ଥାଉ ବାହାରର କେହି। ଅତିଥି ତ। ଅତିଥିଙ୍କୁ ଅପମାନ ତାଙ୍କ ସଂସ୍କାରରେ ମହାପାପ। ଦ୍ୱିତୀୟତଃ ପୁରୁଷ ପୁରୁଷର ଅବଦାନ ତାଙ୍କ ପରିବାରର ଆଭିଜାତ୍ୟରେ ଆଞ୍ଚ ଆସିବ। କର୍ପୂର ଉଡ଼ିଗଲେ ବି କନା ତ ଅଛି। ଧନ ସିନା ସରିଯାଇଚି, ମାନ ତ ଅଛି ତାଙ୍କର ଏ ସମାଜରେ। ଏ ପୁଅ କ'ଣ ଓଲମବିଲମ କରିଦେବ ଯଦି ସବୁ ସରିଯିବ।

ବଡ଼ଭାଇଙ୍କୁ ଅଟକେଇବା ସାଧ୍ୟ କାହାର ନାହିଁ। ବାପା ଯାହାଙ୍କୁ ନିଜେ ଡରୁଚନ୍ତି, ସେଠି ଆଉ କିଏ ତାଙ୍କୁ କ'ଣ କହି ବୁଝେଇପାରିବ ବା। ଏଣେ ଭାଉଜମାନଙ୍କର ଆୟୋଜନ ଶେଷ ପର୍ଯ୍ୟାୟରେ। ପିଲାମାନେ ପୂର୍ବଜନ୍ମର ନାନୀକୁ ଦେଖିବାକୁ ଉତ୍ସୁକ ହୋଇ ଭିଡ଼ ଲଗେଇଲେଣି ଦାଣ୍ଡ ପିଣ୍ଡାରେ। 'ନାନୀ' ସପରିବାର ଆସି ବାରଣ୍ଡାରେ ପଡ଼ିଥିବା ଚେୟାରରେ ଲଥ୍‌କିନା ବସିପଡ଼ିଲେ। ସାରା ଦେହ ଝାଳନାଳ। ବଡ଼ଭାଇଙ୍କ ରାଗ ଯୋଗୁଁ ଭୟରେ ମା' କି ଭାଉଜ କେହି ନାନୀର ପାଖ ଭିଡୁ ନ ଥାନ୍ତି। ଶଙ୍ଖୋଳିବା ତ ଦୂରର କଥା। ପଚାଭାଇ ସାହସ କରି ଆସି ତାଙ୍କ ପାଖକୁ ଆସିଲା ତ ନାନୀ କହିଲା, "ତୋ ନାନୀକୁ ସରବତ କି ପଇଡ଼ ଗିଲାସେ କ'ଣ ପିଆଇବୁନି କି ରଞ୍ଜନ। ଖୁବ୍ ଶୋଷ ହେଲାଣିରେ।"

ଛୋଟ ପିଲାମାନଙ୍କ ମଧ୍ୟରୁ କିଏ ଜଣେ ପଙ୍ଖାଟିଏ ଧରିଆସି ନାନୀକୁ ବିଞ୍ଚିବାରେ ଲାଗିଗଲାଣି। ନାନୀର ଦୁଇ ପିଲା ଘରେ ପଶି ନିଜ ଘରର ଆବ୍‌ଦାରୀରେ ଏପଟ ସେପଟ ହେଲେଣି। ସେମାନଙ୍କର ସେଇ ଜୀର୍ଣ୍ଣ ଚେହେରା ଓ ଶୀର୍ଣ୍ଣ ଲୁଗାପଟା ଦେଖି ମୋ ମନରେ ଏକପ୍ରକାର ଘୃଣା ଓ ବିତୃଷ୍ଣା ଜାତ ହେଲାଣି। ସେମାନେ ଅଭିଜାତ ହୋଇଥିବେ ବୋଲି ପଚାଭାଇର ବର୍ଣ୍ଣନାରୁ ମୁଁ ଧରିନେଇଥିଲି। ହେଲେ, ଏବେ ସେମାନଙ୍କୁ ଦେଖି ସେମାନେ ଯେ ନିହାତି ନିମ୍ନବର୍ଗର ହୋଇଥିବେ ଏହା ମୁଁ ନିଃସନ୍ଦେହରେ କହିପାରେ। ଖୁବ୍ ବିଚିତ୍ର ସେମାନଙ୍କର ବେଶଭୂଷା ଓ ଅନଧିକାର ବ୍ୟବହାର।

ବଡ଼ଭାଇ ସାଧାରଣତଃ ଅଚିହ୍ନା ତଳିଆ ଶ୍ରେଣୀର ଲୋକଙ୍କୁ ପ୍ରଥମ ଦେଖାରେ ସମ୍ମାନ ଦିଅନ୍ତି ନାହିଁ। ତେଣୁ ସେ ଦାଣ୍ଡ ବାରଣ୍ଡାକୁ ନ ଯାଇ ଭିତରୁ ସେମାନଙ୍କୁ ଟିକେ ନିରୀକ୍ଷଣ କଲେ। ପରେ ପରେ ଘର ଭିତରେ କାହାକୁ କହିବା ଭଳି ସାମାନ୍ୟ ଉଚ୍ଚସ୍ୱରରେ କହିଲେ, "ଏମାନେ ସବୁ କିଏ ? ଚୋର ତସ୍କରଙ୍କ ଭଳି ଏମାନଙ୍କ ଚେହେରା ଦେଖାଯାଉଚି। ଏମାନଙ୍କ ଠିକଣା ଓ ପରିଚୟ ନ ଜାଣି କାହିଁକି ଘରେ ପୂରେଇ ଦେଉଚ କହିଲ। ହେଲେ ହୋଇଥାନ୍ତୁ ପୂର୍ବଜନ୍ମର ଝିଅ, ଏମାନଙ୍କ ପ୍ରକୃତ ପରିଚୟ ତ ଯାଞ୍ଚ କରିବା ଦରକାର। ହେଉ ହେଲା, ମୁଁ ଯାଏଁ ପୋଲିସ ଷ୍ଟେସନରେ ଏମାନଙ୍କ ଖବରଟା ଅନ୍ତତଃ ଜଣେଇଦେଇ ଆସେ। ନ ହେଲେ ପରେ କିଛି ଆପଦ ବିପଦ ହେଲେ ଆମେ ହଇରାଣ ହେବୁ। ଆରେ ସରଜୁ, ଆଣିଲ ମୋ ପ୍ୟାଣ୍ଟ ସାର୍ଟ ହଳକ। ଆଉ ସାଇକେଲ ଚାବିଟା ବି ଦିଅ।"

ଖଞ୍ଜା ଭିତରେ ଥାଳିରେ ଜଳଖିଆ ସଜିଲ ହୋଇ, ଆସନ ପଡ଼ି ସାରିଲାଣି। ମା' ମୋତେ ପଠେଇଲେ, "ଯା, ସେମାନଙ୍କୁ ଗୋଡ଼ଧୂଏଇ ଏଠାକୁ ଡାକିଆଣ।

କେତେବେଳୁଁ କ'ଣ ଖାଇଥିବେ, ଭୋକ ଲାଗିବଣି। ପିଲାଙ୍କୁ ଆଗ ଡାକି ଆଣ।" ମା' ସ୍ୱଭାବତଃ ଅତିଥିପରାୟଣା। ତେଣୁ ବଡ଼ ଭାଇଙ୍କ କଥାକୁ ଆଡ଼େଇ ଦେଇ ସେ ମୋତେ ଅତିଥିମାନଙ୍କୁ ସତ୍କାର କରିବା ଉଦ୍ଦେଶ୍ୟରେ ପଠେଇଦେଲା।

ମୁଁ ଦାଣ୍ଡରେ ପହଞ୍ଚି ଦେଖେ ତ ବେଞ୍ଚ ଖାଲି। ନାନୀ ଓ ତା'ର ସ୍ୱାମୀ ପିଲା ବଡ଼ ବଡ଼ ଦୁଇଟିଙ୍କୁ ଧରି ଖୁବ୍ ଜୋର୍‌ରେ ବଡ଼ ବଡ଼ ପାହୁଣ୍ଡ ପକାଇ ଗାଁ ଦାଣ୍ଡ ପାରିହୋଇ ବିଲ ରାସ୍ତାରେ ଧପାଳିଛନ୍ତି। ସେତେବେଳକୁ ସୂର୍ଯ୍ୟ ନିଜର ଶେଷ ଅସ୍ତରାଗ ବିଞ୍ଚିଦେଇ ମା' କୋଳକୁ ଡେଇଁ ପଡ଼ିବାର ପ୍ରସ୍ତୁତିରେ ଥାନ୍ତି। ପୃଥିବୀଟା ଏକ ଆଲୋକିତ ଅନ୍ଧକାରର ଅମିତାଭ ବଳୟ ଭିତରେ ରହସ୍ୟମୟ ଦିଶୁଥାଏ।

ରହସ୍ୟମୟ ଲାଗୁଥାଏ ଏଇ ପୂର୍ବଜନ୍ମର ଝିଅର କଥା। କିଛି ଖବର ନ ଦେଇ ଆସିବା ଓ ଅତର୍କ ପଳାୟନର କାରଣ। ସେମାନଙ୍କୁ ହଠାତ୍ ଏମିତି ଚାଲିଯିବାର ଦେଖି ବଡ଼ଭାଇ ମନ୍ତବ୍ୟ ଦେଲେ, "ଗୋଟାଏ ବଡ଼ ବିପତ୍ତିରୁ ଆମେ ରକ୍ଷା ପାଇଗଲୁ ଆଜି। ନ ହେଲେ କାଲି ଖବରକାଗଜରେ ମୁଖ୍ୟାଂଶରେ ବାହାରିଥାନ୍ତା- "ସୁବର୍ଣ୍ଣରେଖା ହାଇସ୍କୁଲର ପ୍ରଧାନଶିକ୍ଷକଙ୍କ ଘରେ ଏକ ଅଭିନବ ଢଙ୍ଗର ଚୋରି।"

■

# ବୈକୁଣ୍ଠପୁର

କବାଟର ତାଲା ଖୋଲି ପଶିବାମାତ୍ରେ ସୁମିତାର ମୁଣ୍ଡ ଖରାପ ହୋଇଉଠିଲା।

ଡ୍ରଇଂ ରୁମ୍‌ର ସୋଫା ଉପରେ ମଇଳା ପ୍ୟାଣ୍ଟ, ଜାମା ଓ ଗଞ୍ଜି ପଡ଼ିଚି। ସୋଫାର କୁସନଗୁଡ଼ିକ ସବୁ ବିକ୍ଷିପ୍ତ ବିପର୍ଯ୍ୟସ୍ତ। ସେଗୁଡ଼ିକୁ ଟେକି ଏକତ୍ର କରି ସେଥିରେ ମୁଣ୍ଡରଖି କିଏ ଟିଭି ଦେଖୁଥିଲା ହୁଏତ। ସେଣ୍ଟର ଟେବୁଲ୍ ଉପରର ଫୁଲଦାନୀଟି ତଳେ ଏମିତି ଜାଗାରେ ଥୁଆ ହୋଇଚି ଯେ, ସେଠି ଗୋଡ଼ ବାଜିବ ଏବଂ ସେଇଟା ଠକ୍ କିନା ପଡ଼ିଯିବ ଓ ଘରଟା ସାରା କାଚ ଚୁନ୍‌ବିଚୁନ୍ ହୋଇ ଏମିତି ପଡ଼ିବ ଯେ, ସାରାଦିନଟିଏର ମଜୁରି ଲାଗିବା ଭଳି କାମ ବଢ଼ିଯିବ।

ଦାନ୍ତ କାମୁଡ଼ି ସେ ଭିତରକୁ ପଶିଲା। ଶୋଇବା ବିଛଣାର ସ୍ୱଞ୍ଜ ଗଦି ଉପରେ ଓଦା ସରସର ଗାମୁଛା ମୁହଁ କାମୁଡ଼ି ପଡ଼ିଛି। ତା' ଭିତରୁ ଗୋଟାଏ ତେଲଚିଆ ଗନ୍ଧ ବାହାରୁଛି। ସାରା ଘରଟିରେ କଟା କାଗଜ ଓ କଏନ୍, ନୋଟସବୁ କାଁ ଭାଁ ପଡ଼ିଛି। ସତେଯେମିତି ଘର ମାଲିକ ଗାଧୁଆ ଘରେ ଥିବାବେଳେ ଚୋରଟିଏ ଆସି ତାଙ୍କ ଘର ଘଣ୍ଟାଚକଟା କରିବା ଦ୍ୱାରା ଘରଟାର ସଜ୍ଜୀକରଣ ବିଗିଡ଼ି ଯାଇଛି ଓ ପଇସାପତ୍ର କି କାଗଜ ସବୁ ବିକ୍ଷିପ୍ତ ପଡ଼ିଛି।

ଚୋରଫୋର କେହି ଆସି ନଥିବ। ସୁମିତା ଜାଣେ କିଏ ଏସବୁ କରିଚି - ଏଇଟା କେବଳ ଗୋଟାଏ ଦିନର ଘଟଣା ନୁହେଁ। ଚୋରର ମାନସିକତା ନେଇ ବଞ୍ଚୁଥିବା ଚୁପ୍‌ଚାପ୍ ଲୋକରଟାର କାମ ଇଏ। କ'ଣ କରି ବଦଳାଇ ହେବ ସେ ଲୋକର ସ୍ୱଭାବକୁ ଯେ - କାନ୍ଦ କାନ୍ଦ ଓ ବିରକ୍ତ ଭାବର ମିଶ୍ରରାଗଟିଏ ସୁମିତାର ମନକୁ ଆହତ କରିପକେଇଲା। ଟିକିଏ ଆଖି ଉହାଡ଼ିଗଲେ ଯେତିକି ନଖରାମି। ଏଇଟା ପିଲାଳିଆମି ନା ପାଗଳାମୀ? ଏସବୁ ନ କଲେ ତାଙ୍କୁ ଭଲଲାଗେନି। ଆରଜନ୍ମରେ ଘୁଷୁରି ଥିଲ ନା କ'ଣ? ପୂର୍ବଜନ୍ମ ସଂସ୍କାର ସାଥିରେ ଚାଲି ଆସିଛି କି? ସଜାସଜି

ହୋଇ ଜିନିଷପତ୍ର ଠିକଣା ବାଗରେ ରହିଲେ ତାଙ୍କୁ ଭଲଲାଗେନି ନା ତାଙ୍କ ଆଖିରେ ଏସବୁ ପଡ଼େନି। ସବୁ ପୁରୁଷ କ'ଣ ଏମିତି ? କେବେ ବି ଜିନିଷଟିଏ ତା'ର ଠିକଣା ଜାଗାରେ ସେ ରଖନ୍ତିନି। ସେ ହେଉ ଦରକାରୀ କାଗଜପତ୍ର, ଟଙ୍କା ପଇସା କି ଲୁଗାପଟା। ତାଙ୍କ ସହିତ କେହି ତାଙ୍କ ଭଳି ଜଣେ ଖାଲି ରହିପାରିବ ଶାନ୍ତିରେ-ନ ହେଲେ କେହି ଚୋର ମନସ୍କ ଲୋକଟେ ସୁବିଧାରେ ଯିଏ ଲାଭ ଉଠାଇବାର ଆଶାରେ ଥିବ। ସାଧାରଣ କଳାତ୍ମକ ମାନସିକତାର ପୁରୁଷ କି ନାରୀଟିଏ ବି ସୁସ୍ଥ ମନରେ ତାଙ୍କ ଘରେ ରହିଲେ ଅବସାଦଗ୍ରସ୍ତ ହେଇଯିବ। ନିତିନିତି ଏସବୁ ଢଙ୍ଗବାଗ, କାର୍ଯ୍ୟକଳାପ ଦେଖିବା ଓ ଅସଜଡ଼ାକୁ ସଜାଡ଼ିବା କାମ କରି କରି ହାଲିଆ ହେବାପରେ, ସେ ପାଗଳ ହେବନି ତ ଆଉ କ'ଣ ହେବ ? ଭାଗ୍ୟ ଭଲ ଲୋକଜଣକ ସୁନାହାର କି ମୁଦି ବ୍ୟବହାର କରନ୍ତିନି। ସେସବୁ କରୁଥିଲେ ନିତିନିତି କେତେ ମୁଦି ଯେ ଚାକରବାକର ହାତରେ କି ବାଟଘାଟରେ ହଜୁଥାନ୍ତା ତା'ର ହିସାବ ନ ଥାନ୍ତା। ଏମିତିରେ ବି ବାହାଘର ପରେ ମିଳିଥିବା, ବାଧ୍ୟ ହୋଇ ହାତରେ ପିନ୍ଧିଥିବା ଚିଜରୁ କିଛି ହଜିନି ବୋଲି ନୁହେଁ।

ଖଟତଳ, ତାଙ୍କ ବହିଥାକ କି ବିଛଣାର ଗଦି ତଳେ ଛପିଥାଏ ତାଙ୍କ ରତ୍ନଭଣ୍ଡାର। ତୁମେ ତାଙ୍କ ଚାକର ହୋଇ ରହିବ ତ ମାଲାମାଲ ହେବାକୁ ବେଶୀ ବେଳ ଲାଗିବନି ତମକୁ।

ସୁମିତା ବିଛଣାତଳୁ କି ବହିଥାକ ଆଦୌ ଅଣ୍ଡାଳେ ନାହିଁ। ସେ ଯେତିକି ପଇସା ପାଉଛି ସେତିକି ଢେର୍। ହେଲେ ଖଟତଳଟା ସେ ନିତି ଓଳାଏ ତ ସକାଳୁ ସକାଳୁ ଲକ୍ଷ୍ମୀପ୍ରାପ୍ତି ହୁଏ ବୋଲି କିଛିଟା ଖୁସି ବି ହୁଏ।

ଲୋକଟାର ଏ ସ୍ୱଭାବ ପାଇଁ ଚାକରବାକର ରଖିବାକୁ ସୁମିତ୍ରାଙ୍କର ଭାରି ଡର।

ଖାଲି କ'ଣ ଏଇ କଥା ! ଯଦି ଚୁପ୍‌ଚାପ୍ ତାଙ୍କ ଅସଜଡ଼ା କାମ ସଜାଡ଼ି ନ ଦେଇ ସୁମିତା କେବେ ପାଟିକରେ ତ ମହାଭାରତ ଯୁଦ୍ଧ ଅନିବାର୍ଯ୍ୟ। ତାଙ୍କ ଟଙ୍କା ଆଉ କେହିନେଉ ପଛେ, ସୁମିତା କେବେ ନିଏନା। ନ ନେଲେ ମଧ୍ୟ ଲୋକଟାର ମନରେ ସେ କଥାଟା ଅଛି ବୋଲି ସୁମିତା ଜାଣେ। ଶପଥ ନେଇଛି ସୁମିତା ତାଙ୍କର ପଇସା ଛୁଇଁବନି ବୋଲି ସେଇଦିନୁ ଯେଉଁଦିନ ପୁଅ କହିଲା, "ବୋଉ ତୁ ପରା ବାପାଙ୍କ ପଇସା ନେଇ ତୋର ବ୍ୟାଙ୍କ ବାଲାନ୍ସ ବଢ଼ାଉଛୁ ?" ଚମକିପଡ଼ିଥିଲା ସେଦିନ ସୁମିତା। ଏକଥା ପୁଅ ମନକୁ କେଉଁଠୁ ଆସିଲା ? ଅପାରଗ ଅସଜଡ଼ା ଲୋକମାନେ ଚାଲି ନ ଜାଣି ବାଟର ଦୋଷ ଦିଅନ୍ତି। ସଜାଡ଼ି ସମ୍ଭାଳି ନ ଜାଣି ଚୋର ଆଗରେ ଟଙ୍କା ହଲାଇଲେ, ସେଇଟା କ'ଣ ଆଉ ରହିବ ?

ହଅ, କୁହନ୍ତୁ, ଯେ ଯାହା କହିବେ, ଭାବିବେ। ସେ'ତ ଶପଥ କରିଛି ଜୀବନରେ କାହାଠୁଁ କଉଡ଼ିଟିଏ ଧାର ଉଧାର ବା ଚୋରି କରିବନି - ଜନ୍ମ ହେଲାବେଲୁ ତା'ର ସନ୍ଥବାପା ତାକୁ ଏକଥା ଶିଖେଇଛନ୍ତି - ମିଛ ବି ଜୀବନସାରା ପଦେ କହେନା ସୁମିତା। ଏକଥା କିଏ ବିଶ୍ୱାସ କରୁ ବା ନ କରୁ, ତା' ପ୍ରଭୋ ତ ଜାଣୁଛନ୍ତି।

ଅଗତ୍ୟା ସୁମିତା ଶାଢ଼ି କାନିଟା ଅଣ୍ଟାରେ ଗୁଡ଼େଇ ଝାଡୁଟିଏ ଧରିଲା। ସତରେ ସେ ମେହେନ୍ତାରଣୀଟିଏ ହେବ ନା ହେବ 'ସୁଲୋଚନା'। ନିଜ ଖାମ୍‌ଖିଆଲି ସ୍ୱଭାବରୁ ନିଶାରେ ଚୁର୍ ହୋଇଯାଇଥିବା ଚନ୍ଦ୍ରକାନ୍ତର ମଗଜରୁ ନିଶାର ଭୂତ ନିକାଲି ଦେବ? ନା ଏଠି ଅଛି କେହି ମକରା ବଢ଼ାଇବାକୁ ତାଙ୍କୁ ନଖରା?

ଛାଡ୍...ଛାଡ୍... ସେ ପରା ମର୍ଦ୍ଦ ପିଲା। ଏସବୁ ତାଙ୍କ ଜନ୍ମଗତ ଅଧିକାର। ସେ ଯାହା କହିବେ, ସେଇଟା ବେଦର ଗାର। ଯାହାବି କହିବେ କି କରିବେ ତା'ର ଉଲ୍ଲଂଘନ କରିବାକୁ ଗୁରୁ ବା ଲଘୁ କାହାରି ବି ଶକ୍ତି ନାହିଁ ତାଙ୍କ ପରିବାରର। ଘରଟା ସଫାସଫି, ସଜାସଜି ସୁନ୍ଦର ନ ଦିଶିଲେ ସୁମିତାକୁ ଜମାରୁ ଭଲ ଲାଗେନି। ଲୋକ କହନ୍ତି ପରା ଗାଁ ପରିମଳ ଧୋବାଠୁଠରୁ। ଆଉ ଘର ପରିମଳ ମାଇକିନିଆଠାରୁ? ଗୃହଲକ୍ଷ୍ମୀ ବୋଲି ନାମ ଯାହାର।

ହଁ... ଘରଟେ ଅସଜଡ଼ା ଥିଲେ, ମଇଳା ଥିଲେ ଦୋଷଟା ସବୁବେଳେ ଗୃହିଣୀ ଉପରକୁ ଯାଏ। ଭିତରକୁ କଥାକୁ ବୁଝୁଚି ବା କିଏ? ତା'ଛଡ଼ା ଘରଟା ସଫା ଓ ସୁସଜ୍ଜିତ ଥିଲେ, ମନ ବେଶ୍ ହାଲ୍‌କା ଓ ଉଲ୍ଲସିତ ହୋଇଯାଏ। ସେ ଅନୁଭବ ଯା'ର ଅଛି, ସେ ହିଁ ଜାଣେ। ଏ ଘୁଷୁରୀମତିଙ୍କୁ ସେ କଥା ବୁଝାଇବ ବା କିଏ?।

ସୁମିତାର ଭାଗ୍ୟରେ ହୁଏତ ଲେଖା ନାହିଁ ସେ କଥା। ତା'ର ସୁନ୍ଦର କଳ୍ପନାର ଘରଟି ସଫାସଜଡ଼ା ହୋଇଥିବ। ବେଶୀ ଗୋଟେ ଦୋକାନଘର ଭଳି ସଦା ଜିନିଷରେ ଭରି ରହିବାଟା ବି ଅଡୁଆ। ଘରଟା ଦୋକାନ ଘର ନହୋଇ ପାରିବାରିକ ବାସସ୍ଥାନ ହୋଇ ରହୁ। ପକ୍ଷୀର ବସାଟିଏ ପରି। ଯେଉଁଠି ବୁଲବୁଲ୍ ଚଢ଼େଇଟେ ପରି ସେ ଉଡ଼ିବୁଲି ଗୀତ ଗାଉଥିବ- ନିଜର ଘରକୁ କୁଟାକାଠି ବୋହି ଆଣୁଥିବ- ପିଲାଙ୍କ ଚଞ୍ଚୁରେ ଚଞ୍ଚୁ ଲଗାଇ ଖୁଆଉ ଥିବ କି ଗେଲ କରୁଥିବ। ପିଲାଏ ଖୁସିରେ ତା' ବେକରେ ଓହଳି ପଡୁଥିବେ।

ସୁମିତା ତା'ର କେତେକ ସାଙ୍ଗ ଘରକୁ ଯାଇଛି। ବେଶ୍ ସୁନ୍ଦର ଓ ରୁଚିପୂର୍ଣ୍ଣ ସେମାନଙ୍କ ଘରର ସଜ୍ଜୀକରଣ। ସେତେ ଦାମୀ ଜିନିଷ ନ ଥିଲେ ବି ସୁନ୍ଦର, ସୁତର। ତା'ର ଏ ଭଡ଼ାଘରଟି ହୁଏତ ମନଲାଖି ଘରଟିଏ ହୋଇନି ବୋଲି ତାକୁ ସେ ସୁନ୍ଦର ଓ ସୁତର କରି ରଖିପାରୁନି।

ଯେବେ ସେ ସରକାରୀ କ୍ୱାଟର୍ସକୁ ଆସିଲା ସେଠି ବି ଆଲମାରୀ ଥାକର ଅଭାବ ଥିଲା। ହେଲେ ବେଶୀ ରୁମ୍ ଥିଲା। ଡ୍ରଇଂ ରୁମ୍ ଓ ଅନ୍ୟ ରୁମ୍‌ଗୁଡ଼ିକ ବେଶ୍ ଝର୍କାବହୁଳ ଓ ଆଲୋକିତ। ହେଲେ ଜିନିଷ ସଜାଇ ରଖିବାଲାଗି ତାଜା କି ଥାକର ଅଭାବ। ବହିପତ୍ର ରଖିବାକୁ ବେଶୀଜାଗା ନଥିବାରୁ ଡ୍ରଇଂରୁମ୍‌ର ଗୋଟାଏ ସାଇଡ୍‌ରେ ସେ ବହିସବୁ ଥାକମାରି ରଖିଥିଲା। ଲେଖକ ଲୋକ ସେମାନେ। ବହିଖାତା ତ ତାଙ୍କ ଘରେ ପାହାଡ଼ ପ୍ରମାଣେ। କ'ଣ କରିବେ? ସୁମିତ୍ରା ବହି ସବୁକୁ ଥାକ କରି ରଖି ଚାଦର ଘୋଡ଼େଇ ଘରଟିକୁ ରୁଚିସମ୍ମତ କରିବାର ଚେଷ୍ଟା କରିଥିଲା। ଚନ୍ଦ୍ରକାନ୍ତ କେବେ କେବେ ସେଇଟା ଟାଣିପକେଇ ଛାଡ଼ିଦେଲେ, ସେ ଅଳ୍ପସମୟରେ ସେଟା ସଜାଡ଼ି ଦେଉଥିଲା। ଅତିଥିଟିଏ ଘରକୁ ଆସିଲେ ଯେମିତି ତା'ର ଦୃଷ୍ଟି କଟୁ ନ ହେଉ।

ଚନ୍ଦ୍ରକାନ୍ତଙ୍କର ଚାଲିଚଳଣୀ କି ପ୍ରକାର ଥିଲା କେଜାଣି ଅଣ୍ଟା ତଳ ଛଡ଼ା ଉପର ଅଂଶରେ କେବେ ଘରେ ଥିଲେ ଗଞ୍ଜିଟିଏ ବି ପିନ୍ଧନ୍ତି ନାହିଁ। ତଉଲିଆ କି ଗାମୁଛାଟିଏ ଗୁଡ଼େଇଥିବେ, ନହେଲେ ଲୁଙ୍ଗି। ନିଜ ଘରେ ତମେ ଯେମିତି ରହୁଚ ରୁହ - ପରିବାର ଲୋକଙ୍କ ଆଖିସୁହା ହୋଇ ଯାଇଥାଏ ସବୁକିଛି। ହେଲେ ବାହାର ଲୋକଙ୍କ ଆଗରେ ତ ମାନମହତ ଅଛି? ଘରକୁ କେହି ଆସିଲେ, ସେ ଆମର ସେ ଖାଲି ଦେହକୁ ଦେଖି କ'ଣ ଭାବିବେ? ଚାହିଁ ପାରିବେ? ମୁହଁକୁ ଚାହିଁ କଥା ପଦେ କହିବାକୁ ତାଙ୍କୁ ବି ଭଲ ଲାଗିବନି।

ହେଲେ... ଆମର ଏ ଚନ୍ଦ୍ରକାନ୍ତ ଜଣକ ବଡ଼ ତରତର। କିଏ ବାହାରେ ବେଲ୍ ବଜାଇଲା ମାତ୍ରେ ଯେମିତି ଅବସ୍ଥାରେ ବି ଥାନ୍ତୁ, କବାଟଟି ଖୋଲିଦେବାକୁ ତତ୍ପର। ସୁମିତା କହେ... "ଏୟ... ହେ... ତମେ ଭଲା ଦେହରେ ଗେଞ୍ଜିଟିଏ ଗଳେଇ ଦେଇଯାଅ। ତମର ସେ କଳାହାଣ୍ଡି ଭଳି ପେଟ ଦେଖିଲେ ତମକୁ ଲାଜ ନ ଲାଗୁ ଅତିଥିଙ୍କୁ ତ ଲାଜ ଲାଗିବ। ତା' ଉପରକୁ ତମର ଯେ ପେଟ ଉପରର ପଲମ ଭଳି ସେ ଛାତି। କେହି ସ୍ତ୍ରୀ ଲୋକ ଯଦି ଦାଣ୍ଡରେ ଡାକୁଥିବେ, ତମକୁ ଏ ବେଶରେ ଦେଖିଲେ ତାଙ୍କୁ ଭଲ ଲାଗିବଟି?

ଚନ୍ଦ୍ରକାନ୍ତ ଖିଁକାରି ଉଠି ବେଳେବେଳେ ଗେଞ୍ଜିଟିଏ ଗଳେଇ ପକାଏ ତ କେବେ ବି ବେଖାତିରରେ ସେମିତି ଚାଲିଯାଏ ଖୋଲାଦେହରେ। ସୁମିତା ସରମରେ ମରିଯାଏ। ନିଜର କେହି ସାଙ୍ଗ ଚିହ୍ନା ଅନ୍ତରଙ୍ଗ ହୋଇଥିଲେ ତାକୁ କହେ "ଯେ... ବାଥ୍‌ରୁମ୍ ଗାଧୋଇବାକୁ ବାହାରିଥିଲେ ତ... ?"

"ହଁ, ହଁ ଘରେ ଥିଲେ ସମସ୍ତେ ସେମିତି। ମୁଁ ତ ଚିହ୍ନା ଲୋକ। ମୋ' ପାଖରେ ପଇତା କ'ଣ ଦରକାର?"

ଏମିତି ବହୁତ କିଛି ଅସାମଞ୍ଜସ୍ୟ ଭରା ଘଟଣା ଘଟେ। ଅବିନ୍ୟସ୍ତ ଘର- ଅନଭ୍ୟସ୍ତ ପରିଧାନ... ବିକ୍ଷିପ୍ତ ଜିନିଷପତ୍ର। କ'ଣ ଏକା ଏକା ବା କରି ପାରିବ ସୁମିତା। ଘରଟାକୁ ଚନ୍ଦ୍ର ନ ଥିଲେ ସେ ସଜାଇ ରଖେ। ହେଲେ ସେ ଆସିଲେ ବଲୁରୀବସା ହେବାକୁ ଘରଟାକୁ କେତେ ସମୟ ବା ଲାଗେ। ଏ ପାଇଁ ବେଶ୍ କଥା କଟାକଟି, ଅଯଥା ବାକ୍‌ବିତଣ୍ଡା ବି ହୁଏ। ସୁମିତା ଚନ୍ଦ୍ରକୁ କୁହେ, "ବୁଝିଲ ତମ ଘର ଓ ତମର ଏ ଲଣ୍ଡଭଣ୍ଡ ବ୍ୟବହାର ଦେଖିଲେ ତମ କଲ୍‌ଚରଟା କ'ଣ ସମସ୍ତେ ବୁଝିନେବେ ଯେ! ନିହାତି ଅଶିକ୍ଷିତ ଗାଉଁଲି ଧେଙ୍ଗଡ଼ ଓ ଅନ୍‌କଲ୍‌ଚର୍ଡ଼ ବୋଲି ଲୋକେ ତମକୁ କହିବେ।"

ଉଚ୍ଚଶିକ୍ଷିତ ଓ ଦେଶବିଦେଶରେ ନାଁ କମେଇଥିବା ଚନ୍ଦ୍ରକାନ୍ତ ବେଖାତିରରେ ଉତ୍ତର ଦିଏ, "ହୁଁ, ମୋ କଲଚର ବିଷୟରେ ଲୋକେ ଜାଣିନାହାନ୍ତି ଯେ ତାଙ୍କୁ ତୁ ଏକଥା ଜାଣିଚୁ ବୋଲି ଜଣେଇବୁ।" ଏକଥା ଶୁଣିଲେ ସୁମିତାର ଛାତିରୁ ରକ୍ତ ଝରିଯାଏ। ଏମିତିରେ ଲୋକଟା ଅସଜଡ଼ା, ଅର୍ଦ୍ଧପାଗଳ ତ, ଉଦ୍ଧତ ଅହଂକାରୀ ବି। ଶିକ୍ଷା ମଣିଷକୁ ସଜାଡ଼େ। ନିଜ ସହ ଅନ୍ୟମାନଙ୍କ ଜୀବନକୁ ସହଜରେ ସାମିଲ କରେଇବାର ଶିକ୍ଷାଦିଏ। ହେଲେ ସୁନ୍ଦର ଘରଟାକୁ ବଣଜଙ୍ଗଲ ଭଳି କରି ସେଥିରେ ଅନ୍ୟମାନଙ୍କୁ ରହିବାକୁ ବାଧ୍ୟ କରୁଥିବା ଚନ୍ଦ୍ରକାନ୍ତଟି ଶିକ୍ଷିତ ହୋଇପାରେ, ସୁସଂସ୍କୃତ କେବେ ନୁହେଁ।

ଚନ୍ଦ୍ରକାନ୍ତର ଅହଙ୍କାର ଆଗରେ ମୁଣ୍ଡ ନୁଆଁଏନି ସୁମିତା। ମାତ୍ର ବର୍ଷି ବର୍ଷି ମେଘ ଥମିଗଲା ପରି ବର୍ଷ ବର୍ଷ ଧରି କହିଲା ପରେ ବି ତା'ର ପରିବର୍ତ୍ତନ ନ ଦେଖି ସେ ଚୁପ୍ ରହେ।

ଛାଡ଼୍... ଏ ଅର୍ଦ୍ଧପାଗଳକୁ କିଛି କହି ଲାଭ ନାହିଁ। ଯାହା ଯେତିକି ପାରିବ କର, ନ ହେଲେ ନାହିଁ। ଆଜିକାଲି ଚାକର କି ଚାକରାଣୀମାନେ ଉପରଠାଉରିଆ ସଫାସୁତର କରିବାରେ ଧୁରନ୍ଧର। ଆଖି ଉହାଡ଼ି ଗଲେ ତାଙ୍କ କାମ ସରିଯାଏ।

ହେଲେ, ସୁମିତାର ଚିନ୍ତା ହୁଏ। ପିଲାଏ ଏସବୁ ଦେଖି ସେଇ ଢାଞ୍ଚାରେ ପଡ଼ିଯିବେ ଯଦି। ତା' ନିଜର ସୌଖିନ ଇଚ୍ଛା ତ ପୋଡ଼ିଜଳି ପାଉଁଶ ହୋଇଯାଇଛି। ହେଲେ ପିଲାଏ ଯଦି ଏମିତି ଢଙ୍ଗ ଧରିବେ ତାଙ୍କ ପାଇଁ ସୁମିତାର ଧୈର୍ଯ୍ୟନେଇ ଜନ୍ମ ହୋଇଥିବା ମଣିଷଟେ ନ ଜୁଟିବ ଯଦି, ସେମାନଙ୍କ ଘର ଓ ଜୀବନ ଚିରକାଳ ଅସଜଡ଼ା ରହିଯିବ ଯେ!

ସେଦିନ ତା'ର ଦିଅର ଓ ସାନ ଯା' ଆସିଥିଲେ। ବାରବର୍ଷର ପୁଅ ବାଥରୁମ୍ ଯାଇ ପ୍ୟାନ୍‌ରେ ପାଣି ନ ଢାଳି ପଳେଇ ଆସିଛି? ପାଖ ଶୋଇବା ଘରକୁ ଭୀଷଣ ଦୁର୍ଗନ୍ଧ ପଶି ଆସୁଛି। ସ୍ମେଲ୍ ଏଲର୍ଜି ଓ ଡଷ୍ଟଏଲର୍ଜି ଭୋଗୁଥିବା ସୁମିତାର ନାକ ରୁନ୍ଧି

ହୋଇଯାଉଛି। ଥରେ ଥରେ ସୁମିତା ଭାବେ ତା'ର ଏ ଏଲର୍ଜିର କାରଣ ହେଉଛି ଏ ଘର ଓ ଚନ୍ଦ୍ରକାନ୍ତର ସଂସ୍କାର। ସେଥିରୁ ତା'ର ଆଉ କ'ଣ ଅଛି ନା ନିସ୍ତାର। ନା ଔଷଧ ନା ଡାକ୍ତରୀ ଉପଚାର।

ସୁମିତା ନୀରବରେ ଉଠିଯାଇ ବାଥ୍‌ରୁମ୍‌ରେ ଫ୍ଲସ୍ କରି କବାଟ ବନ୍ଦ କଲା। ବହୁବେଳ ରହି ଗନ୍ଧଟା ଉତ୍କଟ ହୋଇଯାଇଥିବାରୁ ଟିକେ ଫିନାଇଲ୍ ନେଲାବେଳେ ସେ କହିଲା... "ବାଥ୍‌ରୁମ୍‌ଟା ଖୁବ୍ ଗନ୍ଧଉଚି, ଟିକେ ଫିନାଇଲ୍ ସ୍ପ୍ରେ କରିଦେଲେ ଠିକ୍ ହୋଇଯିବ ଯେ।"

ସାନ ଯାଆ କଥାଟି ବୁଝିଗଲା। କାର୍ଯ୍ୟଟି ତା' ନିଜର କି ସ୍ୱାମୀର ହୋଇଥିବ ବୋଲି କାଳେ ବଡ଼ ଯା' ଭାବିବେ, ତେଣୁ ସଫେଇ ଦେଇ କହିଲା, "ପୁଅଟା ଏଡ଼େ ବଡ଼ ହେଲାଣି- ଯେତେ କହିଲେ ବି ବାଥ୍‌ରୁମ୍ ଯାଇ ଫ୍ଲସ୍ କରିବନି। କ'ଣ ଆଉ କରିବି - କେତେ ଜଗିବି ?"

ସୁମିତା ତାକୁ କହିଲା, "ସାନବେଳୁ ଏକଥା ସିନା ଶିଖେଇଥାନ୍ତୁ। ଯାହା ନ ହେବ ବାଳ କାଳେ, ତା'କି ହେବ ବଡ଼ ହେଲେ ?"

ସାନଯାଆକୁ ଟିକେ ଖରାପ ଲାଗିଲା ବୋଧେ। ସେ ପୁଅକୁ ଡାକି କହିଲା, "ବାବୁ, ତୋତେ କେତେବାର କହିଚି ବାଥ୍‌ରୁମ୍ ଯାଇ ଫ୍ଲସ୍ କରିବୁ ବୋଲି। ଏବେ ଶୁଣ୍ ବଡ଼ମା' ମୋତେ ଦୋଷ ଦେଉଛନ୍ତି। ମୁଁ ଶିଖେଇଲିନି ତୋତେ ଏସବୁ ବୋଲି। କହିଲୁ, ତୋତେ ମୁଁ ସବୁବେଳେ ଏକଥା କହିନାହିଁ।"

ପୁଅ ତୁନି ପଡ଼ିଲା। ସାନଯାଆ କହିଲା, 'ଜାଣିଛ ଅପା, ଇଏ ବି ଏମିତି ସବୁ କରନ୍ତି, ଓଦାଲୁଗା ବିଛଣାରେ, ବାଥ୍‌ରୁମ୍ ଗନ୍ଧିଆ, ଜିନିଷପତ୍ର ଏଠି ସେଠି। ମୁଁ କ'ଣ ବା ଶିଖେଇବି କେତେ ଶିଖେଇବି। ନିଜେ କରେଁ, ମରେଁ... କଲି କରେ।"

ସୁମିତା ବୁଝିଲା। ପିଲାଙ୍କୁ 'ଶିଖ' କହିଲେ ହୁଏନାହିଁ। ନିଜେ କରି ଶିଖେଇବାକୁ ହୁଏ। ଏମାନଙ୍କର ସଂସ୍କାର ତ ପିଲାବେଳୁ ସେୟା। ରାଜରକ୍ତ ତ। ସହସ୍ର ଦାସ ଦାସୀ ସେବିତ ହୋଇ ଯେଉଁମାନଙ୍କର ପୂର୍ବପୁରୁଷ ବଞ୍ଚୁଥିଲେ- ହାତରେ କୁଟାଖଣ୍ଡେ ବି ଦି'ଖଣ୍ଡ କରୁ ନ ଥିଲେ-କୁଞ୍ଚ କାନି ତଳେ ଲୋଟୁଥିଲେ ଦାସଦାସୀ ଯାଇ ସହସା ତାଙ୍କୁ ଗୋଟାଇ ଧରିବାକୁ ବି ଥିଲେ। ହେଲେ ସେ କାଳ ପଖାଳ ତ ଗଲାଣି। ଏମାନଙ୍କ ରକ୍ତରେ ସେ ଧାରା କିନ୍ତୁ ଏଯାଏଁ ଖେଳୁଚି। ଶିକ୍ଷା ବଦଳାଏ... ଅଥଚ ? କେଉଁ ସହସ୍ର ବର୍ଷ ତଳର ରକ୍ତ ଗଡ଼ିଆସି ଶେଷରେ ଏଇ ଅବସ୍ଥାରେ ପହଞ୍ଚିଛି। ଅସ୍ତ୍ର ଓ ଶିରସ୍ତ୍ରାଣ ମୁଣ୍ଡ ଓ ହାତରୁ ଖସି, ହଳ ଓ ପଗଡ଼ିର ରୂପ ନେଲାଣି ଅଥଚ ଅଭ୍ୟାସ ବଦଳୁନି। ବୋତଲ ଖୋଲି ଠିପି ଲଗେଇ ରଖିବାର ଅଭ୍ୟାସ ନାହିଁ। ଜିନିଷଟି ଡବାରୁ ନେଇ

ଡବା ଠିକଣା ଜାଗାରେ ରଖିବା, ଲୁଗାଟିଏ ର୍ୟାକ୍‌ରୁ ନେଇ ଅନ୍ୟଗୁଡ଼ାକୁ ଠିକ୍ ଜାଗାରେ ଥୋଇବା ହେଉଛି ବଂଶ ରକ୍ତରଗୁଣ ନା ଅହଂକାରର ଟାଣପଣ।

ସେ ଅଭ୍ୟାସକୁ ବର୍ଦ୍ଦାସ୍ତ କରିବାକୁ, ସତୀସାଧ୍ୱୀ ଓ ସ୍ୱାମୀ ପରାୟଣା ନାରୀର ମୁକୁଟ ମୁଣ୍ଡେଇ ରଖିବାର ଅଭ୍ୟାସଟି ଯେ ପରବର୍ତ୍ତୀ ପୀଢ଼ିର ଚାକିରିଆ ସ୍ତ୍ରୀଟିଏ ପାଇଁ ଜଞ୍ଜାଳର ପିଞ୍ଜରା ଖୋଲିଦେଇଚି। ଟିକେ ଟିକେ କରି ପଶି ସେ (ପିଞ୍ଜରା ଭିତରେ) ସୁନାମ ଆଶାରେ ଆଜିର ସୁମିତା ପରି ନାରୀଟିଏ ଆକ୍ରାମାକ୍ରା ହେଉଛି। ସୁମିତା ଶପଥ ନେବ। ବିଶୃଙ୍ଖଳିତ ମଣିଷର ଅଶାନ୍ତ ମନ ଓ ଅବିନ୍ୟସ୍ତ କାର୍ଯ୍ୟ ପ୍ରଣାଳୀକୁ ଲଗାମ ଦେବ। ଚନ୍ଦ୍ରକାନ୍ତ ପ୍ରତି ଯଦିଓ ତା'ର ସ୍ତ୍ରୀ ସୁଲଭ ପ୍ରେମ ଓ ସମ୍ବେଦନା ଅଛି; ତଥାପି ଉଚିତ ଶିକ୍ଷା ନ ଦେଲେ, ପରବର୍ତ୍ତୀ ପିଢ଼ିଟିର ଅଭ୍ୟାସ ଉପରେ ଆଞ୍ଚ୍ ଆସିବ। ସେମାନଙ୍କର ଶୃଙ୍ଖଳା ମନୋବୃତ୍ତି ବିଗିଡ଼ିଯିବ। ମର୍ଦ୍ଦ ହୋଇ ରହିବେ ସିନା, ସେମାନେ ସୁପୁରୁଷ ହେବେନି।

ସବୁ ଛିଣ୍ଡା କାଗଜ ଗୋଟେଇ ସୁମିତା ଚନ୍ଦ୍ରକାନ୍ତର ଅଫିସ୍ ବ୍ୟାଗ୍‌ରେ ପୂରେଇ ଦେଲା ଓ ଚୁପ୍‌ଚାପ୍ ରହିଲା। ସେଦିନ ଅଫିସ୍‌ରେ ତା' ବ୍ୟାଗ୍‌ରୁ ଏସବୁ ବାହାରିଲେ ଖାଲି ଚନ୍ଦ୍ରକାନ୍ତ କାହିଁକି ଅନ୍ୟମାନେ ବି ଆଶ୍ଚର୍ଯ୍ୟ ହେବେ। କିଛି ବୁଝିପାରିବେ ନାହିଁ। ହେଲେ ଚନ୍ଦ୍ରକାନ୍ତ କିଛି ନିଶ୍ଚୟ ହେଜିବ।

ନିଜ ମର୍ଜ୍ଜିର ମାଲିକ ଚନ୍ଦ୍ରକାନ୍ତ କେବଳ କ'ଣ ନିତିଦିନିଆ ଜୀବନରେ ଏପରି ଅବିନ୍ୟସ୍ତ, ଅପରିଚ୍ଛନ୍ନ ଜିଦ୍‌ଖୋର? କ୍ରୁର ଓ ନିଷ୍ଠୁର ବି ହୋଇଯାଏ ବେଳେବେଳେ। ଯାହା ମନକୁ ଆସେ କରେ, ଯେଉଁଠିକୁ ଯିବାକୁ ଇଚ୍ଛା ଯାଏ। ଯାହା ଖାଇବା ପିଇବାକୁ ଇଚ୍ଛା ସୁମିତା ନ କରିଦେଲେ ବି ସେ ନିଜେ ଜିଦ୍‌ରେ କରିବ ଓ ସୁମିତାର କାମ ଦଶଗୁଣ ବଢ଼ାଇଦିଏ। କାହାର କିଛି କଥା ଶୁଣେନା।

ନ ଶୁଣୁ... କିଛି ଯାଏ ଆସେନି। ହେଲେ ଥରେ ଥରେ ତା'ର ଯେଉଁ ପ୍ରବଳ ଦେହ ଖରାପ ହୁଏ, ସେତେବେଳେ ପିଠିରେ କିଏ ପଡ଼େ? ତା'ର ସହଯୋଗୀ ନା ସାଥୀ ସହୋଦର। ସେତେବେଳେ ତା'ର ଦେହ ଖରାପ ସହଭୋଗୀ ହେବାକୁ କେବଳ ସୁମିତା ହିଁ ଥାଏ। ଅନ୍ୟମାନେ ତ ଉପଦେଶ, ଉପଚାର ଓ ଔଷଧର କଥା କହି ଭଦ୍ରଲୋକ ହୋଇ ରହିଯାନ୍ତି। ଏ ଜଗତଟା ସେୟା, ସମସ୍ତେ ସୁଖର ସାଥୀ। ଦୁଃଖବେଳେ କେହି ନୁହନ୍ତି।

ଅତି ହତାଶ ହୋଇଉଠେ ସେତେବେଳେ ସୁମିତା। ଠାକୁରଙ୍କୁ ଡାକେ, ଚନ୍ଦ୍ରର ଦେହ ଭଲ କରିଦିଅ। ଏ ପ୍ରାର୍ଥନାଟିରେ ନିଜ ସ୍ୱାର୍ଥ ଥାଏ ଅଧିକ। ନ ହେଲେ ଚାକିରିଜୀବୀ ସୁମିତା କେଉଁଠିକାର ହେବ। ନା ଘରର ନା ଘାଟର। କାହାକୁ ସମ୍ଭାଳିବ, ଚନ୍ଦ୍ରକୁ, ଚାକିରିକୁ ନା ପିଲାମାନଙ୍କୁ?

ଏମିତି ବି ଥରେ ଥରେ ତା'ର ମନେହୁଏ- ଏ ଚିର ଅସଜଡ଼ା ଚନ୍ଦ୍ରକାନ୍ତକୁ ଛାଡ଼ି ସେ କୁଆଡ଼େ ପଳେଇବ। ହେଲେ କୌଣସି ଗୋଟାଏ ଡୋର ତାକୁ ଭିଡ଼ିଧରେ। ସମ୍ପର୍କ... ସମାଜର ଲାଲ୍ ଆଖି ନା ନିଜ ଏ ପରିବାର ପ୍ରତି ଆକର୍ଷଣ ? ମଣିଷଟିଏ ମଣିଷଟିଏକୁ ଛାଡ଼ିଯିବା ଏତେ ସହଜ ନୁହେଁ। ବିଶେଷତଃ ଯେଉଁ ସମ୍ପର୍କରେ ସାମାନ୍ୟତମ ପ୍ରେମ କେବେ ଥିଲା, ଥାଏ ବା ରହିବାର ସମ୍ଭାବନା ଥାଏ।

ଝଅଟ କରି ଝାଡୁଟେ ଧରି ସେ କାନ୍ଥ ଘଣ୍ଟାକୁ ଚାହିଁଲା। ଠିକ୍ ଜିନିଷକୁ ଠିକଣା ଜାଗାରେ ରଖି ସେ ଘରଟାକୁ ସୁତର କରି ଓଳେଇଦେଲା। ତା'ପରେ କପ୍‌ଟେ ଚାହା ବନେଇ ଆଣି ଡ୍ରଇଂରୁମ୍‌ର ସଜଡ଼ା ସୋଫାଟି ଉପରେ ବସି ସହଜ ଓ ସରଳ ମନରେ ପିଇବା ଆରମ୍ଭ ହେଲା।

ପୁଅ ସଂକଳ୍ପ ଏବେ ସ୍କୁଲରୁ ଫେରିବ ତ ଦେଖିବ ତା'ର ଘରଟି ସତରେ ବୈକୁଣ୍ଠପୁର ?

■

# ଅନୁରାଗ-ବିରାଗ

ବନ୍ଧା ହୋଇ ରହିଥିବା ଅରଣା ହଡ଼ାବଳଦଟିଏ ପରି ପଡ଼ି ରହିଥାଏ ପଚିଶବର୍ଷର ପୁରୁଣା ଲାମ୍ବେଟା ସ୍କୁଟରଟା। ସିଢ଼ି ଘର ତାରବାଡ଼ରୁ ବଡ଼ ଜଞ୍ଜିରଟିଏ ତା'ର ଚକା ଦେହରେ ସଂଯୁକ୍ତ ହୋଇ ଲିଙ୍କ୍ ତାଲାଟିଏ ଠୁଙ୍କା ହୋଇଥାଏ। ବାଡ଼ ଡେଇଁ ପରବାଡ଼ିରେ ପଶି ସତେ ଯେପରି ସେ ଅରଣା ବଳଦଟେ ପରି ଫସଲ ସବୁ ଖାଇ ଖିନ୍‌ଭିନ୍ କରି ପକାଉଥିଲା ବଗିଚା ଓ କ୍ଷେତ। ବହୁଦିନ ଧରି ଫ୍ଲାଟ୍ ଘରର ସିଢ଼ି ତଳେ ସେ ତା'ର ବିରାଟ ବପୁଟା ମେଲାଇ ବନ୍ଧାହୋଇ ପଡ଼ିରହିଥାଏ ନିଷ୍କାତ ହୋଇ।

ନୂଆ ଷ୍ଟେପିନ୍, ଟାୟାର ଲାଗି ରଙ୍ଗ ହୋଇ ଫିଟ୍‌ଫାଟ୍ ଥିବା ସତ୍ତ୍ୱେ ବି ଅବହେଳିତ ଅନାଦୃତ ବୁଢ଼ାଟିଏ ପରି ସେଇଟା ଅଲଗେଇ ହୋଇ ପଡ଼ିଥିଲା। ଯେତେ ବଳ ଥିଲେ ବି ବୟସ୍କ ପୁରୁଣା କାଳିଆ ବୁଢ଼ାଙ୍କୁ ଆପଣାର ମାହୋଲ ଭିତରକୁ ଟୋକାଏ ଆପଣାଇ ନ ନେଇ ଏକ୍‌ଲା କରିଦେବା ପରି ସେ ପୂରାପୂରି ଏକଲା ହୋଇଯାଇଥିଲା। ତା'ର ଛାଇ ଦେଖିଲେ ପିଲାମାନଙ୍କ ନାହି ଡେଉଁ ଥିଲା। ଏପରିକି ଯେଉଁ ବଡ଼ ପୁଅ ଛୋଟ ଥିବାବେଳେ ସ୍କୁଟରରେ ବସିବାକୁ ଜିଦ୍‌କଲା ବୋଲି ସେଇଟା କିଣା ହୋଇଥିଲା, ସେ ବି ଆଉ ତା'ଆଡ଼େ ଜମା ଚାହୁଁ ନ ଥିଲା। ବରଂ କହୁଥିଲା, "ବାବା ୟାକୁ ଶୀଘ୍ର ଡିସ୍‌ପୋଜ୍ କର। ଏବେ କେତେ କେତେ ଭଲ ସ୍କୁଟର ଓ ବାଇକ୍ ବଜାରକୁ ଆସିଲାଣି-ମାଇଲେଜ୍ ବେଶୀ-ମେଣ୍ଟିନାନ୍‌ସ କମ୍। ଏଇ ଗାଡ଼ିଗୁଡ଼ାକ କିଏ ଚଳାଉଛି ଆଜିକାଲି। ତେଲ ବେଶୀ ଖାଏ - ଏଡ଼େ ଓଜନିଆ ଯେ ଗଡ଼େଇଲା ବେଳକୁ ହାତ ବଥାଏ।"

ଏତେପରେ ବି ବାବାଙ୍କର ସେଇଟା ପ୍ରତି ଖୁବ୍ ଦୁର୍ବଳତା। ଗାଡ଼ିଟିର ପ୍ରତି ଅଣୁରେ ପୂରି ରହିଥାଏ ତାଙ୍କ ଯୌବନର କେତେ ସ୍ମୃତି। କେତେ ବି ଅନୁଭୂତି। ସେଥିପାଇଁ ହେଉ ବା ଇଂଲଣ୍ଡରେ ଥିବାବେଳେ ବ୍ରିଟିଶମାନଙ୍କର ଏଣ୍ଟିକ୍ ପ୍ରୀତିର

ପ୍ରଭାବରୁ ହେଉ, ପୁରୁଣା ଜିନିଷକୁ ଅମୂଲମୂଲ ବୋଲି ଧରିନେବା ତାଙ୍କର ଅସ୍ଥିମଜ୍ଜାଗତ ହୋଇ ଯାଇଥିଲା । ସେଇ କଞ୍ଜରଭେଟିଭ୍ ଦେଶରେ କିଛି କାଳ ରହି ପୁରୁଣା ଜିନିଷକୁ ସାଇତିବାର ପ୍ରୀତି ତାଙ୍କର ବେଶ୍ ବଢ଼ି ଯାଇଥିଲା । ପ୍ରାୟ କୋଡ଼ିଏ ପଚିଶ ବର୍ଷ ତଳେ ଲାଇନ୍ ଦେଇ ଚାକିରି କରିବାର ତିନିବର୍ଷ ଭିତରେ ସେଇଟାକୁ ସେ ବାହାର ପ୍ରଦେଶରୁ କିଣି ଥିଲେ । ସେ ସମୟରେ ଆମ ପ୍ରଦେଶରେ କେଉଁଠି କାଁ ଭାଁ ସ୍କୁଟରଟିଏ ରାସ୍ତାରେ ଗଡ଼ିବାର ଦିଶୁଥିଲା । ସ୍କୁଟର ଥିଲା ଷ୍ଟେଟସ୍ ସିମ୍ବଲ । ଆଉ କଥାଟିଏ ହେଲା ସେ ଦୀର୍ଘ ସମୟ କାଳ ଭିତରେ ଦିନେ କେବେ ବି ତାଙ୍କର ଏକ୍ସିଡ଼େଣ୍ଟ ହୋଇ ନ ଥିଲା କି ସାମାନ୍ୟତମ ଖସ୍‌ରି ପଡ଼ିବା କି ଗଡ଼ିପଡ଼ି ନଥିଲେ ସେ ସ୍କୁଟର ଉପରୁ । ବଡ଼ ପୁଅ ତିନିବର୍ଷର ହୋଇଥିଲା । ସ୍କୁଟରଟିଏ ରାସ୍ତାରେ ଦେଖି ପକେଇଲେ ପାଟି କରୁଥାଏ, "ବାବା କୁଁ କୁଁ ଦେଖ । ଆମର ଗୋଟାଏ କୁଁ କୁଁ ଆଣିବା ।" ଆଉ ସ୍କୁଟରଟି ଆସି ଯିବା ପରେ ରାତି ନ ପାହୁଣୁ ସ୍କୁଲ ୟୁନିଫର୍ମ ଟାଇ ଜୋତା ମୋଜା ପିନ୍ଧି ଟିଫିନ୍ ବକ୍ସ ଓ ପାଣି ବୋତଲ ଝୁଲେଇ ପୁଅ ସ୍କୁଲ ଯିବାକୁ ତତ୍‌ପର ହୋଇ ଉଠୁଥିଲା । ଗାଡ଼ିରେ ବସି ସ୍କୁଲ ଯିବାରୁ କନ୍‌ଭେଣ୍ଟ ସ୍କୁଲରେ ତା'ର ବି ଗୋଟିଏ ଷ୍ଟେଟସ୍ ବଢ଼ି ଯାଇଥିଲା । ସେଇ ଓଜନିଆ ବିରାଟ ବପୁର ଲାମ୍ବ୍ରେଟା ସ୍କୁଟରଟିକୁ ହାଇଦ୍ରାବାଦ ବି ଟ୍ରେନ୍‌ରେ ବୁହାହୋଇ ନିଆଗଲା, ସେଠି ପିଏଚ୍.ଡି କଲାବେଳେ । ମାତ୍ର ଇଂଲଣ୍ଡ ଗଲାବେଳେ ସେ ବୁଢ଼ା ସ୍କୁଟରଟି ପଡ଼ିପଡ଼ି ଅଚଳ ରହି ଏକ ରକମର ପଞ୍ଚତ୍ୱ ପ୍ରାପ୍ତ ହୋଇଗଲା । ଶ୍ରୀମତୀ ଭାବିଥିଲେ ଯେ ବ୍ରିଟେନ୍‌ରୁ ଫେରି ବାବୁ ଆଉ ସେ ଦି ଚକିଆ ଗାଡ଼ିରେ ଆଦୌ ବସିବେନି । ମାରୁତିଟିଏ ବି ଲାଇନ୍‌ରେ ଆସିଯାଇଥିଲା । କିନ୍ତୁ ଇଂରେଜମାନଙ୍କରେ ଏଣ୍ଟିକ୍ ପ୍ରୀତିର ମାନସିକତା ବାବୁଙ୍କ ମନରେ ଏତେ ଗାଢ଼ ହୋଇ ଉଠିଥିଲା ଯେ, ନୂଆ ମାରୁତିକୁ ଆଉ କାହାକୁ ଦେଇ ଦେଇ, ସେଇ ବୁଢ଼ାସ୍କୁଟର ପିଠିରେ ସବାର ହୋଇ ବୁଲିବାକୁ ବାବୁଙ୍କ ମନ ବେଶି ବଳୁଥିଲା । କିଛିଦିନ ଅର୍ଦ୍ଧମୃତ ଗାଡ଼ିଟିକୁ ଗ୍ୟାରେଜ୍‌ରେ ପକେଇ ସଜଡ଼ା ସଜଡ଼ି କରି କେଡ଼େ ତୃପ୍ତିରେ ଚଳେଇଲେ ବାବୁ । ଛୋଟ ସହରରୁ ବଡ଼ସହର ଯାଏ, ବଦଳିରେ ଯାଇ ସାରିଲା ପରେ ମଧ୍ୟ । କେତେ ଦେଶ ପ୍ରଦେଶ ସେ ପରିକ୍ରମା କରିଛି । ଆଦର ପାଉ ନ ପାଉ, ଉପଯୋଗ କରାଯାଇଛି ଗାଡ଼ିଟିକୁ ନିଜ ଇଚ୍ଛାମତେ ଢେର୍ ବେଶୀ । ଠିକ୍ ବୃଦ୍ଧା ସ୍ତ୍ରୀଟିଏ ପରି ଅବିରତ ଯିଏ କାମ କରିଚାଲେ । ରୋଗ ବଇରାଗରେ ଔଷଧ ପୁଡ଼ିଆଟିଏ ନେଇ ସେ ଫେର ସୁସ୍ଥ ହୋଇ କାମରେ ଲାଗିଯିବା ପରି-କିଛି ଖରାପ ହେଲେ ଟିକେ ସଜାଡ଼ି ନେଲେ ସ୍କୁଟରଟା ବେଶ୍ ଚାଲେ ।

ବଡ଼ପୁଅ କଲେଜ ଗଲାବେଳେ, ଏକଦା ଷ୍ଟେଟସ୍ ସିମ୍ବଲ ବନିଥିବା ଗାଡ଼ିଟାକୁ

ସେ କେବେ ନେଲାନି। ଯୁଗ ପରିବର୍ତ୍ତନର ସହ ମାନସିକତାର ବି ଶୀଘ୍ର ପରିବର୍ତ୍ତନ ଘଟେ - ଯିଏ ଦିନେ ଷ୍ଟେଟସ୍ ସୂଚାଉ ଥିଲା, ସେ ଏବେ ହୀନ ଦାରିଦ୍ର୍ୟର ସୂଚନା ଦେଉଛି। ପୁଅ ପାଇଁ କିଣା ହେଲା ହାଲୁକା ଲୁନା ଗାଡ଼ିଟିଏ। ହାଲୁକା, ହ୍ୟାଣ୍ଡି ଓ ମାଇଲେଜ୍ ବେଶୀ। ଶସ୍ତା ସୁନ୍ଦର ଓ ସୁବିଧାଜନକ ଜିନିଷ ପ୍ରତି ଆକର୍ଷଣ ବଢୁଥିବା ଯୁଗର ଢାଞ୍ଚାରେ ଏବେ ବାବା ବି  ପଡ଼ିଗଲେ। ଓଜନିଆ ଜିନିଷ ପ୍ରତି ତାଙ୍କର ଆକର୍ଷଣ କମିଗଲା- ଠିକ୍ ଯେମିତି ମୋଟା ପେଟୁଲୋକଟିକୁ ବେଶୀ ଖାଦ୍ୟ ଦେଇ କମ୍ କାମ ପାଇବାର କ୍ଷୋଭ ବଢ଼ିବା ପରି। ପତଳା ଓ ଅଳ୍ପ ଖାଦ୍ୟ ଖାଉଥିବା ଲୋକ ଯଦି ସେଇ ଏକା କାମ କରିପାରେ ତେବେ ମୋଟାସୋଟା  ବେଶୀ ଖାଦ୍ୟ ଖାଇବା ଲୋକଙ୍କୁ କିଏ ଆଦର କରିବ ଭଲା।

ଏଇ ନ୍ୟାୟରେ ସବୁ ଠିକ୍ ଥିବା ସତ୍ତ୍ୱେ ଗାଡ଼ିଟା ବିଚାରୀ କ୍ରମେ ରାସ୍ତାରୁ ଖସି ଆସି ସିଢ଼ି ଘରତଳି ଧରିଗଲା। ସୁନ୍ଦର ଚକ୍‌ଚକ୍ ଚେହେରା ଓ ଏକ୍ସିଡ଼େଣ୍ଟ ପ୍ରୁଫ୍ ହୋଇଥିବା ସତ୍ତ୍ୱେ ବି ଅନାଦୃତ ବୃଦ୍ଧ ମୋଟା ଲୋକ ପରି ସେ ଅପୁଚ୍ଛା ହୋଇ ସିଢ଼ି ଘର ଅନ୍ଧାରରେ ପଡ଼ି ଶଢ଼ିଲା। ତା' ପେଟ ତଳେ ରାତିରେ ଆସି ବୁଲାକୁକୁର ଶୋଇଲେ। ବହଳଧୂଳି ଜମିଲା। ବୁଲାକୁତୀ ଛୁଆ ଜନ୍ମ କରି ସୁରକ୍ଷିତ ରହିଲା। ଲୁନା ଆସିବା ପରେ ସିଢ଼ିଘରେ ଜାଗା ନିଅଣ୍ଟ ପଡ଼ିଲା। ଫ୍ଲାଟ୍ ଘରର ପଡ଼ିଶାଏ କଟକଟ ହେଲେ। ଅଗତ୍ୟା ଅପାରଗ ଅଲୋଡ଼ା ଲାମ୍ବ୍ରେଟାକୁ ସିଢ଼ିଘରୁ ବେଦଖଲ କରି ଟାଣି ନେଇ ହଡ଼ାବଳଦକୁ ବାଡ଼ିରେ ଗଛଗଣ୍ଡିରେ ବାନ୍ଧିବା ପରି, ରାସ୍ତାକଡ଼ ତାରରେ ବନ୍ଧାହୋଇ ପଡ଼ିଲା ଲାମ୍ବ୍ରେ। ରାସ୍ତାର ଗଲା ଆଇଲା ଲୋକେ ତା'ର ସୁଦର୍ଶନ ବପୁଷ୍ମମ ରୂପକୁ ଦେଖି, ତା'ର ଅବସ୍ଥା ପ୍ରତି ସମ୍ବେଦନଶୀଳ ହୋଇଉଠିଲେ। କେହି କେହି ତା' ବିଷୟରେ ସନ୍ଦିଗ୍ଧ ହୋଇ ଉଠିଲେ।

ଗାଡ଼ିଟା ଚକ୍‌ଚକ୍ ରୂପ ଆକର୍ଷଣୀୟ ରହିଥିଲେ ବି ନ ଚାଲୁ ଥିବାରୁ ଏକ୍ସରସାଇଜ୍ ବିହୀନ ବୃଦ୍ଧବୃଦ୍ଧାଙ୍କ ଅଚଳ ଆଣ୍ଠୁଗଣ୍ଠି ପରି ତା'ର ନଟବୋଲଟ୍ ଜଙ୍ଗ ଧରିଗଲା। ତା'ପଛରେ ପାଞ୍ଚ ପଚାଶ ଖର୍ଚ୍ଚ କଲେ ଅବଶ୍ୟ ସେ ପଚିଶ ତିରିଶ ମାଇଲ ବି ଦେଖାଇ ପାରିଥାନ୍ତା ଲିଟରଟିଏ ଢୋକରେ? କିନ୍ତୁ ଚଲାଇବାର ମାନସିକତା କାହାର ନଥିଲା। ସେତେବେଳର କାଲିବର ଓ ମାରୁତି ସଭ୍ୟତା ସହ ତାହା ଏକଦମ୍ ଆଉଟ୍‌ଡ଼େଟେଡ୍, ଅନମ୍ୟାଚିଂ। ଏବକୁ ତା'ର ପାର୍ଟସ୍ ବଜାରରେ ଆଉ ମିଳୁ ନ ଥିଲା। ବାଟରେ ଖରାପ ହେଇଗଲେ ଅବସ୍ଥା ବାର ବାଜିଯିବ। ରଖ ହେ ତମ ଏଣ୍ଟିକ୍ ପ୍ରୀତି ତମ ପାଖରେ। ବିକିଦିଅ ତାକୁ। ବୋଝଟେ ଭଳି ପଡ଼ି ରହିଛି। ଲୋକେ ଆଗରୁ ଆଗ୍ରହ ଦେଖାଉଥିଲେ ସେଇଟା କିଣି ନେବାକୁ। ତିନି ଚାରି ହଜାର ଭାଉ କରି ବି ଡାକ ଛାଡ଼ିଥିଲେ।

ସେତେବେଳେ ଗାଡ଼ିଟା ଥିଲା ସିଡ଼ିଘରେ। ବାବୁଙ୍କ ଇମୋସନାଲ ପ୍ରୋବ୍ଲେମ୍ ଯୋଗୁଁ ଗାଡ଼ିଟା ସେତେବେଳେ ବିକା ହେଲାନି। ଆଣ୍ଟିକ୍ ପରା !

ଏବେ ବୁଢ଼ାହଡ଼ା ପରି ରାସ୍ତାରେ ପଡ଼ିଥିବା ବେଳେ ସେଇଟାକୁ କେହି ନେବାକୁ ଆସିଲେନି। କିଣିବାକୁ ଇଚ୍ଛା ରଖି ଥିବା ଗରାଖ ଜାଣିଥିଲେ ଯେ ଦିନେ ସେଇଟା ଶାଗମାଛ ଦରରେ କି ଲୁହା ଓଜନରେ ବିକ୍ରିହେବ। ଯାଉ, ଆଉ କିଛି ଦିନ।

ମଣିଷର ଏଇ ଆବେଗ ପ୍ରବଣତା ପାଇଁ ଗଢ଼ି ହୋଇଯାଇଛି କୋଣାର୍କ ଓ ତାଜମହଲ ଭଳି କେତେ କେତେ ବିଖ୍ୟାତ କୃତି। କଳାପାହାଡ଼ ମନ୍ଦିର ଓ ଦେବତା ମୂର୍ତ୍ତି ଭାଙ୍ଗିବା ଭଳି ବି ଘଟିଛି, କେତେ କେତେ ବିକୃତି।

ଠିକଣାବେଳେ, ଠିକ୍ ଦାମ୍‌ରେ ବିକ୍ରି ହୋଇ ଯାଇଥିଲେ ଅନ୍ତତଃ ଗାଡ଼ିଟା ତ ରାସ୍ତାରେ ଗଡୁଥାନ୍ତା। ସେତେବେଳେ କେଉଁଠି ନା କେଉଁଠି ପୁରୁଣାବନ୍ଧୁଙ୍କୁ ଭୋଟିବା ଭଳି ତା' ସହ ଅଚାନକ ଭେଟ ବି ହୋଇ ପାରିଥାନ୍ତା। ନାଃ, ତା' ହେଲାନି। ବାବୁଙ୍କର ଅତୀତର ମଧୁର ସ୍ମୃତି ଜଡ଼ିତ ସେ ଗାଡ଼ିଟିକୁ ଆଉ କାହା ହାତରେ ଟେକି ଦେବା କି, ଆଉ କାହାର ଗୋଇଠା ମାଡ଼ରେ ତାକୁ ବିବ୍ରତ ହେବାକୁ ବାବୁ ଚାହିଁଲେନି। ଖାଲି ବିରକ୍ତ ହେଲେ। ତା'ର କାରଣ ପଚାରିବାକୁ ଶ୍ରୀମତୀ ଓ ପିଲାଙ୍କ ମନରେ ଭୟ। କାହିଁକି ବା ତାଙ୍କର ସେ ବେକାର ସ୍କୁଟରଟିକୁ ବିକିବାକୁ ଏଡ଼େ ଅନିଚ୍ଛା। ବସ୍ତୁଟିଏ ତ। କିଛି ମଣିଷ ତ ନୁହେଁ ଯେ। ବୃଦ୍ଧ ପିତାମାତାକୁ ବୃଦ୍ଧାଶ୍ରମ ପଠାଇବା କି ଘରୁ ବାହାର କରିଦେବା ଭଳି କଥା ନୁହେଁ ତ। ବରଂ ମୃତସମ୍ପର୍କୀୟର ଚକ୍ଷୁଦାନ ଦ୍ୱାରା ଆଉ କାହାକୁ ଚକ୍ଷୁଷ୍ମାନ କରି ତା' ଭିତରେ ସମ୍ପର୍କୀୟଙ୍କୁ ଦେଖିବା ଭଳି କଥା ହୋଇଥାନ୍ତା, ପୁରୁଣା ଗାଡ଼ିଟା ବିକି ତା'ର ଉପଯୋଗ ହେବା ଦେଖିଥିଲେ। ଯେଉଁ ନିମ୍ନବିତ୍ତ ଲୋକ ଯୁଗ ସହିତ ଭାସି ନ ଯାଇ, ଷ୍ଟାଟସ୍ ବଢ଼ାଇବା ନିଶାରେ ଏ ସ୍କୁଟରଟା ଚଳେଇଥାନ୍ତା, ତାକୁ ଦେଖି ନିଜ ଆଦ୍ୟ ଜୀବନର କାହାଣୀ ତ ସ୍ମରଣ କରି ହୋଇଥାନ୍ତା। ତା' ସହିତ ଏକ ସମ୍ପର୍କ ସ୍ୱତଃ ଗଢ଼ି ହୋଇଯାଇଥାନ୍ତା। ସେ ଯିଏ ବି ହେଉ, ଧନୀ ଦରିଦ୍ର, ଭିକାରୀ କି ଦୋକାନଦାର।

ବାହାରେ ପଡ଼ି ଖରାବର୍ଷା ଖାଇ ସ୍କୁଟରଟା ବେରଙ୍ଗ ହୋଇ ଉଠିଥିଲା। ତା' ଦେହରେ ଆଉ ପୂର୍ବ ଆକର୍ଷଣ ନ ଥିଲା। ସେତିକିବେଳେ ବାବୁଙ୍କ ମୁଣ୍ଡରୁ ଅମୂଲ୍ୟ ମୂଲ ଏଣ୍ଟିକ୍ ଭୂତ ଓହ୍ଲେଇ ଗଲା। ତାକୁ ଡିସ୍‌ପୋଜ୍ କରିବାକୁ ବାବୁ ରାଜି ହେଲେ। ଲୋକ ବି ଖୋଜିଲେ ଯିଏ ସେଇଟା କିଣିବ।

ପଡ଼ିଶାଘରର ବ୍ୟବସାୟୀ ପୁଅ କହିଲା, "ପାଞ୍ଚଶହରେ ବି ସେଇଟାକୁ ଆଉ କିଏ ନେବେନି। ଲୋକେ ରାସ୍ତାରେ ଗଲାବେଳେ ତା' ଉପରେ ମନ୍ତବ୍ୟ ଦେଇ ଦେଇ ଯାଆନ୍ତି। ଚାହାନ୍ତି, ପଚାରନ୍ତି ତା' କଥା। ଚାଲୁନି ବୋଲି ଶୁଣିଲେ ମୁହଁ ମୋଡ଼ନ୍ତି।"

ସେଇଟାକୁ କିଏ ନେବ ବୋଲି ଆଉ ଆଶା ନ ଥିଲା। ଖାଲିରେ ଲୁହା ଦରରେ କାହାକୁ ଦେଇ ଦେବାର ମାନସିକତା ଯେବେ ପାକଳ ହୋଇଗଲା, ସେତିକିବେଳେ ପହଞ୍ଚିଲା ଜଣେ କବାଡ଼ିବାଲା। ଭାଗ୍ୟକୁ ନିଜ ତରଫରୁ ସେ ଏକ ହଜାର ଟଙ୍କା ଭାଉ କଲା ଏବଂ ମଉନେ ସମ୍ମତି ଲକ୍ଷଣ ଭାବି ସେଇଟାକୁ ସତରେ ନେବାକୁ ଆସି ଦିନେ ପହଞ୍ଚିଗଲା।

ପ୍ରଥମେ ପ୍ରଥମେ କବାଡ଼ି ବାଲାଟା ବେଶ୍ କିଛିଦିନ ଧରି ସେଇଟାକୁ ନେବାକୁ ଧାଉଡ଼ି ଲଗେଇଲା। ତା' ଆସିବା ଦେଖି ଆଶା ବି ବଢ଼ିଗଲା। ରୋଗୀ ମରଣ ଆଡ଼କୁ ଗୋଡ଼ ବଢ଼େଇ ସାରିଥିବା ବେଳେ ଘରଲୋକେ ତାକୁ ଯେପରି ବେଢ଼ିରହନ୍ତି, ସେମିତି ସ୍କୁଟରଟା ସମ୍ପର୍କରେ ସମସ୍ତେ ସଚେତନ ହୋଇ ଉଠିଲେ। ଉଚିତ ଦାମ୍‌ରେ କିଏ ନେଇ ପାରେ ବୋଲି, ଖବର ନେଲେ। ହେଲେ କେହି ଆସିଲେନି।

ଦିନେ ଯମଦୂତ ପରି କବାଡ଼ିବାଲାଟି ତା'ର ରିକ୍ସାଧରି ଆସି ପହଞ୍ଚିଗଲା। ରୋଗୀର ଶେଷ ଅବସ୍ଥାରେ ଡାକ୍ତରଙ୍କୁ ଭରସା ନ କରିବା ପରି ସ୍କୁଟରଟି ବିଷୟରେ ଆଉ ବେଶୀ ଆଶା ନ ରଖି ତା' ହାତରେ ସେଇଟାକୁ ଟେକି ଦେଲେ ବାବୁ। ସମସ୍ତଙ୍କ ମନରେ ସମ୍ବେଦନା ଢେଉ ପିଟୁଥିଲା। ଗୋଟାଏ ମୃତଜନ୍ତୁକୁ ଟେକି ମ୍ୟୁନିସିପାଲିଟି ଗାଡ଼ିରେ ଉଠାଇ ନେବା ପରି, କବାଡ଼ିବାଲାଟି ଗାଡ଼ିଟିର ଇଞ୍ଜିନ୍‌ଟିକୁ ଟେକି ତା'ର ଟ୍ରଲିରେ ରଖିଲା। ଟାୟାର ସବୁ କାଢ଼ି ବାବୁଙ୍କୁ ଦେଇ କହିଲା, "ଆପଣଙ୍କ ଅନ୍ୟ ଗାଡ଼ିରେ ଏହା ବ୍ୟବହାର କରାଯାଇ ପାରିବ, ରଖି ନିଅନ୍ତୁ ଏସବୁ।" ହୁଏତ ସ୍କୁଟରଟିର ଆତ୍ମାଟି ବଞ୍ଚିଥିଲା ଇଞ୍ଜିନ୍ ଭିତରେ। କବାଡ଼ିବାଲାଟି ଜଗନ୍ନାଥଙ୍କର ନାଭିଟି ପୁରୁଣା କଳେବରରୁ କାଢ଼ି ନେବାପରି ଇଞ୍ଜିନ୍‌ଟି ହିଁ କେବଳ ନେଇଗଲା। ନିଶ୍ଚୟ କୌଣସି ନୂଆ ଗାଡ଼ିର କଳେବର ଭିତରେ ଜୀବନ ସଞ୍ଚାର କରିବ ସେ ଇଞ୍ଜିନ୍‌ଟି। ଏଇ ଉଦ୍ଦେଶ୍ୟରେ।

ଶ୍ରୀମତୀ ସ୍କୁଟରଟିର ଖଣ୍ଡବିଖଣ୍ଡିତ ରୂପ ଓ ଟ୍ରଲି ଉପରେ ପଡ଼ି ଧୀରେଧୀରେ ଅପସୃତ ହୋଇଯାଉଥିବା ଇଞ୍ଜିନ୍‌ଟିକୁ ତକେଇ ରହିଥିଲେ। ତାଙ୍କ ଯୌବନର ସ୍ମୃତି- ପ୍ରଥମ ସନ୍ତାନର ସନ୍ତକ, ଆଦ୍ୟ ଦାମ୍ପତ୍ୟର ସାମାଜିକ ଷ୍ଟାଟସ୍ ସେ ଟ୍ରଲି ରିକ୍ସାରେ ପଡ଼ି ରହିଥିଲା। ସେ ମୁହଁ ବୁଲାଇ ନେଲେ। ଜୀବିତ ଅବସ୍ଥାରେ ବୃଦ୍ଧଟିଏ ଚକ୍ଷୁଶୂଳ ହୋଇ ପରିଜନଙ୍କ ବଞ୍ଚିବା ଏବଂ ମୃତ୍ୟୁପରେ ପରି ଜନକ ହୃଦୟରେ ଓଜନିଆ ଭାବଟିଏ ବନିଗଲା ପରି, ସ୍କୁଟରଟିର ଚେହେରା ସ୍ମୃତି ଓ କବାଡ଼ିବାଲା ହାତରେ ତା'ର ଖଣ୍ଡ ବିଖଣ୍ଡିତ ଦୂରାବସ୍ଥାର ଶେଷ ପରିଣତି କ୍ଷଣକାଳ ପାଇଁ ତାଙ୍କୁ ମର୍ମାହତ କରିପକାଉଥିଲା।

■

# ସ୍ୱର

"ହ୍ୟାଲୋ... ହ୍ୟାଲୋ..."

"ହ୍ୟାଲୋ..."

"ତମେ ଏବେ କେଉଁଠି ?"

"କଲେଜରେ ଅଛି।"

"ଓହୋ, କ'ଣ ସବୁ ହଟ୍ଟଗୋଳ ସେଠି ହେଉଚି ଯେ ତମକଥା ଭଲକି ଶୁଣାଯାଉନି।"

"ଆଜି କଲେଜରେ ଆନୁଆଲ ଡେ ତ। ପାଖ ପେଣ୍ଡାଲରେ ଭାଷଣ ଚାଲିଛି।"

"ଓଃ... ଆଚ୍ଛା ! ତେବେ ପରେ କଥା ହେବି।"

ଏକାବେଳକେ ଏତେଗୁଡ଼ାଏ କଥା ହେଇ ସାରିଲା ପରେ ବି ସୁମିତା ଠିକ୍‌ରେ ଠଉରେଇ ପାରିଲେନି କାହା ସଙ୍ଗେ ସେ କଥାହେଲେ ବୋଲି। ଏ ବିଷୟରେ ସଚେତନ ହେବା ମାତ୍ରେ ସେ ସଙ୍ଗେସଙ୍ଗେ ପଚାରିଲେ, "ଆଚ୍ଛା, ଆପଣ କିଏ କହୁଛନ୍ତି କହିଲେ ?"

ସେପଟୁ ଏ ପ୍ରଶ୍ନର ଉତ୍ତର କିଛି ଆସିଲା ନାହିଁ କିମ୍ବା ହୋହଲ୍ଲା ଭିତରେ ସେ କିଛି ଶୁଣିପାରିଲେ ନାହିଁ କି କ'ଣ। ସୁନିତାଙ୍କ ଫୋନ୍ କଟିଗଲା। ହେଲେ ତାଙ୍କ ମନ ଭିତରେ ସବୁବେଳେ ସଂଶୟଟିଏ ସନ୍ଦିଗ୍ଧ ହୋଇ ଉଠିଲା ଠିକ୍ କାନ୍ଧମୂଳରେ ରକ୍ସାଟିଏ ପରି। କାହା ସଙ୍ଗେ ସେ ଏମିତି ଚିହ୍ନାଜଣା ଅନ୍ତରଙ୍ଗ ପରି କଥା ହେଲେ ଯେ ! କଲେଜରେ ଅଛନ୍ତି ବୋଲି ଉତ୍ତର ଦେଇ କଲେଜରେ ପଢ଼ନ୍ତି ବା ପଢ଼ାନ୍ତି ବୋଲି ସୂଚନା ବି ଦେଇଦେଲେ। କି ବୋକାଟିଏ ସେ। ସ୍ତ୍ରୀଲୋକମାନେ ସବୁବେଳେ ଏମିତି। ଷ୍ଟୁପିଡ଼ିଅସ୍। ନ ବୁଝି ବିଚାରି କବାଟ ଖୋଲିଦେବେ। ତା'ପରେ ଦେଖ।

ସୁନୀତାଙ୍କ କେଶ୍‌ରେ ଅବଶ୍ୟ ସାଧାରଣ ସ୍ତ୍ରୀଲୋକଙ୍କ ସମସ୍ୟା ପରି ହେବାର

ସମ୍ଭାବନା ନାହିଁ। କାରଣ, ସେ ଜଣେ ଲେଖିକା। ଲେଖିକାଟିଏ ହୋଇଥିବାରୁ ଫୋନ୍ ସେପଟର ଲୋକଟି ସମ୍ପର୍କରେ ତାଙ୍କର ଉତ୍କଣ୍ଠା ଟିକେ ଆବଶ୍ୟକତାରୁ ଅଧିକ ବଢ଼ିଗଲା। କେହି ଲେଖକବନ୍ଧୁ, ପ୍ରକାଶକ, ସମ୍ପାଦକ, ନତୁବା ପ୍ରିୟ ପାଠକ କି ଫ୍ୟାନ୍। ଏ ଭିତରୁ କେହି ଜଣେ ହୋଇଥାଇ ପାରନ୍ତି ତ। ତେଣୁ ସେମାନଙ୍କ ପରିଚୟ ବା ନାମ ଜାଣିବା ଦରକାର।

ସେ ଯିଏ ବି ହୁଅନ୍ତୁ ଘୋ ଘୋ ଭିତରେ କିଛି ତ ଶୁଭୁ ନ ଥିଲା ଠିକ୍‌ରେ। କ'ଣ ଆଉ କରାଯିବ।

ଦି'ତିନିଦିନ ପରେ ଉପର ଓଳି ସେ ଗୋଟାଏ କ'ଣ ବହି ପଢୁଥାଆନ୍ତି। ଫୋନ୍‌କଲଟିଏ ଆସିଲା ଫୋନ୍ ଉଠାଇ ହ୍ୟାଲୋ କହିଲେ।

"ହ୍ୟାଲୋ, କ୍ଷମା କରିବେ। ସେଦିନ ମୁଁ ଆପଣଙ୍କୁ ଡିଷ୍ଟର୍ବ କଲି, ନୁହେଁ?"

ନମ୍ବରଟି ସେଇ ଅଜଣା ଲୋକର। ସୁନୀତା ଉତ୍ତର ଦେଲେ, "ନାଇଁ ନାଇଁ, ଡିଷ୍ଟର୍ବ ଆଉ କ'ଣ କଲେ? ସେମିତି ବେଳେବେଳେ ହୁଏ।"

"ଭଦ୍ରାମିରେ ଆପଣ ଏମିତି କହୁଛନ୍ତି ସିନା। ଆପଣଙ୍କ କଣ୍ଠସ୍ୱରରୁ କଥା କହିବାର ଭଙ୍ଗୀରୁ ଜଣାପଡୁଥିଲା ଆପଣ ସେଦିନ ବ୍ୟସ୍ତ ଥିଲେ ବୋଲି। ସେଦିନ ଆପଣଙ୍କୁ ଅଯଥା ଡିଷ୍ଟର୍ବ କରିଥିବାରୁ ମୁଁ ଦୁଃଖିତ। କ୍ଷମା କରିଦେବେ ମୋତେ।"

"ଏଥିରେ କ୍ଷମା କରିବାର ପ୍ରଶ୍ନ କେଉଁଠି ରହିଲା? ରଙ୍ଗ୍ ନମ୍ବର ଏମିତି ଥରେଥରେ ଲାଗିଯାଏ।"

ସୁନୀତା ଫୋନ୍ ରଖିଲେ।

ପ୍ରଥମ ଦିନ ସୁନୀତା ବରଂ ଏତେ ବେଶି ବ୍ୟସ୍ତ ହୋଇ ନ ଥିଲେ ଏବେ ଯେମିତି ହେଲେ। ଏମିତି ଥରେଥରେ ହୋଇଯାଏ। ଆଗରୁ ବି ଏମିତି ରଙ୍ଗ୍ ନମ୍ବର ଫୋନ୍ କେତେଥର ତାଙ୍କ ପାଖକୁ ଆସିନି ବୋଲି ନୁହେଁ। ଜଣକର ନମ୍ବର ଲଗାଉ ଲଗାଉ ଗୋଟିଏ ବି ସଂଖ୍ୟା ଭୁଲ୍ ହୋଇଗଲେ ଆଉ କାହା ପାଖରେ ଫୋନ୍ ଲାଗେ। କିମ୍ବା କଲ କରୁଥିବା ନମ୍ବରଟି ପୁରୁଣା ହୋଇଥିଲେ ଆଉ କାହା ନାମରେ ସେଇଟା ବି ଆଲଟ୍ ହୋଇ ଯାଇଥାଏ। ସେ କ୍ଷେତ୍ରରେ ରଙ୍ଗ୍ ନମ୍ବର ଲାଗିବା ସ୍ୱାଭାବିକ। ସେଥିରେ ଫୋନ୍ କରିବା ବା ଗ୍ରହଣ କରିବା ଲୋକର ଏତେ ବ୍ୟସ୍ତ ବା ବିରକ୍ତ ହେବାର କିଛି ନଥାଏ। ସୌଜନ୍ୟ 'ସରି' ହେଉଛି ତାହାର ସମାଧାନ। ମାତ୍ର ଏ ଲାଗି କଲରଟିକୁ ଗାଳିଗୁଲଜ କରିବା ବା ରିସିଭ୍ କରିଥିବା ଭୁଲ ଲୋକଟିକୁ ବାରମ୍ବାର କ୍ଷମା ମାଗିବାର ମାନସିକତାକୁ ସୁନୀତା ହଜମ କରିପାରୁ ନ ଥିଲେ।

ମନେମନେ ବିରକ୍ତ ହୋଇ ଉଠୁଥିଲେ ସୁନୀତା। ଲୋକଟା ରଙ୍ଗ୍ କଲ୍ କରି

ତ ଭୁଲ କରିଥିଲା । ପୁଣି ତା'ପାଇଁ ଆଉ ଥରେ କଲ୍ କରି କ୍ଷମା ମାଗି ବାରମ୍ବାର ବିରକ୍ତ କରୁଥିଲା । ସେ କ'ଣ ନିଜର ବିନମ୍ର ସାଧୁତାକୁ ପ୍ରଦର୍ଶନ କରୁଥିଲା ନା ଆଉଥରେ ସଂଯୋଗ ସୃଷ୍ଟି କରିବା ମତଲବରେ ଥିଲା ? କିମ୍ବା ସେ ଆଜିକାଲିର ସେଇ ବାଚାଳ ମସ୍ତିଷ୍କ ଯୁବକଙ୍କ ମଧ୍ୟରୁ ଜଣେ କେହି ଯିଏ ସମୟ କାଟିବାକୁ ପ୍ରେମିକା ଅନ୍ୱେଷଣରେ ଥିଲା । କିମ୍ବା ସତରେ କେହି ପ୍ରେମିକ ଯୁବଛାତ୍ର ତାଙ୍କୁ ନୂଆନୂଆ ପ୍ରେମିକାଟିଏ ପରି ପାଇ ତାଙ୍କ ସହ ସମ୍ପର୍କ ବଢ଼ାଇବାର ପ୍ରଚେଷ୍ଟାରେ ଥିଲା । ଅଥବା କେହି ଅସାମାଜିକ ବ୍ୟକ୍ତି, ଏମିତି ଭାବେ ଅନ୍ତରଙ୍ଗତା ସୃଷ୍ଟି କରି ପରେ ଖିଅର କରିବାର ଉଦ୍ଦେଶ୍ୟରେ ଫୋନ୍ କରୁଥିଲା । ଅଥଚ ଲୋକଟାର ଫୋନ୍ ଗୋଟାଏ ମସ୍ତବଡ଼ ଭୁଲ ଜାଗାରେ ଲାଗିଗଲା । କଲେଜର ସବୁଠାରୁ କଡ଼ା ଅଧ୍ୟାପିକାଠାରେ । ଲୋକଟାର ଦୁର୍ଭାଗ୍ୟ ।

ତହିଁ ପରଦିନ ସୁନୀତା ଲେଖିବା ମନସ୍କତାରେ ଥାଆନ୍ତି । ତାଙ୍କ କଳ୍ପନାର ଦୋଳିରେ ଝୁଲିଝୁଲି ସୁନ୍ଦର କବିତାଟିଏ ରୁମ୍‌ଝୁମ୍ ଗୋଡ଼ ହଲେଇ ତାଙ୍କ ଛାତିରେ ଗୋଟାଏ ପାଦ ଥାପୁଥାଏ ତ ଅନ୍ୟ ପାଦଟି ତାଙ୍କ କଲମ ମୂନରେ । ହଠାତ୍ ଫୋନ୍‌ଟା ବାଜି ଉଠିଲା । କବିତାର ଗୋପନ ଅଭିସାର ଭାଙ୍ଗିଦେଇ ସୁନୀତାଙ୍କ ମନରେ ଉତ୍କଣ୍ଠିତ ଆନନ୍ଦଟିଏ ଉଙ୍କି ମାରିଲା - ହୁଏତ ସ୍ୱାମୀ ଦୂର ବିଦେଶରୁ ଫୋନ୍ କରିଛନ୍ତି । ସେ ଫୋନ୍ ଉଠେଇଲେ- "ହ୍ୟାଲୋ ।"

"ହ୍ୟାଲୋ... ଆପଣଙ୍କୁ ପୁଣି ଥରେ ଡିଷ୍ଟର୍ବ କଲି । ମୋତେ ଟିକେ ସମୟ ଦେବେ । କିଛି ବିଶେଷ କାମରେ ବ୍ୟସ୍ତ ନ ଥିଲେ ତ ?"

ଏକାଥରକେ ଏତେ ଗୁଡ଼ାଏ କଥା - ଲୋକଟା କେହିଜଣେ ଅଜଣା । ସୁନୀତା ଫୋନ୍‌ଟା କାଟିଦେବେ କି ? ନମ୍ବରଟି ଆଗରୁ ଦେଖିଥିବା ଭଳି ଲାଗୁଛି । ଇଏ ପୁଣି କିଏ ? ସୁନୀତା ସମ୍ଭ୍ରମ ରଖି ଉତ୍ତର ଦେଲେ - "ହଁ, କ'ଣ କହିବାକୁ ଚାହାନ୍ତି କୁହନ୍ତୁ ।"

"ଆପଣ ଜଣେ ଛାତ୍ରୀ ନା କଲେଜରେ କୌଣସି ଚାକିରି କରନ୍ତି ?"

ସୁନୀତା ଏଥର କଲରଟି ପ୍ରତି କୌତୁହଳୀ ହୋଇ ଉଠିଲେ । ଏ ତ ସେଇ ପୁରୁଣା ଲୋକ ! ସନ୍ଦିଗ୍ଧତା ଓ ଉତ୍ସୁକତା ତାଙ୍କୁ ଲୋକଟି ସହ କଥା ଚଳେଇ ରଖିବାକୁ ଉସ୍‌କେଇଲା । ସେ ତାଙ୍କର ସ୍ୱଭାବ ସୁଲଭ ମଧୁର କଣ୍ଠରେ କହିଲେ, "ପ୍ରଥମେ ଆପଣ ଆପଣଙ୍କ ପରିଚୟ ଦିଅନ୍ତୁ । ଆପଣ କ'ଣ କରନ୍ତି ?"

ଲୋକଟା ଏଥର ଉତ୍‌ଫୁଲ୍ଲିତ ହୋଇଉଠିଲା । କହିଲା- "ମୁଁ ଜଣେ ଏମ୍.ସି.ଏ. ଫାଇନାଲ ଇୟର ଛାତ୍ର । ଆଉ ଆପଣ ?"

ସୁନୀତା କ'ଣ କହିବେ ? ହଠାତ୍ ଟିକେ ସେ ଚୁପ୍ ହୋଇଗଲେ ।

"କୁହନ୍ତୁନା...।"

ସୁନୀତା ନୀରବ।

"କହିବେନି ନୁହେଁ? ଆପଣ ତେବେ ମୋତେ ଖରାପ ଭାବିଛନ୍ତି ନିଶ୍ଚୟ। ମୁଁ ସେମିତିକା କିନ୍ତୁ ବାଜେ ପିଲା ନୁହେଁ। ମୋର ରଙ୍ଗ୍ କଲ୍ ପାଇଁ ଆପଣ ସେଦିନଠୁ ମୋତେ କ୍ଷମା କରିନାହାନ୍ତି ତେବେ? କୁହନ୍ତୁ... ମୋତେ କ୍ଷମା କରିଛନ୍ତି ତ?"

ସୁନୀତା ଏଥର ଉତ୍ତର ଦେବାଟା ନିହାତି ଜରୁରୀ ମନେ କଲେ। କହିଲେ- "ଆରେ, ସେକଥା ଏବେ ଆଉ ପୁଣି କାହିଁକି ଉଠାଉଛନ୍ତି? ଆପଣ ଜଣେ ଛାତ୍ର। ଏମିତି ରଙ୍ଗ୍ କଲ୍ କରି ନିଜର ଅମୂଲ୍ୟ ସମୟ ଓ ପିତୃଅର୍ଜିତ ଅର୍ଥର ଅପବ୍ୟବହାର କରିବା କ'ଣ ଠିକ୍? ମନ ଦେଇ ପଢ଼ାପଢ଼ି କରନ୍ତୁ। ଆଗକୁ ଆପଣଙ୍କର ଦୀର୍ଘ ଭବିଷ୍ୟତ ଆପଣଙ୍କୁ ପ୍ରତୀକ୍ଷା କରିଛି। ଆପଣଙ୍କର ବହୁତ କିଛି ନିଜ ପାଇଁ କରିବାର ଅଛି।"

ବିରକ୍ତିରେ ସୁନୀତା ଫୋନ୍ କାଟିଦେଲେ। କ'ଣ ଭାବିଛି କି ଲୋକଟା ତାଙ୍କୁ? ନରମ ହେଲେ ଲୁହାକୁ ବିଲେଇ କାମୁଡ଼େ। ତାଙ୍କ କଳ୍ପନାର କୁଞ୍ଜରେ ଦୋଳି ଝୁଲୁଝୁଲୁ କବତାଟି ଏମିତି ଆହତ ହୋଇଯାଇଛି ଯେ ତା'ର ପାଦର ନୂପୁର ବି ଆଉ ବାଜୁନି। ଗୋଟାଏ ବି ଶବ୍ଦ ତାଙ୍କ ମନକୁ ଆସୁନି। ବିରକ୍ତ ଓ ଭାରସାମ୍ୟ ବିହୀନ ମନ ସର୍ଜନାର ଅନୁପଯୋଗୀ। କୁଆଡ଼େ ହଜିଗଲା କବିତାର ସୁନ୍ଦର ସେ ଭାବଟି ଯେ ଆଉ ଧାଡ଼ିଏ ବି ମନକୁ ଆସୁନି।

ଟିକିଏ ଦୂରରେ ଖଟ ଉପରେ ବସି କଲେଜ ପଢ଼ୁଆ ପୁଅ ତାଙ୍କର ଲାପ୍‌ଟପ୍‌ରେ କ'ଣ ସର୍ଫିଂ କରୁଥିଲା। ଲୋକଟି ସହ ସୁନୀତାଙ୍କ କଥାବାର୍ତ୍ତାକୁ ଟିକେଟିକେ ଲକ୍ଷ୍ୟ କରୁଥିଲା ହୁଏତ। ସୁନୀତାଙ୍କ ଗରଗର ଭାବ ଦେଖି ହୁଏତ ସମ୍ବେଦନାରେ ନହେଲେ ଥଟ୍ଟାରେ ସେ ସୁନୀତାଙ୍କୁ କହିଲା, "ବୋଉ, ତୁ କାହିଁକି ବିଚରାଟିକୁ ହଇରାଣ କରୁଛୁ କହିଲୁ? ପ୍ରଥମ ରଙ୍ଗ୍ କଲ୍ ପାଇବାବେଲୁ ତ କହିଦେଇ ଥାଆନ୍ତୁ ତୁ କିଏ, ତୋର ବୟସ କେତେ ଓ ତୁ କ'ଣ କରୁ ବୋଲି। ତୋର ସେ କୋମଳ ସ୍ୱରଟିକୁ ଫୋନ୍‌ରେ ଆହୁରି କୋମଳ ବୟସର ଝିଅଟିର ସ୍ୱର ପରି ଶୁଭେ। ତୁ ହୁଏତ ନିଜେ ସେକଥା ଜାଣିନାହୁଁ। ତେଣୁ ସେ ଲୋକଟା ଧରିନେଇଛି ଯେ ତୁ ଜଣେ ଅନୂଢ଼ା କୁମାରୀ। ଆଖି ସାମ୍ନାରେ ତୋର ଏ ଭୀମକାନ୍ତ ମୂର୍ତ୍ତିଟି ଦେଖିଲେ ତା'ର ପିଳେହି ପାଣି ହୋଇଯାଇ ଥାଆନ୍ତା। ଖୁବ୍ ଭ୍ରମରେ ପଡ଼ିଛି ବିଚାରୀ।"

ସୁନୀତା ବେଶ୍ ବୟସ୍କା। ଦୁଇଟି କଲେଜ ପଢ଼ୁଆ ପିଲାଙ୍କ ମାଆ। ସେମିତି କିଛି ସୁନ୍ଦରୀ ନୁହନ୍ତି ସତ; କିନ୍ତୁ ତାଙ୍କ କଣ୍ଠସ୍ୱରଟି ବେଶ୍ କୋମଳ ଓ ମଧୁର। କଲେଜରେ ଚାକିରିଆ ହିସାବରେ ତାଙ୍କର ବେଶ୍ ସୁନାମ ଅଛି। ସେ ନୀତିନିଷ୍ଠ ଓ କର୍ମପ୍ରବଣ

ହେଲେ ବି ବେଶ୍ ନମନୀୟ ସ୍ୱଭାବର। କାହାର ଛୋଟ ଦୋଷଟିଏ ଦେଖିଲେ ହଠାତ୍ ରାଗି ଉଠନ୍ତିନି, ଗାଳି ଦିଅନ୍ତିନି। ପ୍ରଥମେ ବୁଝାସୁଝା କରି ଠିକଣା କାମଟିର ବାଟ ବତେଇ ଦିଅନ୍ତି। ନିଜର ସ୍ୱଭାବସିଦ୍ଧ ଉପାୟରେ ବୁଝାସୁଝା କରି ଭୁଲ ବାଟର ଲୋକଙ୍କୁ ଉଚିତ ମାର୍ଗରେ ପରିଚାଳିତ କରିବାକୁ ଚେଷ୍ଟା କରନ୍ତି। ହେଲେ, ବାରମ୍ବାର ଭୁଲ କରୁଥିବା ଲୋକଙ୍କୁ ସେ କ୍ଷମା କରିପାରନ୍ତିନି। ତାଙ୍କର କଣ୍ଠସ୍ୱରରେ ଏକ ଅଦ୍ଭୁତ ନମନୀୟତା ଅଛି ବୋଲି ବହୁ ବନ୍ଧୁ ତାଙ୍କୁ ଆଗରୁ କହିଛନ୍ତି। ତଥାପି ସେକଥା ସେ ବିଶ୍ୱାସ କରନ୍ତିନି।

ତାଙ୍କ ପାଖକୁ ଏକାଧିକବାର ସେଇ ଏକା ନମ୍ବରରୁ ଫୋନ୍ ଆସିବାରୁ ସେ ବେଶ୍ ଦ୍ୱନ୍ଦ୍ୱରେ ପଡ଼ିଯାଇଥିଲେ। ତାଙ୍କର ସେ ବାଳିକାସୁଲଭ କଣ୍ଠସ୍ୱର ଲାଗି ତାଙ୍କୁ କେହି ଥଟ୍ଟାମଜା କରୁନାହାଁନ୍ତି ତ ? ସେ ଏମ୍.ସି.ଏ ଛାତ୍ରଟି ଗୋଟାଏ କୌଣସି ପ୍ରେମିକା ସନ୍ଧାନରେ ଥିବା ଭଳି ମନେ ହେଉଛି। ତା'ଠାରୁ ଦୁଇ ତିନିଥର ଫୋନ୍ ପାଇବା ପରେ ବି ସେ ବିଶେଷ ବିରକ୍ତି ପ୍ରକାଶ ନ କରିବା ମୂଳରେ କାରଣ ବି ଥିଲା। ଆଜିକାଲି ଯୁବକ ଯୁବତୀମାନେ ଏ ପ୍ରକାର ଅନ୍ଧାଦୁନିଆ କଲ୍ ମାରି ସମ୍ପର୍କ ଖୋଜି ହେଉଛନ୍ତି ଓ ସମ୍ପର୍କ ବନାଉଛନ୍ତି ବି। ଏପରିକି ଫୋନ୍‌ରେ କି ନେଟ୍‌ରେ ପରିଚୟ, ଡେଟିଂ ଏବଂ ପରେ ବିବାହ ବି ଚାଲିଛି। ଏ ଏମ୍.ସି.ଏ. ଛାତ୍ରଟି ସେମିତି କିଛି ତାଲସରେ ଅଛି କି ? ତା'ର ମାନସିକତାଟା ବୁଝିବା ଦରକାର।

ପରବର୍ତ୍ତୀ ସମୟରେ ସୁନୀତାଙ୍କ ମନରେ ଏକ ଭୟର ସଂଚାର ହେଲା। ଏମାନେ କେହି ସେକ୍ସ ର୍‌ୟାକେଟ୍‌ର ଗ୍ୟାଙ୍ଗ୍‌ଷ୍ଟର ନୁହନ୍ତି ତ ! ଏମିତି ରଙ୍ଗ୍ କଲ୍ ମାରି ଉତ୍ସୁକ ଯୁବତୀମାନଙ୍କୁ ଠାବ କରନ୍ତି। ପ୍ରଥମେ ପ୍ରେମ, ପ୍ରେମରୁ ବିବାହର ପ୍ରତିଶ୍ରୁତିରେ ଦେହ ବିନିମୟ। ତା'ପରେ ବ୍ଲୁସିଡ଼ି ଓ ମାନସମ୍ମାନ, ଅର୍ଥ କି ଜୀବନ ସବୁକିଛିର ବିଲୟ ବା ବ୍ଲାକ୍‌ମେଲିଂ। ଏମାନଙ୍କୁ ଜବତ୍ କରିବାର ଅଛି। ଏଇମାନଙ୍କ ଲାଗି ସାମାଜିକ ଶାନ୍ତି ଶୃଙ୍ଖଳା ଅସ୍ଥିର, ଅସଂଯତ। ଏଥର ସେ ଟୋକା ଆଉ ଥରେ ଫୋନ୍ କରୁ ତ, ସୁନୀତା ତାକୁ ସଫା ସଫା ତା'ର ଉଦ୍ଦେଶ୍ୟ କ'ଣ ବୋଲି ପଚାରିଦେବେ।

ପୁଣି ଦିନେ ସେଇ ନମ୍ବରରୁ ଫୋନ୍ ଆସିଲା। ସୁନୀତା ବିଲେଇ ଶୁଖୁଆ ଝାମ୍ପିନେବାର ତତ୍ପରତାରେ ଫୋନ୍ ଧରିଲେ। ସେପଟ କଲରଟି ପରିଚିତଙ୍କ ପରି କହିବାରେ ଲାଗିଲା :

– ଆପଣଙ୍କ ଉପଦେଶ ଅନୁସାରେ ମୁଁ ପଢ଼ାପଢ଼ି ମନ ଦେଇ କରୁଛି। ମୋର ଜଣେ ସାଙ୍ଗ ବି ଏଠି ଅଛି। ତା'ଠୁ ପଚାରି ବୁଝି ନିଅନ୍ତୁ। ମୁଁ ଯାହା କହୁଛି ସତ କି ମିଛ।

ସମ୍ଭବତଃ ଫୋନ୍‌ଟି ସେ ସାଙ୍ଗକୁ ପାସ୍ କରିଦେଲା ଓ ସଙ୍ଗେ ସଙ୍ଗେ ଆଉ ଗୋଟାଏ ସ୍ୱର କହିଲା, "ହଁ ମ୍ୟାଡ଼ାମ୍, ଅବିନାଶ ଆମ ବ୍ୟାଚ୍‌ର ଟପ୍ପର। ଖୁବ୍ ଉଦ୍ୟମୀ ପିଲା ସିଏ। ନମ୍ର ଓ ଭଦ୍ର। ମୁଁ ବି ତା ସହ ପଢ଼େ। ସେ ଜଣେ ସମ୍ଭ୍ରାନ୍ତ ଘରର ପିଲା। ଏଣୁ ତେଣୁ ବାଜେ ପିଲା ନୁହେଁ।"

ସୁନୀତା ମନେମନେ ଭାବିଲେ, ବେଟା ସାକ୍ଷୀ ପ୍ରମାଣ ବି ଯୋଗାଡ଼ କରିଛି ଇମ୍ପ୍ରେସନ୍ ଜମାଇବା ଉଦ୍ଦେଶ୍ୟରେ। ଏଥର ନିଜର ବିଶ୍ୱରୂପଟି ସେ ଏମାନଙ୍କୁ ଦେଖାଇବା ଦରକାର। ସାମାନ୍ୟ ତୀବ୍ର ସ୍ୱରରେ ସେ କହିଲେ, "ଭଲ, ଭଲ, ପଢ଼ାପଢ଼ି କରି ନିଜର ଓ ବାପାମାଆଙ୍କର ନାମ ରଖ, କୁଳ ଉଜ୍ଜ୍ୱଳ କର। ଯାହାକୁ ପାରେ ତାକୁ ଫୋନ୍ କରି ବାପାମାଆଙ୍କର ଅର୍ଥ ଓ ତୁମର ସମୟର ଅପଚୟ କର ନାହିଁ। ଆଉ କେବେ ମୋତେ କିମ୍ବା ଆଉ କାହାକୁ ଏମିତି ଅଯଥା ଫୋନ୍ କରି ସମୟ ନଷ୍ଟ କରିବ ନାହିଁ କି ପୁଲିସର ଚକ୍କରରେ ପଡ଼ିବାର ଦୁଃସାହସ କରିବ ନାହିଁ।"

ତିନି ଚାରିଦିନ ପରେ ଜଣେ କେହି ନିଜକୁ ଗୋଟାଏ ପତ୍ରିକାର ସମ୍ପାଦକ ବୋଲି ପରିଚୟ ଦେଇ କହିଲେ, "ନମସ୍କାର ମ୍ୟାଡ଼ାମ୍। ଆପଣଙ୍କର ଅମୁକ କବିତାଟି ଅମୁକ ପତ୍ରିକାରୁ ପଢ଼ିଲି। ଖୁବ୍ ମନଛୁଆଁ ହୋଇଛି କବିତାଟି। ସେଥିପାଇଁ ଧନ୍ୟବାଦ।"

ସୁନୀତା ଆଶ୍ଚର୍ଯ୍ୟ ହୋଇ କହିଲେ, "ନମସ୍କାର, ହେଲେ ଆପଣ ମୋର ଏ ନମ୍ବରଟି କେଉଁଠୁ ପାଇଲେ ?"

ଭଦ୍ରଲୋକ ଉତ୍ତର ଦେଲେ, "କବିତା ତଳେ ଛପା ଥିଲା ଆପଣଙ୍କର ଏ ନମ୍ବର। ତେବେ, ନବବର୍ଷ ପାଇଁ ଲେଖାଟିଏ ଆମ ପତ୍ରିକାକୁ ଦେଇ ନିଶ୍ଚୟ ବାଧିତ କରିବେ। ଠିକଣା କହିଲେ ମୁଁ ନିଜେ ଯାଇ ଆପଣଙ୍କଠାରୁ ଲେଖାଟିକୁ ନେଇଆସିବି।"

ସୁନୀତା ଟିକେ ଦ୍ୱନ୍ଦ୍ୱରେ ପଡ଼ିଗଲେ। ସ୍ୱରଟି ଟିକେ ଜଣାଶୁଣା ଲାଗୁଥିଲା। ସେ ଉତ୍ତର ଦେଲେ, "ଆପଣଙ୍କ ସ୍ୱରଟି ଚିହ୍ନାଚିହ୍ନା ଲାଗୁଛି। ଠିକ୍ ଅଛି। ଆପଣଙ୍କ ଠିକଣାଟି ମୋତେ ଏସ.ଏମଏସ. କରିଦେବେ। ମୁଁ ସେଇ ଠିକଣାରେ ଲେଖାଟି ପଠେଇଦେବି। ଆପଣ ଆଉ କଷ୍ଟ କରି କାହିଁକି ଏତେଦୂର ଆସିବେ।"

ପୁଅ ସେଇଠି କେଉଁଠି ଥିଲା, କହିଲା- "ବୋଉ ଲୋ, ସେ ଏମ୍.ସି.ଏ. ଛାତ୍ର ଏବେ ପତ୍ରିକାର ସଂପାଦକ। ପୁଣି ଗୋଟାଏ କାହାର ଫୋନ୍ ଆସିବ, ଅପେକ୍ଷା କର।"

■

# ନଡ଼ିଆ ଗଛ

"ଆରେ ଦେଖିଲଣି ନା। ଦେଖିବ ଆସ - ସେ କଳସ ମୁହଁର ନଡ଼ିଆରୁ ଗଜାଟେ ବାହାରିଛି।" ବନ୍ଦିତା ଖୁସି ହେଇ ସେଦିନ ତାଙ୍କ ସ୍ୱାମୀଙ୍କୁ ଡାକ ପକାଇଲେ।

ଦିନକୁ-ଦିନ ଗଜାଟାରୁ ପତ୍ର କେନେଇଲା। ପ୍ରଥମେ ଦୁଇଟି, ତା'ପରେ ଚାରିଟି ପତ୍ର ବି। ଘରଟା ଭିତରେ ଶୁଭକଳସ ମୁହଁରେ ନଡ଼ିଆରେ ଗଛ କଅଁଳିବା ଶୁଭ ନା ଅଶୁଭ ? କେଜାଣି ଶୁଭ କି ଅଶୁଭ ! ଯା' ହେଲେ ବି ଗଛଟିଏ ପତ୍ର ମେଲିବା ତ ପିଲାଟିଏ ଜନ୍ମ ହୋଇ ହାତଗୋଡ଼ ହଲାଇଲା ପରି। ଖୁସିର କଥା। ହେଲେ ବନ୍ଦିତା ଓ ମହାପାତ୍ରବାବୁଙ୍କୁ ଖୁବ୍ ଚିନ୍ତା ଘାରିଲା। ଯେମିତି ନିଜ ଝିଅ ଅବାଞ୍ଛିତ ସନ୍ତାନଟିଏ ଜନ୍ମ କଲେ ପିତାମାତାଙ୍କୁ ଲାଗେ। ଗଛଟିଏ ଅର୍ଥାତ୍ ଜୀବନଟିଏ। ବିରାଟ ବୃକ୍ଷ ଇଏ। ଇତିହାସଟିଏ ଯେମିତି ଏଇମାତ୍ର ଲେଖା ଆରମ୍ଭ ହେଇଛି। ଏଡ଼େ ଛୋଟ କଳସଟିର ଜଳଭିତରେ ତାକୁ କିପରି ଦୀର୍ଘ ଜୀବନଟିଏ ପାଇବା ପାଇଁ ରଖାଯାଇ ପାରିବ ? ତେବେ କ'ଣ କରାଯିବ ?

ରାଜଧାନୀରେ ତ ସେମାନେ ଏଇ କେଇବର୍ଷ ହେଲା ନୀଡ଼ ବାନ୍ଧିଛନ୍ତି- ପ୍ରଥମେ ଭଡ଼ାଘରେ ଓ ତା'ପରେ ବହୁକଷ୍ଟରେ ଲବ୍ଧ 'ଦି' ତାଲାର ଫ୍ଲାଟର ଏ ସରକାରୀ ଉପର ଘରଟିଏରେ। ଏଠି କ'ଣ ଛାତ ଉପରେ ନଡ଼ିଆଗଛ ବଢ଼େଇ ହେବ ? ସେ ବିଷୟରେ ତାଙ୍କର ତ ଜ୍ଞାନ ନାହିଁ। ବାହାର ଦେଶରେ ଛାତ ଉପରେ ନଡ଼ିଆଗଛ, ତାଳଗଛ ବଢ଼ିବା, କଦଳୀ ଗଛରେ ଫଳ ଫଳିବା ସେମାନେ ଦେଖିଛନ୍ତି। ମାତ୍ର କିପରି ସେମିତି କରିହେବ ସେକଥା ତ ଶିଖି ନାହାନ୍ତି। ସେଥିପାଇଁ ଅର୍ଥ ଓ ସାମର୍ଥ୍ୟ ଲୋଡ଼ା। ଖାଲି ଗଛକୁ ଭଲ ପାଇଲେ ତ ହେବନି। ତଥାପି ଏ ଆଶାୟୀ ଚାରା ଗଛଟିକୁ ଦୀର୍ଘ ଜୀବନଟିଏ ଦେବାକୁ ଚେଷ୍ଟା କରିବା ଉଚିତ। ତାଙ୍କର ଏଠି ପ୍ଲଟ୍ ଖଣ୍ଡେ ବି ନାହିଁ ଯେ ସେଠାରେ ଯତ୍ନରେ ଲଗେଇ ଦେଇ ତା'ର ତଦାରଖ କରନ୍ତେ ମହାପାତ୍ର ବାବୁ। ଆଉ ଏ ତଳଘର

ଫ୍ଲାଟ୍‌ରେ... ସେଇଟା ଆଉଜଣେ ହେଡ୍ କିରାଣୀ ମହାଶୟଙ୍କୁ ମିଳିଛି। ତାଙ୍କର ସ୍ତ୍ରୀ ଭୀଷଣ ପଜେସିଭ ପ୍ରକୃତିର। ତାଙ୍କ ବାଡ଼ିରେ କେଉଁଠୁ କାଗଜ ଖଣ୍ଡେ ଉଡ଼ିଆସି ପଡ଼ିଲେ ବି ସେଇଟା ଏଇ ପଡ଼ିଶାଙ୍କର ଅଭଦ୍ର କାରବାର ବୋଲି ସେ ଭାବନ୍ତି। ଖୁବ୍ ଜଗରଖି ଚଳନ୍ତି ତାଙ୍କ ସହ ଶ୍ରୀ ମହାପାତ୍ରଙ୍କ ପରିବାର। ପାଣି ଟୋପାଏ ବି ତଳକୁ ପକାନ୍ତିନି। ତଳ ଘରର କର୍ତ୍ତ୍ରୀ ୟୁପି ସ୍କୁଲ ମାଷ୍ଟରାଣୀ। ତାଙ୍କ ଚାରିପଟର ଲୋକଙ୍କୁ ସେ ତାଙ୍କ ସ୍କୁଲର ସେ ଅବୋଧ ଛାତ୍ରମାନଙ୍କ ଭଳି ମନେ କରନ୍ତି ଏବଂ ସ୍କୁଲ ପିଲାଙ୍କ ପାଇଁ ଥିବା କାୟଦା କଟକଣା ସମସ୍ତଙ୍କ ଉପରେ ଜାରି ରଖନ୍ତି। ବନ୍ଦିତା ତାଙ୍କୁ ଖୁବ୍ ଜଗିରଖି ଚଳନ୍ତି। ତେଣୁ ସମ୍ପର୍କଟା ଅନ୍ତତଃ ତାଙ୍କ ସହ ଉପରଠାଉରିଆ ଭାବେ ଭଲ ଅଛି।

ସେମିତି ନ ହୋଇଥିଲେ ଏ ଗଛଟା ତଳ ବାଡ଼ିରେ ନିଜେ ମହାପାତ୍ରବାବୁ ନେଇ ପୋତିଥାନ୍ତେ। ନିତିନିତି ଯତ୍ନରେ ଜଳଦେଇ, ସାରଦେଇ ତା'ର ବଢ଼ିବାକୁ ତ୍ୱରାନ୍ୱିତ କରନ୍ତେ। ମହାପାତ୍ର ପରିବାର ଭୀଷଣ ବୃକ୍ଷପ୍ରେମୀ। ଛାତରେ କେତୋଟି ଫୁଲ କୁଣ୍ଡରେ ସୁନ୍ଦର ସୁନ୍ଦର ଫୁଲ ଫୁଟାଇଛନ୍ତି। ଏପରିକି ବିଲାତି, କଞ୍ଚାଲଙ୍କା ଓ ଭୃସିଙ୍ଗା ପତ୍ର ଗଛଟିଏ ବି କୁଣ୍ଡରେ ଲଗେଇଛନ୍ତି। ତୁଳସୀ ତ ଘର ଭିତରେ ଝର୍କାର ତାଜାରେ ରହି ପୂଜା ପାଉଛନ୍ତି।

ଏବେ ଦିନକୁ ଦିନ ଚନ୍ଦ୍ରକଳା ପରି ବଢ଼ି ଉଠୁଥିବା ଏ ନଡ଼ିଆ ଗଛଟିକୁ କ'ଣ କରିବେ ସେମାନେ ?

ସେଇ ଟେରାକୋଟା କଳସୀଟିର ଇତିହାସ ବଡ଼ ରୋମାଞ୍ଚକର। ମେଦିନୀପୁରର ଏକ ପ୍ରଦର୍ଶନୀରୁ ମହାପାତ୍ରବାବୁ ସେଇଟିକୁ ଆଣି ଆସିଥିଲେ। କୋଉ ଗୋଟାଏ କାମରେ ସେ ଭୁବନେଶ୍ୱରରୁ ମେଦିନୀପୁର ଯାଇଥିଲେ। ସେଠାରେ ପ୍ରଦର୍ଶନୀରେ ବୁଲୁବୁଲୁ ଏ ଟେରାକୋଟା କଳସୀଟି ତାଙ୍କ ମନ କିଣି ନେଇଥିଲା। ଖୁବ୍ ସୁନ୍ଦର ସ୍ତ୍ରୀଲୋକଟିଏର ଲହରିତ ଅଙ୍ଗରାଗ ପରି କଳସୀଟିର ଗଠନ। ସ୍ତ୍ରୀଲୋକର ଖୋସାପରି ତା'ର ମୁହଁ। ତା'ର ଚାରିକଡ଼ୁ ଟେରାକୋଟାର ଝୁମ୍ପା ଓ ଝରି ଓହଳିଥିଲା। ଦେହସାରା ଟାଟୁପରି ଖୋଦେଇ ହେଇଥିଲା ସୁନ୍ଦର ସୁନ୍ଦର ଚିତ୍ରମାନ। ଖୁବ୍ ମନୋହର ଥିଲା ତା'ର ଆକର୍ଷଣ। ଦି'ଲିଟର ପାଣି ଧରିବା ପରି ଥିଲା କଳସଟିର ଭିତର ଗଭୀରତା। କିଛିଦିନ ଥିଲା ଡ୍ରାଇଂରୁମ୍‌ର ଟେବୁଲ୍ ପରେ। ତା'ର ମୁହଁରେ ଛାତ ଉପର ଫୁଲ ଗଛରୁ ତୋଳା ହୋଇ ଆସିଥିବା ରଜନୀଗନ୍ଧାର ସ୍ତବକରେ ସଜା ହୋଇଥାଏ। ରାତିରେ କଢ଼ରୁ ଫୁଲଗୁଡ଼ିଏ ଫୁଟି ସାରା ଘରଟାକୁ ମହକାଇ ଦେଉଥାଏ।

ଘରକୁ କେହି ଅତିଥି ଆସିଲେ କଳସଟି ଦେଖି ଖୁବ୍ ପ୍ରଶଂସା କରୁଥିଲେ। ତା'ର ମୁହଁ ଚାରିକଡ଼େ ଲାଗିଥିବା ମାଟିଗୁଲିର ଝୁମୁକା ଓ ତା' ଭିତରେ ସଜା ସଜ

ଫୁଲର ତୋଡ଼ା ଖୁବ୍ ମନୋମୁଗ୍ଧକର ଥିଲା । ଛୋଟଛୋଟ ପିଲାଏ ମାଟି ଗୁଳିର ଝୁମୁକା ସବୁକୁ ହାତରେ ଧରି ହଲେଇ ଦେଉଥିଲେ ତ ସେଗୁଡ଼ିକ ଗୁଞ୍ଜରି ଉଠୁଥିଲା । ମହାପାତ୍ର ଦମ୍ପତିଙ୍କର ପସନ୍ଦକୁ ସମସ୍ତେ ଭୁରି ଭୁରି ପ୍ରଶଂସା କରୁଥିଲେ । ହେଲେ, ମାଟିକଳସଟିର ସୌନ୍ଦର୍ଯ୍ୟ ବେଶୀଦିନ ରହିଲାନି । ଝୁମୁକାଗୁଡ଼ିକ ହାତ ବାଜି ବାଜି ଦୁର୍ବଳ ହୋଇ କ୍ରମେ ଗୋଟାଏ ପରେ ଗୋଟାଏ ଝଡ଼ି ପଡ଼ିଲେ । ଝୁମୁକାର ଡାଙ୍ଗଗୁଡ଼ିକ ଓହଳି ଅସୁନ୍ଦର ଦେଖାଗଲା ।

ଏଇ କଳସଟା ଏଠି ଆଉ ରଖିବା ଠିକ୍ ହେବନି । ବୟସ ଚାଲିଗଲେ ବୁଢ଼ାବୁଢ଼ୀଙ୍କୁ ଆଖି ଆଢୁଆଳରେ ରଖିବା ପରି ଅସୁନ୍ଦର ହୋଇଯାଇଥିବା କଳସୀଟାକୁ ଅନ୍ୟ କେଉଁଠି ରଖିଲେ ଭଲ । ତା'ଦେହର ଖୋଦେଇଗୁଡ଼ିକ ଏବେ ବି ସୁନ୍ଦର ଦିଶୁଛନ୍ତି । ବନ୍ଦିତାଙ୍କ ବୁଦ୍ଧି ଖୁବ୍ ପ୍ରଖର ଓ କଳ୍ପନା କଳାତ୍ମକ । କଳସ ମୁହଁରୁ ଝଡ଼ିପଡ଼ି ଥିବା ଝୁମ୍ପାର ଖାଡ଼ିଗୁଡ଼ିକୁ ବାହାର କରିଦେଇ, ସେ ତା'ର ସୌନ୍ଦର୍ଯ୍ୟକୁ କିଛିଟା ବଦଳାଇ ଦେଲେ । ସେଥିରେ ପାଣି ଭର୍ତ୍ତି କରି ଦାଣ୍ଡଦରଜାର ଜାଫ୍ରି ପାଖରେ ପାଣି ଉପରେ ଆମ୍ବପତ୍ର ଓ ନଡ଼ିଆଟିଏ ଥୋଇ ରଖିଦେଲେ । ବିକଳାଙ୍ଗ ଜିନିଷକୁ ଦେଖିଲେ ସିନା ଅଶୁଭ । ଏବେ ଇଏତ ପୂର୍ଣ୍ଣ କଳସ । ତା' ଉପରେ ପୁଣି ଚୋପାସହ ନାସି ନଡ଼ିଆ ଆମ୍ବପତ୍ର । ଏ ଘରୁ ବାହାରକୁ ଯିବା ଲୋକର ହେବ ସର୍ବକାର୍ଯ୍ୟ ସିଦ୍ଧି ଓ ଶୁଭ ।

ଗାଁର ବଗିଚାରୁ ଆସିଥିବା ବସ୍ତାଏ ନଡ଼ିଆରୁ ବାଛିବାଛି କଳସର ମୁହଁକୁ ଖାପ୍ ଖାଇବା ଭଳି ନଡ଼ିଆଟିଏ ବନ୍ଦିତା ଆଣି ଆମ୍ବପତ୍ର ଦେଇ କଳସ ଉପରେ ଥାପିଥିଲେ । ନିତି ପୂଜା କଲାବେଳେ କଳସରେ ପାଣି ଢାଳି ସେଇଟାକୁ ପୂର୍ଣ୍ଣ କଳସ କରି ରଖିଲେ । ପୂର୍ଣ୍ଣକଳସ ଦେଖିଲେ ଶୁଭ ପରା !

କଳସର ପାଣି ଲାଗିରହି ନଡ଼ିଆଟିର ଚୋପା ରସରସେଇ ଉଠିଲା । ନଡ଼ିଆ ଭିତରୁ ନୂଆ ଜୀବନଟିଏ ସଂଚରି ଉଠିଲା ପାଣି ସଂସ୍ପର୍ଶରେ ଆସି । ତା'ରି ଫଳ ଆଜିର ଏ ଦୁଇପତ୍ରରୁ ଚାରିପତ୍ରର ନଡ଼ିଆଚାରା । ଘରୁ ବାହାରକୁ ଯିବା ଲୋକଙ୍କୁ ବାଇବାଇ ଓ ବାହାରୁ ଘରକୁ ଆସୁଥିବା ଲୋକଙ୍କୁ ନମସ୍କାର କରେ । ହେଲେ, କେତେବଡ଼ ହେବାଯାଏ କେବଳ ପାଣି ଓ ଆଲୋକ ପାଇ ଗଛଟା ଏଠି ବଞ୍ଚିପାରିବ ? ବଞ୍ଚିବା ପାଇଁ ଯାର ଖାଦ୍ୟ କାହିଁ ? ମାଟି ମୁଠାଏ ତ ଲୋଡ଼ା ସେଥିପାଇଁ ।

ସାମାନ୍ୟ କାହାର ସାହାଯ୍ୟ ପାଇ ବସ୍ତିର ପିଲାଟିଏ ପାଠପଢ଼ି ଉଠିବା ପରି କେବଳ ପାଣି ଟୋପାଏରେ ଏ ଗଛଟି ବଞ୍ଚିଚି । ପରବର୍ତ୍ତୀ ସାହାଯ୍ୟ ନ ପାଇଲେ ଗରିବ ଆଦିବାସୀ ପିଲାଟି ସ୍କୁଲ ଛାଡ଼ି ଗୋରୁ ଚରାଇବା ପରି ଏ ଗଛଟା ଉପଯୁକ୍ତ ଯତ୍ନ ନ ପାଇଲେ ଗୋରୁ ମୁହଁରେ ବି ଯାଇପାରିବନି । ଶୁଖି ଡାଙ୍ଗଟେ ହୋଇଯିବ ।

ତେବେ କ'ଣ କରାଯାଇ ପାରିବ ଏ ଗଛଟିକୁ ନେଇ ? କ୍ରମେ ଚାରିରୁ ଛଅଟି ପତ୍ର ମେଲିଲାଣି। ଦାଣ୍ଡ ଦରଜାର ରାସ୍ତାଟିକୁ ଆଗୁଳେଇ ଠିଆ ହେଇ ସତେ ଯେପରି କହୁଚି, "ମୋ କଥା କିଛି ବୁଝୁନ କାହିଁକି ? ମୁଁ କ'ଣ ଏଠି ଆଉ ବଞ୍ଚି ପାରିବି ?" ବନ୍ଦିତା ଭାବିଲେ ତଳଘର ଅପାଙ୍କୁ କହିବେ...। ପୁଣି ପରମୁହୂର୍ତ୍ତରେ ଭାବିଲେ ସେ ତ କେବେ ବି ରାଜି ହେବେନି। ସରକାରୀ କ୍ୱାର୍ଟରରେ ଏ ଗଛ ଲଗେଇଲେ ତାଙ୍କର କ'ଣ ଲାଭ ବୋଲି ସେ ବିଚାରିବେ। ଏଥିରୁ ଫଳ ପାଇବା ବେଳକୁ ଆଉ କିଏ ସେ କ୍ୱାର୍ଟରଟି ଅଧିକାର କରିଥିବେ। ସେମାନେ ଅବସର ନେଇ ସାରିଥିବେ। ସେ କାହିଁକି ଆଉ କିଏ ଭୋଗକରିବାକୁ ଗଛଟିକୁ ଲଗେଇବେ ଓ ଯତ୍ନ ନେବାର କଷ୍ଟ କରିବେ ? ଅପାଙ୍କ ମନୋବୃତ୍ତି ସେ ବହୁ ଆଗରୁ ପଢ଼ି ସାରିଛନ୍ତି।

ଦ୍ୱିତୀୟତଃ, ଗଛଟା ଶୁଭକଳସ ମୁହଁରେ ବଢୁଚି। ଇତର ଲୋକଙ୍କୁ ବି ଦେଇ ହେବନି। କଳସ ମୁହଁର ନଡ଼ିଆ, ଅର୍ଥ ଲକ୍ଷ୍ମୀ ମାଆ। ଲକ୍ଷ୍ମୀ ମାଆଙ୍କୁ ଅଜାତି ଲୋକଙ୍କୁ ଦେଲେ ଧର୍ମନଷ୍ଟ ହେବ। ତେଣୁ କୌଣସି ବ୍ରାହ୍ମଣଙ୍କୁ ଏ ଗଛଟିକୁ ଦାନ କଲେ ଲକ୍ଷ୍ମୀ କ୍ରୋଧିତ ହେଇ ପଳେଇବେନି। ଅଧିକନ୍ତୁ ପରିବାରର ମଙ୍ଗଳ ବି ହେବ- ପୁଣ୍ୟାର୍ଜ୍ଜନ ହେବ। ଅବଶ୍ୟ ଯିଏ ସରାଗରେ, ଯତ୍ନରେ ଗଛଟିକୁ ବଞ୍ଚେଇ ରଖିବେ ବୋଲି ପ୍ରତିଶ୍ରୁତି ଦେବେ, ତାଙ୍କୁ ହିଁ ଗଛଟି ଦିଆଯିବ। ସେ ବ୍ରାହ୍ମଣ ହୁଅନ୍ତୁ କି ଅବ୍ରାହ୍ମଣ ହୁଅନ୍ତୁ।

ଏଣିକି ସବୁଦିନ ଜଣେ ବ୍ରାହ୍ମଣଙ୍କୁ ଖୋଜା ଚାଲିଲା ଗଛଟିକୁ ଯାହାଙ୍କୁ ଦାନ କରାଯାଇ ପାରିବ। ଯାହାଙ୍କର ନିଜସ୍ୱ ମାଟି ଚେନାଏ ଥିବ- ଯିଏ ଗଛର ପ୍ରକୃତ ଯତ୍ନ ନେବେ। ଯେତେବେଶି ଗଛଟିରେ ବେଶୀ ପତ୍ର କେନାଉ ଥାଏ- ମହାପାତ୍ର ଦମ୍ପତି ଚିନ୍ତିତ ରହୁଥାନ୍ତି ସେତେବେଶି, ଅଲୋଡ଼ା ଗର୍ଭ ବଢ଼ିବା ପରି ଚିନ୍ତା।

ଶେଷରେ ସେମାନଙ୍କର ନଜରକୁ ଆସିଲେ ଜଣେ ପାରିବାରିକ ବନ୍ଧୁ। ଶ୍ରୀ ଓ ଶ୍ରୀମତୀ ମହାପାତ୍ର ଲେଖାଲେଖି କରନ୍ତି। ପତ୍ରିକାରେ ଛପାହୁଏ। ସେଇ ସାହିତ୍ୟିକତାରୁ ଜଣେ ସାହିତ୍ୟିକ ବନ୍ଧୁ ତାଙ୍କ ଏ ସହରରେ ଜୁଟିଗଲେ ଯିଏ ସେମାନଙ୍କ ନିଜ ଅଞ୍ଚଳର ଲୋକ। ତେଣୁ ସୋମନଙ୍କର ବି ବେଶ୍ ବଢ଼ି ଉଠୁଥିଲା ସମ୍ପର୍କ। ମହାପାତ୍ର ଦମ୍ପତି ସେଇ ବନ୍ଧୁଙ୍କ ବିଷୟରେ ଭାବିଲେ। ସେ ଥିଲେ ଶ୍ରୀଯୁକ୍ତ ପାଠୀ, ବ୍ରାହ୍ମଣ। ତାଙ୍କର ରାଜଧାନୀରେ ଘରବାଡ଼ି ଅଛି। ସେ ମଧ୍ୟ ଜଣେ ସାହିତ୍ୟିକ। ଗଛ ପକ୍ଷୀ ଓ ଫୁଲ ପ୍ରତି ସମ୍ବେଦନଶୀଳ। ବାସ୍, ସବୁ ଦୃଷ୍ଟିରୁ ଦେଖିଲେ ନାରିକେଳ ବୃକ୍ଷଦାନ ପାଇଁ ସେହିଁ ହିଁ ଉପଯୁକ୍ତ। ତାଙ୍କୁ ଅନୁରୋଧ କରାଯିବାରୁ ସେ ବି ଛାଏଁ ରାଜି ହୋଇଗଲେ। ଏଣିକି ମହାପାତ୍ରଙ୍କ ଚିନ୍ତା ଗଲା।

ବନ୍ଦିତା ତାଙ୍କୁ ଗଛଟି ଦେବାବେଳେ କହିଲେ- "ଦେଖନ୍ତୁ ଆପଣ ଯାକୁ ନିଜ

ଘର ବାଡ଼ିରେ ଲଗେଇ ବଢ଼େଇଲାବେଳେ ଭାବିବେ ଯେ, ଆମ ସମ୍ପର୍କକୁ ବଢ଼ାଇ ସାଇତୁଛନ୍ତି ଆପଣ। କାଳକାଳକୁ ଏ ଗଛ କହିବ ଏକ ସୁସମ୍ପର୍କକୁ ବଢ଼ାଇ ସାଇତିବାର କାହାଣୀ। କାଳକାଳକୁ ଏ ଗଛ ହେବ ଏକ ସୁସମ୍ପର୍କର ମଧୁର ସ୍ମୃତି। ଆମେ ହୁଏତ ନ ଥିବୁ ଆପଣଙ୍କ ପାଖାପାଖି। କିନ୍ତୁ ଏ ଗଛ ଦେଖିଲେ ଲାଗିବ ଆମ ସମ୍ପର୍କ ଦୃଶ୍ୟରେ ହେଉ ବା ଅଦୃଶ୍ୟରେ, ଆଗଭଳି ସେମିତି ଅକ୍ଷୁଣ୍ଣ ଅଛି। ଏ ପରିବର୍ତ୍ତନଶୀଳ ସଂସାରରେ ସବୁକିଛି ବଦଳିଯାଏ। ମଣିଷର ମନ, ସମ୍ପର୍କ, ସ୍ଥିତି ଓ ସାମାଜିକ ପରିସ୍ଥିତି। ହେଲେ ଏ ଗଛର ବାହୁଙ୍ଗା ଭଳି, ଅନ୍ତର ଭିତରେ ଆମର ସମ୍ପର୍କ ଦୋହଲୁଥିବ ବାୟାବସା ପରି। ଯାକୁ ନିଅନ୍ତୁ। ଅଳ୍ପ ଦିନର ଯତ୍ନ ଭିତରେ ଏ ବଢ଼ି ଉଠିବ। ଆଗକୁ ମଣିଷ ସମ୍ପର୍କ ପରି ନିତିଦିନର ସଯତ୍ନ ସାଇତା ଆବଶ୍ୟକତା ପଡ଼ିବନି। ମଣିଷର ସମ୍ପର୍କକୁ ଯତ୍ନରେ ଯୋଡ଼ି ରଖାଯାଏ। ହେଲେ ଏ ଗଛ ଅଳ୍ପଦିନର ଯତ୍ନ ପରେ ବି ଆପଣଙ୍କ ସହ ସ୍ୱତଃ ସମ୍ପର୍କିତ ହୋଇ ରହିଥିବ। ଆପଣଙ୍କୁ ଫଳ ଦେବ, ଛାଇ ଦେବ। ଅର୍ଥ ବି ଦେବ। ମଣିଷର ପରିବର୍ତ୍ତନଶୀଳ ସମ୍ପର୍କ ପରି ଦଗା ଦେବନି କେବେ।"

ଶ୍ରୀଯୁକ୍ତ ପାଠୀ ବନ୍ଦିତାଙ୍କ କଥାର ମର୍ମ ଅନୁଭବ କଲେ। ଗଛଟିକୁ ସହର୍ଷ ପ୍ରତିଶ୍ରୁତି ସହ ନେଲେ ଓ ଅରମା ପଡ଼ିଥିବା ବାଡ଼ିର ଗୋଟାଏ କୋଣରେ ପୋତିଦେଲେ। ଲୁଣ, ସାର ଓ ଜଳ ଦେଇ ମାଟିଟି ପ୍ରସ୍ତୁତ କରି ରଖିଥିଲେ ସିଏ। ତାଙ୍କର ପୁଅଝିଅମାନେ ମଧ୍ୟ ଶ୍ରଦ୍ଧାର ସହ ଆଣ୍ଠି ଦେଇଥିବା ଗଛଟିରେ ନିତିନିତି ପାଣି ଢାଳିଲେ। ସ୍ନେହ, ଯତ୍ନ ଓ ଖାଦ୍ୟ ପାଇ ଗଛଟି ହୁହୁ ସବୁଜସୁନ୍ଦର ହୋଇ ବଢ଼ି ଉଠିଲା। ସବୁଜ ସ୍ୱତଃଚାଳିତ ଚାମର ପରି ପବନରେ ଆନ୍ଦୋଳିତ ହେଲା। ମଝିରେ ମଝିରେ ଶ୍ରୀଯୁକ୍ତ ପାଠୀ ଉତ୍କଣ୍ଠିତ ବନ୍ଦିତାଙ୍କ ପାଖରେ ଗଛଟିର କୁଶଳମଙ୍ଗଳ ଖବର ଦେଇ ଆସୁଥିଲେ। ଗଛଟି ଭଲଭାବେ ବଢ଼ୁଛି ଜାଣି ବନ୍ଦିତା ଖୁସି ହେଉଥିଲେ। ହେଲେ ସମୟ ଅଭାବ ଓ କାର୍ଯ୍ୟବ୍ୟସ୍ତତା ହେତୁ ପାଠୀବାବୁଙ୍କ ଘରକୁ ଯାଇ ପାରୁ ନ ଥିଲେ।

ବହୁ ବର୍ଷ ପରେ ଥରେ ସେ କୌଣସି କାର୍ଯ୍ୟରେ ଶ୍ରୀଯୁକ୍ତ ପାଠୀଙ୍କ ଘରକୁ ଯାଇଥିଲେ। ତାଙ୍କୁ ନଡ଼ିଆ ଗଛଟି କଥା ଉତ୍ସୁକ ହୋଇ ପଚାରିଲେ। ତାଙ୍କ ଶୋଇବାଘରୁ ବାଡ଼ିଆଡ଼େ ଚାହିଁଲେ ଗଛଟି ପରିଷ୍କାର ଦେଖା ଯାଉଥିଲା। ବନ୍ଦିତା ଶ୍ରୀଯୁକ୍ତ ପାଠୀଙ୍କ ଘର ଝର୍କାରୁ ବାହାରକୁ ଚାହିଁ ଗଛଟିକୁ ଦେଖିଲେ। ଗଛଟି ଅଜସ୍ର ପଇଡ଼ ଓ ଗୋଟମାରେ ଭର୍ତ୍ତି ହୋଇ ରହିଥିଲା।

"ବାଃ, ଖୁବ୍ ଭଲରେ ରଖିଛନ୍ତି ଗଛଟିକୁ। ଗଛମୂଳଟି ଚାରିକଡ଼ୁ ପରିଷ୍କାର। ଗୋଟାଏ ମଲା ଡାଳ ବା ଚଅଁର ବି ଗଛ ଉପରେ ଆଦୌ ନାହିଁ। ପରିଷ୍କାର ପରିଚ୍ଛନ୍ନ ହୋଇ ଗଛଟି ସତେଜ ହସରେ ଫାଟି ପଡୁଛି ଯେମିତି।"

ମି: ପାଠୀ ଅପ୍ରତିଭ ହୋଇ ଉଠି କହିଲେ- "କେହି ଜଣେ ପଇଡ଼ ତୋଳିଦେବା ପାଇଁ ଥିଲେ, ତମରି ଗଛରୁ ପଇଡ଼ ପିଇ ଅଭ୍ୟର୍ଥିତ ହୋଇଥାନ୍ତ ତମେ । ତଥାପି ଘରେ କିଣା ପଇଡ଼ ଅଛି । ସେଥିରେ ଅତିଥି ସତ୍କାର ଆଜି ଚଳେଇ ଦେବା ।"

ତାଙ୍କ ସ୍ତ୍ରୀଙ୍କର ଅସୁସ୍ଥତା ହେତୁ ଘରେ ପଇଡ଼ ମହଜୁଦ ଥିଲା । ସ୍ତ୍ରୀ ହଲ୍‌ରେ କୋଣରେ ପଡ଼ିଥିବା ଖଟଟିଏରେ ବସି ରହିଥିଲେ । ଦୁର୍ବଳତା ହେତୁ ଆଦୌ ଚଲାବୁଲା କରିପାରୁ ନ ଥିଲେ ।

ଶ୍ରୀଯୁକ୍ତ ପାଠୀ ପଇଡ଼ଟିଏ କାଟିବାକୁ ଗଲାବେଳେ ବନ୍ଦିତା କହି ଉଠିଲେ, "ଥାଉ ଭାଇନା, ଆଉଥରେ ଆସିଲେ ମୋ ଗଛର ପଇଡ଼ ପିଆଇବେ ।" ଗଛଟିର ନବଯୌବନ ଦେଖି ବନ୍ଦିତା ଖୁବ୍ ଖୁସି ହୋଇ ଉଠିଥିଲେ । ଶ୍ରୀଯୁକ୍ତ ପାଠୀଙ୍କ ପ୍ରତି ତାଙ୍କର କୃତଜ୍ଞତା ତାଙ୍କ ହସରୁ ବାରି ହେଇ ପଡୁଥିଲା । ଶ୍ରୀମତୀ ପାଠୀ ମଧ୍ୟ ଗଛଟି ପ୍ରତି ଖୁବ୍ ଶ୍ରାଦ୍ଧାଶୀଳ ଥିଲେ । "ଗଛର ମଞ୍ଜିଟି ବେଶ୍ ଭଲ ନିଶ୍ଚୟ । ଗୋଟିଏ କାନ୍ଦିରେ କେତେ ନଡ଼ିଆ ଫଳିଛି ଦେଖୁନ", ସେ କହିଲେ ।

ସମ୍ପର୍କର ମଧୁରତା ତ ଏଇଠି ଏମିତି ସ୍ଥାପିତ ହୁଏ । ବାହାରର ଦିଆ ନିଆ, ଲୋକ ଦେଖାଣିଆରେ ନୁହେଁ । ଜଣକର ମନକଥା ବୁଝି ସେଇ ପ୍ରକାରେ କାର୍ଯ୍ୟ କରିବାରେ ସମ୍ପର୍କର ସଫଳତା ପ୍ରତିପାଦିତ ହୁଏ । ଶ୍ରୀଯୁକ୍ତ ପାଠୀ କେଡ଼େ ଯତ୍ନରେ ସେ ଚାରାଟିକୁ ବଢ଼ାଇଥିବେ, ତା'ର ଫଳଧାରଣ ରୀତିରୁ ସେକଥା ସ୍ପଷ୍ଟ ଅନୁମିତ ହେଉଥିଲା । ବନ୍ଦିତାଙ୍କ ମନରେ ଉତ୍କଣ୍ଠା ଓ କଥା ସବୁ ଶ୍ରୀଯୁକ୍ତ ପାଠୀ ହୃଦୟଙ୍ଗମ କରି ଗଛଟିକୁ ସୁରକ୍ଷା ଦେଇଥିବାରୁ ବନ୍ଦିତା ମନେମନେ ତାଙ୍କଠାରେ କୃତଜ୍ଞତା ପ୍ରକାଶ କଲେ । ଭାବିଲେ, ଆର ଥରକୁ ଆସିଲେ ନଡ଼ିଆ ତୋଳିବାକୁ ଗଛମୂଳ ପାଖକୁ ଯିବି । ଏବେ ତ ବାଡ଼ିଟା ଭିତରେ ପଶିବାକୁ ସମୟ ନାହିଁ ।

ତା'ପରେ ବନ୍ଦିତା କିମ୍ୱା ମି. ମହାପାତ୍ରଙ୍କର ଶ୍ରୀଯୁକ୍ତ ପାଠୀଙ୍କ ଘରକୁ ଯିବାକୁ ଆଉ ସୁଯୋଗ ମିଳି ନ ଥିଲା ଏବଂ ସେମାନେ ମଧ୍ୟ ସେ ଅଞ୍ଚଳ ଛାଡ଼ି ଏକ ଦୂର ସ୍ଥାନରେ ନିଜର ଘର ତିଆରି କରି ଫ୍ଲାଟ୍‌ଘର ଛାଡ଼ିଦେଇ ଚାଲିଗଲେ । ଶ୍ରଯୁକ୍ତ ପାଠୀଙ୍କ ପରିବାର ଓ ନଡ଼ିଆଗଛର ସମ୍ପର୍କ ବାହାରୁ ଆସି ଭିତରେ ହିଁ ରହିଗଲା । ଶ୍ରୀଯୁକ୍ତ ପାଠୀଙ୍କ ସହିତ କାଁ ଭାଁ ଦେଖାହୁଏ । କେବେ କେବେ ଦରକାର ବେଳେ ଫୋନ୍‌ରେ କଥାବାର୍ତ୍ତା ହୁଏ । ମୋଟାମୋଟି କହିବାକୁ ଗଲେ ଆଖିରୁ ଅନ୍ତର ହୋଇ ମନରେ ହିଁ ସମ୍ପର୍କର ଛିଣ୍ଡା ଖିଅଟିଏ ଜଗନ୍ନାଥଙ୍କର ରଥ ଦଉଡ଼ିର ଅଂଶ ବିଶେଷ ପରି ସାଇତା ହୋଇ ରହିଗଲା ।

ବହୁବର୍ଷ ବିତି ଗଲାଣି । ମି: ପାଠୀଙ୍କର ପୁଅ ଝିଅ ବଡ଼ ହୋଇ ଚାକରି କଲେଣି ।

ବାହାହୋଇ ଗଲେଣି । ଶ୍ରୀମତୀ ପାଠୀ ଆଉ ସୁସ୍ଥ ହୋଇ ଉଠିଲେନି । ସେଇ ରୋଗରେ ଯେ ପଡ଼ିଥିଲେ... ପଡ଼ି ପଡ଼ି ଚାଲିଗଲେ । ଖବରଟିଏ ମିଳିଥିଲା ଖାଲି । ବନ୍ଦିତାଙ୍କର ନାତୁଣୀ ହେଲାଣି । ତାଙ୍କର କେତୋଟି ନୂଆ ସଂକଳନ ବି ପ୍ରକାଶିତ ହେଲାଣି । ଆଉରି କେତେଗୁଡ଼ାଏ ଲେଖାର ପାଣ୍ଡୁଲିପି ପ୍ରକାଶ ଅପେକ୍ଷାରେ ଅଛି । ଶ୍ରୀଯୁକ୍ତ ପାଠୀଙ୍କ ସହ ସେମାନଙ୍କ ସମ୍ପର୍କରେ ଡୋର ଜଗନ୍ନାଥଙ୍କ ଛିଣ୍ଡାରଥ ଦଉଡ଼ି ପରି ହୃଦୟର ପେଡ଼ିରେ ସାଇତା ରହିଛି । ପେଡ଼ି ଖୋଲା ହେଲେ ତାକୁ ନେଇ ମୁଣ୍ଡରେ ଲଗେଇବା ପରି ସେମାନଙ୍କର ସମ୍ପର୍କ ଖବରକାଗଜ, ଫୋନ୍ ଓ ପୁସ୍ତକ ଉନ୍ମୋଚନରେ ମହକି ଉଠେ କେବେକେବେ ।

ବନ୍ଦିତା ଏବେ ପରିବାରର ଗହଳି, ସ୍ୱଜନର ପହେଲି ଓ ପାରିବାରିକ ସମ୍ପର୍କର କୁହେଳି ଭିତରେ ଆକ୍ତାମାକ୍ତା ।

ଏମିତି ଏକ ବ୍ୟସ୍ତ ସମୟ ତାଙ୍କୁ ବାଧକଲା ଗୋଟାଏ ସାରସ୍ୱତ ପତ୍ରିକା ଖୋଜିବାକୁ ଯେଉଁଥିରେ ତାଙ୍କର ଲେଖାଟିଏ ଥିଲା । ବହୁ ଖୋଜଖବର ନେଇ ବି ସେ ସେଇଟାକୁ କାହା ପାଖରେ ପାଇ ନ ଥିଲେ । ହଠାତ୍ ତାଙ୍କର ମିଃ ପାଠୀଙ୍କର ଏକ ଅଜବ ଅଭ୍ୟାସ କଥା ମନେ ପଡ଼ିଗଲା । ପୁସ୍ତକ ଉନ୍ମୋଚନ ଉତ୍ସବକୁ ଗଲେ ଉଦ୍‌ଘାଟିତ ପୁସ୍ତକର ପ୍ରଥମ କପିଟି ଶ୍ରୀଯୁକ୍ତ ପାଠୀ ହିଁ କଳେବଳେ କୌଶଳେ କିଣି ଆଣନ୍ତି । ପ୍ରଥମ କପି କିଣିବା ତାଙ୍କର ଏକ ହବି । ତେଣୁ ମେଗାଜିନ୍‌ଟି ତାଙ୍କ ପାଖରେ ମିଳିବାର ସମ୍ଭାବନା ଯଥେଷ୍ଟ ବେଶି ।

ଓଡ଼ିଶାରେ ବିଭିନ୍ନ ବଡ଼ ବଡ଼ ଲାଇବ୍ରେରୀରେ ମଧ୍ୟ ମିଳୁ ନଥିବା ବହି ମିଳେ କବି ବ୍ରଜନାଥ ରଥଙ୍କ ଲାଇବ୍ରେରୀରେ । ବହୁ ଗବେଷକ, ସାହିତ୍ୟିକ ଓ କବି ଲେଖା ସଂଗ୍ରହ ପାଇଁ ତାଙ୍କ ଲାଇବ୍ରେରୀକୁ ଯାଆନ୍ତି । ସେହିପରି ଶ୍ରୀଯୁକ୍ତ ପାଠୀ ମଧ୍ୟ ଜଣେ ନିଷ୍ଠାପର ସଂଗ୍ରାହକ ।

ବନ୍ଦିତା ଭାବିଲେ ଦିଅଁଦେଖା ବି ହେବ । ହେବ ବି କଦଳୀ ଖିଆ । ବହୁଦିନ ଧରି ତାଙ୍କ ସାକ୍ଷାତ୍ ନବୀକରଣ ହୋଇ ନଥିଲା । ନିଜର ସେ ଲେଖା ଖୋଜିବା ସହ ସେ କଥା ବି ସମ୍ଭବ ହେବ । ଶ୍ରୀଯୁକ୍ତ ପାଠୀଙ୍କ ଘରେ ସାହିତ୍ୟିକ, ସମ୍ପାଦକ ଓ କବିଙ୍କର ଗହଳି ସବୁବେଳେ ଲାଗିଥାଏ । କିଏ ଲେଖା ନେବାକୁ ତ କିଏ ଯୋଗାଯୋଗ କରାଇ ଦେବାକୁ, କିଏ ଅଗ୍ରଲେଖ ଲେଖାଇ ନେବାକୁ ତ କିଏ ପ୍ରକାଶନରେ ସହାୟତା କରିବାକୁ ଅନୁରୋଧ ନେଇ ଆସିଥାନ୍ତି । ଅନେକ ବି ପ୍ରୁଫ୍ ରିଡ଼ିଂ କରାଇବାକୁ ତାଙ୍କ ଠାରେ କ୍ୟୁ ଦେଇଥାନ୍ତି । ଆଉ ବନ୍ଦିତାଙ୍କ ପରି ବେଖିଆଲି କବିମାନେ ନିଜର ହଜେଇଦେଇଥିବା ପ୍ରକାଶନକୁ ଖୋଜିବାକୁ ତାଙ୍କର ସାହାଯ୍ୟ ନିଅନ୍ତି ।

ବହୁଦିନରୁ ସେ ତାଙ୍କ ପ୍ରଦତ୍ତ ବୃକ୍ଷ ସନ୍ତାନର ଖୋଜଖବର ନେଇନାହାନ୍ତି କି ସ୍ୱତଃ ପାଇ ବି ନାହାନ୍ତି। କେତେ ଉଚ୍ଚ ହେଲାଣି ସେ। କେତେ ଫଳ ଫଳୁଚି କିମ୍ବା ନାହିଁ। ଯେପରି ସନ୍ତାନଟିଏର ପିଲାପିଲିଙ୍କୁ ଦେଖିବାକୁ ବୃଦ୍ଧବୃଦ୍ଧା ଆଗ୍ରହ କରନ୍ତି, ସେମିତି ବନ୍ଦିତାଙ୍କୁ ବି ଗୋଟାଏ ଅହେତୁକ ଆଗ୍ରହ ଆକୁଳ କରି ପକାଇଲା ଗଛଟିକୁ ଦେଖିବାକୁ। ତେଣୁ ସେ ନିଜେ ଯାଇ ମାଗାଜିନ୍‌ଟି ଖୋଜିବେ ବୋଲି ଜିଦ୍ କରି ଶ୍ରୀଯୁକ୍ତ ପାଠୀଙ୍କ ଘରକୁ ଗଲେ।

ଘର୍‌ର୍ ଘର୍‌ର୍ କରି ଗାଡ଼ିଟି ଆସି ଶ୍ରୀଯୁକ୍ତ ପାଠୀଙ୍କ ଘର ସାମ୍ନାରେ ଆସି ଠିଆ ହେଲା। ବନ୍ଦିତା ଆଗରୁ ଶ୍ରୀଯୁକ୍ତ ପାଠୀଙ୍କୁ ତାଙ୍କର ଯିବା ଖବର ଫୋନ୍‌ରେ ଜଣାଇ ଦେଇଥିଲେ।

ଗେଟ୍ ପାଖରୁ ବନ୍ଦିତା ଗାଡ଼ିରୁ ଓହ୍ଲେଇ ତାଙ୍କୁ ସଙ୍ଖେଳିବାକୁ ଗେଟ୍ ଭିତରେ ପାଠୀବାବୁ ଠିଆ ହୋଇଥିବାର ଦେଖିଲେ। ମୁହଁରେ ଥିଲା ପୂର୍ବପରି ଏକ ଉଚ୍ଛୁଳା ହସ। କିନ୍ତୁ କାଗଜଫୁଲର ହସ ପରି ଥିଲା ସେ ହସ। ଆଗଭଳି ତାଙ୍କ ମୁହଁରେ ପ୍ରାଣପ୍ରାଚୁର୍ଯ୍ୟ ରହି ନ ଥିଲା। କୁଆଡ଼େ ଗଲା ସେ ଛଳଛଳ ଉତୁରା ଦୁଧଫେଣ ପରି ହସ। ଏ ଥିଲା ଏକ ବ୍ୟାବହାରିକ ହସର ଫୁଆରା। ବନ୍ଦିତା ଭିତରକୁ ଗଲେ।

ଶ୍ରୀମତୀ ପାଠୀଙ୍କ ଅବର୍ତ୍ତମାନରେ ସେଠାକୁ ଏ ତାଙ୍କର ପ୍ରଥମ ଯାତ୍ରା ଥିଲା। ହଲ୍ ଭିତରକୁ ପଶିଲେ ବନ୍ଦିତା। ଗୋଟାଏ କଡ଼କୁ ଡାଇନିଂ ଟେବୁଲ ଓ ଚେୟାର ପଡ଼ିଥିଲା। ଯେଉଁ କୋଣଟିରେ ଶ୍ରୀମତୀ ପାଠୀ ଖଟଟି ଉପରେ ସବୁବେଳେ ବସୁଥିଲେ ସେଠାରେ ଗୋଟିଏ ବଡ଼ ଆଲମାରୀ ଅଧିକାର ଜାହିର କରି ଠିଆହୋଇଥିଲା। ମଣିଷର ଉପସ୍ଥିତିକୁ ପୋଛି ଆଜିର ଯୁଗରେ ବସ୍ତୁ ନିଜକୁ ଜାହିର କରୁଚି ଯେମିତି। ରୋଷେଇ ଘରେ ଚାକରାଣୀ ଝିଅଟି ପରିବା କାଟୁଥିଲା। ଶ୍ରୀଯୁକ୍ତ ପାଠୀଙ୍କ ଶୋଇବା ଘର ଖଟଟି ସୁସଜ୍ଜିତ ହୋଇ ରହିଚି, ଥାକଥାକ ବହି ଆଲମିରା ମଝିରେ ପଲଙ୍କଟିଏ। କିଛି ବହିଖାତା ବି ତକିଆ କଡ଼ରେ ପଡ଼ିଛି।

ବନ୍ଦିତାଙ୍କ ହାତରେ ମାତ୍ର ଅଧଘଣ୍ଟାର ସମୟ। ବ୍ୟସ୍ତ ଜୀବନ ଭିତରେ ଏତିକି ସମୟ ନିଜ ପାଇଁ ଜୋର ଜବରଦସ୍ତି ସେ ଅଧିକାର କରିନେଇଛନ୍ତି। ଅଗତ୍ୟା ବହିଥାକ ସବୁ ଯାଞ୍ଚ କଲେ ସେ। ମାଗାଜିନ୍‌ଟି ଖୋଜିଲେ। ଓଡ଼ିଶାର ପ୍ରାୟ ପ୍ରବୀଣ ଓ ନବୀନ ସବୁରିଙ୍କ ବହି ଓ ମାଗାଜିନ୍ ସେଠାରେ ଥିଲା। ଅନେକ ପ୍ରତିଭାବାନ୍ ନୂଆ ଲେଖକ ଲେଖିକାଙ୍କ ପୁସ୍ତକ ବି ସେଠି ଦେଖିଲେ ବନ୍ଦିତା। ମାତ୍ର ତାଙ୍କର ଖୋଜୁଥିବା ମାଗାଜିନ୍‌ଟି ସେ ସଂଖ୍ୟାଟି ଥାକମାନଙ୍କରେ ନ ଥିଲା। ସେଇ ନିର୍ଦ୍ଦିଷ୍ଟ ସଂଖ୍ୟାଟି ଖୋଜୁଖୋଜୁ ସେ ଥକି ପଡ଼ିଲେ। ଶ୍ରୀଯୁକ୍ତ ପାଠୀ ବି ତାଙ୍କ ସହ ଖୋଜିବାରେ ସହାୟତା କରୁଥିଲେ।

ଏତେ ବହି, ଏତେ ମାଗାଜିନ୍। ଏତେ ଅଳ୍ପ ସମୟ ଓ ଲୋକ ନେଇ ଖୋଜିବା ସମ୍ଭବ ନୁହେଁ। ଆଉ କେତେଜଣ ମିଶି ଯଦି ଖୋଜିଥାନ୍ତେ...। ପାଠୀ ମହାଶୟଙ୍କ ପୁଅ ବୋହୂ ତ ଘରେ ଥିବେ। କାହିଁ କେହି ତ କୁଆଡ଼େ ଦେଖାଯାଉ ନାହାନ୍ତି। ଆଉ ସେ ବଡ଼ ପୁଅଟି ? ସେ ତ ପ୍ରାୟ ସବୁବେଳେ ଘରେ ଥାଏ।

ମି: ପାଠୀ ତାଙ୍କୁ ଏଥର ଆଉ ଗୋଟାଏ କୋଠରିକୁ ନେଇଗଲେ। ସେ ଘରେ ଦୁଇଟି ସିଙ୍ଗଲ ଖଟରେ ବିଛଣା ପଡ଼ିଥିଲା। ମଝିରେ ବଡ଼ ଟେବୁଲଟିଏ। ତା'ରି ଉପରେ ବି ଅନେକ ବହି ଓ ମାଗାଜିନ୍ ଗଦା ହୋଇ ରହିଥିଲା। ସେ ବହିଥାକ ଯାକ ଖୋଜାଖୋଜି ପରେ ବି ନିର୍ଦ୍ଦିଷ୍ଟ ମାଗାଜିନ୍‌ଟି ମିଳିଲା ନାହିଁ। ଗୋଟାଏ ଥାକରେ କେତେଗୁଡ଼ାଏ ପ୍ୟାକେଟ୍ ଗଦେଇ ହୋଇ ପଡ଼ିଥିଲା। ବନ୍ଦିତା ପଚାରିଲେ, "ଏ ସବୁ କ'ଣ ? ଏତେ ଗୁଡ଼ାଏ ?"

"ସେଇ ତ ମୋର ଦୁର୍ଭାଗ୍ୟ।" ଏ ଉତ୍ତରର ଅର୍ଥ ବନ୍ଦିତା କିଛି ବୁଝିପାରିଲେ ନାହିଁ। ବଲବଲ କରି ମି: ପାଠୀଙ୍କ ମୁହଁକୁ ଖାଲି ଚାହିଁ ରହିଲେ ସିଏ। କେଉଁ ଦୁର୍ଭାଗ୍ୟ କଥା ସେ କହୁଚନ୍ତି ? ବଡ଼ପୁଅର ଏ ଯାବତ୍ ଅବିବାହିତ ରହିବା ନା ବୋହୂ ସହ ସାନପୁଅ ବାହରେ ରିହବା ? ପରମ୍ପରାପୁଷ୍ଟ ତାଙ୍କର ମନ ଏଇ ଆଧୁନିକ ଜୀବନ ପ୍ରଣାଳୀକୁ ହୁଏତ ଅନୁମୋଦନ କରି ପାରୁ ନ ଥିଲା। ସେଥିପାଇଁ ସେ ଏମିତି କହିଥିବେ ବୋଲି ବନ୍ଦିତା ଭାବୁଥିଲେ। ଜଣେ ମୃତଦାର ପିତା ଓ ମାନସିକ ଭାବେ ରୁଗ୍ଣ ଭାଇ ପ୍ରତି କ'ଣ ସେ ଘରର ଯୋଗ୍ୟ ପୁଅର କୌଣସି କର୍ତ୍ତବ୍ୟ ନାହିଁ ? କର୍ତ୍ତବ୍ୟ ବୋଲି ଶବ୍ଦଟି ହୁଏତ ଆଧୁନିକ ଭୋଗବାଦୀ ଜୀବନର ଅଭିଧାନରୁ ଉଭେଇ ଗଲାଣି। ଯୁଆଡ଼େ ଚାହିଁଲେ ସେଆଡ଼େ ଏଇ ଚିତ୍ର। ଅନେକ ପରିବାରରେ ବିଚ୍ଛିନ୍ନତା ବାଦର ବିପନ୍ନ ଜୀବନ। ନିଜେ ନିଜର ସହାୟ ହେବାର ବାଧ୍ୟତାମୂଳକ ପ୍ରତିଜ୍ଞା ନେଉଥିବା ଜୀବନ।

ବନ୍ଦିତାଙ୍କର ଏଇଟା ଗୋଟାଏ ଅନୁମାନ ନା ତା' ଭିତରେ କିଛି ସତ୍ୟ ବି ନିହିତ। ସେଇ ଦ୍ୱନ୍ଦ୍ୱରେ ଧନ୍ଦି ହେଉଥିଲେ ସେ। ସେ କ'ଣ ମି: ପାଠୀଙ୍କୁ ତାଙ୍କର ମନରେ ଉଠୁଥିବା ପ୍ରଶ୍ନସବୁ ପଚାରିବେ ? ମି: ପାଠୀଙ୍କର ଘରର ପୂର୍ବ ଆମେଜ, ସମ୍ପର୍କର ଉଷ୍ମତା ଏବଂ ଆନନ୍ଦ ଉଚ୍ଛଳ ଖୋଲାମେଲା ଭାବ ଆଉ ସେଠାରେ ନ ଥିଲା।

ଏକ ଶୀତଳ ଓଦାଳିଆ ଉଷୁମୁଳିଆ ଗନ୍ଧରେ ଭିଜା କପଡ଼ାରେ ଯେମିତି ଏ ଘରର ସବୁ ସୁନ୍ଦରତା, ଆପଣାପଣ ଓ ଆନନ୍ଦ ଢାଙ୍କି ହୋଇ ପଡ଼ିଛି। ତା' ଭିତରେ ଅନ୍ଧକାରରେ ଧନ୍ଦାଳି ହେଉଛି ସମ୍ପର୍କ, ସହଯୋଗ, ପ୍ରୀତି ଓ ପରିଜନୀୟ ବନ୍ଧନ। ବନ୍ଦିତା ଏ ଘରକୁ ଆଗରୁ ଆସିଥିଲେ ଶ୍ରୀମତୀ ପାଠୀ ଜୀବିତ ଥିବାବେଳେ।

ସେତେବେଳେ ସେ ରୁଗ୍ଣ ଥିଲେ ବି ଘରଟିରେ ଆନନ୍ଦ ଉଚ୍ଛଳତା ସ୍ପଷ୍ଟ ବାରି ହୋଇ ପଡୁଥିଲା। ଅଥଚ ଏବେ...। ଘରର କର୍ତ୍ତ୍ରୀଟିଏ ନ ରହିଲେ କ'ଣ ଏଇ ଅବସ୍ଥା ଘଟେ ?

ବନ୍ଦିତାଙ୍କୁ ଅଣନିଶ୍ୱାସୀ ଲାଗିଲା। କାହିଁକି ? ଘର ଭିତରଟା ତ ସେମିତି କିଛି ଅସଜଡ଼ା କି ଅପରିଷ୍କାର ନ ଥିଲା। ସମ୍ପର୍କ ଉଜୁଡ଼ିଗଲେ, ବାୟାଚଢ଼େଇ ବସାଛାଡ଼ି ଉଡ଼ିଗଲେ, ଗଛମୂଳରେ ପାଣି ନ ପଡ଼ିଲେ, କ'ଣ ହୁଏ ସେ ସମ୍ପର୍କର, ବାୟାବସାର ଓ ଗଛଟିର ? ଏଇଭଳି ଝଡ଼ ପରର ଏକ ସ୍ତବ୍ଧ କାରୁଣ୍ୟ ଛଡ଼ା ସେଠି ଆଉ କିଛି ନ ଥାଏ। ମି: ପାଠୀଙ୍କ ହସହସ ମୁହଁ ଉହାଡ଼ର କାରୁଣ୍ୟକୁ ବନ୍ଦିତା ଠିକ୍ ଠଉରେଇ ନେଇଥିଲେ। ସେ କାରୁଣ୍ୟ ଥିଲା ଏକ ଭଙ୍ଗାନୀଡ଼ର ପକ୍ଷୀର କାରୁଣ୍ୟ। ଏଡ଼େ ସୁନ୍ଦର ତ୍ରିତଳ ପ୍ରାସାଦ ଭିତରେ ରହି ବି, ଗଛ ମୂଳର କାକୁସ୍ଥ ଜୀବନ ଇଏ। ବନ୍ଦିତାଙ୍କୁ ଏକଥା ଭାବି ଖୁବ୍ କଷ୍ଟ ଲାଗିଲା। ତାଙ୍କର ମୁଣ୍ଡ ଟିଣ୍ ଟିଣ୍ କରି ଉଠିଲା। ମାଗାଜିନ୍ ତ ମିଳିଲାନି- ଏଇୟା ଦେଖିବାକୁ କ'ଣ ସିଏ ଆସିଥିଲେ ? ଅଗତ୍ୟା ସେ ଫେରିଯିବାକୁ ଚାହିଁଲେ।

ଦାଣ୍ଡ ଦରଜା ପାଖକୁ ଆସି ପହଞ୍ଚିଛନ୍ତି ତାଙ୍କର ହଠାତ୍ ମନେ ପଡ଼ିଗଲା, ତାଙ୍କ ଦିଆ ନଡ଼ିଆ ଗଛଟିର କଥା। ସେ ମି: ପାଠୀଙ୍କୁ ପଚାରିଲେ,- "ନଡ଼ିଆ ଗଛଟି ଅଛି ତ ? ନା ମରିଗଲାଣି ?"

ଶ୍ରୀଯୁକ୍ତ ପାଠୀ ଏକ ଅଣ୍ଡାଳିଆ କଣ୍ଠରେ କହିଲେ, "ହଁ ଅଛି ନା।" ତାଙ୍କର କଣ୍ଠର ଏ ଜଡ଼ତା ପଛର କାରଣଟି ବି କଅଣ ହୋଇପାରେ। ବନ୍ଦିତାଙ୍କ ମନ ଆଶଙ୍କିତ ହୋଇ ଉଠିଲା। ତେବେ, ଏ ଘରର ମଣିଷଙ୍କ ପରି ନଡ଼ିଆଗଛଟି ବି କ'ଣ ଆଉ ନାହିଁ ? ମଣିଷଙ୍କ ସହ ସମ୍ପର୍କ ଦୂରେଇ ଯାଇଚି ବୋଲି ଗଛ ସହ ବି କ'ଣ ସମ୍ପର୍କ ରଖି ନାହାନ୍ତି ମି: ପାଠୀ ? ବନ୍ଦିତା କୌତୂହଳୀ ହୋଇ ପଚାରି ଉଠିଲେ, "କେଉଁଠି ଗଛଟି ? ଚାଲନ୍ତୁ ଟିକେ ତାକୁ ପାଖରୁ ଦେଖି ଆସେ। ଏତେ ଦିନ ପରେ ସୁଯୋଗ ପାଇଚି, ତାକୁ ଦେଖିବାକୁ ଯେତେବେଳେ...।"

ମି: ପାଠୀ ବନ୍ଦିତାଙ୍କୁ ଘରକଡ଼ର ସଂକୀର୍ଣ୍ଣ ରାସ୍ତାରେ ପଛକୁ ନେଇଗଲେ। ପାଚେରି ଓ ଘରର ସବୁ ଜାଗାରେ ସିମେଣ୍ଟ ଚଟାଣ ହୋଇଥିଲା। ଗଛଟି ତା'ହେଲେ କୁଆଡ଼େ ଗଲା ? ମି: ପାଠୀ ତାଙ୍କ ପାଚେରି ସେପଟେ ଟିକେ ଦୂରରେ ଥିବା ନଡ଼ିଆ ଗଛଟିଏକୁ ଅଙ୍ଗୁଳି ନିର୍ଦ୍ଦେଶ କରି କହିଲେ- ଦେଖ, ସେଇଟା ତମ ଗଛ।

ନରକଙ୍କାଳ ପରି ଅଗଆଡ଼କୁ ସରୁଆ ହୋଇଯାଇଥିବା ଶୀର୍ଣ୍ଣ ଗଛଟିଏ। ଦରଶୁଖିଲା ଚଅଁରରେ କେତେଟା ଗୋଟମା ଧରି ଠିଆ ହୋଇଥିଲା। ସମ୍ପର୍କର ଡୋର

ହୋଇ ଠିଆ ହୋଇଥିବା ସେ ଗଛଟା ବି ସାମାଜିକ ବାଦବିସମ୍ବାଦର ତାଡ଼ନାରେ ପଡ଼ୋଶୀର ଅକ୍ତିଆର ଭିତରେ ଥାଇ ଦୀର୍ଘଶ୍ୱାସ ଛାଡୁଥିଲା । ବନ୍ଦିତା ଆଉ ସହି ପାରିଲେନି । ପାଟିରେ ପଣତ ଚାପିଧରି ଏକା ନିଃଶ୍ୱାସକେ ସେ ସେଠୁ ବାହାରି ଆସି ଗାଡ଼ିରେ ବସିଗଲେ ।

■

# ମୁକ୍ତିର ସନନ୍ଦ

"ହେ ହାସିନା... କବାଟ ଖୋଲ୍‌ବେ। ରାତି ନ'ଟା ବାଜୁ ନ ବାଜୁଣୁ ବିଛଣାରେ ଗଡ଼ିଯାଇଛି।" ଦାଣ୍ଡ କବାଟଟାକୁ ଧଡ୍‌କିନି ଖୋଲିଦେଇ ଟଳଟଳ ପାଦରେ ଅଜିଜ୍ ଭିତରକୁ ପଶି ଆସିଲା। ରାତି ସେତେବେଳକୁ ବାରଟା ବାଜିଲାଣି। ସବୁ ଆଡ଼େ ଶୂନ୍‌ଶାନ୍। ପଡ଼ାଟା ସାରା ସମସ୍ତେ ପ୍ରାୟ ଶୋଇଗଲେଣି। ହାସିନା ସାରା ଦିନ କାମ ଖଟି ଖଟି ହାଲିଆ ହେଇ ପଡ଼ିଥିଲା। ରୁଟି ଡାଲି ବନେଇ ଅଜିଜ୍‌ର ବାଟକୁ ଚାହିଁ ଚାହିଁ କେତେବେଳେ ନିଦେଇ ଯାଇଥିଲା। ଶୋଇଥିବା ଛୁଆଟା କାନ୍ଦି ଉଠିବାରୁ ତାକୁ ଭୋକ ହେଉଥିବ ଭାବି, ଖଟରେ ଗଡ଼ିପଡ଼ି ତା' ପାଟିରେ ଥନ ଭରି ତାକୁ ଥାପୁଡ଼େଇ ଶୁଆଉ ଦେଉ ଦେଉ ପୁଣି ନିଜେ କେତେବେଳେ ଶୋଇ ଯାଇଥିଲା। ଅଜିଜ୍ ଆସିଲେ ତାକୁ ବାଢ଼ିଦେବ ରାତି ଖାଇବା।

ହାସିନା ନ ଉଠିବାରୁ ଅଜିଜ୍ ତା' ପାଖକୁ ଯାଇ ପୁଣି ଚିତ୍କାର କଲା, "ଉଠ୍‌ବେ... ଖାତିର୍ ହେଉନି ନା କ'ଣ ?" ଖଟମିଶା ହାସିନାକୁ ସେ ଏଥର ଗୋଇଠାଟିଏ ପକେଇଲା। ତା'ର ଚିତ୍କାରରେ ମା'ର ଥନ ଶୋଷୁଥିବା ଛୁଆଟା ଉଠିପଡ଼ି ଚିହିଡ଼ ଛାଡ଼ିଲା। ଛୁଆଟାକୁ ବାଧା ନ ହେଉ ବୋଲି ହାସିନା ଏ ଯାଏ କାଲେଇ ହୋଇ ପଡ଼ିଥିଲା। ଟିକେ ସେ ଶୋଇ ପଡ଼ିଥିଲେ ଅଜିଜ୍‌କୁ କ'ଣ କହିଥାନ୍ତା- ଖାଇବାକୁ ବାଢ଼ିଥା'ନ୍ତା। ହେଲେ ଅଜିଜ୍‌ର ଏ ହରକତ୍‌ରେ ସେ ବିରକ୍ତ ହେଇ ଉଠିଲା। ଉପରନ୍ତୁ ତା'ର ଗୋଇଠା ପାହାରରେ ପିଠି ତା'ର ଯନ୍ତ୍ରଣାରେ ପିନ୍‌ପିନ୍ କରି ଉଠୁଥିଲା।

ଛୁଆଟାକୁ କୋଳେଇ ଧରି ହାସିନା ଅଜିଜ୍‌କୁ ଧୀରେ କହିଲା- "ହେଇ ସେଇଠି ସବୁ ଖାଇବା ଥୁଆ ହୋଇଛି- ନେଇ ଖାଇ ନିଅ। ଛୁଆଟାକୁ ଭୋକ ହେଉଚି, ତାକୁ ଭଲା ପେଟ ପୂରେଇ ଦୁଧ କଲେ ଖାଇବାକୁ ଦିଅ।"

ଅଜିଜ୍‌ର ରାଗ ଥମି ନଥିଲା। ପେଟରେ ପ୍ରବଳ ଭୋକ। ତା' ସାଙ୍ଗକୁ ନିଶାର

ପ୍ରକୋପ। ସେ ଘୋଷାରି ହୋଇ ଖାଇବା ଜାଗାକୁ ଗଲା ଓ ରୁଟି ଡାଲି ନେଇ ଖାଇ ବସିଲା। ଖଣ୍ଡେ ରୁଟି ଡାଲିରେ ବୁଡ଼େଇ ପାଟିରେ ଦେଉ ନ ଦେଉଣୁ ଥୁ ଥୁ କରି ଥୁକି ଦେଲା ଏବଂ ଚିତ୍କାର କରି କହିଲା "ଏଇ ପୋଡ଼ା ରୁଟି ତକ ମୋ ପାଇଁ ଥୋଇଚୁ। ମୁଁ ତେଣେ ଖଟି ଖଟି ମରୁଛି ଆଉ ତୁ ଏଠି ଗେଫାମାରି ଖଟରେ ଗଡୁଛୁ। କ'ଣ ନା ଛୁଆଟାକୁ ଟିକେ କ୍ଷୀର ପିଇବାକୁ ଦିଅ। ଏ ଶୁଅର୍ କା ବଚ୍ଚାକୋ ଭି ଦେଖ୍ ଲୁଙ୍ଗା।" କହି ହାସିନାକୁ ଖଟ ଉପରୁ ତଳକୁ ଓଟାରି ପକେଇଲା। ଚୂଲୀ ପାଖରୁ ଫୁଙ୍କ ନଳୀଟା ଆଣି ହାସିନାକୁ ପିଟିବାକୁ ଚିହିଁକି ଆସିଲା।

ଏ ଘଟଣାଟା ଏଇ ଗୋଟାଏ ଦିନର ନୁହେଁ। ଅଜିଜ୍ ରିକ୍ସା ଟାଣେ। ଯେତିକି ଆୟ ଅର୍ଜନ କରେ, ଦିନ ଶେଷକୁ ଭାଟିରେ ପଶି ସେତକ ସାରି ଦେଇ ଆସେ। ଘର ଚଳେ ହାସିନାର ଯା' ତା' ଘରେ ବାସନମଜା, ଘରସଫା ଓ ଲୁଗା ଧୂଆ କାମରୁ ଆୟ ପଇସାରେ। ତଥାପି ହାସିନାର ନିସ୍ତାର ନଥାଏ। ନିତି ନିତି ମାଡ଼ ଗାଳି ଓ ଗୋଇଠା ପାହାରର ପାଳା ତା'ର ଦେହ ସୁହା ହୋଇଗଲାଣି। ସେ ପଥର ହୋଇଗଲାଣି ଗାଳି ମାଡ଼ ଖାଇଖାଇ। ହେଲେ ଏ ନିର୍ଯାତନାରୁ ତା'ର ବା ନିସ୍ତାର କାହିଁ। ଯଦି ପ୍ରତିବାଦ କରେ ତ ସେଇ ତିନିଟି ଶବ୍ଦ ତାକୁ ଏ ଘରୁ ଚିରଦିନ ପାଇଁ ବାହାରକୁ ପଠେଇ ଦେବା ଲାଗି ଯଥେଷ୍ଟ। ତଲାକ୍... ତଲାକ୍... ତଲାକ୍।

ତା'ପରେ? ସେ ଏକଲା ଏ ମେଞ୍ଚଡ଼ ବଚ୍ଚାଟାକୁ ନେଇ କରିବ ବା କ'ଣ? ଯିବ କେଉଁଠିକି? ତାଙ୍କ ସମ୍ପ୍ରଦାୟରେ ଦ୍ୱିତୀୟ 'ନିକା' ଚାଲେ। ହେଲେ ତା' ତ ଏତେ ସୁବିଧା କଥା ନୁହେଁ। ତା'ର ବିଧବା ମା'ଟିଏ ଛଡ଼ା ଆଉ କିଏ ବା ଅଛି। ଝିଅ ତା'ର ଭଲରେ ରହିବ ବୋଲି ନିଜର ଏ ଛୋଟ ଘରଟିକୁ ବି ମା' ତାକୁ ଦେଇ ଦେଇ ନିଜେ ବାରଦ୍ୱାର ଶୁଣ୍ଢପିଣ୍ଡା ହେଉଚି। ଆଉ ଅଜିଜ୍ ଏବେ ଏ ଘରଟିକୁ ବି ନିଶାପାଣି ଜୋରରେ ବିକିବାର ମସୁଧା ଚଳେଇଚି। ନିଶାଡ଼ିମାନେ ଯେ କେଡ଼େ ଭୟଙ୍କର ତା' ହାସିନାଠୁଁ ଅଧିକ କିଏ ବା ଜାଣେ? ସେଥିପାଇଁ କେତେବାର କଥା କଟାକଟି, ମନ ଫଟାଫଟି ହେଲାଣି ଅଜିଜ୍ ସହିତ ତା'ର। କେତେବେଳେ ବି ଅଜିଜ୍ ଯଦି ତାକୁ ତଲାକ୍ ଦେଇ ଦେବ ତ? ସେଇ ଭୟରେ ସେ ତା'ର ସବୁ ମାଡ଼ ଗାଳି ଓ ଅଦଉତି ସହି ପଡ଼ି ରହିଚି। ଛୁଆଟାର ମୁହଁକୁ ଚାହିଁ, ଅଜିଜ୍‌ର ପାଦତଳର ଜୁତି ହୋଇ।

ଅଜିଜ୍ ଏଥର ଚିତ୍କାର କରି କହିଲା, "ଆଣ୍‌ବେ, ଭଲ ରୁଟି ବନେଇ କରି। ଶାଳୀ ଦିନ୍‌ରାତ୍ ବିସ୍ତର ପେ ଲେଟି ରହୁଛି"। ହାସିନା ଲୁଗାପଟା ସଜାଡ଼ି ଉଠିଗଲା। ଛୁଆଟାକୁ ବିଛଣାରେ ଗଡ଼େଇ ଦେଲା। ଗିଡ୍‌ଗିଡ୍ କରି ଅଜିଜ୍ କ'ଣ ସବୁ ଗାଳି ଦେଉଥାଏ। ହାସିନା ରୋଷେଇ ପାଖକୁ ନ ଯାଇ ଦାଣ୍ଡ ବୈଠକକୁ ଗଲା। କ'ଣ

ଗୋଟାଏ ଶାଢ଼ି ତଳେ ଲୁଚେଇ ଧରି ଆଣି ଆସିଲା। ତା'ର ସେମିତି ଧୀରମନ୍ଥର ଅଚଞ୍ଚଳ କାରବାର ଦେଖି ଅଜିଜ୍‌ର କୋପ ପଞ୍ଚମକୁ ଉଠିଗଲା। ସେ ଚିତ୍କାର କଲା, "ଆଣୁଚୁ ନା ଦେଖିବୁ...।"

ହାସିନାର ସେ ଅଜବ ଗମ୍ଭୀର ଓ ଦାମ୍ଭିକ ଚାଲି ଦେଖି ଅଜିଜ୍ ଟିକେ ଆଶ୍ଚର୍ଯ୍ୟ ହେଉ ନ ଥିଲା ବୋଲି ନୁହେଁ, ତଥାପି ତା'ର ପୁରୁଷପଣିଆର ଗର୍ଉଁ ଦେଖାଇବା ବନ୍ଦ କରୁ ନ ଥାଏ। ରୁଟି ବନାଇବାରେ ଡେରି ଦେଖି ସେ ରାଗରେ ପାଚି ହାସିନା ପାଖକୁ ଉଠିଯାଇ ତା'ର ଚୁଟି ଧରି କହିଲା, "ନିକଲ୍ ଆଜି ଏଠୁ। ତୁ'ଟା ଜେନାନା ହେବାର ଯୋଗ୍ୟ ନୁହେଁ। ତୋତେ ମୁଁ ଆଜି ତଲାକ୍ ଦେଉଚି। ତଲାକ୍... ତଲାକ୍..."

ଶେଷ ତଲାକ୍‌ଟି କହିବା ପୂର୍ବରୁ ହାସିନା ତା'ର ପାଟିକୁ ଚାପି ଧରି କହିଲା, "ଟିକେ ସବୁର୍ କର। ତିନି ତଲାକ୍ କହି ଯଦି ତିନିବର୍ଷ ପାଇଁ ତମର ଜେଲ୍ ଯିବାର ଇଚ୍ଛା ଅଛି ତ, ବେଶକ୍ ତଲାକ୍ ଦିଅ। ହେଲେ, ପ୍ରଥମେ ଏ କାଗଜ ପଢ଼। ଏ ଖବରଟା ଦେଖ। ଖାଲି ନିଶାପାଣି କରି କ'ଣ ସବୁ ତମେ ଓଲଟେଇ ଦେବ ଭାବୁଛ ଯେ..."। ହାଁ କରି ତାକୁ ଅଜିଜ୍ ଅନେଇ ରହିଲା। କ'ଣ ଏ ଜେନାନା କହୁଛି ? ସିଏ କିଛି ବୁଝି ପାରୁ ନ ଥିଲା।

ହାସିନା କିନ୍ତୁ ଠିକ୍ ବୁଝି ପାରିଥିଲା ସେ କ'ଣ କରିବାକୁ ଯାଉଛି। ଢେର୍ ହେଇଗଲା ଏ ଅତ୍ୟାଚାର ଓ ନିର୍ଯାତନା। ଆଉ ନୁହେଁ। ଭାଗ୍ୟ ଭଲ ଯେ ଦେଶରେ ତିନି ତଲାକର ଉଚ୍ଛେଦ ପାଇଁ ଆଇନ୍ ହେଇଛି। ଅନ୍ତତଃ ଆଉ କେହି ମୁସଲମାନ ସ୍ତ୍ରୀ ଡରିମରି ଜୀବନ ବଞ୍ଚିବ ନାହିଁ। ତିନିଟି ଶବ୍ଦରେ ସେମାନଙ୍କର ସ୍ୱପ୍ନର ପୃଥିବୀ ଓଲଟ ପାଲଟ ହେଇଯିବ ନାହିଁ। ଅଜିଜ୍ ପରି ଅନପଢ଼୍ ମଦ୍ୟପ ସିନା ସେ ଖବର ରଖିନାହିଁ, ହେଲେ ହାସିନା ପରି ପଞ୍ଜୁରୀର ପକ୍ଷୀ, ନିତିଦିନ ନିର୍ଯାତନାର ଜକଡ଼ରୁ ମୁକ୍ତି ଖୋଜୁଥିବା ସ୍ତ୍ରୀ ପାଇଁ ଏ ଖବର ଯେ ଅମୃତ ତୁଲ୍ୟ, ତାହା ସେ ବୁଝିଚି। ସେ ଦିନ ତା'ର ବାବୁଆଣୀ ତାକୁ ଠିକ୍ ବୁଝେଇ ଦେଇଥିଲେ ଓ ଏ ଖବରକାଗଜ ଖଣ୍ଡକ ତାକୁ ଦେଇଥିଲେ। ଆଜି ସେଇ ଖବରର ଅସ୍ତ୍ରରେ ସେ ତା'ର ଶୀକାରିକୁ ଓଲଟା ଘାଇଲା କରିଛି।

ଅଜିଜ୍‌ର ଉଞ୍ଚେଇ ଥିବା ହାତ ଓ ତଲାକ୍ ଉଚ୍ଚାରଣ କରୁଥିବା ଓଠ ଥ' ହୋଇ ରହିଗଲା। ତା' ପାଦତଳୁ ମାଟି ସତେ ଯେପରି ଅପସରି ଯାଉଥିଲା।

ହାସିନା ଓଠରେ ଲାଖି ରହିଥିଲା ଏକ ସହାସ୍ୟ କଟାକ୍ଷ।

■

# ସୂର୍ଯ୍ୟାସ୍ତର ଛାୟା

ପୂର୍ବଦିଗରୁ କଳାହାଣ୍ଡିଆ ମେଘ ଖଣ୍ଡେ ସଞ୍ଜ ଆକାଶର ଲାଲିମାକୁ ଘୋଡ଼ାଇ ପକାଇଥିଲା। ସନ୍ଧ୍ୟା ଆସନ୍ନ। ଝର୍କା ଦେଇ ମୁଁ ପ୍ରକୃତିର ବୈଚିତ୍ର୍ୟକୁ ଉପଭୋଗ କରୁଥିଲି। ଟ୍ରେନ୍‌ର ଗତି ଦ୍ରୁତଥିଲା। ଗଛ, ନଈନାଳ, ଧାନଜମି ସବୁ ଯେମିତି ପଛକୁ ଦ୍ରୁତ ବେଗରେ ଧାଇଁ ପଳାଉଥିଲେ। ଗୋଟାଏ ଦୁରନ୍ତ ରାକ୍ଷସ ଭଳି ଟ୍ରେନ୍‌ଟା ଧାଉଁଥିଲା ପବନର ତୀବ୍ର ଗତି ସହ ତାଳ ଦେଇ। ବର୍ଷା ଝରିପଡ଼ିବ ପରା।

ଦୀର୍ଘ ପାଞ୍ଚଘଣ୍ଟାର ରେଳଯାତ୍ରା। ଦିନ ଗୋଟାଏରୁ ସନ୍ଧ୍ୟା ଛଅଟା। ଖୁବ୍ ବିରକ୍ତିକର। କେହି ଜଣେ ସମଧର୍ମା ଥିଲେ ଏଭଳି ଯାତ୍ରା ସିନା ଉପଭୋଗ୍ୟ ହୋଇଥାନ୍ତା!

'ମା' କିଛି ଦିଅ'। ହାତ ପତେଇ ବୁଢ଼ୀଟିଏ ମାଗୁଥିଲା। ମୁଁ ତାକୁ ଚାହିଁଲି। ବୟସ କେତେ ହେବ? ସତୁରୀ, ଅଶୀ ନା ଆହୁରି ବେଶି! ଭ୍ୟାନିଟିରେ ହାତ ଗଳେଇ କଏନ୍‌ଟିଏ ବାହାର କଲି। ସେଇଟା ଦୁଇଟଙ୍କାର କଏନ୍‌ଟିଏ ଥିଲା। ବୁଢ଼ୀ ହାତରେ ଥୋଇଦେଲି। କୃତଜ୍ଞତାରେ ମୁଣ୍ଡ ନୁଏଁଇ ଦେଲା ବୁଢ଼ୀଟି। ମୋତେ କେମିତି ଗୋଟେ ଅଡୁଆ ଲାଗିଲା। ବାହାରର ପବନ ସହ ତାଳଦେଇ ମୋ ଭିତରୁ ଦୀର୍ଘଶ୍ୱାସଟିଏ ବାହାରି ଆସିଲା।

ଗୋଟାଏ ଝଟ୍‌କା ଦେଇ ଟ୍ରେନ୍‌ଟି ଆସି ଆମ ଗାଁ ପାଖ ଛୋଟ ଷ୍ଟେସନ୍‌ଟିରେ ଠିଆ ହୋଇଗଲା। ମୁଁ ସେତେବେଳକୁ ବଗିଟିର ଦ୍ୱାର ପାଖକୁ ମୋର ଛୋଟ ଲଗେଜ୍ ବ୍ୟାଗ୍‌ଟି ଧରି ଚାଲି ଆସିଥିଲି। ଝଟ୍‌କିନା ଓହ୍ଲେଇ ନ ପଡ଼ିଲେ ବିପଦ। କାରଣ ଏ ଛୋଟିଆ ଷ୍ଟେସନଟିରେ ଦ୍ରୁତଗାମୀ ରେଳ ଅଟକେନି। ମାତ୍ର ମିନିଟିକ ପାଇଁ ଧଉଳି ଏଠି ଅଟକେ। ତରବରରେ ନ ଓହ୍ଲେଇଲେ ପରବର୍ତ୍ତୀ ରହଣି ଷ୍ଟେସନ୍ ଜଳେଶ୍ୱର ମୋ ଗାଁଠୁ ବେଶ୍ ଦୂର। ସାଧାରଣ ବଗିରେ ଚଢ଼ିଥିଲି, କାରଣ ଗାଁକୁ ଆସିବା ପ୍ରୋଗ୍ରାମ୍‌ଟି ଅପ୍ରତ୍ୟାଶିତ ଓ ଖୁବ୍ ଜରୁରୀ ଥିଲା।

ମୋ ପଛେ ପଛେ ସେଇ ଲୋଳିତଚର୍ମା, କୋଟରଗତ ଆଖିର ବୁଢ଼ୀ, ତରବରରେ ଓହ୍ଲେଇବା ବେଳେ ହଡ଼ବଡ଼େଇ ଯାଉଛି ବିଚାରୀ।

"ଆରେ ମାଉସୀ ମୋ ହାତଟି ଧର। ନ ହେଲେ ପଡ଼ିଯିବ ଯେ।"

"ନାଇଁ ଲୋ ମା', ମୋର ଅଭ୍ୟାସ ଅଛି। ନିଇତି ପାସେଞ୍ଜର୍ ଟ୍ରେନ୍‌ରେ ପଶି ମାଗେ। ଆଜି ଭୁଲ୍‌ରେ ଏ ଗାଡ଼ିରେ ଚଢ଼ି ପଡ଼ିଲି ସିନା।"

ମୁଁ ତାକୁ ହାତ ଧରି ଓହ୍ଲେଇ ଦେଲି। ବୁଢ଼ୀଟିର ମୁହଁରେ ଆଶ୍ୱାସର ଲହରଟିଏ ଖେଳିଗଲା। ଏ ଷ୍ଟେସନରେ, ରତରତ ସଞ୍ଜ ବେଳଟାରେ ବେଶି କେହି ଆଉ ଓହ୍ଲେଇଲେନି ଟ୍ରେନ୍‌ରୁ।

ଭିକମଗା ବୁଢ଼ୀ। କ'ଣ ତା ସଙ୍ଗେ କଥା ହେବ ଜଣେ ସହରୀ ଶିକ୍ଷିତା ଚାକିରିଜୀବୀ ମହିଳା। ହେଲେ, ଦିଜଣଙ୍କ ଭିତରେ ଏକଇ ଯେଉଁ ସାମ୍ୟଟି ଥିଲା - ସେଇଟା ହେଲା ସ୍ତ୍ରୀ ଲୋକ ଶିକ୍ଷିତ ବା ଅଶିକ୍ଷିତ, ଦି'ଜଣ ଯାକ ଏ ସମାଜ ଦୃଷ୍ଟିରେ ସେଇ ଏକା ଆସନରେ ସ୍ଥାନିତା। ନାରୀର ସ୍ଥାନ। ଆସନ, କାଳ, ପାତ୍ର ଓ ପ୍ରତିଷ୍ଠା ଭୁଲି ପ୍ରତିକୂଳ ଅବସ୍ଥାରେ ସମଧର୍ମାମାନେ ସବୁବେଳେ ଏକ ହୋଇଯାଆନ୍ତି। ଯେପରି ଇଂରେଜ ଲୋକେ - ପାଖ ପଡ଼ିଶାକୁ ଚିହ୍ନି ନ ଥିବେ, ଅଥଚ ବିଦେଶରେ ସେମାନେ ଦେଖାହେଲେ ଅତି ନିଜର ପରି ପରସ୍ପରକୁ ବ୍ୟବହାର କରିବେ। ଏକାତ୍ମ ହୋଇଯିବେ।

ଦୁଇଟି ସ୍ତ୍ରୀ ଲୋକ। ସଞ୍ଜ ରତରତ। ଚାରା ଆଉ କାହିଁ ଏକା ନ ହେବା ବ୍ୟତୀତ ?

ମୁଁ ତାଙ୍କୁ ପଚାରିଲି- "ମାଉସୀ, ତମେ କୁଆଡ଼େ ଯିବ ? ତମ ଘର କେଉଁଠି ?" "ମୋର ଆଉ ଘର କାହିଁଲୋ ଝିଅ। ଯେଉଁଠି ବସିଲି ଶୋଇଲି, ସେଇଠି ମୋ ଘର।" ବୁଢ଼ୀଟି ସହଜ ହୋଇ ଏକଥା କହିଲା। "ତମେ କୁଆଡ଼େ ଯାଉଛ କି ଝିଅ ?"

"ଏଇ ପାଞ୍ଚମାଇଲ୍ ଦୂର, ପାରୁଳିଆ ଗାଁ।" ମୁଁ ନିର୍ଲିପ୍ତ ହୋଇ ଉତ୍ତର ଦେଲି। "ମୋର ବାପାଙ୍କ ଘର।"

"ମୋର ଘର ବି ସେଇ ପାଖ ଗାଁରେ।"

"ତୁମେ ଏବେ ଯିବ ସେଇଠିକି ?"

"ମେଘ ତ ଉଠେଇ ଆସୁଚି ଲୋ ଝିଅ। କ'ଣ ଆଉ କରିବି, ଶୀତ ଦିନିଆ ସଞ୍ଜ। ଘରକୁ ଗଲେ ଟିକେ ଆରାମ ମିଳିବ। ଦିନେ ଦିନେ ମୁଁ ଏଇ ଷ୍ଟେସନ୍‌ମାନଙ୍କରେ ବି ରହିଯାଏଁ।"

"ତମର କ'ଣ କେହି ନାହାନ୍ତି ? କେହି ନେବାକୁ ଆସି ନାହାନ୍ତି ଯେ ! ତମେ କ'ଣ ଏ ବୟସରେ ଟ୍ରେନ୍‌ରେ ବୁଲି ଭିକମାଗୁଚ ? ନା ଏମିତି ଥରେ ଅଧେ...।"

"ମୋର ନିଜର ବୋଲି ଅଛି କିଏ ଯେ ? ଜୀବନଟା ଏ ବୟସରେ ଅଲୋଡ଼ା ହୋଇଯାଏ- ସମସ୍ତଙ୍କ ପାଇଁ। ମୋ ନିଜ ପାଇଁ ବି। ହେଲେ, ଜୀବ ନ ଯିବା ଯାଏ ପେଟ ତ ମାଗିବ ନା! ଦିନ ଥିଲା ଗାଁଟା ସାରା ମୋତେ ଖୋଜୁଥିଲା, ଲୋଡ଼ୁଥିଲା। କାହାର ଧାନକୁଟା ହେବ, କାହାର ମୁଢ଼ିଭଜା ହେବ। କିଏ ପୁଆଣି ହେବ ତ କେଉଁଠି ଝିଅ ବାହାଘରର ବାର ସଜବାଜ ସଜା ହେବ। ସବୁଥିରେ ମୋତେ ଲୋଡ଼ା। ସେ ବଳବୟସ ତ ଏବେ ଆଉ ନାହିଁ। କାନକୁ ବି ଭଲ ଶୁଭୁନି। ଆଖିକି ଧୁନ୍ଦୁଳିଆ ଦିଶୁଚି। ହାତଗୋଡ଼ ଆଉ ଆଗଭଳି ବୋଲ ମାନୁନାହାନ୍ତି। ତଥାପି ଦେହ ଥିବାଯାଏ, ପ୍ରାଣ ନ ଯିବା ଯାଏ ଜିଇଁବାର ଯୋଗାଡ଼ କରିବାକୁ ତ ହେବ!"

"ତମର ସ୍ୱାମୀ କି ପିଲା କେହି କ'ଣ ନାହାନ୍ତି ?" ଷ୍ଟେସନ୍ ପାରି ହୋଇ ଟେମ୍ପୋ ଧରିବାକୁ ଆସୁ ଆସୁ ମୁଁ ତାଙ୍କୁ ପଚାରିଦେଲି।

"କେହି ନିଜର ବୋଲି ଥିଲେ କ'ଣ ଏ ବୟସରେ ଏତେ ସରି ହେଉଥାନ୍ତି ଲୋ ଝିଅ।" ବୁଢ଼ୀ ସୁଁ ସୁଁ ହୋଇ ନାକ ପୋଛି କହିଲେ।

"ସ୍ୱାମୀ ତ ଯୁବା ବୟସରେ ବାଟ କାଟିଲେ। ପୁଅ ବୋଲି ଯିଏ ଥିଲା, ପେଟରୁ କାଟି ପାଳିପୋଷି ଯାହାକୁ ମଣିଷ କରିଥିଲି ସିଏ ବି ଗଲା।"

"ମାନେ ?..."

"ନା ନା... ସେ ଅଛି ଯେ! ଆଜିକାଲି ପୁଅ ବାହା ନ ହେବା ଯାଏଁ ବାପା ମା'ର। ବାହା ହେବା ପରେ ଶାଶୂଶ୍ୱଶୁର ଓ ମାଇପର। ବା' ହେଲା ପରେ ମାଆ ବୋଲି ଆଉ ମୋ ମୁହଁକୁ ଚାହିଁଲା ନାହିଁ। ମାଇପ ବୋଲରେ ପଡ଼ି ଶ୍ୱଶୁର ଘରର ବେଠି ଖଟୁଚି। ଝୁଅଟିଏ ବି ଥିଲା। ପାଖ ଜାଠିଆ ଗାଁରେ ଚଳପକ୍ଷ ଘର ଦେଖି ବାହା କରିଥିଲି। ଜୋଇଁ ଥିଲା ସୁରାଟରେ। କି ଚାକିରିରେ କେଜାଣି ? ଥରେ ଦେହ ଖରାପ ବୋଲି ଗାଁକୁ ଆସିଲା। ସେଇଟା ତା'ର ଶେଷ ଆସିବା। ଆଉ ଫେରି ଗଲାନି। କି ବେମାରିରେ ପଡ଼ିଲା କେଜାଣି। ଗଜା ଟୋକାଟା, ଗୋରା ଛନ୍‌ଛନ୍ ପାଞ୍ଚହାତିଆ ମର୍ଦ୍ଦ। ଶୁଖି ଶୁଖି କଳାକାଠ ହୋଇଗଲା। ଦିନ କେତେଟାରେ ଶ୍ମଶାନମାଟି ଧଇଲା। ଲୋକେ ତାକୁ ଛୁଇଁଲେନି। ତା ଘରକୁ ବି ଗଲେନି। କି ଅଦ୍ଭୁତ ବେମାରି କେଜାଣି! ଝିଅଟା ମୋର ଅକାଳରେ ବିଧବା ହେଇ ଶାଶୂଶ୍ୱଶରଙ୍କ ସେବାରେ ସେଇଠି ପଡ଼ି ରହିଚି। ମୋତେ ତା ପାଖରେ ରହିବାକୁ କହୁଥିଲା ଯେ- ଝିଅଘରେ ପାଣି ଛୁଇଁବା କଥା ନୁହେଁ ପରା। ମୋର ବା ଅଛି କ'ଣ ଯେ ତାକୁ ପାଖକୁ ଆଣିଥାନ୍ତି। ଭିଟାମାଟି ଖଣ୍ଡକ ବି ପୁଅ ତା ଶ୍ୱଶୁରଘର ବୁଦ୍ଧିରେ ପଡ଼ି କାରସାଦିରେ ମୋ'ଠୁ ଟିପ ନେଇ ହାତେଇ ନେଲା। ମୁଁ ଶ୍ରୀ ଅକ୍ଷର ବିବର୍ଜିତ। ଜାଣେ କ'ଣ ? ବିକ୍ରି କବଲାରେ ଟିପ

ଦେଇଦେଲି। ବାସ୍, ସବୁକିଛି... ମୋ ପାଦ ତଳର ମାଟି ଖଣ୍ଡକ ବି ଚାଲିଗଲା। ସରକାର ଆମକୁ ଘର କରିଦେବେ କହି ପୁଅ ମୋଠୁଁ ଟିପ ଚିହ୍ନନେଇ ସେଇ ଯେ ଯାଇଚି। ଗଲାପୁତ୍ର ବାହୁଡ଼ି ନଇଲା।"

ଝାଟି ମାଟି ଘର। ସାପ ବିଛା ଭଣ ଭଣ। ପୁଅ କଥାରେ ଆଶାର ଆଲୁଅ ଦେଖି ଖୁସିରେ ମୁଁ ଟିପଚିହ୍ନ ଦେଇ ଦେଲି କାଗଜରେ। ଆଜିକାଲି ପୁଅଜନ୍ମ କରିବା ଧିକ୍। ତଥାପି ଦେଖ ଲୋକଙ୍କ ମନରୁ ପୁଅ ପ୍ରତି ଆସକ୍ତି କମିନି। ପେଟରେ ପିଲା ଥିବା ବେଳୁ ଠାକୁର ଦେବତା, କେତେ ବାବା ଓ ମାତା, ସମସ୍ତଙ୍କ ପାଖରେ ଗୁହାରୀ, ପୁଅଟିଏ ହେଉ। ଆଉ, ଏବେ କ'ଣ ମିସିନି ଭାରିଛି ପରାଲୋ ଝୁଅ, ସେଥିରେ ପେଟରେ ପୁଅ ଅଛି କି ଝିଅ ଅଛି ଜାଣି ହେଉଚି। ଝିଅ ଥିଲେ ଡାକ୍ତର ନ ହେଲେ ବଇଦଠୁଁ ଜଡ଼ିବୁଟି ଖାଇ ଗର୍ଭ ଭଙ୍ଗେଇ ଦେଉଛନ୍ତି। ମରୁଛନ୍ତି ବି ସେମିତି। ଏଣେ ପୁଅଙ୍କର କାରବାର ଦେଖ। ପୁତ୍ ନରକରୁ ଉଦ୍ଧାର କରିବେ, ନା ବାପାମା'ଙ୍କୁ ଜୀଅନ୍ତା ନରକକୁ ଠେଲିଦେବେ ସେମାନେ। ସେ ଧରମା, ଧ୍ରୁବ, ଆରୁଣି ଓ ଶ୍ରବଣ କୁମାର ପରି ପୁଅ ଏବେ ଆଉ ଜନମ ହେଉ ନାହାନ୍ତି ଲୋ!"

ଟେମ୍ପୋବାଲାକୁ ଡାକି ମୁଁ ମୂଲ ଛିଣ୍ଡାଇଲି। ପଚାରିଲି, "ମାଉସୀ, ତମେ ମୋ ସାଙ୍ଗେ ତମ ଗାଁକୁ ଯିବ ତ?"

ସେ ଖୁସିଟାଏ ହୋଇ କହିଲା, "ହଁ ଲୋ ମା-ଭୋଇ ଘର ଢିଙ୍କିଶାଳ ହେଲେ ବି ସେଇଠି ମୋର ଶାନ୍ତି।"

"ଏ ଭୋଇଘର କିଏ? ଆଉ ତାଙ୍କ ଢିଙ୍କିଶାଳ?"

"ଆମ ଗାଁର ଜଣେ ଲୋକ ବିଦେଶରେ ରହିଥିଲେ ବହୁତ ବରଷ ଧରି। ହେଲେ ଗାଁ ମାଟିର ମମତା ଭୁଲି ନଥିଲେ। ମୋ ପୁଅଠାରୁ ଆମ ଜାଗାବାଡ଼ି ସେ ହିଁ କିଣିଥିଲେ। ଆମ ବାଡ଼ିରେ ଭଲ ପକ୍କାଘରଟିଏ କରି ରହିଲେ। ଆମର ସେ ପୁରୁଣା ଘରଟିକୁ ତାଙ୍କର ଢିଙ୍କିଶାଳ ଓ ଆବୁରୁଜାବୁରୁ ଜିନିଷ ରଖିବା ପାଇଁ ସଜାଡ଼ି ଦେଲେ। ମୋର ଦୁଃଖ ଦେଖି ମୋତେ ସେଇଠି ରହିବାକୁ ଥାନ ଦେଲେ। ସେଇଠି ମୁଁ ରହିଲି। ତାଙ୍କର ଓ ଆଉ ଲୋକଙ୍କ ଘରର କାମଧନ୍ଦା, ମୁଢ଼ି ଭଜା, ଧାନକୁଟା ଆଦି କରି ଚଳୁଥିଲି। ହେଲେ ଏବେ ଆଉ କାମକୁ ପାରୁନି। ବସିରହିଲେ ନିତି ନିତି ଖାଇବାକୁ କିଏ ଦେବଲୋ ମା'! ଆଜିକାଲି ଯୁଗ ତ ମହରଗ ଯୁଗ।" ବୁଢ଼ୀ ଟିକେ ଚୁପ୍ ପଡ଼ିଲେ।

"ଏବେ ବି ସେଇଠି ପଡ଼ିଚି, ହେଲେ ଚଳିବାକୁ ହେଲେ ତ ହାତ ଚଲେଇବା ଦରକାର। ଦେହ ମହିନ୍ତ ଲୋଡ଼ା। ମୋର ସେ ବଳ ବୟସ ଆଉ କାହିଁ? ଭୋଇଘରର

ଶାଗମୁଗ ବାଛି ଦିଏଁ। ଘରବାଡ଼ି ଖରିକି ଦେଲେ ମୁଠେ ଖାଇବାକୁ ମିଳେ। ଏବେ ତା' ବି ପାରୁନି। ପର ଉପରେ କେତେଦିନ ବୋଝ ହେବି? ସେ ସିନା ଭଲ ଲୋକ ବୋଲି ମୋର ମାଟିର ମମତାକୁ ସମ୍ମାନ ଦେଇ ରହିବାକୁ ଥାନ ଦେଲେ। ହେଲେ ବଞ୍ଚିବାକୁ ଧନ କାହୁଁ ପାଇବି? ପେଟକୁ ଗଣ୍ଡେ, ପିଠିକୁ ଖଣ୍ଡେ ତ ଯୋଗାଡ଼ିବାକୁ ହେବ!"

"ଆଉ ଏ ଟ୍ରେନ୍‌ମାନଙ୍କରେ ପଶି ହାତ ପତେଇବାକୁ କିଏ ଶିଖେଇଲା ତମକୁ? ଏ ବୟସରେ ଏକା ଏକା ଏ କାମ ବଡ଼ ବିପଦଜନକ ମାଉସୀ।"

"ଝିଅଲୋ, କଥାରେ କହନ୍ତି ଭୋକିଲା ଲୋକ ନ କରେ କି ପାପ। ପାପ ହେଉ ବା ଧରମ। ମୋତେ ତ କରମ କରିବାକୁ ହେବ ଏ ପେଟଲାଗି! ସୁଷମା ବୋଲି ବାଳବିଧବାଟିଏ ଥିଲା ଏ ଗାଁରେ। ବିଚାରୀର ମା' ବାପା ଗଲାପରେ ସେ ଅନାଥ ହେଇଗଲା। ବାରଲୋକର ଟାହିଟାପରା ଶୁଣି ଶୁଣି ସେ ଦିନେ ଏ ଗାଁ ଛାଡ଼ିଲା। ଥରେ ତା ସହିତ ମୋର ଭେଟ ହୋଇଗଲାରୁ ସେ ତା'ର ଦୁଃଖ କାହାଣୀ ସବୁ ବଖାଣିଲା। ଜଣେ ଅନ୍ଧ ସହିତ ସେ କେମିତି ହାତର ବାଡ଼ି ହୋଇ ଷ୍ଟେସନରେ ବୁଲି ଭିକ ମାଗେ। ଥରେ ଥରେ ରେଳଗାଡ଼ି ଭିତରେ ବି ପଶେ ଭିକ ମାଗିବାକୁ। ମୋ ଦୁଃଖ ଦେଖି ତା ସହିତ ସାମିଲ ହେବାକୁ କହିଲା। ମୋର ବି ତ ଆଉ ଚାରା ନ ଥିଲା। ଏମିତି ନ ଖାଇ ଶୁଖି ଶୁଖି ମରିବି, ସେଠି ଗାଡ଼ିରେ ଭିକମାଗି ମୁଠେ ପେଟକୁ ତ ଜୁଟାଇ ପାରିବି! ବୁଡ଼ିଗଲା ଲୋକ କୁଟା ଖିଅକୁ ତର। ମାନସମ୍ମାନ ସବୁକୁ ପୋଡ଼ି ଜାଳି ଏଇ ବାଟ ଆପଣେଇ ଏ ଯାବତ୍ ଜିଇଁ ରହିଚି। କେବେବି କେଉଁଠି ପଡ଼ି ମରିଯିବି। କାହାର ବା କ'ଣ ଯିବ ମୁଁ ବଞ୍ଚିଲେ କି ମରିଗଲେ ଯେ!"

"ସୁଷମା କ'ଣ ସେ ଅନ୍ଧକୁ ବାହା ହେଇଛି?"

"ଗରିବ ଲୋକର ବାହାଘର, ସାଦିଘର ବୋଲି ଆଉ କ'ଣ? ତା ସହିତ ଅଛି। ଅନ୍ଧ ଟୋକାଟା ତାକୁ ଖୁବ୍ ଭଲପାଏ। ଏ ଗାଁରେ ଟୋକାଙ୍କ ଟାହିଟାପରା ଶୁଣିବା ଅପେକ୍ଷା, ଟଣାଓଟରା ପାଇବା ଅପେକ୍ଷା ସେଇଟା ତା ପାଇଁ ଭଲ।"

"ଗାଁରେ କାମ କରି ସୁଷମା କ'ଣ ଚଳିପାରି ନ ଥାନ୍ତା ମାଉସୀ? ତମେ ସିନା ବୁଢ଼ୀ ହେଲଣି। ତା'ର ତ ବଳବୟସ ଥିଲା। ତୁମେ ତାକୁ ତମ ସାଙ୍ଗରେ ରଖି ପାରିଥାନ୍ତ ତ?"

"ଶେଷବେଳକୁ ମୋରି ପାଖରେ ସେଇ ଢିଙ୍କିଶାଳରେ ରହୁଥିଲୁଁ, ଦିହେଁ ମିଳିମିଶି ଧାନକୁଟା ମୁଢ଼ିଭଜା ଆଦି କରୁଥିଲୁ। ହେଲେ, ଯୁଗ ତ ବଦଳିଗଲା ଲୋ ଝିଅ। ତା' ସହିତ ଆମର ଭାଗ୍ୟ। ଆମ ମୁଢ଼ିଭଜା ହାତ କି ଧାନକୁଟା ଗୋଡ଼ ବି ଅଚଳ ହୋଇଗଲା।"

"କାହିଁକି ? ଦେହ ଖରାପ ହେଇଗଲା ସେ ହାଡ଼ଭଙ୍ଗା କାମ କରି କରି। ନା କ'ଣ ?" ମୁଁ ପଚାରିଲି।

"ହଁ, ଏ ସବୁ କାମରେ ତ ଦେହର ବଳ, ମନର ଜୋର ଦରକାର। ନିଆଁ ପାଖରେ ଘଣ୍ଟାଘଣ୍ଟା ବସି ମୁଢ଼ି ଭାଜିବା କି ଢେଙ୍କିରେ ଗୋଟାଏ ଗୋଟାଏ ପାହାର ପକେଇ ଧାନକୁଟିବା କ'ଣ କମ୍ କାଠିକର ପାଠ ! ହେଲେ, କଥାଟା ତା ନୁହେଁ। ଏ ନିଆଁଗିଲା ଧାନକୁଟା କଳ, କି ମୁଢ଼ି ଭଜା ମେସିନ୍ ସବୁ ଆସି ଆମ ଗରିବ ମୁହଁରୁ ଆଧାର ଛଡ଼େଇ ନେଲା। ଦି'ଗଉଣି ଧାନ କୁଟିଲେ କଠାଏ ଚାଉଳ ଦେବାକୁ ତାଙ୍କୁ ବାଧୁଥିଲା। ହେଲେ ଏବେ ଏ ମେସିନ୍ ପେଟରେ କଠାଏ ଚାଉଳ ନିଜ ଅଜଣାରେ ଛାଡ଼ି ମହଣକୁ ମୁଠେ ପଇସା ଗଣିଲେ ବି ଏ ଲୋକଙ୍କୁ ବାଧିଲା ନାହିଁ। ସବୁକିଛି ଧଡ଼ାସ୍ ଧଡ଼ାସ୍ ହେବା ଦରକାର। ସମୟ ସାଙ୍ଗରେ ମଣିଷ ବି ଦୌଡ଼ିବା ଶିଖିଗଲାଣି। ଯେତେ ଜୋର୍ ଦୌଡ଼, ସେତେବେଶି ଆୟ। ଆଜିକାଲି ସମୟ ପରା ସାମର୍ଥ୍ୟ ଜୁଟାଉଛି। ସେମିତି ହାତଭଜା ମୁଢ଼ି ମୁଠେରେ କେତେ ବାସ୍ନା, କେଡ଼େ ସୁଆଦ ! ଅଥଚ ପାଟିକୁ ଭଲ ନ ଲାଗୁ କି ଲାଗୁ, ଅଳ୍ପ ସମୟରେ ବେଶି କାମ ପାଇବାକୁ ଲୋକଙ୍କ ଲୋଭ। ବେପାର ମନୋବୃତ୍ତି ସମସ୍ତଙ୍କୁ ଘାରିଚି ଲୋ ମା'। ସେଠି ମମତା, ମର୍ଯ୍ୟାଦା, ସ୍ୱାଦ କି ସୌହାର୍ଦ୍ଦ୍ୟର କିଛି ମୂଲ୍ୟ ନାହିଁ। ଏବେ ମା' ଦେଖୁନ, ରାସ୍ତାଘାଟରେ ଖାଲି ଟେମ୍ପୁ ଆଉ ଟେମ୍ପୁ। ରିକ୍ସା କାହିଁ ? ଟେମ୍ପୁ ଆସି ରିକ୍ସାବାଲାଙ୍କ ପେଟରେ ନାତ ମାରିଚି ସିନା ! ଅଳ୍ପ ସମୟରେ ବେଶି ବାଟ। ପଇସା ଯାଉ, ଦୁର୍ଘଟଣା ହେଉ, ଜୀବନ ଯାଉ, ସେଥିକି ପରବାୟ ନାହିଁ।" ବୁଢ଼ୀ ଟିକେ ଦମ୍ ନେଲେ।

"ଶେଷକୁ ସେଇ ସୁଷମା ମୋତେ ବୁଦ୍ଧି ଦେଲା। ଚାଲ ବୁଢ଼ୀମା। ଏ ରେଳଗାଡ଼ି ଆଉ ଷ୍ଟେସନ ଆମ ପୋଟ ପୋଷିବ। ପେଟର କୋରଡ଼ା ମାଡ଼ ଖାଇ ଖାଇ ବିପଦ ଥିଲେ ବି ଏ ବୟସରେ ମୁଁ ଧନ୍ଦି ହେଉଚି ଲୋ ମା' ! ରେଳରେ ଯାଉଥିବା ଯାତ୍ରୀମାନେ ସବୁବେଳେ ଧର୍ମକୁ ଡରନ୍ତି। ଭଗବାନଙ୍କ ନାଁରେ ଆଶୀର୍ବାଦ ଟିକେ କରିଦେଲେ କୃପଣର ପକେଟରୁ ବି ପଇସା ଖସିପଡ଼େ ଆମ ହାତରେ। ସୁଷମାଟା ଥିଲା ଯେ ମୋର ସାହସ ଥିଲା। ଏବେ ବଡ଼ ଭୟ ଲାଗୁଚି। ସବୁଦିନ ମାଗିବାକୁ ଯାଇ ପାରୁନି। ଦିନେ ଆଣିଲେ ଚାରିଦିନ ଓପାସ।" ବୁଢ଼ୀ ଗୋଟାଏ ଜୋର ଦୀର୍ଘଶ୍ୱାସ ଛାଡ଼ିଲେ।

ମୁଁ ତାଙ୍କ ଦୁଃଖରେ ସମଦୁଃଖୀ ହୋଇପଡ଼ିଲି। ମୋ ହାତଟି ବ୍ୟାଗ୍ ଭିତରକୁ ଆପଣାଛାଏଁ ପଶିଗଲା। କିଛି ଟଙ୍କା ଦେବାକୁ ଭାବୁଭାବୁ ମୁଁ ତାଙ୍କୁ ପଚାରିଦେଲି,

"ମାଉସୀ, ତମେ ତ ଅତି ଗରିବ - କପର୍ଦ୍ଦକଶୂନ୍ୟ-ଜମିବାଡ଼ି ଗୋଟେ ବି ନାହିଁ। ତମେ ତ କେବେଠୁଁ ବିଧବା ଭତ୍ତା, ବିପିଏଲ୍ ଚାଉଳ ପାଉଥିବ। ସେ ସବୁ କ'ଣ ପୁଅ ନେଇ ଯାଉଛି ଧପେଇ କରି ?"

ତମେ ଇନ୍ଦିରାଆବାସ ପାଇବାକୁ ବି ଯୋଗ୍ୟ। ଏସବୁପାଇଁ ସରପଞ୍ଚଙ୍କୁ କି ତମ ୱାର୍ଡ଼ମେମ୍ବରଙ୍କୁ ବି କହିଥାନ୍ତ। ତମର ହକ୍ ଅଛି। କିଛି କରିଥାନ୍ତ ନା ! ଏ ବୟସରେ ଏ କି ହୀନସ୍ତା ନ ହେଉଛ ଯେ ତମେ !

ବୁଢ଼ୀ ଏଥର ଭୋ ଭୋ କରି କାନ୍ଦି ଉଠିଲେ। ତାଙ୍କର ପୂର୍ବ ନିର୍ଲିପ୍ତ ଭାବ କି ଭିକମାଗି ଚଳିବାର ଯେଉଁ ଆତ୍ମବିଶ୍ୱାସ ହୁଏତ ଆଘାତ ପାଇଲା ମୋ କଥାରେ। ମୁଁ ତାଙ୍କର ସେ ବିବଶ ଅବସ୍ଥା ଦେଖି ତାଙ୍କ ଚିଠି ଥାପୁଡ଼େଇ ଦେଇ କହିଲି, "ମାଉସୀ... ତୁନି ହୁଅ, ଆଉ କାନ୍ଦନି।" ତାଙ୍କପାଇଁ ଏତେ ବଡ଼ ଗାଁରେ କେହି କିଛି କେମିତି କଲେ ନାହିଁ ବୋଲି ଭାବି ମୁଁ ଆଶ୍ଚର୍ଯ୍ୟ ହୋଇଗଲି। ଆଜିକାଲି ଗାଁର ଲୋକମାନେ ବି ଏଡ଼େ ଆତ୍ମକୈନ୍ଦ୍ରିକ ହୋଇଗଲେଣି ! ସହର ଲୋକଙ୍କ କଥା ବା କାହିଁକି କହିବା ?

କିଛି ସମୟ କାନ୍ଦିବା ପରେ ସେ ନିଜକୁ ଦମ୍ଭ କରିନେଲେ। କହିଲେ, "ଝିଅ ଲୋ, ତୋତେ କ'ଣ ଆଉ କହିବି, ଖଜୁରୀ ଗଛ ମୂଳରୁ ପାହାଚ ପାହାଚ। ମୁଁ ପୁଅକୁ ନିନ୍ଦୁଥିଲି ସିନା; ଆଜିକାଲି କି ପର କି ଆପଣାର, ସମସ୍ତେ ସ୍ୱାର୍ଥପର।"

"ମୋତେ ବିଧବାଭତ୍ତା କି ଟଙ୍କିକିଆ ଚାଉଳ କିଏ ଦେବରେ ମା' ? ମୁଁ ଯେ ବେସାହାରା ଆଗକୁ ପଛକୁ କେହି ନ ଥିବା ବିଚରା ବୁଢ଼ୀଟିଏ। ମୋଠୁଁ କିଏ କ'ଣ କେବେ କିଛି ପାଇବ ଯେ ସାହାଯ୍ୟ କରିବ ? ପଞ୍ଚାୟତରେ କି ୱାର୍ଡ଼ମେମ୍ବରଙ୍କୁ ମୁଁ କେତେ ନେହୁରା ନ ହେଇଚି ଚାଉଳ ଗଣ୍ଡେ କି ଘର ଖଣ୍ଡେ ପାଇଁ ! ଶେଷରେ ମୋର ଏ ଧାଁ ଦଉଡ଼ ଦେଖି ଗାଁର କେତେଟା ବେକାର ଟୋକା ମୋତେ ବୁଦ୍ଧି ବତେଇଲେ, 'ଆଈ, ତୁ' ତ ପୁରୁଣା କାଳିଆ ଲୋକ, ତୋର ବା କି ଅଛି ଭେକ ? ଏବେ ତ ମାଲ୍ ନ ମିଳିଲେ ତୋର ହାଲ୍ ସୁଧୁରିବନି। ଦେଖ, ପଇସା ଯୋଗାଡ଼ କରି ୱାର୍ଡ଼ମେମ୍ବର କି ସରପଞ୍ଚଙ୍କୁ ଘୁଷ୍ ଦେଲେ ସବୁ ମିଳିବ। ଦେଖୁନୁ ଚଳପକ୍ଷ, ଧନୀ ଲୋକମାନଙ୍କୁ ଏସବୁ ସହଜରେ ମିଳିଯାଉଛି। କହିଲୁ କେମିତି ? କଥା ପରା ଅଟକିଛି ସେଇଠି।"

ମଲାବେଳେ ମୋ ଶାଶୂ ତାଙ୍କ ଖଡ୍ଡୁହଳେ ମୋତେ ଦେଇ କହିଥିଲେ, ଜୀବ ପଛେ ଚାଲିଯିବ ବୋହୂ ମା', ମାଟି କି ନିଜ ମଣିଷଙ୍କୁ ଇତର ଭାବିବୁନି। ପୁଅ ଗଲା। ଝିଅ ବି ତେଣେ ରହିଲା। ସେମାନଙ୍କୁ କେବେ ସର୍ପିନି, ଅଭିମାନ କରିନି କି ତାଙ୍କ ମନ୍ଦ ପାଞ୍ଚିନି। ହେଲେ, ସେ ସମାଜସେବୀ ବୋଲାଉଥିବା ଟୋକାଙ୍କୁ ମୋର ସେ ଖଡ୍ଡୁବିକା ଟଙ୍କା ଆଣି ହାତରେ ଦେଇ କହିଲି, ବେଶି ବଳ ତ ମୋର ନାହିଁରେ ପିଲେ, ଏତିକି ନିଅ। ଇନ୍ଦିରା ଆବାସ ନ ହେଲା ନାହିଁ, ବିପିଏଲ ଚାଉଳ ଗଣ୍ଡେ କି ବିଧବାଭତ୍ତା ହେଲେ ଆଉ କେଇଟା ବରଷ ମୋର କଟିଯିବ। ତମର ଧରମ ହେବରେ

ନାତିଆମାନେ। ଏତକ ମୋ ପାଇଁ କରିଦିଅ। ନିଅ ମୋର ଶେଷ ସମ୍ବଳ, ଶେଷ ଭରସା। ଏ ଖଡ୍ଡୁବିକା ପଇସା। ବୁଢ଼ୀ ଟିକେ ଦମ୍ ନେଲେ।

ଯୁଗ ପୁଣି ଏମିତି ବଦଳିଗଲାଣି। ଜୁଆନମାନେ ବଡ଼ ସାନ କି ବୟସର ମାନ ରଖୁନାହାନ୍ତି। ଗାଁ, ଗାଁରେ ବି ସେ ଦେଶୀ କି ବିଦେଶୀ ନାଲିପାଣିର ଦୋକାନ ମାନ ଖୋଲିଗଲାଣି। ଚୋରି, ଦ୍ୱାଚୋରି କି ଦଗାବାଜି ବି ବେଶ୍ ବଢ଼ିଗଲାଣି। ଏକଥା ମୋର ଗୋଚରକୁ ଆସିଲା ଯେବେ ସେ ଟୋକାଏଁ ଆଉ ମୋତେ ଧରାଛୁଆଁ ଦେଲେନି। କାହାକୁ ବା ସମ୍ଭିବି ! ପୁଅ ଘରୁ ବେଘର କଲା। ଏ ପିଲାଏ ଶେଷ ସମ୍ବଳ ଧପେଇ ନେଲେ। କିଛି ମିଳିବ ମିଳିବ ବୋଲି ଆଶାରେ ଆଶାରେ ପଚାଶରୁ ପଞ୍ଚାଶି ହେଲା। କାହାକୁ ବିଶ୍ୱାସ କରିବି ? ଠାକୁର ଦେବତା, ବାବାଜୀ ମାତାଜୀ ନା ଏ ମିଠାମୁହାଁ ମଣିଷଙ୍କୁ ?

ବୁଢ଼ୀଙ୍କର ଶ୍ୱାସରୁଦ୍ଧ ହୋଇ କାଶ ଉଠାଇଲା। ହେଲେ, ତାଙ୍କ ଆଖିରୁ ଏଥର ଟୋପାଏ ବି ଲୁହ ନିଗିଡ଼ିଲାନି। ବୋଧହୁଏ ମଣିଷମାନଙ୍କର ବିଶ୍ୱାସଘାତକତାର ନିଆଁ ତାଙ୍କ ଭିତରର ସବୁ ନମନୀୟତା ଓ ଲୁହକୁ ବାଷ୍ପୀଭୂତ କରିଦେଇଥିଲା।

ଟେମ୍ପୋ ଅବିରତ ଚାଲିଥିଲା। ଆମ ଗାଁ ପାଖ ହୋଇ ଆସୁଥିଲା। ମୁଁ ମାଉସୀଙ୍କୁ ମୋର ଗୋଟିଏ ପରିଚୟ କାର୍ଡ଼ ଦେଇ କହିଲି, "ଏଇଟା ମୋର କାର୍ଡ଼। ମୋର ଠିକଣା ଓ ଫୋନ୍ ଏଥିରେ ଅଛି। କିଛି ଦରକାର ହେଲେ ମୋତେ କହିବ। ନିଶ୍ଚୟ କହିବ ମାଉସୀ।" ପାଁଶହ ଟଙ୍କା ଓ ସେ କାର୍ଡ଼ଟି ତାଙ୍କୁ ଦେଇ ଟେମ୍ପୋ ଭଡ଼ା ତୁଟାଇ ମୁଁ ମୋ ବାଟରେ ଚାଲିଯିବା ପୂର୍ବରୁ ତାଙ୍କର ଫଟୋଟିଏ ଉଠେଇନେଲି। ମୁଁ ଗୋଟାଏ ଶକ୍ତିଶାଳୀ ଦୈନିକର ରିପୋର୍ଟର୍। ବୁଢ଼ୀଙ୍କର ଏ ଦୁଃଖଦ କାହାଣୀ ନିଶ୍ଚୟ ଛାପିବି। ତାଙ୍କ ପାଇଁ ନିଶ୍ଚୟ କିଛି କରିବାର ପ୍ରତିଜ୍ଞାରେ ମୁଁ ସେଦିନ ସ୍ଥିର ନିଶ୍ଚିତ ହୋଇଯାଇଥିଲି। ଚତୁର୍ଥ ସ୍ତମ୍ଭର ଶକ୍ତି ଯେ କେତେ, ତା ଅନ୍ତତଃ ଗାଁ ଗହଳରେ ବି ହେଜନ୍ତୁ।

ଫଟୋ ଉଠାଇବା ବେଳେ ବୁଢ଼ୀ ଆଶ୍ଚର୍ଯ୍ୟ ହେଇ କହିଲେ, "ଆଲୋ ମା', ଏ ଯନ୍ତର ବି ତୁ ଆଣିଚୁ ! ତୁ କିଏ କି ?"

"ମାଉସୀ, ମୁଁ ତମରି ଗାଁର ଝିଅ। ତୁମେ ଦେଖିବ, ତୁମରି ଗାଁର ବଡ଼ମାନେ ଯାହା ନ କରିପାରିଲେ, ମୁଁ କେମିତି ତା ପାରୁଛି। ତମକୁ ତମର ହକ୍ ଏ ଝିଅଟି ଦେବ। ଝିଅ ବୋଲି ମୋତେ ଦୁର୍ବଳ ଭାବିବନି।"

ବୁଢ଼ୀ ମାଉସୀ ମୁହଁରେ ଧାରେ ନିର୍ମଳ ହସ ଖେଳିଗଲା। ତଥାପି ତାଙ୍କ ମନରୁ ଅବିଶ୍ୱାସ ହୁଏତ ତୁଟି ନ ଥିଲା। ବଡ଼ ବଡ଼ ଗଲେ ଫସର ଫାଟି, ଆଉ ଇଏ ଆଇଚି ବେସରବାଟି ! ଏଇ କଥା ହୁଏତ ଭାବୁଥିବେ ସେ।

ମୁଁ କହିଲି, "ଖୁବ୍ ଶୀଘ୍ର ତମ ସହିତ ଦେଖାହେବ ମାଉସୀ। ଖୁବ୍ ନିକଟରେ, ଖାସ୍ ତୁମରିପାଇଁ ହିଁ ଏଠାକୁ ଆସିବି।" ବିଦାୟ ବେଳରେ ଏତିକି ଥିଲା ତାଙ୍କଠାରେ ମୋ ଅନୁଚ୍ଚାରିତ ପ୍ରତିଜ୍ଞା।

ଦି'ଦିନ ପରେ ମୁଁ ଭୁବନେଶ୍ୱର ଗଲି। ବୁଢ଼ୀ ମାଉସୀର ଦୁଃଖଦ କାହାଣୀ ଓ ଜୀବନଯୁଦ୍ଧ ବିଷୟରେ ସବିଶେଷ ମୋ ଖବର କାଗଜରେ ଛାପି ହୋଇ ପ୍ରଶାସନର ନିଦ ହଜେଇ ଦେଲା। କେତେ ଏନ୍.ଜି.ଓ, କେତେ ବ୍ୟକ୍ତିବିଶେଷ ଓ ସ୍ୱୟଂ ପ୍ରଶାସନ ଏମିତି ଏକ ଅଶିତିପର ବୃଦ୍ଧାଙ୍କୁ ତାଙ୍କର ପ୍ରାପ୍ୟ ନ ଦେଇଥିବାରୁ ଦୋଷୀ ସାବ୍ୟସ୍ତ ନ ହେବାପାଇଁ ବୃଦ୍ଧାଙ୍କ ସାହାଯ୍ୟପାଇଁ ତତ୍ପର ହୋଇ ଉଠିଲେ। ସ୍ୱୟଂ ମୁଖ୍ୟମନ୍ତ୍ରୀ ଏ ପ୍ରକାର ଅବହେଳା ନିମନ୍ତେ ଯାଞ୍ଚ କରିବାକୁ ଓ ଦୋଷୀକୁ ଠାବ କରିବାକୁ ନିର୍ଦ୍ଦେଶ ଦେଲେ।

ମୁଁ ଠିକ୍ ଜାଣିଥିଲି ଯା ପରେ ପରେ ହିଁ ବିଡ଼ିଓ, ସରପଞ୍ଚ ଏବଂ ୱାର୍ଡ଼ମେମ୍ବରମାନେ ଅଯାଚିତ ଭାବେ ବୃଦ୍ଧାଙ୍କୁ ସହାୟତା ଦେଇ ତାଙ୍କର ମୁହଁ ନ ଖୋଲିବାକୁ ଅନୁରୋଧ କରିବେ। ଏସବୁ ଦେଖିବାକୁ ଏବଂ ବୃଦ୍ଧାଙ୍କୁ ଏକ ଝଟ୍କା ଦେଇ ଖୁସି କରାଇବାକୁ ମୁଁ ପୁଣି ଗାଁକୁ ଧାଇଁଲି।

ଏଥର ଗାଡ଼ିରୁ ଓହ୍ଲେଇ ଟେମ୍ପୋ ଧରି ସିଧା ଭୋଇଘରକୁ ଧାଇଁଲି। ବୃଦ୍ଧା ଖୁବ୍ ଦୁର୍ବଳ ହୋଇ ପଡ଼ିଥିଲେ ଓ ବାହାରକୁ ଭିକ ମାଗିବାକୁ ଯିବା ବି ତାଙ୍କପାଇଁ ଅସମ୍ଭବ ଥିଲା ବୋଲି ଶୁଣିଥିଲି। ତେଣୁ ମୋ ମନ ଭିତରେ ଏକ ଭୟାର୍ତ୍ତ ଆଶଙ୍କା ମଧ୍ୟ ଧୀରେ ଧୀରେ ବସା ବାନ୍ଧୁଥିଲା। କିଛି ଫଳ ଏବଂ ଖାଇବା ଜିନିଷ ଧରି ମୁଁ ତାଙ୍କର ସେ ଡିଙ୍କିଶାଳ ଘରକୁ ଗଲି। ତାଙ୍କୁ ଯେ ଇନ୍ଦିରାଆବାସ, ବାର୍ଦ୍ଧକ୍ୟଭତ୍ତା ଓ ବିପିଏଲ୍ ଚାଉଳ ଗ୍ରାଣ୍ଟ ହୋଇଚି, ଏ ଖବର ମଧ୍ୟ ତାଙ୍କୁ ଦେଇ ହଠାତ୍ ଖୁସି କରେଇବାର ଇଚ୍ଛା ମୋର ଖୁବ୍ ବଳବତ୍ତର ହୋଇ ଉଠୁଥିଲା।

ସେଦିନ ବି ଆକାଶ ମେଘମେଦୁରିତ ଥିଲା। ଝିପିଝିପି ବର୍ଷା ମଝିରେ ମଝିରେ ଝରିପଡ଼ି ଧରଣୀର ଉତ୍ତପ୍ତବକ୍ଷକୁ ସିକ୍ତ ଶୀତଳ କରିଦେଉଥିଲା। ସଞ୍ଜ ନଇଁ ଆସୁଥିଲା। ଦୁର ଦିଗ୍‌ବଳୟରେ ସୂର୍ଯ୍ୟ ବୁଡ଼ିଯିବାର ଦୃଶ୍ୟ ମୋତେ ଖୁବ୍ ଅଧୀର କରିଦେଉଥାଏ।

କିନ୍ତୁ ଏ କ'ଣ ? ମୁଁ ପହଞ୍ଚିବା ପୂର୍ବରୁ ତାଙ୍କ ଘରେ ଏ କି ଗହଳି ! ବହୁ ଚିହ୍ନା, ଅଚିହ୍ନା ବେଶ୍ ବଡ଼ବଡ଼ିଆ ବାବୁମାନଙ୍କର ସମାବେଶ ସେଠାରେ ଦେଖି ମୋ ମନ ଫିକା ହୋଇଗଲା। ସୁଖବରଟି ତେବେ ତାଙ୍କ ପାଖରେ ମୁଁ ପହଞ୍ଚେଇବା ପୂର୍ବରୁ ପହଞ୍ଚି ସାରିଲାଣି। ତଥାପି ଭିଡ଼ ଆଡ଼େଇ ମୁଁ ଭିତରକୁ ପ୍ରବେଶ କରିବାକୁ ଚେଷ୍ଟାକଲି। ସେଠାକାର ଏମ୍.ଏଲ୍.ଏ, ବି.ଡି.ଓ, ତହସଲ୍‌ଦାର ଓ ଅନ୍ୟ ଅଫିସରମାନେ ତାଙ୍କ

ବିଷୟରେ ବହୁତ କିଛି ଭାଷଣ ଦେବା ପରି ମନେହେଲା । କି ଭାଷଣ ? କ'ଣ ସବୁ ଏମାନେ କହି ଆତ୍ମଗରିମା ଦେଖାଇବାକୁ ଆସିଛନ୍ତି ?

ସମସ୍ତଙ୍କ ବାହାସ୍ଫୋଟ, ବାହାଦୂରୀ ଓ ଆତ୍ମପ୍ରଶଂସାକୁ ଅଣଦେଖା କରି ବୃଦ୍ଧା ଢେଙ୍କିଶାଳର ସେ ପରିତ୍ୟକ୍ତ ଢେଙ୍କି ଲାଞ୍ଜି ଉପରେ ଆଖିବୁଜି, ମୁହଁ ଚାପି ପଡ଼ିଥିଲେ । ସତେ ଯେପରି ସେ କିଛି ଶୁଣିବାକୁ ବା କାହାରି ଦାନ ନେବାକୁ ଆଉ ପ୍ରସ୍ତୁତ ନ ଥିଲେ ।

ପାହାଡ଼ କାନ୍ଥିନୀ ସେପଟେ ଲାଲ୍ ସୂର୍ଯ୍ୟ କେତେବେଳୁ ବୁଡିଯାଇ ଅନ୍ଧାର ଯେ ଘୋଟି ଆସିଲାଣି, ଏ କଥାର ହେଜ କାହାକୁ ନଥିଲା ।

■

# ଆଶଙ୍କା

ଯା'ହେଉ ଗୋଟାଏ ବଡ଼ ଚିନ୍ତାଗଲା। ଓଡ଼ିଆ ଲେଡ଼ି ଟିଟିଇଙ୍କ ସହ କଥା ହେଲା ବେଳେ ସୁମିତ୍ରା ଭାବିଲା। ସେ ତ ପୂରାପୂରି ଡରି ଯାଇଥିଲା। ମୁମ୍ବାଇ ସର୍ବକାଳେ ଏକ ଅପରାଧ ପ୍ରବଣ ସହର। ଲେଡ଼ି ଟିଟିଇଙ୍କ ଆଶ୍ୱାସନା ପରେ ତା'ର ଆଉ କିଛି ଆଶଙ୍କା ନ ଥିଲା।

ମୁମ୍ବାଇ ପହଞ୍ଚିବା ପରେ ମୁଁ ଆପଣଙ୍କୁ ଜଣେ ଟିଟିଇ ସହ ପରିଚିତ କରେଇ ଦେବି। ତାଙ୍କଭଳି ଦେବୋପମ ଲୋକ ଆପଣ ଆଗରୁ ଦେଖି ନ ଥିବେ। ବ୍ୟସ୍ତ ହେବେନି। ସେ ଆପଣଙ୍କୁ ନିଶ୍ଚେ ନଭିମୁମ୍ବାଇ ନିରାପଦରେ ନେଇ ପହଞ୍ଚେଇବାର ବ୍ୟବସ୍ଥା କରିବେ। କାନରେ ଫୋନ୍ ଲଗାଉ ଲଗାଉ ଲେଡ଼ି ଜଣକ କହିଲେ।

ଟ୍ରେନ୍‌ଟି ମୁମ୍ବାଇ ପହଞ୍ଚିବା ବେଳକୁ ଦେହରୁ କଳାକୋଟ୍ ଉତ୍ତାରି ବାହୁରେ ଧରୁଧରୁ ଜଣେ ଦାଢ଼ୀବାଲା ଝାମ୍ପୁରୁ ଝାମ୍ପୁରୁ ବାଳ ରଖିଥିବା ବହେମିଆନ ଭଳି ଦିଶୁଥିବା ଏକ ପଇଁଚାଳିଶ ପଚାଶବର୍ଷ ବୟସର ବ୍ୟକ୍ତି ପହଞ୍ଚି ଲେଡ଼ି ଟିଟିଇ ସହ କ'ଣ ସବୁ ନିମ୍ନକଣ୍ଠରେ କଥା ହେଲେ। କଥାହେଲାବେଳେ ନିବିଷ୍ଟ ଭାବେ ସେ ସୁମିତ୍ରାକୁ ଦେଖୁଥିଲେ। ଲୋକଟାକୁ ଦେଖି ସୁମିତ୍ରାକୁ ଅଜବ ଲୋକଟିଏ ପରି ସେ ଲାଗିଲେ। ଦୂରରୁ ସେ ସୁମିତ୍ରାକୁ ଗୋଡ଼ରୁ ମୁଣ୍ଡ ଯାଏ ନିଠେଇ ନିଠେଇ ଦେଖୁଥିଲେ।

ଏଇ ତେବେ ସେ ଦେବୋପମ ଲୋକ। ଯାଙ୍କୁ କ'ଣ ସେ ଲେଡ଼ି ଟିଟିଇ ଡକେଇଛନ୍ତି ତାଙ୍କୁ ସାହାଯ୍ୟ କରିବାକୁ?

ସୁମିତ୍ରା ସଦ୍ୟ ବିଏ ପାସ୍ କରିଥିବା ଏକ ଗ୍ରାମୀଣ ଝିଅ ମୁମ୍ବାଇ ଥରେ ଦି'ଥର ଆଗରୁ ଆସିଛି। ତା'ର ଭାଇଭାଉଜ ଏଠି ରହନ୍ତି। ହେଲେ ସବୁବେଳେ ପ୍ଲେନ୍‌ରେ ହିଁ ଆସିଛି ମୁମ୍ବାଇର ଭୌଗୋଳିକତା ଓ ଇତିହାସ ଉପରେ ସେ ସେତେ ପରିଚିତ ନୁହେଁ।

ଭାଉଜଙ୍କର ଡେଲିଭରି ପାଇଁ ଆସୁଛି ସେ। ଇଡ଼ିଡ଼ିର ମାସେ ଆଗରୁ ଭାଉଜଙ୍କର

ଲେବର ପେନ୍ ଆରମ୍ଭ ହେବାରୁ ସେ ହସ୍ପିଟାଲରେ ଏଡ୍‌ମିଟ୍। ତାଙ୍କ ପାଖରେ କିଏ ରହିବ ? ଭାଇଙ୍କର ତ ଚାକିରି। ପ୍ଲେନ୍‌ରୁ ଟ୍ୟାକ୍ସିରେ ଯାଇ ଘରେ ପହଞ୍ଚିବାକୁ ସୁମିତ୍ରାର ଡର। ବରଂ ଲୋକାଲ୍ ଟ୍ରେନ୍‌ରେ ଗଲେ ଭଲ। ତାକୁ ଟ୍ରେନ୍ ବଦଳେଇ ଲୋକାଲ ଟ୍ରେନ୍‌ରେ ବସି ନଭି ମୁମ୍ବାଇ ଯାଏ ଯିବାକୁ ପଡ଼ିବ। ଗ୍ରାମ୍ୟବାଳିକା ସେ। ଏସବୁ ଝଞ୍ଜାଟ ତା ଦେଇ ହେବନି। ଭାଇ ଷ୍ଟେସନକୁ ଆସିପାରିବେନି। ଘର ଅଫିସ ଓ ହସ୍ପିଟାଲର ଡ୍ୟୁଟି କରି ସେ ନାକେଦମ୍। ଏକାଏକା ଟ୍ୟାକ୍ସ କରି ଯିବାକୁ ତା'ର ଭାରି ଡର। ଯାହାସବୁ ଏ ଟ୍ୟାକ୍ସିବାଲାଏ ବେଳେବେଳେ କରୁଛନ୍ତି ତା' ତ ଗଣମାଧ୍ୟମ ଦେଖେଇ ମଣିଷକୁ ଆହୁରି ଡରକୁଳା କରିଦେଲେଣି, ସତର୍କ କରିବାଟା ପଛ। ତେଣୁ ଲୋକ ଗହଳି ଭିତରେ ସେ ଲୋକାଲ୍ ଟ୍ରେନ୍‌ରେ ହିଁ ଯିବ। ସେଠୁ ଚାଲିଚାଲି ୧୦ମିନିଟ୍‌ର ବାଟ ଗଲେ ଘରେ ପହଞ୍ଚିଯିବ।

ଟ୍ରେନ୍‌ର ଲମ୍ବାଳିଆ ହର୍ଣ୍ଣ ଶବ୍ଦଟି ଶୁଣି ଟ୍ରେନ୍ ମୁମ୍ବାଇ ଧରିଗଲାଣି ବୋଲି ତା'ର ହେଜ ହେଲା। ସେ ଅନ୍ୟ କାହାକୁ ହୁଏତ ଲୋକାଲ୍ ଟ୍ରେନ୍ କେମିତି ଧରିବାକୁ ହେବ ପଚାରି ପାରିଥାନ୍ତା। କିନ୍ତୁ ଡରରେ କାହାକୁ ନିଜର ଅପାରଗତା ବିଷୟରେ କହିଲାନି। ମଣିଷର ଉପର ରୂପ ଓ ଭିତର ଗୁଣ ଭିତରେ ସେ ଦେଖିଚି ଅନେକ ଫରକ। ଲାଇଫଂ ଓକେରୁ ସେସବୁ ଦେଖିଛି। ସେଥିରେ ଅନେକ ଏପିସୋଡ୍ ତ ଏଇ ମୁମ୍ବାଇ ଅପରାଧ ଘଟଣାର ଚିତ୍ରରୂପ। ମୁମ୍ବାଇ ଏକ ସମ୍ଭ୍ରାନ୍ତ ଅପରାଧର ସହର ବୋଲି ତା'ର ଅବଧାରଣାଟି ଲାଇଫ୍‌ଓକେରୁ ତା ମନରେ ସ୍ଥିର ହୋଇଯାଇଛି। ଏଠାରୁ ଆସିବା ଆଗରୁ ଭଲା ସେସବୁ ବିଷୟରେ ସେ ଭାବିଥାନ୍ତା। ସେ ବିଷୟରେ ଟିକେ ଭାବିବା ଉଚିତ ଥିଲା। ଭଲହେଲା ଟିଟିଇ ମାଡ଼ାମ୍ ତାକୁ ସେ ଦେବୋପମ ଲୋକଟି ସହ ପରିଚିତ କରାଇଦେଲେ ତ ତା'ର ଆଉ ଚିନ୍ତା କ'ଣ ? ସୁମିତ୍ରା ଜଣେ ଗାଁରେ ଜନ୍ମି ବଢ଼ିଥିବା ଝିଅ ତଥାପି ବି ସେ ନାରୀଶିକ୍ଷା, ନାରୀସୁରକ୍ଷା ଓ ନାରୀ ସଶକ୍ତିକରଣ ପ୍ରତି ବେଶ୍ ସମ୍ବେଦନଶୀଳ। ନେତୃତ୍ୱ ନିଏ ନାହିଁ ମାତ୍ର ପ୍ରଚ୍ଛଦପଟରେ ପ୍ରୋତ୍ସାହିତ କରିବାରେ ସେ ବେଶ୍ ପାରଙ୍ଗମ। କାହିଁକି କେଜାଣି ସାମ୍ନାକୁ ଆସି ଝଡ଼କୁ ଭେଟିବା ତା ଦେଇ ହୁଏନାହିଁ। ଝଡ଼କୁ କିନ୍ତୁ ସେ ଭୟକରେ ନାହିଁ। ଝଡ଼ ନ ଆସିବାର ବାଟ ଖୋଜିନିଏ।

ଭାଉଜଙ୍କୁ ଫୋନ୍ କରିବ କି ? କେମିତି ଯିବାକୁ ହୁଏ ଲୋକାଲ୍ ଟ୍ରେନ୍‌ରେ ? କେଉଁଠୁ ଉଠିବ ଗାଡ଼ିରେ ? ନା ଭାଉଜ ଥଟ୍ଟା କରିବେ, "ଆହେ ନାରୀନେତ୍ରୀ ନାରୀ ମୋକ୍ଷର ମୁଖପାତ୍ର। ଏତିକି ବି ତମେ ଜାଣିନ କେମିତି"–। ନା ନା। ଭାଇକୁ ପଚାରିଲେ ସେଇ ଏକାକଥା ତ। ଜୋରକା ଝଟ୍‌କା ଧୀରେ ସେ ଲାଗିବ।

ଲେଡ଼ି ଟିଟିଇ ସେ ଲୋକଟିକୁ ତା ପାଖକୁ ନେଇଆସି ପରିଚିତ କରାଇ

କହିଲେ- 'ଦେଖିଏ ପଟେଲ ଭାଇଜି, ୟେ ଲେଡ଼ି କୋ ଥୋଡ଼ାସା ହେଲ୍‌ପ କର୍ ଦିଜିଏ। ଆପ୍‌କା ତ ଇଧର ସେ ଡ୍ୟୁଟି ଖତମ ହୋ ଗୟା ନା। ଆପ ହେଲ୍‌ପ କର ସକୋଗେ।'

ଆଃ ଜନ୍ମମାଟି ଓ ମାତୃଭାଷାର ବନ୍ଧନର ଦୃଢ଼ତା କେତେ ଭଲ?

ଉତ୍ତରରେ ପଟେଲ ନାମକ ଲୋକ ଜଣକ 'କ୍ୟୁଁ ନେହି। ଆପ୍ ଜବ୍ ବୋଲତେ ହୋ ତ ହୋ ଯାଏଗା' ବୋଲି କହିଲେ। ସୁମିତ୍ରା ଆଡ଼େ ମୁହଁ ବୁଲାଇ ସେ ପଚାରିଲେ, 'ବୋଲିଏ ମ୍ୟାଡ଼ାମ୍ କ୍ୟା କରୁଁ ଆପ୍ କେ ଲିଏ?'

ସୁମିତ୍ରା ଟିକେ ହଡ଼ବଡ଼େଇ ହେଲା ଓ ଦୋଦୋ ପାଞ୍ଚ ହୋଇ କହିଲା ତା'ର କ'ଣ ସମସ୍ୟା। ତ ଭଦ୍ରଲୋକ କହିଲେ ଯେ ସେ ବି ସେଇବାଟେ ଯିବେ। "ଆପକୋ ସାଥମେ ଲେ ଜାନେ ମେ ମୁଝେ କୋଇ ଦିକ୍କତ ନେହିଁ ହୋଗା। ବାସ୍ ଆପ୍ ଥୋଡ଼ା ଧୀରଜ ରଖିଏ। ମେରେ ସାଥ୍ ଚଲିଏ।"

ଲେଡ଼ି ଟିଟିଇ ତାଙ୍କୁ ଧନ୍ୟବାଦ ଦେଇ ସୁମିତ୍ରାକୁ ଟିକେ କଣେଇ ଚାହିଁଲେ ଓ ସାମାନ୍ୟ ହସିଦେଇ ଚାଲିଗଲେ।

ସୁମିତ୍ରା ଏବେ କରିବ କ'ଣ? ଏ ଲୋକକୁ ସେ ଆଦୌ ଚିହ୍ନେନି। ଟିଟିଇଙ୍କ ବିଷୟରେ ଢେର୍ କଥା ସେ ଶୁଣିଛି। ଚଳନ୍ତା ଗାଡ଼ିରୁ ଯାତ୍ରୀଙ୍କୁ ଠେଲି ମରଣ ମୁହଁରେ ପହଞ୍ଚେଇବା, ଲାଞ୍ଚ ପଇସା ହଡ଼ପେଇବା ଏସବୁ ସେ ବହୁତବାର ଖବର କାଗଜରୁ ପଢ଼ିଛି। ଏପରିକି ମହିଳା ଯାତ୍ରୀଙ୍କୁ ବ୍ୟଭିଚାର କଥା ବି କେବେକେବେ ଶୁଣିଛି। ସେମିତି କିଛି ତା ସହ ଘଟିବନି ତ ବାଟରେ ଗଲାବେଳେ!

କାହିଁକି ଭଲା ସେ ତାଙ୍କୁ ଏତେକଥା କହିଲା? ତାଙ୍କ ସହ ଯିବାକୁ ବି ରାଜି ହୋଇଗଲା। ଏବେ ମନା କଲେ ସେ ଲୋକ କ'ଣ ଭାବିବେ ତାକୁ? ଅପମାନ ବି ଦେଇ ପାରନ୍ତି। ଅସମ୍ଭବ କ'ଣ? ନା ନା ସାମାନ୍ୟ ପୁରୁଷଟିଏ ସହ ଯିବାକୁ ଦ୍ୱିଧା କରିବା ଏ ନାରୀ ସଶକ୍ତିକରଣ ଯୁଗରେ ଲଜ୍ୟାକର କଥାଟିଏ। ଯିବ ତାଙ୍କ ସାଥିରେ।

ସୁମିତ୍ରା ପଟେଲବାବୁଙ୍କର ସବୁ କଥାରେ ହଁ ଭରିଲେ। ଟ୍ରେନ୍ ଆସି ଷ୍ଟେସନରେ ଧଡ଼କିନା ରହିଲା। ଅନ୍ୟଯାତ୍ରୀଙ୍କ ସହ ସୁମିତ୍ରା ନିଜ ଲଗେଜ୍ ଓହ୍ଲେଇଲା। ପଟେଲବାବୁ ତାକୁ ତା'ର ଜିନିଷପତ୍ର ଥିବା ବ୍ୟାଗଟି ଓହ୍ଲେଇବାରେ ସାହାଯ୍ୟ କଲେ। ବ୍ୟାଗଟି ସେ ନିଜେ କାନ୍ଧରେ ଗଳେଇଲେ। ଆଉ ବ୍ୟାଗ୍‌ଟା ଓ ଗୋଟାଏ ଜରିବ୍ୟାଗ୍। ସୁମିତ୍ରା ସେଇଟାକୁ ଧରିଲା। ବଡ଼ ବ୍ୟାଗ୍‌ଟିରେ କିଛି ଲୁଗାପଟା ସହ ଟଙ୍କା, ରୁପା ଥାଳି, ତାଟିଆ ଓ ଚାମଚ। ଏସବୁ ଆଗାମୀ ବଂଶଧରକୁ ସଂଖୋଳିବାର ଉପକରଣ। ସୁନା ଚେନ୍‌ଟିଏ ଥିଲା ବ୍ୟାଗ୍‌ରେ। ସୁମିତ୍ରାକୁ ଡର ଲାଗୁଥାଏ। ଲୋକଟା ତାଙ୍କ ବ୍ୟାଗ୍‌ଟା ଧରି ଧାଇଁ ପଳେଇଯିବ ଯଦି, ସେ କ'ଣ କରିବ?

ଆଗେଆଗେ ଭଦ୍ରଲୋକ ଓ ତାଙ୍କ ପଛେପଛେ ସୁମିତ୍ରା ଯନ୍ତ୍ରବତ୍ ଚାଲୁଥାଏ। ମଝିରେ ମଝିରେ ଲୋକଟା ତାଙ୍କୁ ଚାହୁଁଥାଏ। କାହିଁକି ? ସୁମିତ୍ରା ବିଏ ପାସ୍, ସମାଜସେବୀ। ବୟସ ସାମାନ୍ୟ ଉତ୍ତୀର୍ଣ୍ଣ ହୋଇଯାଇଥିଲେ ବି ବୟସର ଛାପ ଦେହରେ ସେତେ ଲକ୍ଷଣୀୟ ନୁହେଁ। ଭଦ୍ରଲୋକ ତାକୁ ଏକ ଅଦ୍ଭୁତ ଦୃଷ୍ଟିରେ ଚାହୁଁଥାନ୍ତି। ସେପରି ଦୃଷ୍ଟି ଏପର୍ଯ୍ୟନ୍ତ ସୁମିତ୍ରା କାହାରି ଆଖିରେ ଦେଖିନାହାନ୍ତି।

ପଛକୁ ଫେରି ଚାହିଁ ପଟେଲଜୀ କହିଲେ, "ସାମନେକୀ ଗଲିମେ ବହତ ଆଛା ଚାଏ ମିଲତା ହେ। ଚଲିଏ ୟାହାଁ ଦୋ କପ୍ ଚାଏ ହୋଯାଏ। ବଡ଼ିକୋ ଥୋଡ଼ା ତାଜ୍‌ଗୀ ମିଲେଗି।"

ସୁମିତ୍ରାର ଆଦୌ ଇଚ୍ଛା ନ ଥିଲା ସେ ଗଳିରେ ପଶି ଚାହା ପିଇବା ପାଇଁ। ଦେହ ତାଙ୍କର ଯଦିଓ ଚାହୁଁଥିଲା କିଛିଟା ସତେଜତା କିନ୍ତୁ ମନରେ ଅହେତୁକ ଆଶଙ୍କା। ଯେ ଲୋକ ତାକୁ କେଉଁଠିକୁ ସତରେ ନେଇଯାଉଛି ? କିଛି ଅଘଟଣ ଘଟିବାକୁ ଯାଉନାହିଁ ତ ? ଦିନ୍‌ଦହାଡ଼େ କେତେ କ'ଣ ଘଟିଯାଉଛି ଆଜିକାଲି।

ଭଦ୍ରଲୋକ ପଛକୁ ଚାହିଁଲେ। ସୁମିତ୍ରାଙ୍କ ପାଦ କୁଣ୍ଠିତ। "କୁଛ ମତ ସୋଚିଏଗା, ୟହିଁ ପାସ୍ ମେ ତ ହୈ।"

ସୁମିତ୍ରା ଆଗକୁ ଚାହିଁ ଦେଖିଲେ ଅନତି ଦୂରରେ ଗୋଟାଏ ଚା'ଦୋକାନ ଦେଖାଯାଉଛି। କେତେଜଣ ଗୁଣ୍ଡାଭଳି ଦେଖାଯାଉଥିବା ଲୋକ ବସି ସେଠି ଚା' ପିଉଛନ୍ତି। ପଟେଲଙ୍କ ସହିତ ତାଙ୍କୁ ଦେଖି ଦୋକାନୀଟି ଓଠକୁ ବଙ୍କେଇ କେମିତି ଟିକେ ହସିଦେଲା। ସୁମିତ୍ରାଙ୍କ ମନ ଗେଣ୍ଡା ଭଳି ଅନ୍ତର୍ମୁଖୀ ହୋଇଗଲା। ପଟେଲଜୀ ତାଙ୍କୁ ଟିକେ ଦୂରରେ ଠିଆକରେଇ ଚା'ଦୋକାନକୁ ଗଲେ। ଦୋକାନୀ ସହ ନମ୍ରକଣ୍ଠରେ କ'ଣ ସବୁ କଥାବାର୍ତ୍ତା କଲେ। କଥାବାର୍ତ୍ତା କଲାବେଳେ ସେ ଦୁହେଁ ମଝିରେ ମଝିରେ ସୁମିତ୍ରାଙ୍କ ଆଡ଼କୁ କଣେଇ କଣେଇ ଚାହୁଁଥିଲେ।

ଏଥର ସୁମିତ୍ରାଙ୍କର ସଂକୁଚିତ ଭାବ ପାଲଟିଗଲା ସତେଯେପରି ଏକ ଆତଙ୍କିତ ଭୟରେ। ସେ ଭିତରେ ଭିତରେ ବିବ୍ରତବୋଧ କଲେ। ଏକଲା ସ୍ତ୍ରୀମାନଙ୍କୁ ଦେଖି ଭଦ୍ରଲୋକ ମନେ ହେଉଥିବା ଲୋକମାନଙ୍କ ଭିତରେ ଅସାମାଜିକ ମଣିଷଟା ଜାଗ୍ରତ ହୋଇଉଠେ। ସେତେବେଳେ ଅଭାବିତ ଘଟଣାମାନ ଘଟେ। ଏ ଟିଟିଇର ବା କେତେ ଶିକ୍ଷାଗତ ଯୋଗ୍ୟତା ହୋଇଥିବ। ବସିଥିବା ଲୋକମାନେ ହୁଏତ ହୋଇଥିବେ ତା'ର ସାଙ୍ଗ। ହେଇ, ସେମାନେ ତା ସହ କ'ଣ ସବୁ କଥା ହେଉଛନ୍ତିତ। ଏଇ ଅଶିକ୍ଷିତ ଲୋକମାନେ ହିଁ ଅଧିକାଂଶ ସମୟରେ ନିଜର ଅନୈତିକ କାମନାକୁ ବିବେକର ବଶ କରିପାରନ୍ତି ନାହିଁ। ଶିକ୍ଷାର ନୀତିନିଷ୍ଠତା ସେମାନଙ୍କ ବିବେକକୁ ଜାଗ୍ରତ କରିବା ପାଇଁ ନଥାଏ ଯେ।

ପଟେଲ ଜୀ ହାତରେ ଚାହା ଧରି ଆସି କହିଲେ, "ଲିଜିଏ ମାଡ଼ାମ୍। ଦେଖିଏ ଇସ୍‌କା ଏକ ସିପ୍ ଆପକୋ କହାଁସେ କାହାଁ ଲେ ଜାଏଗା।"

'କହାଁ' ? ସୁମିତ୍ରା ହଠାତ୍ ସତର୍କ ହୋଇଉଠିଲେ। ଚା'ରେ ସେ ଆଉ କିଛି ନିଶା ଜିନିଷ ମିଶେଇଦେଇ ନାହିଁ ତ ? ତାଙ୍କୁ ଏତେ ଦୂରରେ ଠିଆ କରେଇବା ମୂଳରେ ହୁଏତ ଏୟା ହିଁ ଉଦ୍ଦେଶ୍ୟ।

ଅଳ୍ପହସି ସେ ଗ୍ଲାସ୍‌ଟି ଧରିଲେ ଓ କହିଉଠିଲେ, "ଓଃ କିତନା ଗର୍ମ ହେ।" ଉଦ୍ଦେଶ୍ୟ ଟିକେ ପରେ ପିଇବା ଆଳରେ ଚା'କୁ ଫିଙ୍ଗିଦେବା।

ପଟେଲଜୀ କହିଲେ, "ସମ୍ଭଲକେ ପିଜିଏଗା।" ଏବଂ ନିଜେ ଚା' ପିଇବା ପାଇଁ ଚାଲିଗଲେ।

ଟିକିଏ ପରେ ସେ ଫେରିଆସିଲେ ସୁମିତ୍ରା ପାଖକୁ ଓ ପଚାରିଲେ, "ଚାଏ କୈସା ଥା ?"

ମୁହଁରେ ଅଳ୍ପ ହସ ଫୁଟେଇ ସୁମିତ୍ରା କହିଲେ, 'ବଢ଼ିଆ'।

ଏଥର ପୁଣି ଯାତ୍ରା ଆରମ୍ଭ। ପଟେଲ ସେ ଗଳିଛାଡ଼ି ମୁଖ୍ୟ ରାସ୍ତାକୁ ଉଠିଲେ। କିଛି ଦୂର ଗଲାପରେ ଘରଟିଏ ପଡ଼ିଲା। ସାମ୍ନାରେ ରେଳଷ୍ଟେସନ... ଥିଲା।

ପଟେଲଜୀ ସେ ଘରର ବାରଣ୍ଡାରେ ଦୁଇଥର ନକ୍ କଲେ। ଜଣେ ଅସଜଡ଼ା ମଳିନ ଯୁବକ କବାଟ ଖୋଲିଦେଲା। ପଟେଲ କହିଲେ, "ମାଡ଼ାମ୍, କୁଛ ମାଇଣ୍ଡ ନେହିଁ କରେଙ୍ଗି ତୋ ଦୋ ମିନିଟ୍ ଇଧର ହଲ୍ଟ କରକେ ଫ୍ରେସ୍ ହୋନେ ଦିଜିଏ। ଆପ୍ ଚାହେ ତୋ ଭି ଫ୍ରେସ୍ ହୋ ଯାଇଏ। ଫିର ଷ୍ଟେସନ ଚଲେଙ୍ଗେ। ୟେ ଘର ମେରା ହି ହେ।"

"କୋନ୍ କୋନ୍ ହେ ଆପକେ ୟାହାଁ", ସୁମିତ୍ରା ପ୍ରଶ୍ନ କଲା। ସୁମିତ୍ରାର ଛାତିରେ ଭୟର ବରଫ ଜମାଟ ବାନ୍ଧି ସାରିଥିଲା। ହୁଏତ ପରମୁହୂର୍ତ୍ତରେ ଆଉ ସାମାନ୍ୟତମ ଝଟ୍‌କାରେ ବିସ୍ଫୋରିତ ହୋଇଯିବ। ଏକ ଅଭାବିତ ହୀନମନ୍ୟତା ତାଙ୍କୁ ଡ୍ରାଗନ ପରି ଗିଳିବା ଆରମ୍ଭ କରିଥିଲା। ସେ ସବୁକିଛି ସୌଜନ୍ୟ ତ୍ୟାଗକରି ଏକ କର୍କଶ ଅଥଚ ଆତଙ୍କିତ ସ୍ୱରରେ ପ୍ରଶ୍ନକଲେ, "ଔର କୋନକୋନ ହେ ଆପ୍‌କେ ଘରପର।"

"କୋନ୍ ଔର ହୋଗା। ଯୋ ହୋନା ଚାହିଏ ଓହି," ପଟେଲଙ୍କ ଉତ୍ତର।

ଏ ଏକାନ୍ତ ରାସ୍ତାମୁଣ୍ଡର ଘର। ସୁମିତ୍ରା ଭାବୁଥିଲେ ଲୋକଟା ଯୁବତୀ ଦଲାଲ ନୁହେଁ ତ ? 'ଯୋ ହୋନା ଚାହିଏ' ମତଲବ କ'ଣ ହୋଇପାରେ ? କବାଟ ଖୋଲିବା ଟୋକାଟା ତା'ର ସହକାରୀ। 'ଯୋ ହୋନା ଚାହିଏ' ଜଣକ ରାଣୀ ମହୁମାଛି ହୋଇ ଥାଇପାରେ ?

ହେ ଭଗବାନ। ମହରଗରୁ ଆସି କାନ୍ତାରରେ ମୋତେ ପକେଇ ଦେଲେଣି।

ଏଇଠୁ କୁଆଡ଼େ ଧାଇଁ ପଳେଇବା ଉଚିତ ହେବ। ପଛକୁ ଚାହିଁ ନିଜର ଆଗାମୀ ଗନ୍ତବ୍ୟ ପଥକୁ ସନ୍ଧାନ କଲା ସୁମିତ୍ରା। ବହୁତ ବଡ଼ ବିପଦଟିଏ ଘନେଇ ଆସୁଛି। ନିଜର ସଂକୁଚିତପଣ, ନିରବତା ଓ ଅଜ୍ଞତା ତାକୁ କେଉଁଠି ଆଣି ପହଞ୍ଚେଇ ଦେଲା ଯେ! ସେ ପଛକୁ ପାଦ ପକେଇଲେ।

ଠିକ୍ ଏତିକିବେଳେ ଶୀର୍ଣ୍ଣ ଶରୀରରେ ଯୁବତୀ ଜଣେ ଆସି ତାକୁ ଅଭିବାଦନ କଲେ। "ଆଓ ଅନ୍ଦର, ଆଓ ବେଟି।"

ଏ 'ବେଟି'ର ଅର୍ଥ କ'ଣ? ପ୍ରଥମେ ବେଟୀ ତାପରେ ନଟୀ ବନେଇବାର ମତଲବ ନୁହେଁ ତ? ବାହାରେ ଠିଆ ହୋଇ ସେ ଭିତରକୁ ଉଣ୍ଡିଲେ। ସାଧାରଣ ଭାବେ ସାଜସଜ୍ଜା ଭଦ୍ରଲୋକଙ୍କ ଘର ପରି ଲାଗୁଥିଲା ଭିତରଟା। ଖଟ ଉପରେ ଜଣେ ସ୍ତ୍ରୀ ଲୋକ ମଳିନ ମୁହଁ ଟେକି ଦରଜାକୁ ଚାହିଁ କହିଲେ, "ମିତୁ ମିତୁ! ମୋ ହଜିଲା ଧନ? ଆଓ ବେଟି ମେରେ ପାସ୍ ଆଓ।"

ସୁମିତ୍ରାଙ୍କ ସବୁ ଭୟ ସୂର୍ଯ୍ୟକିରଣରେ ଶିଶିର ଉଭେଇବା ପରି କୁଆଡ଼େ ମିଳେଇଗଲା। ମଣିଷ ପ୍ରତି ହଜି ଯାଉଥିବା ତାଙ୍କର ବିଶ୍ୱାସର ପାଦ ପୁଣି ଯଥାସ୍ଥାନକୁ ପ୍ରତ୍ୟାବର୍ତ୍ତନ କଲା। ସେ କିଛି ବୁଝି ନ ପାରି ପଚାରିବା ପଚାରିବା ଆଖିରେ ପଟେଲବାବୁଙ୍କୁ ଚାହିଁଲେ।

"ମିତୁ ମୋର ନାବାଳିକା ଝିଅ। କଲେଜରେ ପାଦ ଦେଉଦେଉ ପ୍ରେମରେ ପଡ଼ି ଜଣେ ଯୁବକ ସହ କୁଆଡ଼େ ଉଭାନ୍ ହୋଇଯାଇଛି। ଏ ମୋର ସ୍ତ୍ରୀ। ମୀତୁ ଆମର ଏକମାତ୍ର ସନ୍ତତି। ଠିକ୍ ଆପଣଙ୍କ ପରି ତା'ର ଚେହେରା। ଲୋଭ ସମ୍ଭାଳି ନପାରି ମୋ ସ୍ତ୍ରୀଙ୍କୁ ଆପଣଙ୍କୁ ଦେଖାଇବାକୁ ଆଣିଲି। କାରଣ ମିତୁ ଯିବାଦିନରୁ ସେ ମାନସିକ ଭାବେ ଅସନ୍ତୁଳିତ। ମୁଁ ମିତୁକୁ ଖୋଜିବା ପାଇଁ ପୂର୍ବ ଚାକିରି ଛାଡ଼ି ଏ ଅହୋରାତ୍ର ଯାଯାବରୀ ଜୀବନର ଭ୍ରମଣ ଶୀଳତାକୁ ବରିନେଇଛି। ଉଦ୍ଦେଶ୍ୟ କାଳେ ଟ୍ରେନ୍ ଯାତ୍ରା କାଳରେ କେବେବି ଦିନେ ମିତୁକୁ ଭେଟିଯିବି। ଏଥର ଚାଲନ୍ତୁ ମାଡ଼ାମ୍ ପୁଣି ଷ୍ଟେସନକୁ ଫେରିଯିବା। ଏତେବାଟ ଆଣିଥିବାରୁ ମୋତେ ଭୁଲ ବୁଝିବେ ନାହିଁ।

ଆଶ୍ଚର୍ଯ୍ୟ! ଏ ଯେ ଜଣେ ଓଡ଼ିଆ!

ପାଖ ଷ୍ଟେସନରେ ଗୋଟାଏ ଟ୍ରେନ୍‌ର ହୁଇସିଲ ବାଜିଉଠିଲା। ସୁମିତ୍ରାଙ୍କ ଆତଙ୍କିତ ମନ ଏକ ଅଭାବିତ ଆନନ୍ଦ ଓ ଦୁଃଖରେ ହଲଚଲ ହୋଇଗଲା।

ସେଇ ଆନନ୍ଦଟି ମିତୁ ମାଆଙ୍କ ମୁହଁରେ ପ୍ରତୀକ୍ଷା ଶେଷରେ ଫୁଟି ଉଠିଥିବା ଆନନ୍ଦର ପ୍ରତିଫଳନ। ଦୁଃଖଟି ଏକ ଶ୍ରଦ୍ଧାଶୀଳ ପିତାମାତାଙ୍କର ଅନ୍ତରର ଦହନ।

# ନୀଡ଼ ବାହୁଡ଼ା

ସବୁଦିନ ପରି ବାହାରୁ ଫେରିବା ପରେ ଦାଣ୍ଡ 'ଦରଜାରେ ଟିକେ ଜୋର୍‌ରେ ହାତ ଦାବି ଦେବା ମାତ୍ରେ ହିଁ କବାଟର ପଛ ଛିଟିକିଣିଟି ଖସିପଡ଼ିଲା। ପଥକ୍ଳାନ୍ତ ନରହରି ନିଜ କାନ୍ଧର ଝୁଲାବ୍ୟାଗ୍‌ଟି ଧରି ଡ୍ରଇଂ ରୁମ୍ ଭିତରକୁ ପଶିଗଲେ। ପ୍ରଥମେ କାନ୍ଧରୁ ବାହାର କରି ବ୍ୟାଗ୍‌ଟିକୁ ଡିଭାନ୍ ଉପରକୁ ଫିଙ୍ଗିଦେଲେ। ସୋଫାର ଚେୟାରଟିକୁ ଟିକେ ରୁମର ମଝିକୁ ଟାଣି ଆଣିଲେ ଯେଉଁଠି କି ଫ୍ୟାନ୍‌ର ପବନ ଭଲ ଭାବରେ ବାଜୁଥାଏ। ତା'ପରେ ଲମ୍ବା ସୋଫାଟି ଉପରକୁ ଗୋଡ଼ ଦୁଇଟି ଟେକି ଦେଇ ବେଶ୍ କିଛି ସମୟ ଆରାମ କଲେ।

ଏଇଟା କେବଳ ଆଜିର କଥା ନୁହେଁ। ନିତି ପ୍ରତିର ଅଭ୍ୟାସ। ତା'ପରେ କିଛି ସମୟ ବାଦେ ମନୋରମା, ତାଙ୍କର ସ୍ତ୍ରୀ ଉତ୍ସୁକ ହୋଇ ତାଙ୍କ ପାଖକୁ ଆସିବେ ଓ କହିବେ, "ଆରେ ତମେ ଆସିଗଲଣି କି?"

ନରହରି ତାଙ୍କୁ ଦେଖି ନ ଦେଖିବା ପରି ସେମିତି ଗୋଡ଼ ଟେକି ଚେୟାରର ପଛକୁ ଆଉଜି ବସିଥିବେ। ମନୋରମା ବି ଆଦୌ ତତ୍‌ପରତା ନ ଦେଖେଇ, ଅନ୍ୟ ପତି ସୋହାଗିନୀଙ୍କ ପରି ପଚାରିବେ ନାହିଁ, "ତମକୁ ଭଲ ଲାଗୁନି କି? ସରବତ୍ ନା ଚା', କ'ଣ ପିଇବ?" ଏସବୁ କିଛି ନ ପଚାରି ସେ ଚେୟାରଟେ ଟାଣି ତାଙ୍କ ପାଖରେ ବସି ପଡ଼ିବେ। ଆଉ ପଚାରିବେ, "ତମର ଖବର ସବୁ ଭଲ ତ? ଭଦ୍ରଖରୁ ନା ଯାଜପୁରରୁ? ଆଗରୁ ଆସିବାର ଥିଲା ପରା? ଆସିଲନି?"

ଏ ପ୍ରକାର ଅନାନ୍ତରିକ ପ୍ରଶ୍ନମାନଙ୍କ ସହ ନରହରି ବେଶ୍ ପରିଚିତ। ସେ' ବି ସେମିତି ନିରୁତ୍ସାହିତ ଭାବେ ଉତ୍ତର ଦେବେ, "ନା, ସିଧା ଭଦ୍ରଖରୁ ଆସୁଛି। ଆଜି ସଞ୍ଜଯାକେ ତ କାମ ସରିଲାନି। ତେଣୁ ଡେରିରେ ବାହାରିବାକୁ ହେଲା।"

ଏତିକି କଥା ପରେ ମନୋରମାଙ୍କ ନଜର ପଡ଼ିବ ଡିଭାନ ଉପରେ ବିଛେଇ

ପଡ଼ିଥିବା ନରହରିଙ୍କ ଝାଳ ସାଲୁବାଲୁ ସାର୍ଟଟି ଉପରେ। ସେ ଟିକେ ଟାଣ ସ୍ୱରରେ କହିବେ, "ହେଇ ଦେଖ ଅଭ୍ୟାସଟା ଛାଡ୍ତୁ ନାହିଁ। କେତେଥର କହିଛି ନା ଝାଳ ସରସର ସାର୍ଟଟି ବାଡ଼ ଉପରେ ଝୁଲାଇ ଦେବ। ପବନ ଲାଗି ଝାଳ ଶୁଖିଯିବ। ଏ ଡିଭାନ୍ ଉପରର ସୂକ୍ଷ୍ମ ଧୂଳିମଳି ସେ ଓଦାଳିଆ ସାର୍ଟରେ ଲାଗିବ କି ନାହିଁ।" ଗରଗର ହୋଇ ସେ ସାର୍ଟଟି ନେଇ ପବନ ତଳେ ଖଟବାଡ଼ରେ ଝୁଲାଇ ଦେବେ। ପଲଙ୍କ ବାଡ଼ରେ ଲୁଗା ଝୁଲିଲେ ତାଙ୍କୁ ବିରକ୍ତ ଲାଗେ। ପିଲାଦିନେ ବୋଉ କହିବାର ସେ ଶୁଣିଛନ୍ତି ଯେ ଖଟବାଡ଼ରେ ଲୁଗା ଟାଙ୍ଗିଲେ ଘରୁ ଲକ୍ଷ୍ମୀ ଛାଡ଼ିଯାନ୍ତି। ତଥାପି ଝାଳଗନ୍ଧଠାରୁ ଲକ୍ଷ୍ମୀ ଚାଲିଯିବାର ଭୟ ତାଙ୍କର କମ୍।

ପ୍ରଥମେ ପ୍ରଥମେ ନରହରି ଯେତେବେଳେ ଟୁର୍‌ରେ ଯାଉଥିଲେ ମନୋରମା ଅପୂର୍ବ ଉତ୍ସାହରେ ତାଙ୍କର ଦରକାରୀ ଜିନିଷପତ୍ର ଲୁଗାପଟା, ଟୁଥ୍‌ପେଷ୍ଟ ଠାରୁ ସାବୁନ୍ ଯାଏ, ସବୁକିଛି ସଜାଡ଼ି ଦେଉଥିଲେ। ବାଟରେ ଓ ପହଞ୍ଚି ସାରିବା ପରେ ଖାଇବାକୁ ଅସୁବିଧା ହେବ ବୋଲି ଟିଫିନ୍ ପ୍ୟାକେଟ୍ ଭରି ଦେଉଥିଲେ। ଏବେ ତ ଟୁର୍‌ଟା ତାଙ୍କର ନିତିଦିନିଆ ହେଇ ଗଲାଣି। କେବେ କେବେ ଅଚାନକ ବି ବାହାରି ଯା'ନ୍ତି। ତେଣୁ ଗୋଟାଏ ବ୍ୟାଗ୍‌ରେ ଟୁର୍ ପାଇଁ ସାବୁନ୍ ତେଲ, ଟୁଥ୍‌ପେଷ୍ଟ, ଔଷଧ ଓ ଲୁଗାପଟା ଓ ଅନ୍ୟାନ୍ୟ ଦରକାରୀ ଜିନିଷ ଭରି ହୋଇ ରହିଥାଏ। ଅଧିକ କିଛି ନିର୍ଦ୍ଦିଷ୍ଟ ଆବଶ୍ୟକୀୟ ଚିଜ ଓ ଟିଫିନ୍ ପୂରେଇ ଦେଇ ନରହରି ବସିଲା ଠାଆରୁ ଉଠି ଧାଆନ୍ତି।

ଥରେ ଥରେ ଟିଫିନ୍ ବାକ୍ସ ବି ମନୋରମାଙ୍କୁ ସଜାଡ଼ିବାକୁ ତର ହୁଏନାହିଁ। ମନୋରମା କହନ୍ତି, "ବାଟରେ ବସ୍ ରହଣି ଜାଗାରେ ଖାଇନେବ।" ନିହାତି ଯଦି ଅଡୁଆ ସମୟରେ ପହଞ୍ଚିବାର ଥାଏ ତ ବ୍ରେଡ୍ ଜାମ୍, ଫଳ ଓ ବିସ୍କୁଟ ଆଦି ବ୍ୟାଗ୍‌ରେ ରଖି ଦିଅନ୍ତି। ଆଗପରି ପୁରି, ସନ୍ତୁଳା, ଅଣ୍ଡାସିଝା କି ମିଠା ଏମିତି କିଛି ଦିଅନ୍ତି ନାହିଁ। ଏସବୁ ପାଇଁ ପ୍ରସ୍ତୁତି ତ ଲୋଡ଼ା। ନରହରି ବି କହନ୍ତି ନ ଦେବାକୁ। ଥରେ ଥରେ ସାଙ୍ଗମାନଙ୍କ ଗହଣରେ ବାହାରେ ଖାଇନିଅନ୍ତି ତ ଟିଫିନ୍ ପ୍ୟାକେଟ୍ ଡଷ୍ଟବିନ୍‌କୁ ଯାଏ। ଏମିତି କେତେଥର ଘଟିବା ପରେ ମନୋରମା ଆଉ କଷ୍ଟ କରି ତରବର ହୋଇ ଜଳଖିଆ ବନେଇକି ଦିଅନ୍ତି ନାହିଁ। ନରହରିଙ୍କର ବି ଦୁଃଖ କରିବାର କିଛି ନଥାଏ।

ଆଗରୁ ଟୁର୍‌ରୁ ସେ ଫେରିବା ବେଳକୁ ମନୋରମା ତତ୍‌ପର ହୋଇ ଉଠୁଥିଲେ। ସଙ୍ଗେସଙ୍ଗେ ସରବତ୍ ବନେଇ ଆଣି ଦେଉଥିଲେ। ତା'ପରେ ଧଡ଼ପଡ଼ ହୋଇ ଭଜା, ତରକାରି, ଦହିପଖାଳ ସହ ମାଛଭଜା ବାଢ଼ି ଦେଉଥିଲେ। ଅସମୟରେ ଯାତ୍ରା କାରଣରୁ ନରହରିଙ୍କର ପେଟ ଗରମ ହୋଇଯାଇଥିବ କାଳେ ସେଥିପାଇଁ। ଏବେ ସେ ତତ୍‌ପରତା ତାଙ୍କଠି ଆଉ ନାହିଁ। ନରହରି କେଉଁଠି ନା କେଉଁଠି ଖାଇପିଇ

ଆସିଥା'ନ୍ତି। ତେଣୁ କହନ୍ତି ଡେରିରେ ଖାଇଛି ଭୋକ ନାହିଁ। ସ୍ୱାମୀଙ୍କ ଫେରିବା ପଥ ଚାହିଁ କେତେପ୍ରକାର ବ୍ୟଞ୍ଜନ ପ୍ରସ୍ତୁତ କରି ବସିଥିବା ମନୋରମାଙ୍କର ମନ ମଉଳିଯାଏ। ସେ ଆନମନା ହୋଇଉଠନ୍ତି। ତେଣୁ ଆଜିକାଲି ଟୁରରୁ ଫେରିବା ପରେ ମନୋରମା ଆଉ ଆଗଭଳି ନରହରିଙ୍କ ପଥକ୍ଳାନ୍ତି ହାରିବାକୁ ବ୍ୟସ୍ତ ହୋଇ ଉଠନ୍ତି ନାହିଁ। ଏପରିକି ନ ମାଗିବା ଯାଏ ପାଣି ଗ୍ଲାସ୍‌ଟିଏ ବି ଆଣି ରଖନ୍ତି ନାହିଁ।

ଥରେ ଥରେ ତାଙ୍କ ନାରୀ ମନ ବ୍ୟସ୍ତ ହୋଇ ଉଠେ ତ, ସେ ଚାହା କି ସରବତ୍ ଟିକେ କରି ଆଣି ଦିଅନ୍ତି। ନରହରି ଅବଶ୍ୟ ସେ ସବୁ ପିଇ ନିଅନ୍ତି। କିନ୍ତୁ ସେ ସବୁ ଲୋଡ଼ା ଥିବାର ଭାବ ଆଦୌ ପ୍ରକାଶ କରନ୍ତିନି। ଏପରି ଭାବର ଅଭାବରେ ଆଜିକାଲି ନରହରିଙ୍କର ଯିବା ଆସିବା କାଳରେ ମନୋରମା ବ୍ୟଥା ବା ଉତ୍ସୁକତା ପ୍ରକଟ କରନ୍ତି ନାହିଁ। ତାଙ୍କର ମନ ଭିତରେ କ'ଣ ନରହରିଙ୍କର ଯାତ୍ରାର ସଫଳତାର କାମନା ନ ଥିବ ନା ସେ ଫେରିବା ପରେ ନରହରିଙ୍କ କ୍ଳାନ୍ତି ପାଇଁ କାତରତା ନ ଥିବ ? ନରହରି କିମ୍ବା ମନୋରମା, କେହି ହେଲେ ବି ନିଜର ମନର ଭାବ ପରସ୍ପରକୁ କେବେ ପ୍ରକାଶ କରନ୍ତି ନାହିଁ। ଖୁସି ବା ଦୁଃଖ ଯାହା ହେଲେ ବି। ଏସବୁ ଆଶା ପ୍ରତ୍ୟଶାର ବାରମ୍ବାର ପ୍ରତିହତ ହେବା କାରଣରୁ ସ୍ୱତଃ ସ୍ୱଭାବସିଦ୍ଧ ହୋଇଯାଇଛି ଦିହିଙ୍କ ଠାରେ ହୁଏତ।

ଆଜି ନରହରି କ୍ଳାନ୍ତ ତ ନିଶ୍ଚୟ। ତାଙ୍କ ମନ ଭିତରେ ଆଜି ଏକ ଉତ୍ସୁକତା ତାଙ୍କୁ ଅସ୍ଥିର କରି ପକାଉଛି। ସେଇ ଉତ୍ସୁକ ଆନନ୍ଦଟି ତାଙ୍କୁ ଏମିତି ମଗ୍ନ କରି ରଖିଛି ଯେ, ବିଗତ ଅତୀତର ସମସ୍ତ ମାନ ଅଭିମାନକୁ ବିସ୍ମୃତ ହୋଇ ଯାଇଛନ୍ତି ସେ।

ମନୋରମାଙ୍କ ମନ ଭିତରର ବଦ୍ଧମୂଳ ଅଭିମାନ ଏବଂ ତଦ୍‌ଜନୀତ ଉଦାସୀନତା ବିଷୟରେ ସେ ଅଜ୍ଞାତ ନୁହନ୍ତି। ମାତ୍ର ନରହରିଙ୍କ ସ୍ୱଭାବ ଟିକେ ଭିନ୍ନ ପ୍ରକୃତିର। ଅନ୍ୟ ସ୍ୱାମୀମାନଙ୍କ ପରି ସେ ସ୍ତ୍ରୀଠାରେ ଏକାନ୍ତ ଅନୁଗତ ହୋଇ ରହିବାକୁ ନିଜର ପୁରୁଷାକାରର ନ୍ୟୁନତା ବୋଲି ଭାବନ୍ତି। ମଧୁର ସମ୍ଭାଷଣ, ମନୋରଞ୍ଜକ କଥା ବା ଉପହାର ଦେଇ ନାରୀକୁ ସର୍ବଦା ତୁଷ୍ଟ କରି ରଖିଲେ ସ୍ତ୍ରୀଟିଏ ମନମୋଟିଆ ହୋଇଯାଏ। ସେ ଆଉ ପୁରୁଷର ପାଦ ସେବା ନ କରି ତା'ର ମୁଣ୍ଡରେ ଚଢ଼ିବ। ମହାଦେବଙ୍କ ମସ୍ତକରେ ଗଙ୍ଗୋତ୍ରୀ ଭଳି। ନାରୀ ପରିବାରର ସେବାକାରିଣୀ, ସନ୍ତାନଦାୟିନୀ ଏବଂ ମନୋରଞ୍ଜନ କାରିଣୀ। ତେଣୁ ସେ ପରିବାର ଓ ସନ୍ତାନ ଜନ୍ମର ଦାୟିତ୍ୱ ନେବ। ସ୍ୱାମୀର ସୁଖ ସନ୍ତୋଷ କଥା ବୁଝିବ। ସେବା କରିବ। ଏଥିପାଇଁ ତାକୁ ପ୍ରଶଂସା ବା ବାହାବା ଦେବାର କିଛି ନାହିଁ। ଏହା ତା'ର ଧର୍ମ। "ତମେ କାମ କରି ହାଲିଆ ହେଲଣି, ଏବେ ଟିକେ ରେଷ୍ଟ ନିଅ। ମୁଁ ସେ ବାକି କାମତକ

କରି ଦେଉଛି।" ଏ ସବୁ ସ୍ତ୍ରୈଣ ପୌରୁଷହୀନମାନେ ହିଁ କହନ୍ତି। ନରହରି ଏପରି ଗୌଣ ଶ୍ରେଣୀର ପୁରୁଷ ବୋଲି ନିଜକୁ ପ୍ରମାଣିତ କରିବାକୁ ଚାହାନ୍ତିନି।

ବିଛଣାରେ ପୁରୁଷ ତା'ର ସ୍ତ୍ରୀ ଠାରୁ ନିଜର ହକ୍ ଆଦାୟ କରିବ। ଏଥିରେ ସ୍ତ୍ରୀର ସହମତିର ଆବଶ୍ୟକତା ନାହିଁ। ସନ୍ତାନ ଜନ୍ମ, ପାଳନ ଓ ଘରର ଯତ୍ନ ତ ସ୍ତ୍ରୀର କର୍ତ୍ତବ୍ୟ। ସ୍ୱାମୀର ଏଥିରେ ମୁଣ୍ଡ ଖେଳାଇବାର କିଛି ନାହିଁ। ଯଦି କିଛି ଦରକାର ଅଛି ତ କୁହ, ବ୍ୟବସ୍ଥା କରାଯିବ। ସେଇ ମତଲବରେ ନରହରି କେବେ ମନୋରମାଙ୍କ ଭଲମନ୍ଦରେ ମୁଣ୍ଡ ପୂରାନ୍ତିନି କି ମନୋରମା କିଛି କହିଲେ 'ହୁଁ ହାଁ' କରି ଶୁଣି ଏକାନରେ ପୂରେଇ ସେ କାନରେ ଛାଡ଼ନ୍ତି। ମର୍ଦ୍ଦ ଲୋକର ଘର ଚଳେଇବାକୁ ପଇସା ଆୟ କରିବା ହେଉଛି ଏକମାତ୍ର ଦାୟିତ୍ୱ। ସେ ଦାୟିତ୍ୱ ନରହରି ବେଶ୍ ସୂଚାରୁ ରୂପେ ପାଳନ କରନ୍ତି।

ସେ ଟୁର୍‌ରୁ ଫେରିବା ପରଦିନ ଅଫିସ୍ ଗଲାପରେ ସବୁଦିନ ମନୋରମାଙ୍କ ଘରେ ସାଇପଡ଼ିଶାଙ୍କର ଆସର ଜମେ।

'ନାନୀ କୁହମ। ଭାଇନା ଏଥର ତମ ପାଇଁ କ'ଣ ଆଣିଥିଲେ? ବାଙ୍ଗାଲୋର ଯାଇଥିଲେ ପରା? ସେଠାକାର ପ୍ରସିଦ୍ଧ ସିଲ୍କ ଶାଢ଼ି ଆଣିଥିବେ ତ? ଆଉ ଚନ୍ଦନ ପରଫ୍ୟୁମ୍ ବି। ଦେଖାଅ ମ ଆମକୁ।'

ନୂଆକରି ସଂସାର କରିଥିବା ଚୁଲବୁଲି ରୋମି ଆସି ତାଙ୍କ ଦେହ ଶୁଙ୍ଘି ପକେଇବ। ମନୋରମା ଲାଜ ଓ କ୍ଷୋଭରେ ମରି ଯାଉଥିବେ। ମାତ୍ର ମୁହଁରେ ହସ ଖେଳେଇ କହିବେ, "କେତେ ଫୁଲେଇ ହେଉଛୁ ମ! ରହ ରମେଶଙ୍କୁ କହିବି ସେ ତୋତେ ରାତିରେ ଚନ୍ଦନରେ ଗାଧୋଇ ଦେବେ ଯେ ତୁ ଖାଲି ମହମହ ବାସୁଥିବୁ ସକାଳକୁ।"

ଦୁଇଟି ସନ୍ତାନର ମା' ସାବିତ୍ରୀ ଆଖି ନଚେଇ କହେ, "ଦେଖଉନ ତମର ବାଙ୍ଗାଲୋର ସିଲ୍କ ଶାଢ଼ି। ସାଆନ୍ତଙ୍କ ଆଗରେ ପ୍ରଥମେ ପିନ୍ଧିବ ବୋଲି ନୁଚେଇ ରଖିଚ ନାଇଁ? ହଉ ସିଏ ବି ଭଲ।"

ଏମିତି ହସମଜା ଥଟ୍ଟା ତାମସାରେ ମନୋରମା ନିଜ ଅନ୍ତରର ଦୁଃଖକୁ କିଛି ସମୟ ପାଇଁ ଭୁଲି ଯାଇଥା'ନ୍ତି। ଦିନ କଟିଯାଏ ସିନା, ମନୋରମାଙ୍କ ମନ କିନ୍ତୁ ଜାଣେ, ତାଙ୍କୁ କ'ଣ ମିଳିଥାଏ। କେତେ ସ୍ନେହ, କେତେ ଉପହାର।

ଥରେ ଥରେ ନରହରିଙ୍କୁ ସେ'ବି କଟାକ୍ଷ କରନ୍ତି, "ଏଇ ଶୁଣୁଚଟି, ତମେ ତ ଏଣେ ତେଣେ ଟୁର୍‌ରେ ଯାଉଚ। କିଛି ବି ତ ଆଣୁନ। ସେ ସାଇ ଫୁଲେଇ ମାଇପେ ମୋତେ ଆଉ ରଖେଇ ଦେଉ ନାହାନ୍ତି। ତାଙ୍କୁ କି ଉତ୍ତର ଦେବି ବୋଲି ମୋତେ ଲାଜ ଲାଗୁଛି। ମିଛ କଥା କହି କହି ମୁଁ ଥୋବରା ହୋଇଗଲିଣି।"

ନରହରି ଉତ୍ତର ଦିଅନ୍ତି, "କ'ଣ ଆଣିବି ଯେ। ମୋତେ ତ କିଛି କିଣାକିଣି ଆସେନି। ଯାହା କିଣିବା କଥା ତମେ ଏଇଠୁ କିଣି ନେଉନ।"

କୁହନ୍ତି ଏମିତି ସିନା, କାଣି କଉଡ଼ିଟେ କାଢ଼ି କେବେ ସେ ମନୋରମାଙ୍କୁ ଦିଅନ୍ତି ନି। "ଯାଅ ନିଅ, ମନ ଯାହା ତାହା କିଣିଆଣ।" ନିଜେ କେବେ ବି ସାଙ୍ଗରେ ନେଇ ବଜାର ଯାଆନ୍ତିନି। ତାଙ୍କ ମତରେ ସ୍ତ୍ରୀଲୋକମାନେ ଦୋକାନରେ ପଶି ହଜାରେ ବଛାବଛି କରି ସମୟ ନଷ୍ଟ କରନ୍ତି। "ତମେ ତ ଯିବ, ଦେଖିବ ପସନ୍ଦର ଜିନିଷଟି କିଣି ଆଣିବ। ଏତେ ହଜାରେ ଜିନିଷ, ଶହେ ଦୋକାନରେ ବୁଲିବୁଲି ଗୋଟାଏ ଜିନିଷ କିଣିବ କ'ଣ?"

ଏଇଥିପାଇଁ ମନୋରମା ଅଭିମାନରେ କେବେ ବି ନିଜ ପାଇଁ କିଛି କିଣିବାକୁ ବଜାର ଯାଆନ୍ତିନି। କ'ଣ କେଉଁ ଦୋକାନରେ ମିଳେ, ତେଣୁ ସେ କିଛି ବି ଜାଣନ୍ତିନି। ବାପଘର ଦିଆ ଲୁଗାପାଟାରେ ବା ବନ୍ଧୁ ଦିଆନିଆରେ ଯାହା ମିଳେ ସେଇଥିରେ ସେ ଚଳେଇ ନିଅନ୍ତି। କେବେ କିଛି ପାଇଁ ନରହରିଙ୍କୁ ଜିଗର କରନ୍ତିନି। ତାଙ୍କର ଏ ଚଳେଇ ନେବା ସ୍ୱଭାବକୁ ନରହରି ନ୍ୟୁନ କରି କୁହନ୍ତି, "ତୁମକୁ ପଇସା ଖର୍ଚ୍ଚ କରି ଆସେନା।" ଏମିତି କେତେ କ'ଣ ଅପମାନଜନକ କଥା ତାଙ୍କଠୁ ବି ମନୋରମା ଶୁଣୁଛନ୍ତି। ସବୁକୁ ହଜମ କରି ସଂସାର ଚଳେଇଛନ୍ତି ବି।

ଶେଷବେଳକୁ ପୁଅବୋହୂମାନେ ତାଙ୍କ ପାଇଁ ଯାହା ଆଣନ୍ତି ସେଥିରେ ସେ ମନର ଓରମାନ ମେଣ୍ଟାଇ ନିଅନ୍ତି। ନିଜେ ବଜାର ଯାଆନ୍ତିନି। ଏଇ ନ ଯିବାଟାକୁ ବି ନରହରି ଅଳସୁଆ କହି ନିନ୍ଦା କରିବାକୁ ଛାଡ଼ନ୍ତିନି।

ମନୋରମା ବଡ଼ ଅଭିମାନିନୀ। ଏବେ ଆଉ ନରହରିଙ୍କ ଠାରେ ତାଙ୍କର କିଛି ଦାବୀ ନାହିଁ, ଶାଢ଼ି, ଗହଣା କି ପ୍ରସାଧନ ସାମଗ୍ରୀ। କାରଣ ଯେବେ ବି ଯାହା ନରହରି ତାଙ୍କ ପାଇଁ ଯଦି ଆଣିଛନ୍ତି, ବାଟରେ ନିଜ ଝିଆରୀ, ଭାଇବୋହୂ ଓ ପୁତୁରାଙ୍କୁ ସେସବୁ ବାଣ୍ଟିଦେଇ ଚାଲି ଆସନ୍ତି। ମନୋରମାଙ୍କୁ ଦୁଃଖ ତ ଲାଗେ କିନ୍ତୁ ସେ ନୀରବ ରହନ୍ତି। ଖୁବ୍ ସ୍ପର୍ଶକାତର କଥା ଇଏ।

ବୟସ ଗଡ଼ିଯାଉଛି। ଏ ବୟସରେ ସ୍ୱାମୀର ସୋହାଗ ଉପହାରର ଆଶା ଆଉ କ'ଣ ଥାଏ? ଜୀବନର ଆଦ୍ୟକାଳରେ କରିଥିବା ଆଶା ଆକାଙ୍କ୍ଷା ସବୁ ଧୂଆଁ ହୋଇ ଆକାଶର ନୀଳିମାରେ ମିଶିଗଲେଣି। ସେ ଛୋଟ ଛୋଟ ଅପୂର୍ଣ୍ଣ ଆଶାମାନେ ଏବେ ଆଉ ମନୋରମାଙ୍କ ମନକୁ ଅନ୍ଧାର ସାଲୁବାଲୁ କରୁନାହାନ୍ତି। ମନୋରମା ଆଉ ଆଗର ସେ ମନୋରମା ହୋଇ ରହିନାହାନ୍ତି। ଅପୂର୍ଣ୍ଣ ଆଶା, ଏକାକୀତ୍ୱ, ଅହରହ ଅବିରାମ ଶ୍ରମ ତାଙ୍କୁ କ୍ଷୀଣ କରି ଅନେକ ରୋଗରେ ଆକ୍ରାନ୍ତ କରିଦେଇଛି।

ପୋଷା କୁକୁରଟିଏ ମାଇଲ ଦୂରରୁ ମାଲିକର ଦେହର ବାସ୍ନା ବାରି ଦ୍ୱାର ଜଗି ବସିବା ପରି ମନୋରମା ଆଉ ତାଙ୍କ ଫେରନ୍ତି ପାଇଁ ଦ୍ୱାର ଜଗି ବସୁ ନାହାନ୍ତି। ଭିତରୁ କବାଟର ଛିଟିକିଣିକୁ ସିଧା କରି ରଖିଦେଇଥାନ୍ତି ଯେ, ନରହରି ଫେରିବାପରେ ତାଙ୍କୁ ଆଉ ଯେପରି କବାଟ ଖୋଲିବାକୁ ଧାଇଁ ଆସିବାକୁ ପଡ଼ିବନି। ହାତଟିକେ ଦାବି ଦେଲେ ଛିଟିକିଣୀ ଖସିପଡ଼ିବ, କବାଟ ଖୋଲିଯିବ।

ଫେରିବା ପରଠାରୁ ନରହରି ସେମିତି ସୋଫାଟି ଉପରେ ନିଜ ଗୋଡ଼ ଦୁଇଟି ଟେକି ବସିରହିଛନ୍ତି। କାହାକୁ ଅପେକ୍ଷା କରିଛନ୍ତି ? ତାଙ୍କର ମନଟି ଆଜି ହାଲୁକା ଅଛି- ଖୁସି ଅଛି। କ'ଣ ପାଇଁ ? ଏବେ ତ ସେ ଆଉ ବାଙ୍ଗାଲୋରରୁ ଆସୁ ନାହାନ୍ତି ଯେ ବିଦେଶୀ ବନ୍ଧୁବାନ୍ଧବୀଙ୍କର ଉଷ୍ମ ସ୍ମୃତି ତାଙ୍କୁ ଅଦ୍ୟାପି ଉଲ୍ଲସିତ କରି ରଖିଛି !

ମନେ ମନେ ହୁଏତ ସେ ମନୋରମାଙ୍କୁ ଅପେକ୍ଷା କରିଛନ୍ତି। ସେ ଆସିବେ- ସବୁଦିନ ପରି ଚେଆରଟେ ଟାଣିଆଣି ପାଖରେ ବସିବେ- ଭଲମନ୍ଦ ପୁଛିବେ। "ଆଉ କେତେବେଳୁ ସେଠୁ ବାହାରିଲ ?" ନରହରି ଟୁଂ ଟାଂ କଥାକହି ନିଜର କ୍ଳାନ୍ତି ପ୍ରକଟ କରିବେ ତ ସେ ଉଠିଯାଇ ଲେମ୍ବୁ ସର୍ବତ ଗ୍ଲାସ୍‌ଟେ ତାଙ୍କ ହାତକୁ ବଢ଼େଇ ଦେଉ ଦେଉ ତାଙ୍କ ନଜର ଡିଭାନ ଉପରେ ପଡ଼ିବ ତ କଠୋର ହୋଇଉଠିବେ। ମା' ପୁଅକୁ ଆକଟ କଲାପରି ସେ କହି ଉଠିବେ, "କ'ଣ ଏମିତି ଯେଉଁଠି ଇଚ୍ଛା ସେଇଠି ପୋଷାକକୁ ଫିଙ୍ଗି ଦେଉଛ ମ।"

ନରହରିଙ୍କ ହାତରେ ସେ ମିଠା ସର୍ବତର ପାଣି ସବୁ ଲୁଣିଆ ପାଲଟି ଯାଉଥିବ। ସେ କିଛି ନ କହି ଏକ ଅତୃପ୍ତିର ଭାବ ପ୍ରକାଶ କରିବେ।

କାହିଁ ? ଏ ଯାଏଁ ମନୋରମା ଆସୁ ନାହାନ୍ତି ? କ'ଣ କରୁଛନ୍ତି ସେ ଭିତରେ ? ତାଙ୍କ ଆସିବାର ବାସ୍ନା ବାରି ସେ ତ ସବୁବେଳେ ପୋଷାକୁକୁରଟି ପରି ପାଖରେ ପହଞ୍ଚି ଯାଆନ୍ତି। ନରହରିଙ୍କର ଡାକିବା ଦରକାର ପଡ଼େନି। ତାଙ୍କର ଆଖି ପଢ଼ିନିଏ ନରହରିଙ୍କ ଭଲମନ୍ଦ ଖବର। ସବୁକଥା କ'ଣ ପଚାରି ଜାଣି ହୁଏ। ପ୍ରିୟ ମଣିଷଟିଏ ନିଜ ଲୋକକୁ ଦେଖିଲା ମାତ୍ରକେ ବୁଝିନିଏ ସବୁକିଛି ଆପଣାଛାଏଁ।

ସେଇ ଚାହାଣିକୁ ଖୋଜୁଥିଲେ ନରହରି ମନେ ମନେ। କଣ୍ଠରେ କଠୋର ହେଲେ ବି କେଡ଼େ ସ୍ନେହୀ ଶ୍ରଦ୍ଧାଶୀଳା ସେ। ତାଙ୍କର ରୁଚି ଅରୁଚି, ଦୁଃଖ ସୁଖ ସବୁକିଛି ବୁଝି ତା'ର ଉପଚାର ସ୍ୱତଃ କରି ନେଇଥାନ୍ତି ମନୋରମା। ଦିନେ ବି ନରହରିଙ୍କୁ ପାଟି ଫିଟେଇ ନିଜର ଅସୁଖ ଅସୁବିଧାକୁ ତାଙ୍କୁ କହିବାକୁ ପଡ଼ିନି। ସବୁକିଛି ତାଙ୍କର ରୁଚିକୁ ସୁହାଇଲା ପରି ସେ କରି ରଖିଥାନ୍ତି। ଅଥଚ କାହିଁକି ତଥାପି ନରହରି ଦିନେ ବି ତାଙ୍କୁ ପ୍ରଶଂସାର ସୁଖ ଟିକେ ଦେଇ ନାହାନ୍ତି ?

ଘର ଭିତରକୁ ପଶିଗଲେ ନରହରି। ଅଣ୍ଡାଳିଲା ଭଳି ଦୃଷ୍ଟିରେ ସବୁଆଡ଼କୁ ଚାହିଁଲେ ସେ। ଏଥର ମନୋରମାଙ୍କ ପାଇଁ ସେ ଯେ ଏକ ସୁନ୍ଦର ଉପହାର ଆଣିଛନ୍ତି। ତାଙ୍କୁ ସରପ୍ରାଇଜ୍ ଦେବେ। ଅଥଚ କୁଆଡ଼େ ଗଲେ ସେ?

ଶୋଇବା ଘର, ରୋଷେଇ ଘର, ବାହାର ଓଳି ବାରଣ୍ଡା, ସବୁଆଡ଼େ ସେ ମନୋରମାଙ୍କୁ ଖୋଜିଆସିଲେ। କୁଆଡ଼େ ତ ସେ ଦେଖାଯାଉ ନାହାନ୍ତି। ଶେଷରେ ସେ ଠାକୁରଘର ଆଡ଼େ ମୁହାଁଇଲେ। ନିଜର ଏକଲା ମନକୁ ଧରି ମନୋରମା ଅନେକ ସମୟ ଧରି ଏଇ କୃଷ୍ଣଙ୍କ ଫଟୋ ଆଗରେ ବସନ୍ତି। ତାଙ୍କର ସୁଲଳିତ କଣ୍ଠରେ ଭଜନ ବୋଲନ୍ତି। 'ସବୁତ ଦେଇଛ ଅଯାଚିତେ ପ୍ରଭୋ, କି ମାଗିବି ଆଉ କୁହ। ପ୍ରଣତି ଜଣାଏ ପ୍ରୀତିଭରେ ଆଜି ଢାଳି ମୋ ଆଖିର ଲୁହ।'

ନାଇଁ କିଛି ଗୀତ କି ଗୁଣୁଗୁଣୁ ମନ୍ତ୍ର, କିଛି ତ ଶୁଭୁନି। ସେ ଭିତରକୁ ଗଲେ। ହୁଏତ ସାଷ୍ଟାଙ୍ଗ ପ୍ରଣତି ଜଣାଉଛନ୍ତି ମନୋରମା। ନିଜର ବୟସ ବଢ଼ିବା ସାଙ୍ଗେ ସାଙ୍ଗେ ନରହରିଙ୍କ ସ୍ମୃତି ଶକ୍ତି ବି ଟିକେ ଟିକେ କମି ଆସିଥିଲା। ନାଇଁ ଏଠି ବି ତ ସେ ଦେଖା ଯାଉନାହାନ୍ତି?

କୃଷ୍ଣଙ୍କ ଫଟୋଟିକୁ ନିରେଖି ଦେଖିଲେ ନରହରି। ହସି ହସି ଚାହିଁ ରହିଛନ୍ତି ସେ କପଟୀ ନଟଖଟ ନନ୍ଦ କିଶୋର। କେବେ ବି ଭଗବାନଙ୍କୁ ହାତ ଯୋଡୁ ନ ଥିବା ନରହରିଙ୍କ ହାତ ଯୋଡ଼ିହୋଇ ନିଜ ମୁଣ୍ଡକୁ ଛୁଇଁଲା।

ତାଙ୍କର ଆଖିରୁ ଦି'ଧାର ଲୁହ ଗଡ଼ିଗଲା। ମନୋରମା ଯେ ଗତ କରୋନାରୁ ହଠାତ୍ ତାଙ୍କୁ ଛାଡ଼ି ଚାଲି ଯାଇଛନ୍ତି ସେ ନ ଥିବାବେଳେ। ତାଙ୍କର ଶୁଦ୍ଧିକ୍ରିୟା, କିଛିରେ ବି ତାଙ୍କୁ ଯୋଗ ଦେବାର ସୁଯୋଗ ନ ଦେଇ। ଏକଥା କାହିଁକି ତାଙ୍କ ସ୍ମୃତିରୁ ହଜିଗଲା ଆଜି? କାହିଁକି?

ବାସ୍ତବ ରାଜ୍ୟକୁ ଫେରିଆସିଲେ ନରହରି। ଉଦଗ୍ର ମନଟି ତାଙ୍କର ଉତୁରି ଉଠୁଥିବା କ୍ଷୀର ହାଣ୍ଡିରେ ଟୋପେ ପାଣି ପଡ଼ିଲା ପରି ଥ' ହୋଇଗଲା। ଏଇ କୃଷ୍ଣଙ୍କୁ ଡାକି ଡାକି ତାଙ୍କରି ଭିତରେ ମନୋରମା ଯେ ଏକାକାର ହୋଇ ଯାଇଛନ୍ତି। ନୀଡ଼ ଛାଡ଼ି ପକ୍ଷୀ ଉଡ଼ିଯାଇଛି ବୋଲି ଗଛ ଉପରେ ଥାକି ଯାଇଥିବା ଶୂନ୍ୟ ବସାଟି ଦେଖି କେହି ସହଜରେ ଜାଣିପାରେ କି? ସେ ନିଜେ ତ କୋଇଲି ପରି କୁଆବସାକୁ ଆସୁଥିଲେ ସବୁଦିନ।

ଏବେ ଏଇ ନୀଡ଼ଟି କୋଇଲିର ନା କୁଆର? କେଉଁଠିକୁ ତାଙ୍କର ଏ ନୀଡ଼ ବାହୁଡ଼ା!

■

# ଅଜବ ମଧ୍ୟସ୍ଥି

ହଠାତ୍ ସୁନୀତା ତା ଉପରେ କାହିଁକି ଯେ ବର୍ଷିପଡ଼ିଲେ ସେ କଥା ନିଜେ ବି ବୁଝିପାରିଲେନି ଅତୀତରେ ସେ ବହୁବାର ତାଙ୍କ ଘରକୁ ଆସିଛି। ଘଣ୍ଟା ଘଣ୍ଟା ଧରି ବସିଥାଏ। ଚାହା ଜଳଖିଆ ନ ଖାଇ କେବେ ବି ଫେରିନି। ସେଇ ଆବ୍ଦାରୀରେ ଏଯାବତ୍ ସେ ମଝିରେ ମଝିରେ ତାଙ୍କୁ ଫୋନ୍ କରେ। ସେଇ ପୁରୁଣା ଭଳି, ପ୍ରସ୍ତାବ ଦେବା ବାହାନାରେ କେବେ କେବେ ହଠାତ୍ ଆସି ଘରେ ବି ପହଞ୍ଚି ଯାଏ। ଏ ସବୁ ବଡ଼ପୁଅର ବାହାଘର ପ୍ରସ୍ତାବ ଚାଲୁଥିବା ବେଳର କଥା। ଏବେ କିନ୍ତୁ ସୁନୀତା ଆଉ ଆଗଭଳି ତାଙ୍କୁ ଉତ୍ସାହ ଦେଖାଇ ଘର ଭିତରକୁ ଡାକନ୍ତିନି। ସେଇ ଦୁଆରୁ ଦୁଆରୁ ହିଁ ଫେରାଇ ଦିଅନ୍ତି। "ଆଚ୍ଛା, ଆପଣଙ୍କ ସାନ ପୁଅର କିଛି ପ୍ରସ୍ତାବ ଆସିଲା କି ନାହିଁ ? ତା' ପାଇଁ ବି ଦେଖିବି - ଲାଗିବା ଜୋରସୋର। ଖୁବ୍ ଭଲ ଚାକିରିରେ ସେ ଅଛି। ଦରମା ବି କିଛି କମ୍ ନୁହେଁ, ତା ବି ଭାରତ ଭିତରେ । ଭଲ ଝିଅଟାଏ ନିଶ୍ଚେ ମିଳିଯିବ ଯେ।"

"ବଡ଼ ପୁଅ ପାଇଁ ଯେମିତି ଭଲ ଭଲ ପ୍ରସ୍ତାବ ଆଣୁଥିଲ, ସେମିତିକା ନା ?" ଖୁବ୍ ତାଚ୍ଛଲ୍ୟ କରି ସୁନୀତା କହନ୍ତି।

"ତାଙ୍କ କଥା ଅଲଗା ଥିଲା, ଆଉ ସାନର ପୋଜିସନ୍ ତ ଅଲଗା।"

ହଁ, ହଁ, ପୁଅର ବୟସ ବେଶି, ସାଙ୍ଗିଆ ବି ତମର କେମିତି ଜାତି ଠାରୁ ଅଲଗା। ଝିଅର ବାପାମାନେ ତ ପଚାରୁଛନ୍ତି ଏ ପିଲାର ଜାତି କ୍ଷତ୍ରୀୟ, ଖଣ୍ଡାୟତ, କରଣ ନା ବଙ୍ଗାଳୀ, ଆଉ କିଛି ବାପାତ ଫରେନ୍ ରେ ଚାକିରି କରୁଥିବା ପୁଅକୁ ନାପସନ୍ଦ କରୁଛନ୍ତି ଏୟା ତ ?" ସୁନୀତା କଟାକ୍ଷ କଲେ।

ବାଁରେଇ ହେଇ ସେ ନିଜେ- "ଜାଣିଛନ୍ତି ମ୍ୟାଡ଼ାମ୍ ସେ ଅମୁକ ପୁଅର ମା'ତ ଏବେ ପ୍ରିନ୍ସିପାଲ୍ ହେଇଗଲାଣି। ଆରବର୍ଷ ରିଟାୟାର କରିବେ। ତାଙ୍କ ଝିଅ ବି ଏ ଯାଏଁ ବାହାହେଇ ପାରିଲାନି।"

"ହଁ ମୁଁ ଜାଣେ, ସେ ଝିଅ ତା ମନପସନ୍ଦ ବର ନ ହେଲେ ବାହା ହେବନି କହି ଦେଇଛି। ତା ମାଆ ତ ଆଉ ଝିଅ ପାଇଁ ବର ଖୋଜୁନାହାନ୍ତି। ତୁମେ ଯେଉଁ ସବୁ ବର ତା ପାଇଁ ଜୁଟାଇ ଥିଲ ନା....।"

ସେ ପଟୁ ସେ ଟିକେ ଚୁପ୍ ପଡିଗଲା ଓ କହିଲା, "ହଁ ,ହଁ, ମୁଁ ତ ଚେଷ୍ଟା ଚଳେଇଛି। ଦେଖିବା କଣ କରାଯିବ।"

ସୁନୀତା କହିଲେ, "ଯେମିତି ଚେଷ୍ଟା ମୋ ବଡ଼ପୁଅ ପାଇଁ କରୁଥିଲ ସେମିତି ତ ?"

ସେ ବୋଧେ ତାର କାନମୁଣ୍ଡା ଆଉଁଷି ହେଲା ତା ପରେ ନିର୍ଲଜ ସାହସିକତା ଦେଖାଇ କହିଲା, "ମ୍ୟାଡ଼ାମ୍ ଆପଣଙ୍କ ପାଖେ ଆଉ କିଛି ପ୍ରସ୍ତାବ ଅଛି କି ? କରଣ ଖଣ୍ଡାୟତ କି ବ୍ରାହ୍ମଣ ପୁଅ କି ଝିଅର ?"

ସୁନୀତା ଉତ୍ତର ଦେଲେ, "ହଁ ବହୁତ ଅଛି ହେଲେ ମୁଁ ସେ ସବୁ ତମକୁ କାହିଁକି କହିବି ? କ'ଣ ତମର ଏ ବେଉସା ବଂଚେଇ ରଖିବାକୁ ?" ଏଥର ସେ ନିରୁତ୍ତର ହୋଇଗଲା।

ଏ ପ୍ରକାର ଟାଣକଥା ସୁନୀତା କେବେ କାହାକୁ କହି ପାରନ୍ତିନି। ସେ କଥା ସେ ନିଜେ ଅନୁଭବ କଲେ। ତା ପରେ ହଠାତ୍ ତାଙ୍କର ମନେ ପଡ଼ିଗଲା ଯେ,ତାଙ୍କର ବଂଧୁଙ୍କର ଝିଅପାଇଁ ଗୋଟାଏ ସୁନ୍ଦର ଶାଳୀନ ପ୍ରସ୍ତାବ ତାଙ୍କ ସାନପୁଅ ପାଇଁ ସେ ଆଣିଥିଲା। ଫଟୋ ବାୟୋଡ଼ାଟା ବି ଦେଇଥିଲା। ହେଲେ ଝିଅଟିର ଉଚ୍ଚତା ତାଙ୍କ ପୁଅସହ ବେଖାପ୍ ହେଲାବୋଲି ସେ ତାଙ୍କ ବଂଧୁଙ୍କୁ କହିଲେ କି ଏ ଫଟୋ ଓ ବାୟୋଡ଼ାଟା ମୋ ପାଖେ ଥାଉ। ଆଉ କେଉଁଠି ଭଲ ପ୍ରସ୍ତାବ ଆଖିରେ ପଡ଼ିଲେ କହିବି।

କଥାଟି ମନେ ପଡ଼ିଯିବା ମାତ୍ରେ ସେ ମଧ୍ୟସ୍ଥିଟି ଫୋନ୍ କରିଥିବା ନମ୍ବରକୁ ବ୍ୟାକ୍‌କଲ୍ କଲେ। ସ୍ତ୍ରୀ ଲୋକଟିଏ ଫୋନ୍ ଉଠେଇଲା ,ତ ସେ ତାକୁ କହିଲେ ଏଇ ବୟସ ଓ ଉଚ୍ଚତାର ପ୍ରସ୍ତାବଟିଏ ଥିଲେ କହିବାକୁ ତାକୁ ଟିକେ କହିଦେବେ।

ସେ ପଟୁ ମଧ୍ୟସ୍ଥିଟି ଫୋନ୍ ଧରି ନେଇ କହିଲା, "ହଁ ମ୍ୟାଡ଼ାମ୍ , ସେ ରାଉତଘର ପୁଅଟିର ଏ ଯାଏଁ ବାହାଘର ହେଇନି।"

ସୁନୀତା ଏଥର ସତରେ ରାଗିଉଠିଲେ। କହିଲେ, "ମୋ ବଡ଼ପୁଅ ତିନିବର୍ଷ ହେଲା ବାହାହେଇଗଲାଣି। ତା ପୂର୍ବରୁ ତମେ ସେ ରାଉତଘର ପୁଅ କଥା କହୁଥିଲ ନା ? ତମେ କଣ ସେଇ ପୁଅଟିକୁ ଧରି ତମର ଏ ମଧ୍ୟସ୍ଥି ବ୍ୟବସାୟ ଚଳେଇଛ ? ତମ ଦ୍ୱାରା ଆଦୌ ଖଡ଼ା ସିଝିବନି ବୁଝିଲ ?"

ଫୋନ୍ କାଟିଦେଇ ସେ ଭାବିହେଲେ ଏ ମଧ୍ୟସ୍ଥିଟି ବିଷୟରେ। ମଧ୍ୟସ୍ଥି କାମ ତାର ସାଇଡ୍ ବିଜ୍‌ନେସ୍। ସେ କହେ କେଉଁ ମ୍ୟାନେଜ୍‌ମେଣ୍ଟ କଲେଜ୍‌ରେ ସେ ଚାକିରି କରିଛି କାଳେ। ଅନ୍ୟମାନଙ୍କ ପାଇଁ ପୁଅ ଝିଅ ଖୋଜାଖୋଜି ଧନ୍ଦା ଚଳେଇଛି। ଅଥଚ ତା ନିଜର ବାହାଘର ଏ ଯାଏଁ ହେଇନି,ବୟସ ଗଡ଼ି ଯାଉଛି। କେତେହେବ ତାର ବୟସ ? ଚାଳିଶି ନା ପଇଁତିରିଶି ? ପତଳା ଧେଡ଼ିଆ ମଧ୍ୟମ ଉଚ୍ଚତାର ନିହାତି ନଜର ନ ପଡ଼ିବା ଭଳି ଟୋକାଟିଏ । ଏକଲା ରହେ। ଦିନରେ ଚାକିରୀ ,ସଂନ୍ଧ୍ୟା ଓ ସକାଳେ ଯା ଘର ତା ଘରେ ବିବାହ ପ୍ରସ୍ତାବ ଦିଆନିଆ ଚଳାଏ। ତାର କଥାବାର୍ତ୍ତାର ଅପରିପକ୍ୱତା ଓ ନିମ୍ନ ନିଉନ ଭାବ ପ୍ରଦର୍ଶନରୁ ମନେ ହୁଏ ଆହୁରି କମ୍ ତାର ବୟସ ।

ସୁନୀତାଙ୍କ ବଡ଼ପୁଅ ବିବାହ ପୁର୍ବରୁ ବେଶ୍ ତିନିବର୍ଷ ସେ ତାଙ୍କ ଘରକୁ ଧାଉଡ଼ି ଲଗେଇ ଥିଲା। ମଧୁର ମଧୁର କଥା କହି ଲୋଭନୀୟ ପ୍ରସ୍ତାବ ସବୁ ଅଛି ବୋଲି ଆଶା ଦେଖାଇ କିଛି କରିବାର ପ୍ରତିଶ୍ରୁତି ଦେଇ ସେ ସୁନୀତା ଙ୍କ ସହ ଏକ ଆପାତଃ ସମ୍ପର୍କ ଯୋଡ଼ିଦେଇଥିଲା।

ପ୍ରାୟତଃ ଓପରଓଳି ସେ ପହଞ୍ଚିଯାଏ। ସୋଫାଟା ଉପରେ ବସିଯାଏ। ପକେଟରୁ କେତେଟା ନୂଆ କିମ୍ବା ଘଷରା ଫଟୋ ଓ ଟୁକୁରା କାଗଜରେ ରାଶି ଜାତକ ଆଦି କାଢି ସେଣ୍ଟର ଟେବୁଲ୍ ଉପରେ ମେଲାଇ ଧରି ସୁନୀତାଙ୍କୁ ପ୍ରଲୋଭିତ କରେ। ଗୋଟାଏ ଭଲ ପ୍ରସ୍ତାବ ପାଇବା ଆଶାରେ ସୁନୀତା ଆଗେ ରାଶି ଜାତକ ଦେଖି ପୁଅ ଜାତକ ସହିତ ମିଶୁଥିବା ଝିଅମାନଙ୍କର ଫଟୋକୁ ନିରିଖେଇ ଦେଖନ୍ତି। ସେ ଘଷରା ଫଟୋ ଦେଖି ପଚାରନ୍ତି, "ଏ ଗୁଡ଼ାକ ଏତେ ଘଷରା କାହିଁକି ?"

ସେ ଉତ୍ତର ଦିଏ ପ୍ରତିଦିନ କେତେକେତେ ପିତାମାତାଙ୍କୁ ଫଟୋ ଦେଖାଉଛି । ସେମାନଙ୍କ ହାତ ବାଜି ସେମିତି ହେଇଯାଉଛି ଫଟୋ ଓ ଜାତକ ସବୁ। କ'ଣ ଆଉ କରିବା ? ପସନ୍ଦ ହେଉଥିବା ଫଟୋର ଜାତକ ଓ ବାୟୋଡ଼ାଟା କାଗଜରୁ ସୁନୀତା ଫୋନ୍ ନମ୍ବର ନେଇ ଝିଅର ବାପା କି ମାଆଙ୍କୁ ଫୋନ୍ ଲଗାନ୍ତି। ସେପଟୁ ସେ ମାଆ ମାନଙ୍କର ଭାଉ କାହିଁରେ କ'ଣ। ଆଗଭଳି ଝିଅ ପିତାମାତାର ଆଗ୍ରହ ଓ ଉତ୍ସାହ ତାଙ୍କ ମାନଙ୍କଠାରେ ପରିଲକ୍ଷିତ ହୁଏନା। କେତେ କ'ଣ ପଚାରି ପଚାରି ସୁନୀତା କୁ ବ୍ୟସ୍ତ କରିପକାନ୍ତି। ସୁନୀତା ଏଡ଼େ ଯୋଗ୍ୟ ପୁଅର ମାଆ ହୋଇ ବି ନିଜକୁ ସେମାନଙ୍କ ଠାରେ ନଗଣ୍ୟ ମନେ କରନ୍ତି। ସେମାନଙ୍କର ଯେ ସୁନୀତାଙ୍କ ପୁଅକୁ ପସନ୍ଦ ନାହିଁ। ସେମାନଙ୍କ ଏକଥାରୁ ଅନୁମାନ କରିପାରନ୍ତି ସେ। କିଏ ପୁଅର କ୍ୱାଲିଫିକେସନ୍ ,କିଏ ତାର ଚାକିରୀ, କିଏ ତାଙ୍କ ସାଙ୍ଗିଆ ବିଷୟରେ ନାନା କଥା ଉଠାନ୍ତି। ସୁନୀତା ଜାଣନ୍ତି ସେମାନେ ଆଜିକାଲି ର ନୂଆପାଠ, ନୂଆ ପ୍ରକାର ଚାକିରୀ ବିଷୟରେ ନିଶ୍ଚୟ

ଅଙ୍କ। ତାଙ୍କର ମନ ସେ ବାପାମାଆଙ୍କ ପ୍ରତି ନୁହେଁ, ଝିଅ ପ୍ରତି ନୁହେଁ, ମଧ୍ୟସ୍ଥିଟି ପ୍ରତି ଛି' ହୋଇଯାଏ।

କହିବା ବାହୁଲ୍ୟ ସୁନୀତାଙ୍କ ପୁଅ ବେଶ୍ ସୁଦର୍ଶନ, ଦୀର୍ଘାଙ୍ଗ, ଉଜ୍ଜଳ ରଂଗ ଏବଂ ଦେଶ ଓ ବିଦେଶରୁ ଉଚ୍ଚଶିକ୍ଷା ଗ୍ରହଣ କରି ଅତ୍ୟନ୍ତ ଯୋଗ୍ୟ। ତେଣୁ ତ ସେ ସିଧା ବିଦେଶ ଚାକିରିରେ ବାହେଲ୍। ବିଦେଶରେ ପାଠପଢ଼ା ଓ ଚାକିରି ଯୋଗୁଁ ବିବାହ ଯୋଗାଯୋଗ ଠିକ୍‌ରେ ହୋଇ ନ ପାରିବାରୁ ବୟସ ତିରିଶି ଟପିଯାଇଛି। ସଚ୍ଚରିତ୍ର, ସଂସ୍କାରୀ ଓ ସଲ୍ଲଜ ଚରିତ୍ରର ବୋଲି ତ ପୁଅ ନିଜେ କେହି ଝିଅକୁ ନିଜେ ଠିକ୍ କରି ନେଇନି। ନ ହେଲେ ଆଜିକାଲିର ପୁଅଙ୍କ କଥା ତ ଛାଡ଼୍.... ଝିଅମାନେ ବି ଯାହା କରୁଛନ୍ତି...।

ଆରେଞ୍ଜଡ୍ ମ୍ୟାରେଜ୍‌ରେ ପୁଅ ଝିଅଙ୍କର ଏତେ ନଖରା ବାହାରେ ଯେ ଯିଏ ପ୍ରସ୍ତାବ ଯୋଗାଯୋଗ କରେ ସେ ବୁଝିଛି। ପୁଅ କହିବ ଝିଅର ଏୟା ପାଠପଢ଼ା ଥିବ, ଏମିତି ରଂଗ ଉଚ୍ଚତା ଇତ୍ୟାଦି ଇତ୍ୟାଦି। ଆଉ ତା' ଘର ପରିବାର ବିଷୟରେ ଜାଣିବା ତମ ଦାୟିତ୍ୱ। ଏଇସବୁ ଲାଗି ସୁନୀତା ଖୁବ୍ ହତାଶ ହୋଇ ପଡ଼ିଥିଲେ। ତେଣୁ ଏ ଅପାରଗ ମଧ୍ୟସ୍ଥିଟି କେଉଁଠୁ ଆସି କେଜାଣି ସ୍ୱୟଂ ଉପସ୍ଥିତ ହେଇଗଲା ତ, ସେ ଯାହା କହେ ତାକୁ ଆଗ୍ରହର ସହ ସେ ଶୁଣନ୍ତି। ସେ ଅନୁସାରେ କାମ କରି ଆତ୍ମଶ୍ଲାଘା ବି ଅନୁଭବ କରନ୍ତି। କନ୍ୟାପିତା ମାନଙ୍କର ନାକାରତ୍ମକ ମନ୍ତବ୍ୟ କଥା ସେ ପ୍ରସ୍ତାବ ଦେଇଥିବା ମଧ୍ୟସ୍ଥିକୁ କୁହନ୍ତି ତ ମଧ୍ୟସ୍ଥଟି କହେ ପୁଅର ତ ବୟସ ହେଇଗଲାଣି କ'ଣ ଆଉ କରିବା।

ସୁନୀତା କହନ୍ତି, "ଆଜିକାଲି ତ ଅଠେଇଶ ବତିଶ ବୟସର ଝିଅର ପ୍ରସ୍ତାବ ତୁମେ ଆଣୁଛ। ଆଉ ତିରିଶି ବର୍ଷର ପୁଅକୁ କହୁଚ ବୟସ ଗଲାଣି, ଏ କି କଥା !" ଏ ସବୁ ଶୁଣି ମଧ୍ୟସ୍ଥିଟି ଚୁପ୍ ରହେ ଓ ଆଉ କେତୋଟି ଯାତ୍ରୁସାତ୍ରୁ ପ୍ରସ୍ତାବ କଥା କହି ଚା' ଜଳଖିଆ ଖାଇ ଘଣ୍ଟାଏ ବସି, ଟିଭି ଦେଖି ସୁନୀତାଙ୍କର ବହୁତ ସମୟ ନଷ୍ଟ କରେ। ସୁନୀତା ତାକୁ 'ଯାଅ' ବୋଲି ବି କହି ପାରନ୍ତିନି।

ଘରେ ସ୍ୱାମୀ ପୁଅ ନିଜ କାମରେ ବାହାରେ ଥିବାରୁ ସୁନୀତା ଏକୁଟିଆ ପୋଷା କୁକୁରଟିଏ ସହ ଥା'ନ୍ତି। ସଂନ୍ଧ୍ୟା ଯାଏ ଏକା ଏକା। ତେଣୁ ସେ ମଧ୍ୟସ୍ଥି ଟୋକା ଓପରଓଳି ଆସିଲେ, ତାଙ୍କର କିଛି ଏକଲାପଣକୁ ଆଶା-ନିରାଶା, ଯୁକ୍ତିତର୍କରେ ତାଙ୍କ ନୀରବ ପରିସରକୁ ମୁଖର କରି ରଖେ।

ଥରେ ଥରେ ସୁନୀତା ତା ସହ ଅନ୍ୟ ଆଡ଼ୁ ଆସୁଥିବା ଭିନ୍ନ ପ୍ରସ୍ତାବ ବିଷୟରେ ମଧ୍ୟ ଗପନ୍ତି। "ତମେ ତ କହୁଚ ବୟସ ଗଡ଼ି ଗଲାଣି ବୋଲି ମୋ ପୁଅ ପାଇଁ ଭଲ

ପ୍ରସ୍ତାବ ଆଣିପାରୁନ"। ତେବେ ଏଡ଼େ ସୁନ୍ଦର ସୁନ୍ଦର ଝିଅର ପ୍ରସ୍ତାବମାନ ଏଡ଼େ ଭଲଘରୁ କିପରି ଆସୁଛି ?" ଲୋକଟା ଆଗ୍ରହ ପ୍ରକାଶ କରି କହେ, "ଦେଖି ଦେଖି, କି କି ପ୍ରସ୍ତାବ ସବୁ ଆସିଛି ?" ସରଳତାରେ ସୁନୀତା ସେ ଝିଅଙ୍କର ଫଟୋ ଓ ଜାତକମାନ ଆଣି ସେ ଲୋକଟାକୁ ଦେଖାନ୍ତି। ସେସବୁ ଦେଖାଇ ସେ ମନେମନେ ବି ଗର୍ବିତ ଅନୁଭବ କରନ୍ତି ଯେ "ତୁ ଯାହା କହୁଥିଲୁ ,କେଡ଼େ ଭୁଲ୍ ସେ କଥା ଦେଖ୍‌ରେ ନିର୍ବୋଧ।"ଲୋକଟା ସେ ସବୁ ବେଶ ସମୟ ଧରି ଦେଖେ ଓ ତା'ପରେ ଜଲ୍‌ଦିଜଲଦି ଉଠିଯାଏ।

ପ୍ରସ୍ତାବ ଦେବା ଆଳରେ ତାହାର ବାରବାର ଆସିବାକୁ ସୁନୀତା ଅପସନ୍ଦ କରୁଥିଲେ ବି ତାକୁ ଆସିବାକୁ ମନା କରିପାରୁ ନଥିଲେ। ଅତ୍ୟନ୍ତ ନିର୍ଲଜ ପରି ସେ ହସିହସି ଆସେ, ଏଣୁ ତେଣୁ କଥା ଝିଅ ଓ ଝିଅ ପରିବାର ସମ୍ପର୍କରେ କହେ। ଚା ଜଳଖିଆ ନ ଖାଇବା ଯାଏ କିନ୍ତୁ ଉଠେ ନାହିଁ।

ସୁନୀତାଙ୍କ ପୁଅ ଓ ସ୍ୱାମୀ ଏ ସବୁ ଦେଖନ୍ତି। କେବେକେବେ ଉପ୍ରୋଧରେ ଭଲଲୋକୀ ଦେଖାଇ ଲୋକଟା ସହ ପଦେ ଦି'ପଦ କଥା ହୁଅନ୍ତି। ନୂଆ ପ୍ରସ୍ତାବ ଆଣିବା ଆଳରେ ଲୋକଟା ବାରଂବାର ଆସେ, ଅଥଚ ସେମିତି ନୂଆ କିଛି ନ ଥାଏ ତା ପାଖରେ।

ସୁନୀତା କ୍ରମେ ବୁଝିଗଲେ ଯେ ଲୋକଟା ଏକ ଫାଲ୍‌ତୁ ମଧ୍ୟସ୍ଥି। କିନ୍ତୁ, ଜଳଖିଆ, ଚା ଛଡ଼ା ପଇସାଟିଏ କେବେ ମାଗେନି, କି ସେ କଥା ଉଠାଏନି ବି। ସୁନୀତା ଜାଣନ୍ତି ଏ ମଧ୍ୟସ୍ଥିମାନେ କେତେ ଲୋଭୀ। ଅଥଚ ଏ ଲୋକଟାର ଲୋଭ ତ ସେ କେବେ ଦେଖି ନାହାନ୍ତି। ଅବଶ୍ୟ ଲୋକଟା ତାଙ୍କ ନିଜ ଅଞ୍ଚଳର। ସେଥିପାଇଁ ବୋଧେ...।

ସୁନୀତା ବୁଝି ଯାଇଥିଲେ ଯେ ଲୋକଟାର କେବେ କିଛି ପ୍ରସ୍ତାବ କେଉଁଠି ହେଲେ ବି କାର୍ଯ୍ୟକାରୀ ହୋଇ ନ ଥିବ। କାରଣ ଯେଉଁ ମଧ୍ୟସ୍ଥି ବରଘରେ ଝିଅଘରର ଦୁର୍ଗୁଣ ଓ ଝିଅ ଘରେ ବରଘରର ଦୁର୍ଗୁଣ ବିଷୟରେ ଗପେ ତା'ର କୌଣସି ବି ପ୍ରସ୍ତାବରେ ସଫଳ ହେବା ତ ଅନିଶ୍ଚିତ। ସେ ଯେ ଜଣେ ଅପାରଗ ମଧ୍ୟସ୍ଥି, ଏକଥା ବେଶ୍ ହୃଦୟଙ୍ଗମ କରି ପାରୁଥିଲେ ବି ସୁନୀତା ତାକୁ ନିଜ ଅଞ୍ଚଳରେ ପିଲା ବୋଲି ରୋକ୍‌ଠୋକ୍ କିଛି କହିପାରୁ ନ ଥିଲେ।

ଏମିତି ଅବେଳରେ ଆସି ସେ ସୁନୀତାଙ୍କ ବହୁମୂଲ୍ୟ ସମୟକୁ ନଷ୍ଟ କରେ। ବୁଡ଼ିଯିବା ଲୋକ କୁଟା ଖଣ୍ଡକୁ ଆଶ୍ରା କରିବା ପରି ସୁନୀତା ତାକୁ ଆଡ଼େଇ ଦେଉ ନ ଥିଲେ ଏଇ ଆଶାରେ ଯେ କାଳେ ଦିନେ ଭଲ ପ୍ରସ୍ତାବଟିଏ ସେ ଆଣିକରି ଦେବ।

ଅବଶ୍ୟ ଲୋକଟା ଏମିତି ବହୁ ଲୋକଙ୍କ ଘରକୁ ଯାଉଥିବାରୁ ବହୁ ବଡ଼ବଡ଼ ଆଶାୟୀ ପରିବାର ସହ ସେ ଜବରଦସ୍ତ ଯୋଡ଼ି ହୋଇ ରହିଥାଏ। ତେଣୁ ତାକୁ ସୁନୀତାଙ୍କ ସହ ଗପିବାକୁ ବହୁତ ଖୋରାକ ମିଳିଯାଏ। ତାର ଏ ଅଯଥା ବାରଂବାର ଆସିବାରେ ସୁନୀତା ଏଥର ବିରକ୍ତ ହେବା ଆରମ୍ଭ କରିଦେଲେ। କାରଣ ତାଙ୍କ ସ୍ୱାମୀ ପୁଅମାନେ ମଧ୍ୟ ଲୋକଟାର ଅପାରଗ ପଣିଆ ବିଷୟ ଅନୁମାନ କରି ସାରିଥିଲେ। ସେମାନେ ସୁନୀତାଙ୍କ ଆଗରେ ଲୋକଟାର ଆସିବାକୁ ନେଇ ରୁଷ୍ଟ ହେଲେ।

ସୁନୀତା କହିଲେ 'ତୁମେମାନେ ତାକୁ ମନା କରୁନ ଆସିବାକୁ'। ମୁଁ ସିନା ମୁଖଲଜ୍ଜାରେ କିଛି କହିପାରୁନି। ଉତ୍ତରରେ ସେମାନେ କହିଲେ, "ତୋର ତା'ସହ କିପରି ସମ୍ପର୍କ ସେ କଥା ତୁ ଜାଣୁ। ଆମେ କାହିଁକି ସେଥିରେ ପଶିବୁ ?"

ଏ କଥାରେ ସୁନୀତା ଖୁବ୍ ଦୁଃଖୀ ହୋଇପଡ଼ିଲେ। ଲୋକଟାକୁ କହିଲେ ସୁବିଧାଜନକ ପ୍ରସ୍ତାବ ନ ହେଲେ ଆମ ଘର ଦୁଆର ମାଡ଼ିବନି ଆଉ। ଭଗବାନଙ୍କ ଦୟାରୁ ଥରେ ଏକାବେଳକେ ତିନିଟି ଭଲଭଲ ଘରୁ ସୁନ୍ଦରୀ ଝିଅ ତିନିଟିର ପ୍ରସ୍ତାବ ଅନ୍ୟସୂତ୍ରରୁ ସୁନୀତାଙ୍କ ପାଖରେ ପହଞ୍ଚିଲା। ସେଥିରୁ ଗୋଟାଏ ପ୍ରସ୍ତାବ ସେ ଠିକ୍ କରିନେଲେ। ଥରେ ସେ ମଧ୍ୟସ୍ଥି ଫୋନ୍ କରିଥିଲା ତ ସୁନୀତା ଆତ୍ମଗର୍ବରେ ସେସବୁ କଥା ତାକୁ ବଖାଣି ଦେଲେ।

ହଠାତ୍ ଦିନେ ସେ ମଧ୍ୟସ୍ଥି ଆସି ଆର୍ବିଭାବ ହୋଇଗଲା। ୟାଡୁ ସ୍ୟାଡୁ ଆହୁରି ଗୁଡ଼ାଏ ପ୍ରସ୍ତାବ ଥିଲା ବୋଲି କହି ସୁନୀତାଙ୍କ ମନ ବହଲେଇ ଦେଲା। ତାପରେ କହିଲା, "ଆଚ୍ଛା ଆପଣଙ୍କର ସେ ପ୍ରସ୍ତାବଗୁଡ଼ାକ ଦେଖିବା। ଆପଣ ଯେଉଁମାନଙ୍କୁ ରିଜେକ୍ଟ କଲେ ସେଗୁଡ଼ିକ ମୋତେ ଦେବେ। ମୁଁ ସେମାନଙ୍କ ପାଇଁ ଭଲ ପ୍ରସ୍ତାବ ଯୋଗାଡ଼ କରିଦେବି।"

ସୁନୀତା କହିଲେ, "ଏ ଝିଅମାନଙ୍କର ବାପାମାଙ୍କୁ ନ ଜଣେଇ ମୁଁ ତମକୁ ସେମାନଙ୍କ ପାଇଁ ବର ଖୋଜିବାକୁ କହିବାଟା ଠିକ୍ ହେବ କି?" ତାପରେ ସେ ତ ଜାଣିଥିଲେ ଲୋକଟା କେତେ ପାରିବାର। ଲୋକଟା ଜଣେ ଉତ୍ତମ ବର ଓ ତା ଘର ବିଷୟରେ ସୁନୀତାଙ୍କୁ କହିଲା। ସୁନୀତା ଭାବିଲେ ସବୁଠୁ ସୁନ୍ଦର ଯେଉଁ ପ୍ରସ୍ତାବଟି ସେ ଜାତକର ସାମାନ୍ୟ ତ୍ରୁଟିରୁ ବାଦ୍ କରିଦେଇଥିଲେ। ସେଇ ଝିଅଟି ପାଇଁ ସେ ମଧ୍ୟସ୍ଥକୁ ବର ବୁଝିବାକୁ କହିବେ। ତେଣୁ ସେ ଝିଅର ବାପାଙ୍କୁ ସେଥିପାଇଁ ଅନୁମତି ମାଗିଲେ। ମାତ୍ର ଝିଅଟିର ବାପା କହିଲେ, "ଆପଣଙ୍କ ପୁଅପାଇଁ ସେ ପ୍ରସ୍ତାବଟି ସିନା ଦେଇଥିଲି। ଯଦି ଆପଣଙ୍କ ଘରେ ନ ହେଲା ତ, ମୁଁ ନିଜେ ଅନ୍ୟଆଡ଼େ ଝିଅପାଇଁ  ଆଉ ଗୋଟେ ଯୋଡ଼େ ବର ଦେଖିଚି। ସେଇଠୁଁ ଠିକ୍ କରି ନେବା। ସେ ମଧ୍ୟସ୍ଥିକୁ କିଛି କୁହନ୍ତୁ ନାହିଁ।"

ମଧ୍ୟସ୍ଥିଟି ଆଗରେ ସେ ଝିଅର ବାପା ସହିତ କଥା ହେଉଥିଲେ। ତେଣୁ ଝିଅର ଫଟୋ ଓ ଜାତକ ଫେରାଇ ଦେଇ ମଧ୍ୟସ୍ଥିଟି ମନ ଦୁଃଖ କରି ଉଠିଲା। ତା' ମନ ଦୁଃଖ ଦେଖି ସୁନୀତା ସମ୍ବେଦନଶୀଳା ହୋଇ କହିଲେ, "ଠିକ୍ ଅଛି। ମୋ ପୁଅର ବାହାଘର ଭୋଜି ଖାଇବାକୁ ନିଶ୍ଚୟ ଆସିବ।" ଲୋକଟା ଖୁସି ହୋଇ, 'ହଁ' ମାରି ଚାଲିଗଲା।

ହଠାତ୍ ସୁନୀତାଙ୍କର ହୃଦ୍‌ବୋଧ ହେଲା ଯେ, ବୋକା ଓ ଅପାରଗ ଭଳି ଲାଗୁଥିବା ଏ ଲୋକଟା ଆଦୌ ସରଳ ନୁହେଁ। ମଧ୍ୟସ୍ଥି କରିବାର ଆଳରେ ସେ ହୁଏତ ପୁଅଝିଅ ଥିବା ଘରେ ଆଡ୍ଡା ଜମେଇ ନିଜପାଇଁ କନ୍ୟା ଖୋଜୁଛି କିମ୍ବା ତାଙ୍କଠାରୁ ଅନ୍ୟ ପ୍ରସ୍ତାବ ବିଷୟରେ ସବୁ ଜାଣିନେଇ, ସେ ଅନ୍ୟ ଘରମାନଙ୍କରେ ପ୍ରବେଶ ପାଇଁ ବାଟ ଖୋଜି ନେଉଛି। ତା' ସହିତ ସେ ଯେହେତୁ ଅବିବାହିତ ଓ ଏକୁଟିଆ ରହୁଥିଲା, ଅନ୍ୟମାନଙ୍କ ଘରେ ଏମିତି ଘଣ୍ଟାଘଣ୍ଟା ପାରିବାରିକ ମାହୋଲରେ ରହି ନିଜର ଏକ୍‌ଲା ପଣିଆ କଟାଇବା ସହିତ, ସକାଳ ସଞ୍ଜର ଜଳଖିଆ ଓ ଚାହାର ବ୍ୟବସ୍ଥା ମଧ୍ୟ ବିନା ଦେୟରେ କରିନେଉଛି। ତାଙ୍କର ଏଡ଼େ ଯୋଗ୍ୟ ପୁଅ ପାଇଁ କୌଣସି ଭଲ ପ୍ରସ୍ତାବ ସେ ନ ଆଣିବା ମୂଳରେ ଏଇ କାରଣଟି ନିଶ୍ଚିତ ରହିଛି।

ଯେବେଠାରୁ ସେ ତାକୁ ଭଲ ପ୍ରସ୍ତାବ ଆଣିଲେ ଆସିବନି ବୋଲି କହିଲେଣି ସେବେଠୁଁ ସେ ଘରକୁ ନ ଆସି ବେଳେବେଳେ ଫୋନ୍ ହିଁ କରେ। ଏଣୁ ତେଣୁ ତାର ମଧ୍ୟସ୍ଥିପଣ ବିଷୟରେ କହେ।

ପୁଅର ବିବାହ ବଡ଼ ହୋଟେଲ୍‌ରେ ଧୂମ୍‌ଧାମ୍‌ରେ ହେବା ଦିନ ସେ ମଧ୍ୟସ୍ଥିଟି ମଧ୍ୟ ଭୋଜି ଖାଇବାକୁ ଯାଇଥିଲା। ସୁନୀତାଙ୍କୁ ଦେଖି ଟିକେ ଲାଜେଇ ଲାଜେଇ ଗଲା। ସୁନୀତା ବି ଖୁସି ହେଲେ। ଲୋକଟା ଆସିଛି, ଭଲ ହେଲା। ସେ' ତ ତାକୁ ନିମନ୍ତ୍ରଣପତ୍ର ଦେଇ ନ ଥିଲେ। ତଥାପି ସହୃଦୟତା ରକ୍ଷାକରି ଭୋଜିକୁ ଆସିଛି।

ଭୋଜି ପରଦିନ ସ୍ୱାମୀ ସୁନୀତାଙ୍କୁ କହିଲେ, ଯା'ହେଉ ସେ ଅପାରଗ ମଧ୍ୟସ୍ଥକୁ ତୁ ଯେ ନିମନ୍ତ୍ରଣ ଦେଇଥିଲୁ, ଏଇଟା ବହୁତ ବଡ଼ କଥା। ସେ ମନଭରି ଖାଇଥିବ ନିଶ୍ଚୟ।

■

# ହୀରାହାର

ଦିଗମ୍ବରୀ ମହିଳା ସମିତିର ମାସିକିଆ ଅଧିବେଶନ। ଉପସ୍ଥିତ ସମସ୍ତ ସଭ୍ୟାମାନଙ୍କ ମୁହଁରେ ଏକ ଅଭୂତପୂର୍ବ ଉଲ୍ଲାସ ଫୁଟି ଉଠୁଛି। ସତେଯେପରି ବାରବର୍ଷପରେ ଥରେ ସେଠା ବଗିଚାରେ ବ୍ରହ୍ମକମଳ ଫୁଟିଛି ଓ ତା'ର ଶ୍ୱେତାଭ ସୁଗନ୍ଧ ରେଣୁ ସବୁରିଙ୍କ ମୁହଁରେ ବିଞ୍ଚି ଦେଇଛି।

ପିଅନ ରେବତୀ ଉପସ୍ଥିତ ସଭ୍ୟାମାନଙ୍କ ହାତରେ ଗୋଟାଏ ଲେଖାଏଁ ଜଳଖିଆ ପ୍ୟାକେଟ୍ ଧରେଇ ଦେଇ ସ୍ୱୟଂ ସେମାନଙ୍କ ଖୁସିରେ ସେ ସାମିଲ ହୋଇଯାଉଛି। ହଲ୍‌ଟା ଭିତରେ ଏକ ମନ୍ତ୍ରମୁଗ୍ଧ ବାତାବରଣ ବିରାଜମାନ କରିଛି। କେହି କାହାକୁ ନିଜର ସେ ଉତ୍‌ଫୁଲତାର କାରଣ ମୁହଁରେ ନ କହିଲେ ବି ଆଖିରେ ଆଖିରେ ମନର କଥା ସବୁ ସ୍ୱତଃ ପ୍ରକାଶିତ ହୋଇଯାଉଛି।

ମିଟିଂ ଶେଷ ହେଲା। ମଧ୍ୟବିତ୍ତ ଓ ଗରିବ ଶ୍ରେଣୀର ସ୍ତ୍ରୀଙ୍କ ଅପେକ୍ଷା ଧନୀବର୍ଗର ସ୍ତ୍ରୀମାନେ ଅଧିକ ଖୁସି ଥିବାର ମନେ ହେଉଥାନ୍ତି। ଯାହାହେଉ, ସରକାର ମହାମାନ୍ୟଙ୍କ ଦୟାରୁ ସେମାନଙ୍କ ସ୍ୱାମୀମାନଙ୍କର ପ୍ରଚୁର ଆୟରୁ ସେମାନଙ୍କ ଭାଗକୁ ବି କିଛି କିଛି ଆସିବ। ଛୋଟମୋଟ ଖର୍ଚ୍ଚ ବା ମନଖୁସିରେ କିଛି କିଣାକିଣି କରିବାକୁ ଚାହିଁଲେ ଏଣିକି ପତିମାନଙ୍କୁ ଖୁସାମତି, ତେଲାତେଲି କି ସେମାନଙ୍କ ମନଲଲାଖି ଖାନା ବନେଇ ଖୁଆଇ ମନେଇବାର କଷ୍ଟ କରିବାକୁ ପଡ଼ିବନି। ଏ ମର୍ଦ୍ଦଙ୍କର କ'ଣ କମ୍ ଗଉଁ କି ? ଆଜି ପଇସାଟେ ଦେଲେ, କାଲି ପୁଣି ଦେଲାବେଳକୁ ଖର୍ଚ୍ଚର ହିସାବ କୈଫିୟତ ତଲବ କରିବେ। ଏଇଟା କ'ଣ କମ୍ ଅପମାନର କଥା। ହଇଓ, ଆମେ ବି'ତ ତମ ଘର ସମ୍ଭାଳୁଛୁଁ। ତମ ପିଲାଛୁଆ, ଅତିଥି ଅଭ୍ୟାଗତ ପିତାମାତାଙ୍କର ଚର୍ଚ୍ଚା କରୁଛୁ। ତମ ଧନସମ୍ପତ୍ତିକୁ ଆଖିଏ ଆଖିଏ ଜଗି ରହିଛୁ ପୋଷା କୁକୁରଟି ପରି। ଅଥଚ ତମେ ଖାଲି ଆୟଅର୍ଜନ କରୁଚ ବୋଲି ଜଣାଅଜଣାରେ କମ୍ ଗଞ୍ଜଣା

ଦେଉଛ ? ଟିକେ ଅଯଥା ଖର୍ଚ୍ଚ ହୋଇଗଲେ, କିଛି ନଷ୍ଟ ହୋଇଗଲେ କମ୍ କଥା ଶୁଣିବାକୁ ପଡୁଛି !

ଏବେ ଆଉ ସେକଥା ହେବନି। ତମଠାରେ ହାତପାତିବାକୁ ପଡ଼ିବନି କି ତମକୁ ଗଞ୍ଜଣା ଦେବାକୁ ସୁଯୋଗ ମିଳିବନି। ଭଲ ହେଲା। ଖୁବ୍ ଭଲ ହେଲା, ଆଇନଟା ହେଲା।

ଶ୍ରୀମତୀ ମହାପାତ୍ର, ମହିଳା ସମିତିର ସଭାପତି। ସେ ଏ ଆଇନ ପ୍ରସଙ୍ଗ ଶୁଣି ବେଶ୍ ଉତ୍ସାହିତ ଥିଲେ। ତାଙ୍କ ସ୍ୱାମୀ ଦପ୍ତରର ବଡ଼ ଅଫିସର। ଗାଡ଼ି, କ୍ୱାର୍ଟର୍ସ, ଭିତିରି ଓ ଉପୁରିର ହିସାବ ରଖିବା ବି ଅସମ୍ଭବ। ଅଥଚ, ତାଙ୍କ ସ୍ୱାମୀ ତାଙ୍କ ହାତରେ ସେ ନ ମାଗିଲେ କଉଡ଼ିଟିଏ ବି ଥୁଅନ୍ତି ନାହିଁ। ଏଇଟା ତାଙ୍କ ସ୍ତ୍ରୀତ୍ୱ ପ୍ରତି ଖୁବ୍ ବଡ଼ ଅବମାନନା ବୋଲି ସେ ଅନୁଭବ କରନ୍ତି। ହଁ ହେଲା, ତାଙ୍କର ନିଜର ବି କିଛି ରୋଜଗାର ଅଛି। ତା' ବୋଲି କ'ଣ ସ୍ୱାମୀଙ୍କ ଧନରୁ ତାଙ୍କର କିଛି ପ୍ରାପ୍ୟ ନାହିଁ ? କେବେ କେବେ ସ୍ୱାମୀଙ୍କର ମନ ହେଲା ତ ଉପହାରଟିଏ, ନ ହେଲେ କିଛି ନାଇଁ। ଯଦି ଶ୍ରୀମତୀ ମହାପାତ୍ର କିଛି ବଡ଼ଧରଣର ଖର୍ଚ୍ଚ କରିବାର ଯୋଜନା କରନ୍ତି ତ ସେ ପାଇଁ ସ୍ୱାମୀଙ୍କୁ କେତେ ତେଲମରା, ଚାଟୁବଚନ, ସେବା ଯତନର ଲାଞ୍ଚ ଦେବାକୁ ପଡ଼େ। ଏଣିକି ବାଧ୍ୟରେ ତାଙ୍କ ଆକାଉଣ୍ଟକୁ ସ୍ୱାମୀଙ୍କର ସେ ଅପ୍ରମିତ ଆୟର ବେଶ୍ କିଛି ଆଖିଦୃଶିଆ ଅଂଶ ତ ଆସିଯିବ। କେଡ଼େ ଭଲ କଥା। ସ୍ତ୍ରୀମାନଙ୍କ ପାଇଁ ଏ ଆଇନ୍‌ଟା ନିଶ୍ଚୟ ବେଶ୍ ଫାଇଦାଦାର। ସ୍ତ୍ରୀ ବ୍ୟକ୍ତିତ୍ୱର ମର୍ଯ୍ୟାଦା ପାଇଁ ଏ ଆଇନ ବେଶ୍ ହିତକର।

ପାଖବସ୍ତିର ଡ୍ରାଇଭରର ସ୍ତ୍ରୀ ସୁଶୀଳା ତାଙ୍କ ଘରେ ବାସୀପାଇଟି କରେ। ତାଙ୍କ ଘରକୁ ମିଶେଇ ତିନି ଚାରିଘର ଧରିଛି। ସେଇଥିରୁ ସେ ପିଲାକବିଲାଙ୍କ ଗୁଜୁରାଣ ମେଣ୍ଟାଏ। ସ୍ୱାମୀ ତା'ର ବାବୁଘରେ ବି ବୋଲହାକ କରି ବେଶ୍ କିଛି କମାଏ। ହେଲେ ସବୁତକ ଆୟ ମଦପଛରେ ଲୁଟାଏ। ବସ୍ତିର ସେ ବେଧୁଣୀ ମାଇକିନା ମଲ୍ଲିକା ବି ଆଖିମାରି ତାଠୁଁ ବେଶ୍ କିଛି ଝଡ଼ାଏ। ମଲ୍ଲିକା କାଳୀ, ସ୍ୱାସ୍ଥ୍ୟବତୀ ଓ ଖୁବ୍ ଚାତୁରୀ ମାଇକିନିଆ। ପଇସା ଭଲ ତ ସେ ଭଲ। ସତୀତ୍ୱ, ମଣିଷପଣିଆ ଓ ସମାଜ, ଏସବୁର ଖାତିରି ତା' ପାଖରେ ନାହିଁ। ସେ କହେ, ଯେ ପର୍ଯ୍ୟନ୍ତ ଦେହରେ ଫୁଲ ଫୁଟୁଚି, ସେ ପର୍ଯ୍ୟନ୍ତ ମଜା କରିଯାଅ। ଫୁଲ ମଉଳିଗଲେ ଭଅଁର ତ ଦୂର, କୀଡ଼ାମକୋଡ଼ା ବି ପାଖ ପଶିବେ ନାହିଁ। ଦୁଃଖ ଦରଦରେ ବି ପଇସାଟେ କେହି ଫିଙ୍ଗିବେ ନାହିଁ। ଦେହର ଦୋକାନ ମେଲେଇ ଦି'ପହରୁ ଦାଣ୍ଡରେ ବସିଥାଏ। ବସ୍ତିଯାକର ବେକାର, ରାଣ୍ଡୁଆ ମର୍ଦ୍ଦ, ଟୋକାଠୁଁ ବୁଢ଼ାଯାଏ ତା' ଚାରିପାଖରେ ମହୁଫେଣା ଚାରିପାଖର ମାଛିପରି ଘୂରି ବୁଲନ୍ତି। ତା' ବାରଣ୍ଡାରେ ବସି ତାସ୍ ପାଲି ବାଡ଼ାନ୍ତି। ମହୁଲି କି ସଲପ ଯା' ମିଳିଲା

ତା ହାତରୁ, ତାକୁ ଅମୃତ ପରି ପିଅନ୍ତି। ଖୋସଣିରୁ ପଇସା କାଢ଼ି ତା' ଗୋଡ଼ତଳେ ଥୁଅନ୍ତି। ରାତି ହେଲେ ତ ପୁଲିସବାଲାଏ ବି ସେଠି ଘୂରି ହେଉଥାନ୍ତି। ହେଲେ ତାଙ୍କ ହାତରୁ ବାଡ଼ି ଓ ମୁଣ୍ଡରୁ ପଗଡ଼ି ବି ମଲ୍ଲୀର ବାରଣ୍ଡା ଉପରେ ଖସିପଡ଼େ। ସହଜରେ ଅମିଳକ ମଜା ଉଠେଇବାର ମନ କାହାର ବା ନାହିଁ। ପୁଲିସ ହେଲେ ବି ସେମାନେ ବି ତ ମଣିଷ। ଦେହ ଅଛି ତ କାମନା ବି ଅଛି। ଆଉ ଆସନ କି ଶାସନ – ଏମାନଙ୍କର ତ ସବୁକ୍ଷେତ୍ରକୁ ଅନଧିକାର କି ଅଗ୍ରାଧିକାରରେ ପ୍ରବେଶ। ତେଣୁ ମଲ୍ଲୀକା ପରି ଚାରିଦଉଡ଼ିକଟା ସ୍ତ୍ରୀମାନଙ୍କର ଆଜିକାଲି ସବୁକ୍ଷେତ୍ରରେ ବେଶ୍ କାଟ୍‌ତି। ସୁଶୀଳା ପରି ନିରିମାଖି, ସତ୍ୟ, ସତୀତ୍ୱ, ନ୍ୟାୟ ଓ ସାମାଜିକତାକୁ ଜଗି ଚଳୁଥିବା ସ୍ତ୍ରୀମାନେ ନିଜ ହାତର ଦୟାରେ ନିଉଛୁଣାର ଜୀବନ ବଞ୍ଚୁଥାନ୍ତି। ସେମାନଙ୍କ ପିଲାମାନେ ହଡ଼ାବାଡ଼ିର ଅରମା ଗଛପରି ବଞ୍ଚୁଥାନ୍ତି। ବେଳ ଓ ସବୁିଧା ଜୁଟିଲେ ଆଉ କେଉଁ ଗଛର ଦୟାରେ ସେଇଠି ଲଟେଇ ଯାଇ ନିଜକୁ ସାବ୍ୟସ୍ତ କରିବାର କଳା ଶିଖିଯାନ୍ତି। ସୁଶୀଳା ଭଲ ଘରର ଝିଅ। ପାଠପଢ଼ିଲା ବେଳେ ଏଇ ଟୋକା ଡ୍ରାଇଭରର ଗାଡ଼ିରେ ଯାଉ ଯାଉ ସେଇଠି ହିଁ ପୋତି ହୋଇ ରହିଗଲା। ପ୍ରେମର ଚୁମ୍ବକ ତାକୁ ସେଇଠି ଅଟକେଇ ଦେଇ ତା'ର ଉଜ୍ଜ୍ୱଳ ଭାଗ୍ୟକୁ ବକ୍ର କରି ଦୁର୍ଭାଗ୍ୟର ମେଘ ତଳେ ଘୋଡ଼େଇ ଦେଲା। ଏସବୁ ମଣିଷର କର୍ମର ଫଳ। ଭାଗ୍ୟରେ ଥାଏ ବୋଲି ଲୋକେ କହନ୍ତି ସିନା। ହେଲେ, ଭାଗ୍ୟକୁ ଗଢ଼େ କର୍ମ ନା ଭାଗ୍ୟ ନିୟନ୍ତ୍ରିତ କରେ ମଣିଷର କର୍ମକୁ। ଏକଥା କିଏ କହିପାରିବ ?

ସୁଶୀଳା ଯେବେ ଶ୍ରୀମତୀ ମହାପାତ୍ରଙ୍କ ଠାରୁ ଏକଥା ଶୁଣିଲା- ତା' ମନରେ ଆଶାର ଚାରାଗଛଟିଏ ହଠାତ୍ ବୀଜପତ୍ର ମେଲି ଗଲା। ତେବେ ବାଧହୋଇ ତା'ର ସେ ମଦ୍ୟପ ସ୍ୱାମୀ, ଆଇନର ଦାୟରେ ତା' ହତାରେ କିଛି କିଛି ଅର୍ଥ ଥୋଇବ। ବଡ଼ ହନ୍ତସନ୍ତ ହେଉଚି ସେ ତିନିତିନିଟା ପିଲାଙ୍କୁ ଚଳେଇବା ପାଇଁ। ଶଳା ମର୍ଦ୍ଦଟା ଏଡ଼େ ଦାୟିତ୍ୱହୀନ ହେବ ବୋଲି ସେ ଯଦି ଆଗରୁ ଜାଣିଥାନ୍ତା...। କୁମାରୀ ଜୀବନର ପ୍ରେମଟା ସତରେ କେଡ଼େ ଦଗାବାଜ୍। କାହିଁକି ପ୍ରେମର ଏ ଦୁଃଖଦ ପରିଣତି କଥା ସେ ଆଗରୁ ଚିନ୍ତା କଲା ନାହିଁ ? ସ୍ୱପ୍ନର ପକ୍ଷୀରାଜ ଚଢ଼ି ଲୁଚି ପଳେଇ ଆସି କି ଦଶା ଭୋଗୁଚି, ସେ ହିଁ ଜାଣେ ସେକଥା। ଝିଅକୁ ବୁଝାଏ- ଦେଖିଚାହିଁ ଲୋକଙ୍କ ସହ ମିଶିବୁ। ନ ହେଲେ ଦୁଃଖ ଭୋଗିବୁ ଲୋ ମାଆ। ଏକଥା ତା'ର ମା' ବି'ତ ତାକୁ କହିଥିଲେ। ହେଲେ ସେ କୋଉ ମନେ ରଖିଲା ସେକଥା। ପ୍ରେମର ପ୍ରବଳ ପ୍ରବାହରେ ସବୁ ସଦୁପଦେଶ, ବଡ଼ସାନଙ୍କ କଥା, ନୀତିବାକ୍ୟ କୁଆଡ଼େ ଭାସିଯାଏ। ଭସେଇ ନିଏ ଯୁବ ଉଦ୍ଦାମତାର ହାୱାରେ ଉଡୁଥିବା ଯୁବକଯୁବତୀଙ୍କୁ। ପରିଣତି କଥା ନ ଭାବି ଝାସ

ଦିଅନ୍ତି ସେମାନେ ବଢ଼ି ଉଠୁଥିବା ପ୍ରେମର ନଦୀ ଗର୍ଭ ଭିତରକୁ। ସୁଶୀଳାର ଏ ଭାବନାର ମୂଲ୍ୟ ଏବେ କିଛିନାହିଁ। ବାସ୍ତବିକତା ଏବେ ହେଉଛି ତା'ର ଶ୍ରମଝାଳ, ଝାଟି ମାଟିର କୁଡ଼ିଆ ଓ ତିନିଟି ପିଲାଙ୍କ ଭବିଷ୍ୟ ଗଢ଼ିବାର ଦାୟିତ୍ୱ- ତାଙ୍କୁ ଖୁଏଇ, ବଞ୍ଚେଇ ମଣିଷ କରିବାର ସତ୍ୟ। ଏବେ ଶଳା ସେ ଡ୍ରାଇଭରର ମଲ୍ଲୀଫୁଲ ତା ହାତରୁ ଛିଡ଼ିଯିବ। ସୁଶୀଳା ମନରେ ଟିକେ ଆଶାର ଆଲୋକ ଝଲସି ଉଠିଲା।

ଶ୍ରୀମତୀ ମହାପାତ୍ର ବେଶ୍ ଫେସନବାଲୀ। ଗାଡ଼ି ନ ହେଲେ ସେ ରାସ୍ତାକୁ ବାହାରନ୍ତି ନାହିଁ। ମାସକୁ ତିନିଥର ପାର୍ଲର ଯାଇ ପେଡ଼ିକିଓର, ମାନିକିଓର, ବାଳକଟା, ମସାଜ୍ ଓ ଫେସିଆଲ ପରି ଖର୍ଚ୍ଚସାପେକ୍ଷ ଫେସନବାଜି କରନ୍ତି। ଥରେ ଥରେ ସ୍ପାରେ ଭେପର ମସାଜ୍ ବି ନିଅନ୍ତି। ଆଜିକାଲି ବଡ଼ ଘରର ସ୍ତ୍ରୀମାନେ ଏସବୁ ନ କଲେ ହାଇ ସୋସାଇଟିରେ ତାଙ୍କର ସମ୍ମାନ ରହିବ ନାହିଁ। ଯିଏ ଫେସନରେ ଯେତେ ଖର୍ଚ୍ଚ କଲା ହାଇ ସୋସାଇଟିରେ ସେମାନଙ୍କର ସେତେ ଭାଉ, ସେତେ ଗଉଁ। ଶ୍ରୀମତୀ ମହାପାତ୍ର ସେମିତିକା ସୋସାଇଟିର ଜଣେ ପ୍ରମୁଖ ସଦସ୍ୟ।

ଅତ୍ୟାଧୁନିକ ଦାମୀ ଶାଢ଼ି ଓ ଫେସନେବଲ ଗହଣା ନ ପିନ୍ଧିଲେ ସେ ବାହାରକୁ ବାହାରନ୍ତି ନାହିଁ। ଜିନ୍‌ସ ଓ ଟପସ୍ ପିନ୍ଧିବାକୁ ତାଙ୍କର ବେଶ୍ ଇଚ୍ଛା... ହେଲେ ତାଙ୍କର ମେଦବହୁଳ ଦେହ ଓ ବୟସ ପାଇଁ ସେସବୁ ଠିକ୍ ହେବନି ସେ ଜାଣନ୍ତି।

ଏସବୁ ଖର୍ଚ୍ଚ ପାଇଁ ତାଙ୍କ ନିଜସ୍ୱ ରୋଜଗାର ନିଅଣ୍ଟ ପଡ଼େ। ସ୍ୱାମୀଙ୍କ ପର୍ସ ଓ ପକେଟ ସବୁଦିନ ପ୍ରାୟ ସର୍ଚ୍ଚ ହୁଏ। ଶ୍ରୀଯୁକ୍ତ ମହାପାତ୍ର ସେ ସବୁ ଜାଣି ମଧ୍ୟ ସେମିତି କିଛି ପ୍ରତିବାଦ କରନ୍ତି ନାହିଁ। ଶାରୀରିକ ଶ୍ରମ ନ କଲେ ବି ଛୁଆପିଲା, ଘର ସଂସାରର, ବନ୍ଧୁବାନ୍ଧବ ଓ ଅତିଥି ଅଭ୍ୟାଗତଙ୍କ କଥା ତ ସ୍ତ୍ରୀ ତୁଲାନ୍ତି। ଚାକର, ପରିଚାରଙ୍କ ପରିଚାଳନା ଦାୟିତ୍ୱ ବି ତାଙ୍କର। ଏସବୁ ପାଇଁ ଲୋକଟେ, ମାନେ ମ୍ୟାନେଜରଟିଏ ରଖିଲେ କେତେ ଦରମା ସେ ନ ନିଅନ୍ତା ? ତା' ଉପରେ ପୁଣି କେତେ ଆଖି ନ ଦେଖା ଚୋରି ଚମାରି ବି ହୁଅନ୍ତା - ଚାକରବାକର ଡ୍ରାଇଭର, ଗାର୍ଡ଼େନର। ସେମାନେ କେତେବାଟେ କ'ଣ ସବୁ କରନ୍ତି। ସେମାନଙ୍କୁ ନିଘାନଜର ରଖି ଗୃହିଣୀମାନେ ଘରର ଶାନ୍ତି ଓ ଅର୍ଥନୀତିକୁ କିପରି ସୁନିୟନ୍ତ୍ରିତ କରି ରଖିଥାନ୍ତି ସେକଥା ଶିକ୍ଷିତ ଓ ଅନୁଭବୀ ଶ୍ରୀଯୁକ୍ତ ମହାପାତ୍ର ବେଶ୍ ଜାଣନ୍ତି। ଗୋଟାଏ ବଡ଼ କମ୍ପାନୀର ମ୍ୟାନେଜର ସିଏ। ମାସକୁ ଗୁଡ଼ାଏ ଦରମା ତାଙ୍କର ଦକ୍ଷତା ବାବଦକୁ ସେ ନିଅନ୍ତି। ଅଥଚ ଶ୍ରୀମତୀ ମହାପାତ୍ର ? ଛୋଟ ହେଲେ ବି ପରିବାର ପରି ଏକ କମ୍ପ୍ଲିକେଟେଡ୍ କମ୍ପାନୀର ପରିଚାଳିକା, ଯେଉଁଠି କେବଳ କାମ ନୁହେଁ ମଣିଷର ମନକୁ ନେଇ ବି କାର୍ଯ୍ୟପରିଚାଳନା କରିବାକୁ ପଡ଼େ। ସେ ପାଇଁ ସେ କେତେ ବା ଦରମା ନିଅନ୍ତି ?

ଶାଢ଼ି ଗହଣା ଫେସନବାଜି ପାଇଁ କିଛି ଖର୍ଚ୍ଚ ଉପୁରି ପାଇଯିବାକୁ ସେ ତାଙ୍କ ପକେଟ୍ ବା ପର୍ସ ସର୍ଚ୍ଚ କରୁଛନ୍ତି ତ କରନ୍ତୁ। ଆଖିରେ ନ ପଡ଼ିବା ଭଳି କିଛି ନେଉଛନ୍ତି ତ ନିଅନ୍ତୁ। ସେଥିକି ନଜର କଲେ ଖାଲି ଅସହଯୋଗର ବିପଦ ଛଡ଼ା ଆଉ କିଛି ମିଳିବନି। ଶ୍ରୀଯୁକ୍ତ ମହାପାତ୍ର ତାଙ୍କ ପର୍ସନେଲ ମ୍ୟାନେଜମେଣ୍ଟ ଜ୍ଞାନରୁ ଏ ତଥ୍ୟ ଜାଣନ୍ତି। ଜାଣନ୍ତି ବୋଲି ଚୁପ୍ ରହନ୍ତି।

ଶ୍ରୀମତୀ ମହାପାତ୍ର କିନ୍ତୁ ଭିନ୍ନ ବାଟରେ ଭାବନ୍ତି। ତାଙ୍କ ହାତରେ ଯଦି ସ୍ୱାମୀଙ୍କ ସେ ବିପୁଳ ଆୟରୁ କୋଡ଼ିଏ କି ଦଶ ପର୍ସେଣ୍ଟ ପଡ଼ିବ ତେବେ ଖୋଲାଖୋଲି ଭାବେ ସେ କିଛି ଖର୍ଚ୍ଚ କରିପାରିବେ ଯେଉଁଟା କି ସ୍ୱାମୀ ଅନୁମୋଦନ କରିବାକୁ କୁଣ୍ଠା କରିପାରନ୍ତି। ସେ ନିଜେ ଥିଲେ ଜଣେ ନିମ୍ନ ମଧ୍ୟବିତ୍ତ ପରିବାରର ଝିଅ। ପାଞ୍ଚ ଭାଇ ଭଉଣୀ ଭିତରେ ସବୁଠୁ ବଡ଼। ସୁନ୍ଦରୀ ଶିକ୍ଷିତ ବୋଲି ମି: ମହାପାତ୍ର ତାଙ୍କୁ ବିନା ଯୌତୁକରେ ବିବାହ କରିଥିଲେ। ତେଣୁ ସ୍ୱାମୀଙ୍କ ଅନୁମୋଦନ ଓ ଇଚ୍ଛା ବିନା ସେ ବାପଘରକୁ କିଛି ଦେଇପାରନ୍ତି ନାହିଁ। ଲୁଚେଇ ଲୁଚେଇ ଦେବାକୁ ତାଙ୍କ ତହବିଲରେ ସେତେବେଶୀ ରୁକୁଡ଼ା ନାହିଁ। ଅନ୍ୟ ଭାଇ-ଭଉଣୀମାନଙ୍କ ପଢ଼ାପଢ଼ି ପାଇଁ ସାହାଯ୍ୟ ଦେବାକୁ ମନ ଥିଲେ ବି ତାଙ୍କର ସାହସ ହୁଏନି। ଏବେ ଶ୍ରୀମତୀ ମହାପାତ୍ର ଖୁବ୍ ଖୁସି ଯେ ସ୍ୱାମୀଙ୍କର ସେ ୧୦/୨୦ ପର୍ସେଣ୍ଟ ପ୍ରାପ୍ତିରୁ ଯାହାକୁ ଯାହା ମନ ସେ ଦେଇପାରିବେ। ନିଜ ପ୍ରିୟଜନଙ୍କୁ ଉପହାର-ବାପଘରକୁ ସାହାଯ୍ୟ ଓ ଭାଇଭଉଣୀଙ୍କ ପଢ଼ାଖର୍ଚ୍ଚ। ସେ ବିଷୟରେ ସେ ଆଉ କାହା ପାଖରେ ଉତ୍ତରଦାୟୀ ହେବେ ନାହିଁ। ସେ କୋଡ଼ିଏ ପର୍ସେଣ୍ଟ ଅର୍ଥ ତ ସମ୍ପୂର୍ଣ୍ଣ ଭାବେ ତାଙ୍କର, ତା'ର ଖର୍ଚ୍ଚର ହିସାବ ନିକାଶ ନେବାକୁ ତାଙ୍କ ନିଜ ଛଡ଼ା ଆଉ ଅଧିକାର ବା କାହାର ଅଛି ? ସ୍ୱାମୀଙ୍କର ବି ନାହିଁ।

ଶ୍ରୀମତୀ ମହାପାତ୍ରଙ୍କ ଆକାଉଣ୍ଟ ଖୋଲାହେଲା। ବେଶ୍ କିଛିଅର୍ଥ ବି ଜମା ହୋଇଗଲା।

ସେଦିନ ମହିଳାସମିତିର ବାର୍ଷିକ ଉତ୍ସବ। ସମ୍ପାଦିକା ସୈରିନ୍ଧ୍ରୀର ଗଳାରେ ଝଲସି ଉଠୁଥିଲା ଗୋଟାଏ ଦାମୀ ହୀରାର ହାର। ଡି ଡାମସ୍‌ର ଡିଜାଇନବାଲା ହୀରାହାର। ଶ୍ରୀମତୀ ମହାପାତ୍ର ସୈରିନ୍ଧ୍ରୀକୁ କଣେଇ ଚାହିଁଲେ। ଯୁବ ଉଦ୍ଦାମତା ସହ ସୈରିନ୍ଧ୍ରୀ ବେଶ୍ କାମକରି ଚାଲିଛି। ସଭାମଞ୍ଚରେ ସମ୍ପାଦକୀୟ ଅଭିଭାଷଣ ପ୍ରଦାନ କରୁଛି। ତା'ର ରୂପଶ୍ରୀ ସହିତ ତାଳଦେଇ ବେକର ହୀରାହାରଟି ଝଲମଲ କରି ଉଠୁଚି। ଲୋଲୁପତା ଏବଂ ଈର୍ଷାର ଝଲକଟିଏ ଶ୍ରୀମତୀ ମହାପାତ୍ରଙ୍କ ମନରେ ବିଜୁଳି ପରି ଖେଳଗିଲା।

ସେ ଏକ ବଡ଼ କମ୍ପାନୀର ମ୍ୟାନେଜରର ସ୍ତ୍ରୀ। ଏଠାକାର ପ୍ରେସିଡ଼େଣ୍ଟ। ଅଥଚ

ତାଙ୍କ ବେକରେ ସାଧାରଣ ସୁନାହାରଟିଏ। ଏଥର ସେ ସୈରିନ୍ଧ୍ରୀର ହାରଠାରୁ ବି ଆହୁରି ଦାମିକା ହାରଟେ ନିଶ୍ଚୟ କିଣିବେ। ତାଙ୍କ ଆକାଉଣ୍ଟରେ ସ୍ତ୍ରୀ ସନ୍ଧ୍ୟନ ବହୁତ ଜମାହୋଇ ସାରିଥିବ। ନ ହେଲେ ସ୍ୱାମୀଙ୍କୁ ସେ ହୀରା ହାରଟିଏ ଉପହାର ଦେବାକୁ ମନେଇବେ। ଯେନେତେନ ପ୍ରକାରେଣ ହୀରାହାରଟିଏ ସେ ଆର ଅଧିବେଶନ ବେଳକୁ ନିଶ୍ଚୟ ପିନ୍ଧି ଆସିବେ।

ସଭା ସରିଲା। ସୈରିନ୍ଧ୍ରୀ ଆସି ଶ୍ରୀମତୀ ମହାପାତ୍ରଙ୍କୁ ବଧେଇ ଜଣେଇଲା। "ମ୍ୟାଡ଼ାମ୍, ସଭା ଖୁବ୍ ସଫଳ ହେଲା। ଆପଣଙ୍କର ସୁନିର୍ଦ୍ଦେଶନା ଓ ପରିଚାଳନା ଆମ ଏ ମହିଳାସମିତିକୁ ଆମ ମ୍ୟୁନିସିପାଲଟିରେ ଶ୍ରେଷ୍ଠ ମାନ୍ୟତା ନିଶ୍ଚୟ ଆଣିଦେବ।"

"ଧନ୍ୟବାଦ୍। ତୁମେ ବି କିଛି କମ୍ ପରିଶ୍ରମ କରି ନ ସୈରିନ୍ଧ୍ରୀ। ତୁମର ଭାଷଣ ବେଳେ ମୁଁ ଲକ୍ଷ୍ୟ କରୁଥିଲି। କି ଉଦ୍ଦାମତା ଥିଲା ତମ ଭାଷଣରେ। ଆଉ ତମ ବେକର ଏ ହୀରାହାରଟି ତମ ବ୍ୟକ୍ତିତ୍ୱକୁ ବେଶ୍ ବଢ଼େଇ ହେଉଥିଲା। ଆଚ୍ଛା, ଏଇଟା କେବେ ଆଣିଲ ?"

ସୈରିନ୍ଧ୍ରୀ ଟିକେ ଲାଜେଇ ଯାଇ କହିଲା, "ମୋ ସ୍ୱାମୀ ଆମ ବିବାହବାର୍ଷିକୀରେ ଉପହାର ଦେଇଛନ୍ତି, ମ୍ୟାଡ଼ାମ୍।"

"ଓଃ, ଖୁବ୍ ଭଲକଥା... ଭଲ।"

ସେଦିନ ଶ୍ରୀମତୀ ମହାପାତ୍ର ଘରକୁ ଫେରି ସୈରିନ୍ଧ୍ରୀର ହୀରାହାର କଥା ଭାବି ହେଲେ। ତାଙ୍କ ସ୍ୱାମୀଙ୍କୁ ସେ ନିଶ୍ଚୟ କହିବେ ଏଥର ବିବାହବାର୍ଷିକୀରେ ହୀରାହାରଟେ ତାଙ୍କୁ ଉପହାର ଦେବାକୁ। ଏଇ ଆର ମାସରେ ତ ତାଙ୍କର ବିବାହ ବାର୍ଷିକୀ। ଦିନ କେଇଟା ରହିଲା।

ରାତିରେ ବେଡ୍‌ରୁମ୍ ଭିତରେ ସେ ସ୍ୱାମୀଙ୍କ ଗଳାବେଷ୍ଟନ କରି କହିଲେ, "ଏଇ... ଶୁଣୁଚ। ମୋତେ ବିବାହବାର୍ଷିକୀ ପାଇଁ ଏଥର ତୁମେ ଗୋଟାଏ ଭଲ ଉପହାରଟିଏ ଦେବ। ସେଇ ଛୋଟ ଛୋଟ ସୁନାହାର କି ହୀରାମୁଦି ନୁହେଁ। ଏଥର ହୀରା ହାରଟିଏ ଦେବ। ଖିମ୍‌ଜୀରେ ଭଲ କଲେକ୍ସନ ସବୁ ଆସିଚି। ତମ ପସନ୍ଦର ହାରଟିଏ ମୋର ଦରକାର। ତୁମ ଆଖିକି ଯେଉଁଟା ଭଲଲାଗିବ ସେଇଟା ମୋ ବେକକୁ ବେଶ୍ ମାନିବ ବୁଝିଲ।" ସ୍ୱାମୀ ତାଙ୍କର ଏ ଆନୁଗତ୍ୟ ଭରା ମଧୁରକଥା ଶୁଣି ଖୁସିହୋଇ ତାଙ୍କୁ କୋଳେଇ ନେଲେ ଓ କହିଲେ, "ଠିକ୍ ଅଛି, କେବେ ଯିବ ଦୋକାନକୁ କହିବ। ନ ହେଲେ ମୁଁ ନିଜେ ଯାଇ ହାରଟିଏ ତମ ପାଇଁ ପସନ୍ଦ କରି ତମ ପାଖକୁ ପଠେଇଦେବି। ନା କ'ଣ କହୁଚ ?"

ସ୍ୱାମୀଙ୍କଠାରୁ ବେଶ୍ କିଛି ରୁକୁଡ଼ା ଝଡ଼ାଇବା ଉଦ୍ଦେଶ୍ୟ ରଖି ଶ୍ରୀମତୀ ମହାପାତ୍ର

ଚଲାଖିରେ ସ୍ୱାମୀଙ୍କୁ କହିଲେ- "ନାଇଁ ମ, ଆମେ ଦି'ଜଣଯାକ ଯାଇ କ'ଣସବୁ ନୂଆ ଡିଜାଇନ୍ ଆସିଛି ଦେଖିବାନି ? ତା' ପରେ ତମେ ଯେଉଁଟା ପସନ୍ଦ କରିବ ମୋ ପାଇଁ ସେଇଟା କିଣିବା ।"

ମି: ମହାପାତ୍ର ଓ ଶ୍ରୀମତୀ ମହାପାତ୍ର ତହିଁ ପରଦିନ ଯାଇ ସହରର ସବୁ ଗହଣା ଦୋକାନ ବୁଲି ଦେଖିଲେ, ଶେଷରେ ଲାଲ୍‌ଚାନ୍ଦ୍‌ରେ ଗୋଟାଏ ବେଶ୍ ସୁନ୍ଦର ଡିଜାଇନର ହାର ଦେଖି ଶ୍ରୀମତୀ କହିଲେ, "ଏୟ, ଦେଖିଲ, ଏଇ ହୀରାହାରଟା ବେଶ୍ ଭଲ ହୋଇଚି ନୁହେଁ ?" "ହଁ, ହଁ, ବେଶ୍ ସୁନ୍ଦର । ତେବେ ଏଇଟା ନେବା ?"

ଶ୍ରୀମତୀ ସଲ୍ଲଜ ହୁଁଟିଏ ମାରିବା ପରେ ଦୋକାନୀକୁ ସେ ହାରର ଦାମ୍ ସହ ରସିଦ ତହିଁ ପରଦିନ ଘରକୁ ପଠାଇ ଦେବାକୁ କହିଲେ । ଶ୍ରୀମତୀଙ୍କୁ ବୁଝାଇଦେଲେ ଯେ, "ତମେ ଏବେ ଘରକୁ ଯାଅ । ମୋର ଟିକେ ଅଫିସରେ କାମ ଅଛି । ମୋତେ ଅଫିସରେ ଛାଡ଼ି ଗାଡ଼ି ତମକୁ ନେଇଯିବ । ଏକା ଏକା ଏଡ଼େ ଦାମୀ ଜିନିଷଟି ସାଥୀରେ ନେଇ ଆଜିକାଲିର ଏ ଗୁଣ୍ଡାବଦମାସଙ୍କ କବଳରେ ପଡ଼ିବ କାହିଁକି ? ବରଂ କାଲି ସେ ଦୋକାନୀ ରିସ୍କ ନେଇ ଆମ ଘରେ ଜିନିଷଟି ରସିଦ ସହ ପହଞ୍ଚାଇ ଦେବ । ଗହଣାଟା ତ ତମ ନାମରେ କିଣାଯାଇଛି । ତମେ ଘରେ ସେଇଟା ରିସିଭ୍ କରିନେବ ।"

ପରଦିନ ଗହଣା ଧରି ଦୋକାନୀର ଲୋକ ଶ୍ରୀମତୀ ମହାପାତ୍ରଙ୍କ ଘରେ ପହଞ୍ଚିଗଲା ଓ ରସିଦ ଦେଇ ପେମେଣ୍ଟ ମାଗିଲା । ଶ୍ରୀମତୀ ମହାପାତ୍ରଙ୍କୁ ଟଙ୍କା ଦେବାକୁ ହେବ ଅଥଚ ତାଙ୍କ ଆକାଉଣ୍ଟରେ ପାଞ୍ଚଲକ୍ଷ ଟଙ୍କା ତ ନାହିଁ । ସ୍ୱାମୀଙ୍କ ଦଶପର୍ସେଣ୍ଟ ତାଙ୍କ ଆକାଉଣ୍ଟକୁ ରେଗୁଲାର ଆସେ । ସେ ତାକୁ ନିଜ ଇଚ୍ଛା ମତେ ଖର୍ଚ୍ଚ କରିଦିଅନ୍ତି । ଏବେ ସେ କ'ଣ କରିବେ ? ସ୍ୱାମୀଙ୍କୁ ଫୋନ୍ ଲଗେଇଲେ । ସ୍ୱାମୀ ଉତ୍ତର ଦେଲେ, "ତମକୁ ତ ତମ ପ୍ରାପ୍ୟଠାରୁ ଅଧିକ ଟଙ୍କା ମୁଁ ପ୍ରତିମାସ ଦେଉଛି । ସେଥିରୁ ପେମେଣ୍ଟ କରିଦିଅ - ନା । ତମେ ମୋର ପସନ୍ଦର ହାର ଚାହୁଁଥିଲ ତେଣୁ ପସନ୍ଦ କରିଦେଲି ।"

ଶ୍ରୀମତୀ ହତଭମ୍ବ ହୋଇପଡ଼ିଲେ । ମାତ୍ର ପାଞ୍ଚଲକ୍ଷର ସେଟ୍‌ଟି । ଆଗରୁ ତ ଆହୁରି କେତେ ଦାମୀ ଉପହାର ସ୍ୱାମୀ ଦେଇଛନ୍ତି ବିନା ଦ୍ୱିଧାରେ । ଅଥଚ ଏବେ କ'ଣ ଏମିତି... ।

ଅଫିସରେ ବସି ମି: ମହାପାତ୍ର ଭାବୁଥିଲେ-

ଏ ଦେଶର ପ୍ରଗତିଶୀଳ ଆଇନ ସବୁର ଉପଭୋକ୍ତା କିଏ ? ତାଙ୍କ ଶ୍ରୀମତୀଙ୍କ ପରି ଲୋକମାନେ ନା ଚାକରାଣୀ ସୁଶୀଳାମାନେ ?

■

# ଋଣ ପରିଶୋଧ

କେତେବାର ଏମିତି ଚିଠି ପାଇଲେଣି ନବନୀତା ସେ ଲୋକଟି ଠାରୁ। ପ୍ରଥମ ଥରର ଚିଠିଟିକୁ ସେ ନିଠେଇ ନିଠେଇ ପଢ଼ିବାକୁ ଚେଷ୍ଟା କରିଥିଲେ। ପ୍ରେରକ ଜଣକ ପୋଷ୍ଟକାର୍ଡ଼ଟିର ସର୍ବାଙ୍ଗ ସମ୍ପୂର୍ଣ୍ଣ ଭର୍ତ୍ତି କରି ଲେଖିଥାନ୍ତି। ସୂଚ୍ୟଗ୍ର ସ୍ଥାନ ବି ଶୂନ୍ୟ ଛାଡ଼ନ୍ତି ନାହିଁ। ସବାଶେଷରେ ଇତି ହୋଇସାରିଲା ପରେ ପାର୍ଶ୍ୱରେ ଥିବା ଖାଲି ଜାଗାରେ ସେ ଲେଖିଥିବେ ଆପଣଙ୍କ ଚିଠିକୁ ଚାତକ ପରି ଅନେଇ ବସିଛି। କେତେଥର ଚିଠି ଦେଲିଣି। ଅଥଚ ଆପଣ ତା'ର ଖଣ୍ଡିଏ ବି ପ୍ରତ୍ୟୁତ୍ତର ଦେଉ ନାହାନ୍ତି। ଏ ଚିଠିଟିର ଉତ୍ତର ନିଶ୍ଚୟ ଦେବେ ବୋଲି ଆଶା କରୁଛି।

ନବନୀତା ପତ୍ର ପ୍ରେରକର ଉଦ୍ଦେଶ୍ୟ ବୁଝି ପାରନ୍ତିନି। ତାଙ୍କର ନୂଆ କବିତାଟିଏ କେଉଁଠି ପ୍ରକାଶିତ ହେବା ପରେ ଆଉ କେହି ପ୍ରଶଂସକଠାରୁ ପତ୍ର ମିଳୁ ବା ନ ମିଳୁ, ଏ ନବନୀତା ଭଦ୍ରଲୋକଙ୍କ ଚିଠିଟିଏ ସେ ନିଶ୍ଚୟ ପାଆନ୍ତି। ମାତ୍ର ନିବେଦତାଙ୍କର ଦୁଃଖ ଏତିକି ଯେ ତାଙ୍କ ଚିଠିରେ ସେ ପ୍ରଶଂସା ବା ପ୍ରତିହିଂସା, ଯାହାବି ପଠାଇଥାନ୍ତୁ ନା କାହିଁକି- ତାଙ୍କ ଅକ୍ଷରରୁ ସେ ସବୁ ସହଜେ ବୁଝିବା ତାଙ୍କ ପକ୍ଷେ କଷ୍ଟକର ହୁଏ। ସେ ଓଡ଼ିଆ କି ତାମିଲ ଅକ୍ଷର ଜାଣିବା ବି କଷ୍ଟ କର ହୋଇପଡ଼େ। ତାଙ୍କର ପ୍ରଥମ ଚିଠିଟି ପଢ଼ିବାକୁ ନିବେଦିତାଙ୍କୁ ବହୁ କଷ୍ଟ ସ୍ୱୀକାର କରିବାକୁ ପଡ଼ିଥିଲା। ବାରମ୍ବାର ପଢ଼ି ମଧ୍ୟ ସେ ଚିଠିଟିର ବିନ୍ଦୁ ବିସର୍ଗ କିଛି ବି ବୁଝି ପାରିଲେ ନାହିଁ। ବହୁ ଜଣଙ୍କୁ, ଏପରିକି ଓଡ଼ିଆ ଓ ଇଂରାଜୀ ଅଧ୍ୟାପକମାନଙ୍କୁ ସେ ଚିଠିଟି ପଢ଼ିବାକୁ ଦେଇ ମଧ୍ୟ ସେ ନିରାଶ ହେଇଥିଲେ। ଶେଷରେ ଜଣେ ପ୍ରବୀଣ ବୟସ୍କ ଓ ସହୃଦୟ ପ୍ରାଧ୍ୟାପକଙ୍କୁ ସେଣ୍ଟ୍ରାଲ ଭାଲୁଏସନ ସମୟରେ ସେ ଚିଠିଟି ଦେଖାଇଥିଲେ ନିବେଦିତା। ପ୍ରାଧ୍ୟାପକ ଜଣକ ଖୁବ୍ ନିଷ୍ପାପର ଓ ଛାତ୍ରବତ୍ସଳ ବ୍ୟକ୍ତି ଥିଲେ। ଅକ୍ଷର ପାଇଁ କେହି ଛାତ୍ରକୁ ତା'ର ନାର୍ଯ୍ୟ ନମ୍ବରରୁ ବଞ୍ଚିତ ହେବାକୁ ନ

ପଡ଼ୁ, ସେଥିପାଇଁ ସବୁପ୍ରକାର ଅକ୍ଷର ପଢ଼ିବା କଷ୍ଟସାଧ ହେଲେ ମଧ୍ୟ ସେ ପୂରା ପତ୍ରକୁ ତନ୍ନତନ୍ନ କରି ପଢ଼ନ୍ତି।

ନବନୀତା ତାଙ୍କୁ ନେଇ ଚିଠିଟି ଦେଖାଇ କହିଲେ, "ସାର୍, ପ୍ଲିଜ୍ ଏ ଚିଠିଟା ଟିକେ କଷ୍ଟକରି ପଢ଼ି ତା'ର ବକ୍ତବ୍ୟଟି ମୋତେ କହନ୍ତୁ। ମୁଁ ଏ ଭଦ୍ରବ୍ୟକ୍ତିଙ୍କର ଚିଠିରୁ କିଛି ବୁଝିପାରୁନି। ବୁଝିବି ବା କ'ଣ? ପଢ଼ି ତ ପାରୁନି ଜମ୍ମାରୁ। କି ବାଜେ ଅକ୍ଷର ଯେ ତାଙ୍କର!"

ଭାଗୀରଥୀ ସାର୍ ତାଙ୍କର ଐନକ ଆଖିରେ ଲଗେଇ ଚିଠିଟି ତାଙ୍କ ହାତରୁ ନେଇ ପଢ଼ିଲେ। ତାଙ୍କୁ ବି ଟିକେ କଷ୍ଟ କରିବାକୁ ହେଲା। କିନ୍ତୁ ସେ ଚିଠିଟି ପଢ଼ି, ଧାଡ଼ି ଧାଡ଼ି କରି ନବନୀତାଙ୍କୁ ଦେଖାଇ ତା'ର ଅର୍ଥ କହିଦେଲେ। ଦୁଇଜଣଙ୍କ ପ୍ରଗାଢ଼ ପ୍ରଚେଷ୍ଟାରେ ଚିଠିଟି ପଢ଼ା ହେଲା ଯାହାର ଅକ୍ଷର ଛଟା ହାତଲେଖା ତାମିଲ ଅକ୍ଷର ପରି ଦେଖାଯାଉଥିଲା। ପ୍ରଶଂସକ ଜଣକ ଥିଲେ ଜଣେ ଅଣଓଡ଼ିଆ ସାମ୍ବାଦିକ। ଭବାନୀପାଟଣାର ବାସିନ୍ଦା। ତାଙ୍କ ଅକ୍ଷରରୁ ତାଙ୍କ ବୟସ କଳନା କରିବା ସମ୍ଭବ ନ ଥିଲା। ଚିଠିରେ ସେ ତାଙ୍କ ଠିକଣା, ଫୋନ୍ ନମ୍ବର, ଏପରିକି ଫାକ୍ସ ନମ୍ବର ବି ପଠେଇ ଥିଲେ। ଏଥିରୁ ଚିଠିଟିର ପ୍ରତ୍ୟୁତ୍ତର ଖଣ୍ଡେ ପାଇବା ପାଇଁ ତାଙ୍କର ଆଶା ଓ ଉତ୍କଣ୍ଠା କେତେ ଥିବ ଅନୁମାନ କରି ହେଉଥିଲା।

ଜଣେ ଗୃହିଣୀ ଲେଖିକା ତଥା ଚାକରିଜୀବୀ ମହିଳା ନିଜ ଘର, ଅଫିସ ଏବଂ ଛୁଆପିଲା ଜଞ୍ଜାଳ ଭିତରେ କେତେଜଣ ପ୍ରଶଂସକଙ୍କର ଚିଠିର ଉତ୍ତର ବା ଦେଇପାରିବ? ଆଉ ଏ ପ୍ରଶଂସକଙ୍କ ଚିଠି ତ ଅଜବ। ମାତ୍ର ପ୍ରତ୍ୟେକ ପ୍ରଶଂସକଙ୍କୁ ନବନୀତା ପ୍ରତ୍ୟୁତ୍ତର ନ ଦେଇପାରିଲେ ବି, ତାଙ୍କମାନଙ୍କ ପ୍ରତି ତାଙ୍କ ହୃଦୟରେ ଭରି ରହିଥିଲା ଅସମ୍ଭବ ଶ୍ରଦ୍ଧା, ସମ୍ମାନ ଓ କୃତଜ୍ଞତା। ଏହି ପ୍ରକାର ଚିଠି ପାଇଥିବାରୁ ନବନୀତା ଖୁବ୍ ଉତ୍ସାହିତ ହେଇ ପଡୁଥିଲେ। ଫଳତଃ ସେ ବହୁପ୍ରସୂ ହୋଇଉଠିଲେ। ତାଙ୍କର ଉତ୍ତରିତ ଲେଖାସବୁ ବହୁ ସଂଖ୍ୟାରେ ପତ୍ରପତ୍ରିକାରେ ପ୍ରକାଶିତ ହେବାରେ ଲାଗୁଥିଲା। ତେଣୁ ଏହି ଶ୍ରୀଯୁକ୍ତଙ୍କର ଆହୁରି ଅଧିକ ଆବେଗପୂର୍ଣ୍ଣ ଚିଠି ତାଙ୍କ ପାଖକୁ ଆସୁଥିଲା, ଯେଉଁଥିରେ ପ୍ରତ୍ୟୁତ୍ତର ପାଇବାର ଇଚ୍ଛା ବଳବତ୍ତର ହୋଇ ଉଠୁଥିଲା।

ନବନୀତା ଥରେଥରେ ଆଶ୍ଚର୍ଯ୍ୟ ହୋଇ ଭାବୁଥିଲେ କିଏ ଏହି ପାଗଳ ପ୍ରଶଂସକ? କିଶୋର, ଯୁବକ, ପ୍ରୌଢ଼ ନା ବୃଦ୍ଧ? ପ୍ରକୃତ ସାହିତ୍ୟପ୍ରେମୀ ନା ନାରୀମାନଙ୍କୁ ଏହି ପ୍ରକାରେ ଚାଟୁ ଲେଖା ମାଧ୍ୟମରେ ଉତ୍ସାହିତ କରିବାର ବାହାନାରେ ସେମାନଙ୍କଠାରୁ ପ୍ରେମ ଓ ଶ୍ରଦ୍ଧାପୂର୍ଣ୍ଣ ଚିଠି ପାଇବାକୁ ପ୍ରତ୍ୟାଶୀ? ନା କେହି ବିକାରଗ୍ରସ୍ତ ମାନସିକ ରୋଗୀ? ତାଙ୍କ ସମ୍ବନ୍ଧରେ ସବିଶେଷ ତଥ୍ୟ ସଂଗ୍ରହ କରିଥିବା କେହି ପ୍ରେମିକ ପ୍ରବରଙ୍କର ଏ ଆଉ

ଗୋଟେ ଚତୁର ଚାତର ନୁହେଁ ତ ? ଆଜିକାଲି ତ ସମ୍ପାଦକମାନେ ଲେଖକଙ୍କର ଲେଖା ସହିତ ଠିକଣା ଓ ଫଟୋ ସଂଯୁକ୍ତ କରି ତାଙ୍କ ମାଗାଜିନ୍‌ମାନଙ୍କରେ ଛାପୁଛନ୍ତି। ଏ ଚିଠି ସବୁ ସେଇ ଫଟୋଚିତ୍ରର କରାମତି ନୁହେଁ ତ ?

ଏହି ପ୍ରକାର ଏକ ବିକୃତଭାବନା ବି ନବନୀତାଙ୍କୁ ବ୍ୟତିବ୍ୟସ୍ତ କରେ, ପ୍ରତିଟି ପ୍ରଶଂସକଙ୍କର ଚିଠି ପାଇବା ପରେ। ସ୍ନିଗ୍ଧ ଛଳଛଳ ହ୍ରଦ ଜଳକୁ ଟେକାଟିଏ ଫିଙ୍ଗି ଦେଲେ କ୍ଷଣକାଳ ଭଉଁରୀ ଉଠି କୂଳରେ ମିଳେଇଯିବା ପରି ଚିଠିଟିଏ ପହଞ୍ଚିଲେ ନବନୀତା କ୍ଷଣକାଳ ପାଇଁ ବ୍ୟସ୍ତ ହୋଇ ଉଠନ୍ତି ତ ପୁଣି ପୂର୍ବ ଅବସ୍ଥାକୁ ଫେରିଆସନ୍ତି। ତେଣୁ ସେ ପତ୍ରର ଉତ୍ତର ଦେବାକୁ ସେତେଟା ଆଗ୍ରହ କରନ୍ତି ନାହିଁ। ସେଥିପାଇଁ ସମୟ ବି ତାଙ୍କର ନ ଥାଏ।

ବହୁଦିନ ପରେ ତାଙ୍କର ଏକ କବିତାରେ ପ୍ରଶଂସାରେ ମୁଖରିତ ଏକ ଚିଠିଟିଏ ଆସିଲା ସେଇ ପ୍ରଶଂସକଙ୍କଠାରୁ।

ଏଥର ପ୍ରଶଂସା ସହିତ ମିଶି ରହିଥିଲା ଏକ କରୁଣ ଆବେଗର ଆବେଦନ। ପ୍ରେରକ ଲେଖିଥିଲେ, "ମହାଶୟା, ଆପଣଙ୍କର ଦୁଇଟି କବିତା ପଢ଼ିଲି। ଗୋଟାଏ ଝଙ୍କାରରୁ 'ମହାରାଣୀ' ଶୀର୍ଷକରେ ଓ ଅନ୍ୟଟି 'ବିଭାବନା'ରୁ 'ମା' ଶୀର୍ଷକରେ। ଐକାନ୍ତିକତା ଓ ନାରୀର ଅସହାୟତା ଉପରେ ଦୁଇଟିଯାକ କବିତା ଖୁବ୍ ଉତ୍ତରିତ ହୋଇଛି। କବିତାଗୁଡ଼ିକ ମୋ ଅନ୍ତରକୁ ମୁଗ୍ଧ କରିଦେଲା। ଚମତ୍କାର ଏ କବିତା ଦୁଇଟି ପାଇଁ ଆପଣଙ୍କୁ ଅଭିନନ୍ଦନ।" ତା' ତଳ ପାରାଗ୍ରାଫରେ ଲେଖିଥିଲେ, "ମୋର ଦେହ ଅତ୍ୟନ୍ତ ଖରାପ ହୋଇ ପଡ଼ିଛି। ମୁଁ ହସ୍‌ପିଟାଲ ବେଡ୍‌ରୁ ଏ ଚିଠିଟି ଲେଖୁଚି। ଏହା ହୁଏତ ମୋର ଆପଣଙ୍କ ପାଖକୁ ଶେଷ ଚିଠି ହୋଇ ଥାଇପାରେ। ଯଦି ମୁଁ ହସ୍ପିଟାଲରୁ ରୋଗମୁକ୍ତ ହେଇ ଫେରିବି ତ ଆପଣଙ୍କର ଅନ୍ୟସବୁ ଲେଖା ପଢ଼ି ଚିଠିଦେବି। ଆପଣ ଏମିତି ସୁନ୍ଦର ସୁନ୍ଦର ଲେଖା ଲେଖି ଚାଲନ୍ତୁ।" । ଇତି।

କହିବା ବାହୁଲ୍ୟ, ଏହି ପ୍ରେରକଙ୍କର ବହୁଚିଠି କଷ୍ଟ କରି ପଢ଼ି ପଢ଼ି ଏବେ ଆଉ ନବନୀତାଙ୍କୁ ତାଙ୍କ ଚିଠି ପଢ଼ିବାକୁ କଷ୍ଟ ହେଉନଥିଲା। ପ୍ରେରକଙ୍କର ଏ ଚିଠିଟି କିନ୍ତୁ ତାଙ୍କ ଅନ୍ତରାତ୍ମାକୁ ଛୁଇଁଗଲା। ସେ ଏକ ଅପରାଧିକ ଅବବୋଧରେ ମ୍ରିୟମାଣ ହୋଇପଡ଼ିଲେ। ପୂର୍ବପରି ପ୍ରେରକ ପ୍ରତି ଅନ୍ୟଥା ନ ଭାବି ସେ ଚିଠିଟିର ଉତ୍ତର ଲେଖିବେ ବୋଲି ମନ ସ୍ଥିର କରିନେଲେ। ତାଙ୍କ ମନର ଗୋପନ ତନ୍ତ୍ରୀରେ ଏକ ସମ୍ବେଦନଶୀଳ ଘଣ୍ଟି ବାରବାର ବାଜି ଉଠୁଥିଲା। ଛଳ ଦେହ ଖରାପର ଆଶ୍ରୟ ନେଇ ଏ ଚିଠି ସେ ଲେଖିଥାନ୍ତୁ ପଛେ, ପାଠକଙ୍କୁ ପ୍ରତ୍ୟୁତ୍ତରଟିଏ ଲେଖକର ନିହାତି ଦେବା ଉଚିତ ବୋଲି ସେ ହୃଦୟଙ୍ଗମ କଲେ। ଚିଠିଟିର ଉତ୍ତର ଲେଖିବାରେ ଦୋଷ କେଉଁଠି ?

ସାହିତ୍ୟ ସୃଷ୍ଟିରେ ପ୍ରବୀଣା ହେଲେ ମଧ୍ୟ ଚିଠି ଲେଖିବାରେ ନବନୀତା ଏକ୍‌ବାରେ ଅନଭିଜ୍ଞା ଓ ଅନଭ୍ୟସ୍ତା। ତେଣୁ, ବହୁ ସମୟ ଖର୍ଚ୍ଚ କରି ଗଭୀର ଚିନ୍ତା କରି ସେ ତାଙ୍କର ଏହି ପ୍ରଶଂସକଙ୍କ ଅଧୀର ମନକୁ ଶାନ୍ତ କଲା ପରି ସୁନ୍ଦର ଓ ମଧୁମୟ କରି ଚିଠିଟିଏ ଲେଖିଲେ। ପୂର୍ବ ଚିଠିଗୁଡ଼ିକର ଉତ୍ତର ନ ଦେଇପାରିଥିବାରୁ ନିଜର ଦୁଃଖ ଓ ଅନୁତାପ ପ୍ରକାଶ କଲେ। ଆହୁରି ବି ଲେଖିଲେ ଯେ ମୋର ପ୍ରତ୍ୟେକ ଲେଖା ପଢ଼ି ପ୍ରଶଂସାପୂର୍ଣ୍ଣ ଚିଠି ଲେଖି ବହୁଭାବରେ ପ୍ରୋତ୍ସାହନ ଦେଇ ଋଣୀ କରୁଥିବା ମୋର ଏହି ଅଚିହ୍ନା, ଅପରିଚିତ ବନ୍ଧୁଙ୍କୁ ମୁଁ ଭବିଷ୍ୟତରେ ଭେଟିବାର ପ୍ରତୀକ୍ଷା ମଧ୍ୟ ରଖୁଚି। ତାଙ୍କର ଏ ଚିଠିରେ ଆଦୌ ଛଳନା ଥିଲା।

ଆଜିକାଲିର ଏ ଆତ୍ମବିଜ୍ଞାପନ ଯୁଗରେ ଅନ୍ୟ କାହାର ଲେଖା ତନ୍ନ ତନ୍ନ କରି ପଢ଼ି ସମୀକ୍ଷାପୂର୍ଣ୍ଣ ଚିଠି ଲେଖି, ପ୍ରଶଂସାର ପ୍ରୋତ୍ସାହନ ଦେବାର ମାନସିକତା ବା କେତେଜଣଙ୍କର ଅଛି ? ଆଜିକାଲି ସମ୍ପାଦକମାନେ ମଧ୍ୟ ଲେଖକ ଲେଖିକାଙ୍କ ନାମ ଦେଖି ଲେଖାଟିଏ ଛାପନ୍ତି। ଲେଖାର ମାନ ଦେଖି, ମୂଲ୍ୟାୟନ କରି କିଏ ବା ଲେଖା ଛାପୁଛନ୍ତି ? ପ୍ରବୀଣ ଲେଖକଙ୍କର ନାଁ ଦେଖିଲେ, ଲେଖା ପତ୍ରିକାର କୋଳମଣ୍ଡନ କରିବା ନିଶ୍ଚିତ। ତା ଭିତରେ କେତେଜଣ ଯୋଗ୍ୟ ନବ ଲେଖକ ସ୍ଥାନ ପାଇବା ଭାଗ୍ୟର କଥା। ଏ ପ୍ରକାର ପରିସ୍ଥିତିରେ ନବନୀତା ତାଙ୍କର ପ୍ରଶଂସକଙ୍କର ଚିଠିର ଉତ୍ତର ନ ଦେଇ ମୂଢ଼ତା ନିଶ୍ଚୟ କରିଛନ୍ତି। ଏସବୁ କଥା ତାଙ୍କୁ କିଛି ସମୟ ଲାଗି ବିବ୍ରତ କରି ପକାଉଥିଲା। ଚିଠିଟି ଲେଖିସାରି ସେ ନିଜେ ନେଇ ଡାକରେ ପୋଷ୍ଟ କରିଦେଲେ।

ଚିଠିଟି ପଠାଇ ସାରିବା ପରେ, ନବନୀତା ନିତିନିତି ସେଇ ପ୍ରଶଂସକଙ୍କର ଫେରନ୍ତା ଚିଠିକୁ ଆଗ୍ରହ ସହକାରେ ଅପେକ୍ଷା କରିଥାନ୍ତି। ଅନ୍ତତଃ ତାଙ୍କର ଆରୋଗ୍ୟ ଘଟିଲା କି ନାହିଁ, କି ପ୍ରକାର ରୋଗରେ ପଡ଼ି ସେ ହସ୍ପିଟାଲରେ ଥିଲେ, ଏସବୁ ଜାଣିବାକୁ ସେ ଉତ୍କଣ୍ଠିତ ହୋଇ ଅପେକ୍ଷା କରୁଥାନ୍ତି।

ଚିଠି କିନ୍ତୁ ଫେରିଲା ନାହିଁ। ନବନୀତାଙ୍କର ଅପେକ୍ଷାର ଅନ୍ତ ନ ଥିଲା। କିଛିଦିନ ପରେ ଗୋଟାଏ ସାରସ୍ୱତ ସମ୍ମିଳନୀରେ ସେ ତାଙ୍କର କିଛି ବାନ୍ଧବୀ ସହ ଆଳାପ ଆଲୋଚନାରତ ଥିବାବେଳେ ନାରୀ ଲେଖିକାମାନଙ୍କୁ ପ୍ରଶଂସକଙ୍କର ପତ୍ର ବିନିମୟ ବିଷୟରେ ଚର୍ଚ୍ଚା ଚାଲିଥିଲା। ଜଣେ ବୟସ୍କା ଅଥଚ ନବୀନ ଲେଖିକା ତାଙ୍କର ନିଜ ପ୍ରଶଂସକମାନଙ୍କ କଥା କହିବାରେ ଶତଜିହ୍ୱ ହୋଇ ଉଠୁଥିଲେ। ସେ କହୁଥାନ୍ତି ଯେ ତାଙ୍କ ଲେଖାର ପ୍ରଶଂସକ ଅନେକ...। କିଏ ବାରବାର ଚିଠି ଲେଖି ତାଙ୍କୁ ବିରକ୍ତ କରୁଥାନ୍ତି ତ କିଏ ବି ତାଙ୍କ ଘରେ ଅଚାନକ ଉପସ୍ଥିତ ହୋଇଯାଆନ୍ତି। ଆଉ କିଏ କିଏ

ବି ତାଙ୍କୁ ଉପହାର, ଉପଢ଼ୌକନ ଦେବାକୁ ଆଗ୍ରହ ପ୍ରକାଶ କରି ଚିଠି ଲେଖନ୍ତି। କେଡ଼େ ଦର୍ପିତ ଢଙ୍ଗରେ ସେ ଏସବୁ ଗର୍ବର ସହ କହି ଚାଲିଥାନ୍ତି। ଶେଷରେ ସେ କହିଲେ ଯେ, ଜଣେ ପ୍ରଶଂସକ ବିଚରା ହସ୍ପିଟାଲରେ ପଡ଼ି ପଡ଼ି ଚାଲିଗଲେ। ଯାହା ହେଉ, ତାଙ୍କର ସେ ବିଲେଇଗୁହ ପରି ଅକ୍ଷରର ଚିଠି ଆଉ ଆସୁନି। ରକ୍ଷା ହେଇଛି।

ନବନୀତାଙ୍କ ମନରେ ତାଙ୍କର ଏ ଆସ୍ଫାଳନ ପୂର୍ଣ୍ଣ ବଚନିକା ଖୁବ୍ ଗୋଟାଏ ତୀବ୍ର ଆଘାତ ଦେଲା। ସହଜେ ସାଧାରଣ ନବୀନ ଲେଖିକା ଜଣେ। ଅଥଚ ପ୍ରଶଂସକର ବାଜେ ଅକ୍ଷରର ଚିଠି ନ ଆସିବାକୁ ନେଇ ସେ ଏତେ ଖୁସି। ପ୍ରଶଂସକର ମୃତ୍ୟୁରେ ବି ତାଙ୍କର ତିଳେ ହେଲେ ଦୁଃଖ ନାହିଁ?

ହଠାତ୍ ତାଙ୍କର ମନେହେଲା, ସେ ମୃତକ ଜଣକ ତାଙ୍କ ନିଜର ସେଇ ପ୍ରଶଂସକ ନୁହନ୍ତି ତ?

ସେ ବାନ୍ଧବୀଙ୍କୁ ପଚାରିଲେ, "ତୁମେ କେମିତି ଜାଣିଲ, ସେ ଆଉ ନାହାନ୍ତି ବୋଲି? କେଉଁଠିକାର ଲୋକ ସେ?"

ବାନ୍ଧବୀ କହିଲେ, "ଭାବନୀ ପାଟଣାର। ମୁଁ ତାଙ୍କୁ ଚିଠିଦିଏ ତ, ତେଣୁ ଜାଣିଲି ସେ ରୋଗଗ୍ରସ୍ତ ହେଇ ହସ୍ପିଟାଲରେ ପଡ଼ିପଡ଼ି ଚାଲିଗଲେ। ମୁଁ ମୋର ସମସ୍ତ ପ୍ରଶଂସକଙ୍କ ସହିତ ସବୁବେଳେ ଯୋଗାଯୋଗରେ ଥାଏ।"

ନବନୀତାଙ୍କର ଆଉ ଅଧିକ କିଛି ଶୁଣିବାର ଧୈର୍ଯ୍ୟ ନ ଥିଲା। ଅସମୟ ଅଦିନମେଘର ଧାର ପରି ତାଙ୍କ ଆଖିରୁ ଧାର ଧାର ହୋଇ ଲୁହ ବୋହିଗଲା।

ବାନ୍ଧବୀ ଜଣକ ପଚାରିଲେ, "ଆରେ ଏମିତି କାନ୍ଦୁଚ କାହିଁକି? ସେ କ'ଣ ତମର କେହି ସମ୍ପର୍କୀୟ ଥିଲେ କି?"

ଉଦ୍‌ଗତ କୋହକୁ ଚାପିରଖି ନବନୀତା ଉତ୍ତର ଦେଲେ, "ମୁଁ କାନ୍ଦୁନି। ଋଣ ପରିଶୋଧ କରୁଚି।"

ବାନ୍ଧବୀଜଣକ କିଛି ବୁଝି ନ ପାରି ନବନୀତାଙ୍କୁ ଜଳଜଳ କରି ଚାହିଁ ରହିଲେ।

■

## BLACK EAGLE BOOKS

www.blackeaglebooks.org
info@blackeaglebooks.org

Black Eagle Books, an independent publisher, was founded as
a nonprofit organization in April, 2019. It is our mission to
connect and engage the Indian diaspora and the world at large
with the best of works of world literature published on a
collaborative platform, with special emphasis on
foregrounding Contemporary Classics and New Writing.